조릿대 베개

SASAMAKURA by MARUYA Saiichi
Copyright ⓒ Ryo Nemura 1974 All rights reserved.
Original Japanese edition published in 1966 by SHINCHOSHA Publishing Co., Ltd.
Korean translation rights arranged with SHINCHOSHA Publishing Co., Ltd.
through Eric Yang Agency, Inc., Seoul
Korean translation copyrights ⓒ 2023 by TOMCAT BOOK

이 책의 한국어판 저작권은 에릭양 에이전시를 통한
저작권사와의 독점 계약으로 톰캣에 있습니다.
저작권법에 의해 한국 내에서 보호를 받는 저작물이므로
무단 전재와 복제를 금합니다.

조릿대 베개

笹まくら

마루야 사이이치 지음
김명순 옮김

일러두기
1. 각주는 모두 옮긴이 주입니다.
2. 책 제목은 《 》, TV 프로그램명은 〈 〉, 잡지, 안내 책자, 신문, 음악 제목은 「 」로 표기했습니다.
3. 외래어는 국립국어원의 외래어 표기법을 따랐으나 일반적으로 통용되는 경우에는 관용에 따라 표기했습니다.

1

 부의금은 어느 정도 하는 게 좋을까? 검은 테두리로 된 노란 엽서 속에서 여자의 죽음을 맞닥뜨렸을 때 하마다 쇼키치는 먼저 그 생각부터 했다. 아니, 줄곧 그 생각만 했다. 조금 전까지 골똘히 부의금 생각만 하고 있던 터라 대뜸 이런 생각에 빠지는 것은 마음의 타성 같은 것일지도 모른다.
 분주한 아침이었다. 과장은 과장회의에 가서 전화로 이런저런 질문이나 명령을 했다. 그 밖에도 전화가 걸려오고 방문객도 많다. 거기다 출장 중인 과장대우의 업무까지 하마다에게 떠맡겨졌다. 하마다는 그런 일들 틈틈이 어느 명예 교수의 고별식에 보낼 부의금 액수를 서무과 과장대우의 입장에서 생각하고 있었다. 그 고별식에는 아마 학장이 참석할 것이다.
 부의금 액수는 결정하기 어려웠다. 알아보니 작년에 어느 명예 교수가 죽었을 때는 만 엔이었지만 요즘은 너무 적은 액수이고, 그 후로 물가가 크게 오르기도 했다. 삼만 엔으로 올리기에는 작년 여름에 상근이사도 아닌 어느 이사가 죽었을 때 보낸 삼만 엔에 비하면 너무 적고, 그렇다고 오만 엔으로 하자니 너무 많다고 과장이 떨떠름해 할 것이다. 과장이 승낙해도 전무이사는 결재를 해주지 않을 것이다. 게다가 대학도 기업체라 명예 교수보다도 비상근이사 쪽이 훨씬 중요하다는 입장도 성립될 터이다. 이렇게 몇 번이나 망설이고 있는데, 아까부터 입구 근처 책상에서 우편물에 고무인을 찍고 있던 사무 보조가 하마다 앞으로 온 우편물 다발을 가져왔다. 옛날 애인이자 생명의 은인이기도 했던 여자의 죽음을 알리는 검은 테두리의 부고엽서는 맨 위에 올려져 있었다.

장례 날짜와 시간도 명예 교수와 똑같은 내일 1시였다. 하마다는 오늘은 보내기 어려울 테니 내일 아침에 전신환으로 보내면 될 거라고 생각하면서, 지방 인쇄소답게 마모된 활자가 찍혀 있는 엽서를 다시 한번 읽었다. 병명을 밝히진 않았지만 암이라는 것은 석 달쯤 전에 날아온 그녀의 편지로 짐작하고 있었다. 하마다는 흐트러진 글씨로 쓰인 아키고의 편지를 떠올렸다. 부디 어떻게든 시간을 만들어서 와달라며, 꼭 한 번 다시 만나고 싶다는 내용이었다. 그리고 가고 싶은 심정은 굴뚝같지만, 직장에 매인 몸이라 마음처럼 그럴 수 없다는 내용의 길지 않은 답장을 쓰는 데에 일주일이나 걸렸던 것을 떠올렸다. 그 후로 소식이 끊긴 것은 볼펜을 쥘 기력마저 잃었기 때문일 거라 추측했다.

2월부터 4월까지는 대학의 장부 정리로 바쁠 시기라 하마다의 편지 내용은 거짓이 아니었다. 요 석 달 동안 하마다는 전철 안에서나 회의 도중, 혹은 잠을 설치며 뒤척이는 밤마다 지금 시코쿠 지방의 우와지마에서 아키코가 의식은 말짱한 채로 바짝 여위어 괴로워하고 있을 거라는 상념에 휩싸이곤 했다. 하지만 하마다는 답장을 보낸 뒤로 바쁜 일에 정신이 팔리기도 했고, 한편으로는 실없는 위로의 말을 늘어놓는 것이 견딜 수가 없어서 안부 편지를 한 통도 보내지 않았다. 그런데다 지금 이렇게 부고엽서를 손에 들고 있자니 마치 오 년이나 십 년쯤 중풍으로 자리보전한 노인이 죽었을 때 가족들이 초상날 밤에 품을 듯한, 드디어 해방되었다는 느낌이 가슴 한편에 있는 것 또한 사실이었다. 하마다는 설핏 해방감을 맛보면서 한 직원이 따라 준 미지근한 차를 홀짝거리며 생각했다. 예전과 달리 요즘은 전쟁 때 꿈도 여간해서는 꾸지 않았고(사오 년 전까지만 해도 일 년에 한두 번, 아니 더 자주 가위에 눌렸던 것 같다. 이를테면 땅바닥에 앉아서 말을 탄 남자를 올려다보고 있는 꿈), 이런 식으로 하나씩 하나씩 과거로부터 떠나갈 수 있을 것만 같았다.

  그때 또 과장에게서 전화가 걸려왔다. 1시 반부터 사학회관에서 회의가 있는데, 별로 중요한 의제는 없을 테니 자기 대신 얼굴을 내밀라고 명령했다. 과장은 5시부터 전무이사 대신 다른 회의에 출석해야 한다며 회의가 하루에 세 건이나 있어서 고달프다고 했다. 하마다는 한 직원이 앞에 올려놓은 서류를 훑어보고 도장을 찍으면서 회의에 출석하겠다고 대답하고, 아무래도 좋을 지시를 두어 건 더 들었다. 하마다는 검은 전화기를 내려놓았다. 이렇게 되면 더더욱 명예 교수의 부의금을 빨리 결정해야만 했다. 그러다 무심코 또다시 검은 테두리의 엽서를 바라보았을 때, 하마다는 생각지도 못한 것을 깨달았다.

엽서는 '장녀 아키코 장의'로 시작하여 '상주 유키 리에'로 끝났다. 남편이 아니라 친정어머니가 상주인 것이다. 하마다는 이 사실에 놀라며 그 시립 병원에서 보낸 마지막 편지의 겉봉투에 '유키 아키코'라고 원래 성으로 서명한 것을 떠올렸다. 그리고 그건 환자가 어쩌다 잘못 쓴 것도, 옛날 애인에 대한 배려도 아닌 이혼을 했기 때문이라고 판단했다. 물론 남편이 죽었을지도 모른다. 아키코보다 열 살 정도 많다고 했으니까 그것도 있을 수 있는 일이다. 하지만 남편이 죽었다고 해서 원래 성으로 바꾸는 것은 이상하다. 무슨 사정이 있어서 친정으로 돌아온 것이 틀림없다. 역시, 그 결혼은 실패한 것이다.

하마다는 자신보다 연상이었던 옛 애인의 비참한 죽음과 그 전의 비참한 결혼 생활을 슬퍼하기보다 오히려 더욱 거리를 두고 가엾이 여겼다. 그러고 보니 마지막으로 만났을 때도 헤어질 듯한 눈치였다. 근데, 그게 언제였을까? 갑자기 상성한 아키코의 전화를 받고 불려나간 게 이 년 전이었나? 삼 년 전이었나? 설마 작년은 아니었을 텐데. 하마다는 아키코와 헤어진 뒤로 시간이 얼마만큼 흘렀는지 분명치 않아 답답했고, 마흔을 넘기고서는 시간의 흐름이라는 게 참으로 이상한 것이라며 늘 품고 있던 감상에 새삼스레 빠졌다. 하마다는 멍하니 얼굴을 옆으로 돌리고 작년이었나, 재작년이었나, 아니면……, 하고 혼자 골똘히 생각하고 있었다. 옆자리에 있던 직원이 하마다의 시선을 오해하여 물었다.

"무슨 용건이라도……?"

"아니네, 아무것도" 하고 대답한 뒤, 하마다는 문득 생각나서 "법학부장이 암 선고를 받고 울었던 게 언제지? 작년? 재작년?" 하고 물었다.

"삼 년 전 가을이었죠. 그땐 정말 황당했어요" 하며 상대는 그 말만 하고도 웃어 젖혔다.

상법 전문가로 조금은 이름이 알려진 법학부장이 위가 좋지 않아 검사를 받게 되었는데, 입원 전날 본인이 직접 요릿집을 예약하고 메뉴와 가격을 흥정한 뒤, 이사와 교수들에게 연락하여 학교 돈으로 송별회를 열었던 것이다. 샤미센[1] 가락에 춤을 추는 떠들썩한 자리였는데, 오래 전부터 학부장과 티격태격하던 법학박사가 나체 춤까지 추면서 분위기를 맞추었지만, 당사자는 밤새 훌쩍훌쩍 울기만 했다. 여자 직원들은 계속 "선생님, 괜찮을 거예요" 하며 위로했고, 이사와 교수 그리고 말석의 하마다 등 열 명 가량의 남자 직원들은 그 말이 목구멍에서 튀어나오지 않아 술을 좋아하는 상법학자에게 그저 술만 마구 권하여 정신을 잃게 하고

---

1 三味線, 일본 전통 음악에 사용하는 세 줄짜리 현악기

말았다. 당연히 하마다가 바래다주어야 하는 처지였는데, 택시 안에서도 울고불고하는 바람에 무척 애를 먹었다. 지금 당장 긴자로 가자, 나카노 신바시로 가자고 하는 것을 어르고 달래서 간신히 들여보내고 집에 돌아온 것이 1시경이었을까. 그래놓고 법학부장은 일주일쯤 지나 천연덕스러운 얼굴로 출근해서는 검사 결과를 아무한테도 말하지 않고 무척이나 팔팔한 모습으로 회의석에서 그 법학박사와 다시 으르렁거렸다.

"거참, 어처구니가 없어서. 직원이 웃으면서 '선생님, 몸은 좀 어떠신지요' 하고 복도에서 물었더니, '하하하, 어지간히 헛소문이 퍼진 모양이구려' 이러지 뭡니까."

하마다는 "참나, 헛소문이라니"라고 중얼거리고 억지웃음을 지으며 생각했다.

아키코가 전화를 한 것은 그다음 날이었다. 못 알아볼 정도로 살이 쪘고, 촌스러워 보였다.

아키코는 "켄 쨩……" 하고 부르더니 "앗, 엉겁결에 옛날 말버릇이 불쑥 나왔네" 하며 웃었다.

"괜찮아. 굳이 바꿀 필요는 없어" 하며 하마다도 웃었다. 수학여행 온 중학생들이 뛰어다니며 시끄럽게 떠들고 있어서 꽤나 큰 소리로 이야기 해야만 했다. 말투로 봐서는 아마 구마모토에서 온 아이들이리라. 이렇게 많은 사람들이 구마모토 사투리로 떠들썩하게 이야기하는 것을 듣기는 정말 오랜만이었다.

"있잖아, 부인은 쇼 짱이라고 불러? 쇼키치 상? 쇼 상?"

아키코가 물었다.

옛 애인들이 십 년도 훨씬 지나고 이십 년 가까이나 지난 후에 재회하여 이런 장소에서 이렇게 큰 소리로 이야기를 나눈다. 마치 금혼식을 마친 귀가 먼 부부의 도쿄 구경처럼. 근데 이 여자는 옛날부터 이렇게 이상한 억양으로 말을 했을까? 이런 시골 사투리가 내겐 아무렇지 않게 들렸던 걸까? 아무렴 어떤가. 굳이 바꿀 필요는 없다. 이미 모든 것이 깡그리 변해버렸으니.

"글쎄, 뭐라고 부르더라? 어쨌든 쇼 짱이라고는 안 하지."

"흐음"하고 끄덕이는 아키코의 하얀 얼굴이 반투명한 잿빛 비닐 같은 옅은 어둠 속에서 보였다.

"참, 십 엔짜리 동전 있어?"

간접 조명이 만들어낸 어둠에 둘러싸인 두 사람 곁에는 한층 더 짙은 어둠에 에워싸인 망원경이 있었다. 하마다는 검은 구멍에 동전을 집어넣었다. 아키코는 눈을 망원경에 대고 부품을 이리저리 만지작거렸다. 하마다는 창 너머로 비 내리는 밤하늘을 바라보았다. 도쿄의 밤을 이런 높이에서 볼 기회는 아마 이제 없을 것이다. 오늘 이 여자가 가보고 싶다는 말을 꺼내지 않았다면 평생 이곳에는 오지 않았을 게 틀림없다. 그 옛날 하마다는 처음 간 도시나 마을에서 이제 두 번 다시 이곳에는 오지 않겠지, 하고 곧잘 생각하곤 했다. 옛날 여자가 옛날 버릇을 끄집어냈다.

"안 보여?"

"안 보여. 새까만데 뭘."

"이상하군."

지금 하마다는 검은 도쿄의 밤 언저리를, 네온사인이 순간마다 여러 가지 색으로 변해가는 것을 보고 있는데 말이다. 그런데도 이 여자에게는 아무것도 보이지 않는다니. 하마다는 망원경의 방향을 상하로 바꿔주었다.

"이래도 안 보여?"

"응, 전혀."

하마다는 킥킥 웃음을 터트렸다. 망원경을 지탱하고 있는 철 파이프 밑에 '고장'이라고 쓴 나무판이 걸려 있었던 것이다. 하마다가 등을 쿡쿡 찌르며 가리키자 아키코는 그 두 글자를 읽었다.

"너무 하는 거 아냐? 십 엔만 날렸네. 돈 돌려줄까?"

"포기하지 뭐."

아키코는 "아까워. 짜증나네"라는 말을 되풀이하며 주변을 둘러보았지만, 탑의 직원인 듯한 사람이라고는 엘리베이터로 안내하는 아가씨만 밝은 불빛 아래에 있을 뿐이었다. 게다가 아가씨는 관광객들을 상대하는 데 무척 바쁜 듯했다.

"예전엔 그렇게 통이 크더니만."

"아냐. 그 시절 켄 짱이 너무 짠돌이였지. 하긴, 그땐 그럴 수밖에 없었지만" 하며 아키코는 변호하듯 말했고, "옛날 십 전이 지금 십 엔보다 훨씬 가치가 있었던 것 같아"라고 말했다.

"그랬지."

하마다는 중얼거리고 두꺼운 유리에 흘러내리는 빗물 너머의 불빛들을 가리키며, "저게 신주쿠, 저건 시부야. 아니, 록폰기일지도 몰라. 가만있자, 록폰기는 저기 조금 앞쪽에 부옇게 빛나는 곳 아닌가. 저건 이케부쿠로일 거야"라고 설명하고 이번에는 오른쪽을 보며 "바로 앞의 검은 데가 도쿄 만(灣)"이라고 말했다.

"그럼 저게 배야?"

아무래도 배는 아닌 듯했다. 넓고 검은 면적에 점점이 흩어져 있는 헤아릴 수 없을 만큼 많은 등불을 도쿄 만의 배라고 생각하는 것은 좀 어렵다. 대여섯 개의 별을 보고 큰곰자리, 처녀자리, 천칭자리 이런 것을 연상을 하는 게 그나마 쉽겠다.

"음, 배가 많아서 굉장히 아름답다고들 하던데, 별거 아니네."

"비가 와서 그럴까?"

"설마."

"그래도 춥겠지."

"그렇겠지. 놀러 나온 애들이야 괜찮겠지만, 숙직하는 사람한테는 보통 일이 아닐 거야."

사실은 돈이 없는 자들이 남아서 푼돈을 걸고 포커나 주사위놀이를 하고 있다. 개중에는 붙잡히는 게 두려워서 뭍으로 나오지 않는 놈도 있을지 모른다. 춥고 돈이 없는, 참을 수 없는 나날들. 하지만 어찌되었든 저들에게 매 끼니만큼은 보장되어 있고, 갑판에 나오지만 않으면 춥지도 않을 것이다.

불현듯 아키코가 말했다.

"가출 비슷한 거야, 절반은."

"절반은?"

"기분이 풀리면 돌아가야지, 하고 애초부터 생각하고 있었어."

"가능하면 그러는 게 좋아. 될 대로 되라는 식은 좋지 않아. 싸우기라도 한 거야?"

아키코는 잠자코 있었다.

"편지는 써놓고 나왔어?"

아키코는 고개를 저었다.

"돌아가서도 말 안 할 거야. 아마 아무것도 안 물어볼걸. 원래 그런 사람이거든."

하마다는 눈살을 찌푸리고 있었다. 어쩌면 전에도 한번 이런 짓을 한 적이 있을지도 모른다. 딱 한 번이 아니라 여러 번. 그리고 원래부터 방랑벽이랄까, 가출을 좋아하는 여자였다. 하마다와 처음 만났을 때도. 눈살을 찌푸리고 있는 하마다 근처에서 중학생들이 외국인 노부부를 둘러싸고 수첩과 만년필을 꺼내 사인을 해 달라며 조르고 있었다. 남편도 부인도 그리고 중학생들도 열심히 미소를 흘리고 있었다. 아내가 말없이 며칠씩이나 집을 비운 뒤에도 그 일에 대해선 조금도 들먹거리지 않고 다시 조용히 사는 부부. 과거를 없었던 일로 치부하는 지혜의 소유자들. 그도 아니면 이젠 밑동까지 냉랭해져 버린 부부 사이.

벨이 울리기 시작했고, 그 소리를 타고 전망대가 끝났음을 알리는 여자 목소리의 안내 방송이 흘러나왔다. 인솔 교사가 가슴께에 매달려 있는 메가폰을 입에 대고 "집합!" 하고 두세 번 소리를 내질렀다. 검은 하늘을 응시하고 있던 아키코가 돌아보며 말했다.

"여관까지 바래다줄 거야?"

하마다는 끄덕였다. 아까 대학을 나올 때 집에 연락을 해둔 것은 역시 잘한 일이다. 국제법 교수 집에서 마작을 했다고 하면 된다. 세상에는 지극히도 숱한, 당연한 일. 지긋지긋한 인연. 두 사람은 창가에 내리깔린 옅은 어둠에서 벗어나지 않게끔 하며 전망대를 다시 한 바퀴 돌았다. 머리 위에서 전망대 관람 시간이 끝났다는 여자 목소리의 안내 방송이 계속 흘러나왔다. 아키코가 멋쩍은 듯 웃으며 말했다.

"근데 여관이 영 그래서 좀 미안한걸."

이제 주변에는 인적이 끊겼다. 하마다는 말했다.

"오히려 잘 됐잖아."

아키코가 교태를 띤 눈매로 흘겨봤다.

"그런 말도 할 줄 알아?"

"전화로 센다가야라고 했을 때 그런 곳이 아닐까 싶었는데, 생각했던 대로군."

"택시 기사 탓이야. 일부러 그런 게 아냐. 도쿄역에서 택시를 타고 기사한테 어디 좋은 여관 있으면 안내해 달랬더니 그런 곳에 내려준 거야."

"변명은 됐어. 그러니까 말하잖아, 오히려 더 잘 됐다고."

"정말 이러기야?"

아키코는 양손으로 귀를 막으면서 밝은 불빛 속으로 뛰쳐나갔다. 하마다는 나지막이 웃으며 연갈색 코트를 걸친 뚱뚱한 사십대 여자의 뒤를 따라갔다. 몸무게는 얼마나 나갈까? 그 시절엔 저렇게 어깨가 두껍지도, 키가 작아 보이지도 않았는데. 이십 대 시절 아키코의 화초처럼(그 시절 나는 그렇게 생각했었다) 날씬한 모습을 떠올리고 있자니, 그건 모두 하마다의 감상이 만들어낸 환상처럼 느껴졌다. 엘리베이터 앞에 서 있는 사람들이 많이 줄었다. 둘은 그 끝자락에 줄을 섰다. 스피커가 「석별의 정」을 흘려보내기 시작했다. 이럴 때 이런 음악은 어이없을 정도로 상투적인 곡 선정이다. 오늘 밤 이렇게, 무척 오랜만에 이 여자와 잔다. 그리고 잠자리에서 이런저런 이야기를 나눈다. 세상에 숱한, 흔해빠진 일이다. 타다 만 장작에 불이 쉬이 붙는 것일 뿐. 평범한 인간의 평범한 인생에 지나지 않는다.

회의가 끝나고 과장이 들어왔다. 하마다는 아키코의 부고엽서를 책상 유리판 밑에 끼워 넣고 이따금씩 곁눈으로 바라보며 명예 교수의 부의금을 삼만 엔으로 하겠다는 품의서를 썼다. 과장의 도장을 받자마자 2층에 있는 전무이사실로 직행한 것은, 사무국장이란 직책이 인사 관계상 무리하게 만들어놓은 별 볼 일 없는 자리라서 서류는 모두 사무국장을 건너뛰고 직접 전무이사의 도장을 받아도 상관없었기 때문이다. 전무이사의 방은 연두색 융단과 호두색 판벽의 조화가 사치스러워서 올 때마다 문을 열고 한

참은 학교가 아닌 것 같다는 생각마저 들게 한다. 들어와서 조금 있으면 대대 학장 겸 이사장의 커다란 사진 열 장 가량이 저 높은 곳에서 내려다보고 있는 것을 깨닫고는 여지없이 대학교 이사실임을 인정하게 되지만 말이다. 그중에는 총리대신까지 해먹은 적이 있는 일본주의자 노인이 의관속대하고 무서운 눈초리를 하고 있고, 기생놀음이 하도 심해서 마누라가 운전기사와 눈이 맞아 야반도주를 한 일로 유명한 자작(子爵)이(아마 문부대신이 된 적이 있을 거다) 대례복으로 위의를 갖추고 있었다.

넓고 조용한 방에는 전무이사 둘 중 한 사람 밖에 없었는데, 이 대학에 들어올 때 신세를 진 호리카와 이사여서 하마다의 마음을 편하게 만들어 줬다. 이미 일흔을 넘긴 호리카와 이사는 읽고 있던 바둑 책을 엎어놓고 사슴 가죽 주머니에서 꺼낸 상아 도장을 찍고 삼만 엔이라는 금액이 너무 많은지, 너무 적은지를 어림하는 듯 약간 고개를 갸웃거린 후, 크게 고개를 끄덕이며 돋보기를 벗었다. 호리카와 이사는 인사를 하고 돌아가려는 하마다를 붙들어 연두색 의자에 앉히더니 서무과 일은 바쁘냐고 물었다. 소문으로 떠돌고 있는 부서 증설 건을 떠올리며 하마다가 하나 둘 대답했지만 이사는 그것에는 아랑곳하지 않고 마치 자연스러운 대화의 흐름인 양 말했다.

"자네, 올해 몇이지?"
"만으로 마흔다섯입니다."
"그럼 이 대학에 근무한 지는……."

"18년, 19년쯤 된 것 같습니다."

"허허, 벌써 그리 되었는가. 바로 엊그제 일 같은데 벌써 이십 년인가. 이래저래 참 많은 일이 있었네 그려. 학교 건물 신축, 운동장 매수와 정비, 학부 확충, 부속 고등학교 증설……."

그리고 호리카와 이사가 꾸민 선임 전무이사 추방. 하마다는 마음속으로 중얼거렸지만 그것을 비난할 생각은 없었다. 내쫓긴 이사는 확실히 무능했고, 더구나 하마다가 이 학교 졸업생이 아닌데도 과장대우까지 올라갈 수 있었던 것은 분명 호리카와 이사가 힘을 얻은 결과이기 때문이다. 하마다는 호리카와 이사의 흰머리가 오늘은 전혀 노랗지 않고 새하얀 것을 바라보며 오늘은 몸 상태가 좋은 것 같다고 생각했다. 호리카와 이사의 몸 상태는 물론, 기분의 좋고 나쁨도 머리 색깔로 알 수 있다는 말이 직원들 사이에서 자주 입에 올랐다.

"그나저나, 부인은 건강하신가?"

호리카와는 필터 담배를 꺼내면서 말했다.

하마다는 "예. 덕분에 무탈하게 잘 지내고 있습니다"라고 대답하고 라이터로 불을 붙여줬다. 하마다는 호리카와 이사의 소개로 결혼했다.

"너무 건강해서 탈은 아니고?"

호리카와가 하마다와 아내 요코의 나이 차이를 빗대어 우스갯소리를 해도, 아직 아이가 없는 것에 대해 약간 천박한 농담을 해도, 하마다는 그저 빙긋이 웃고만 있었다.

"니시는 몇 살이지?"

호리카와는 서무과에 있는 또 다른 과장대우, 오늘은 출장으로 자리를 비운 니시에 대해 물었다.

"아마 저보다 한 살 아래인 걸로 알고 있습니다."

"자네가 먼저 과장대우가 되었지?"

"아닙니다. 니시가 먼저입니다."

"나이는 누가 위라고 했지? 자네랑 니시 중에."

"제가 한 살 위입니다."

"아이는 있던가?"

둘이 있을 거라고 대답하자 호리카와 이사는 임신에 대한 농담을 했고, 하마다는 또다시 웃음을 지었다. 그때 마침 이사에게 전화가 걸려왔다. 하마다는 지금이다 싶어 이사실을 나왔다. 조금 전 질문이 과장 인사에 얽힌 것이라고는 짐작이 갔지만, 이 학교 졸업생이 아닌 자가 과장이 되는 건 매우 드문 일이었고, 니시가 선임이라서 하마다는 애초부터 승진을 포기하고 있었다. 책임만 따지고 권한은 주어지지 않는 이 대학의 과장이라는 지위는 월급도 쥐꼬리만큼 밖에 오르지 않으니까 별 매력이 없다며 하마다는 언제나 자신을 위로하고 있었다.

1층으로 내려오니 강의가 끝난 교실이 꽤나 있는 듯 복도는 학생들로 혼잡했다. 하마다는 그들 속을 헤치며 서무과로 돌아와서 학생 식당에서 배달되어 온 점심을 먹고 1시 반에 시작되는 사학 회관 회의에 참석하기 위해 학교를 나왔다. 과장이 좋아하는 기색을 감추지 못하고 하마다를 내보내는 바람에 얼마나 회의에 가기 싫었는지 과장의 속내가 빤히 들여다보여 이상한 기분마저 들었다. 과장은 이 대학 출신으로, 졸업하자마자 모교에서 근무하여 바깥바람 한번 제대로 쐰 적이 없는 인물이라서 학외 회의에 나가는 것을 끔찍하게 싫어했다. 게다가 어쩌면 아니, 거의 확실히 과장이 참석할 저녁 시간의 회의라면 술을 마실 수 있는 자리일 것이다. 과장은 술에, 특히 공술에는 사족을 못 썼다.

하마다는 교정을 나올 때 정문 바로 옆의 작은 신사(神社)에 정중하게 절을 했다. 이 대학에는 신관양성코스가 있어서 신사는 말하자면 실습실인 셈이었다. 학생이나 이 대학 출신이 아닌 젊은 교원 중에는 신사를 무시하고 지나가는 자도 제법 있었지만, 하마다는 절을 거르지 않도록 각별히 주의하고 있었다. 문학부의 모든 학생에게 신도개론이 필수 과목으로 개설되어 있는 이 대학에서 반동적이라고까지는 굳이 말할 수 없지만 보수적 분위기에 거스르는 일은 무슨 일이든 위험했고, 하물며 자신은 절대로 그런 짓을 해서는 안 되는, 눈에 띄는 일은 피해야 하는 몸이라고 생각하고 있었기 때문이다.

학교 부지에서 나오자마자 르노 한 대가 달려오더니 운전하던 남자가 히마다에게 손을 흔들었다. 하마다도 스키로 그을린 새카만 얼굴에 화려한 노란색 넥타이를 맨 남자에게 손을 흔들고 인사했다. 프랑스어 조교수인 구와노이다. 하마다는 조청빛 르노가 정문으로 들어가는 것을 지켜보면서 구와노가 차를 산 이유에 대해 떠도는 소문을 떠올리며 빙그레 웃었다. 자동차로 통학을 하면 신사에 절을 하지 않아도 된다는 것이다. 꽤 유망하다고 불리는 이 보들레르 학자는(요즘은 스키나 볼링에 빠져서 공부를 전혀 하지 않는다는 평판이지만) 직원에게는 명랑하게 인사를 하면서 저 신사에는 눈길도 주지 않는 것이 분명했다.

그때 뒤에서 남자 목소리가 들렸다.

"외국어 선생이군."

하마다가 뒤돌아보니 낡은 가죽 점퍼 차림의 구매주임 이토가 서 있었다.

"응, 구와노 조교수."

"폭스바겐인가 뭔가 하는 차 아냐? 저 콩만 한 자동차."

"아닐세. 프랑스의 르노라는 차야. 프랑스어 선생이잖아."

"자가용을 타고 다니다니, 팔자가 늘어졌구만."

"그러게 말일세. 이토 씨도 한 대 장만하지 그러나?"

"무슨, 나 같은 놈 월급으로는 어림도 없지."

이토는 버스 정류장 쪽으로 가서 줄을 선 학생들 끝에 섰지만, 하마다는 시계를 보니 아직 시간이 많이 남아서 언덕길을 걸어 내려가기로 했다. 따스한 봄날 햇살이 벌써 초여름의 기운을 담고 있어 즐겁기도 했고, 한편으로는 이토와 함께 가는 것은 피하고 싶은 심정이기도 했다. 이토는 인사과장으로 학생들의 취직을 담당하고 있었는데, 재작년 봄 도야마현의 다카오카에 있는 부속 고등학교 사무장으로 좌천되었지만 거절했다. 그래서 구매주임이라도 상관없다면 대학에 남아도 좋다는 결론이 났다. 그 인사이동으로 이토가 상심해 있을 때 하마다가 위로라도 하려 했다가 도리어 무안을 당한 적이 있다. 다른 직원들에게는 그렇게 열심히 불평을 늘어놓으면서 나한텐 왜 그러는지 의아하게 생각한 끝에 하긴, 나는 이 대학에서 분명 호리카와 이사 쪽의 인간이지, 하고 쓴웃음을 지은 적이 있었다.

하마다는 모처럼 걷는 거라 이참에 운동을 보충해야겠다는 생각이 들어 보폭을 넓혀 걸으며 오전 중으로 강의가 끝나 비탈길을 내려가는 몇몇 학생들을 앞질렀다. 하마다의 귀로 학생들의 대화가 들어왔다.

"……너무해, 심리학. 백지 답안지를 낸 사람이 만점을 받다니."

"무서워서 어디 글자를 쓸 수 있겠어?"

"심리학적으로 말하면 백지가 건전하다고 했다는 얘기, 진짜야?"

"……힘들대. 어쨌든 연애하면 돈이 드니까."

"참 나, 그게 무슨 연애야."

"질투하지 마라."

"저기 기념품 가게 애들 말이야, 하는 짓이 꼭 몸 파는 여자들 같아."

지하 계단으로 내려가니 기념품 가게가 즐비한 밝은 상가가 나왔다. 일찍 문을 닫아 두꺼운 잿빛 천으로 덮여 있는 가게 말고는 모두 화려한 구색을 난잡하게 늘어놓고 있었다. 하마다는 그냥 지나치려 했지만, 아키코는 번번이 발을 멈추고 타워전병과 타워수건, 타워앨범을 일일이 손에 들고 열심히 들여다보았다. 금색 액자 속에 담긴 꼬리구름이 번져 있는 싸구려 창공을 배경으로 빨강과 하양으로 칠해진 칙칙한 탑 사진 앞에서 아키코는 한참을 붙박여 있었다. 이런 것을 사려는 것일까? 하마다는 아키코와 그 액자가 위태위태하게 놓여 있는 수북한 양갱더미로부터 가능한 멀찌감치 떨어져 섰다. 옛날 애인이 이런 시골여자로 둔갑하여(아니면 옛날부터 이랬을까?) 지금 이렇게 내게 엉덩이를 보이고 서 있다. 오십 줄 가까이에 집을 나온 여자. 이 여자의 얼굴은 아키코 모친(그 시절)의 얼굴을 묘하게 회상시킨다. 그만큼의 세월이 확실히 흐른 것이다. 하마다는 마흔이 넘었다.

상점가의 하늘에서 벨이 울려 퍼지기 시작했다. 견고한 순백색 하늘에 울리는 벨 아래 잿빛 천으로 덮인 가게 수가 늘어만 갔다. 아키코는 군데군데 아직 문을 닫지 않은 가게의 매대 앞에 일일이 멈춰 섰다. 하마다는 아키코의 뒤를 따라 계속 옆으로 발을 옮기면서 같은 거리를 유지하며 걸었다. 타워강정, 타워그림엽서, 타워떡, 타워재떨이, 타워문진. 물건 앞에 타워를 붙이면 뭐라도 기념품이 된다. 타워미사일도 어느 가게의 잿빛 천 속에 도사리고 있는 건 아닐까?

여점원이 금속 재떨이 두 개를 아키코에게 권했고, 아키코는 그 두 개를 손에 들고 망설이다가 뒤돌아봤다. 하마다는 다가가서 탑 그림만 있는 것과, 탑과 의사당 그리고 도쿄역으로 보이는 가로로 긴 건물 그림이 있는 것을 보고 건성으로 그중 하나를 골라 주었지만, 아키코는 여전히 망설이고 있었다. 불쌍하게도 이 여점원은 빨리 퇴근하고 싶어서 좀이 쑤시는 모양이었다. 간이 나쁜 건 아닐까. 혈색이 나쁘다. 이럴 바에는 요코를 따라 백화점에 가는 게 그나마 낫다. 상품이 깔끔하니 비참한 기분을 맛보지 않아도 된다. 요코가 피에르가르뎅 옷에 넋을 잃고 있을 때, 뒤를 돌아보며 우두커니 서 있던 하마다의 얼굴이 가느다란 핑크색 테를 두른 둥근 거울에 비쳤을 때는 이상했다. 젊은 아내와 살고 있는 중년 남자의 얼굴. 초로의 남자 얼굴. 센다가야의 여관방에는 분명 이불이 깔려 있을 테고, 미닫이문을 열면 벽은 온통 넓은 거울로 덮여 있을 것이다. 거울 앞에서 아키코와 자다니, 여태껏 한 번도 생각해 본 적이 없었다. 요코와의 정사는 언젠가 그런 것을 공상해 본 적이 있었지만 말이다. 큰 거울 바로 옆에서 이 두 여자와 정사를 나누는 건 어떨까? 오른쪽에 아키코를, 왼쪽에 요코를 눕히고. 물론 그 반대라도 좋겠다. 오십에 가까운 여자는 어떤 식으로 흥분할까? 그리고 삼십대 여자는? 아마 처음에는 쑥스러워하다가, 아니 그보다 화를 내다가 불현듯 마치 서양배가 익는 것처럼 갑자기 경직이 풀리면서 부드러워지고……. 맨 먼저 누구와 할 것인가가 어려운 문제다. 역시 가위바위보를 시킬 수밖에 없다. 그리고 진 쪽은 당연히 스스로 행위를 한다는 권리를 가진다. 삼십 분에서 한 시간이 지난 후, 두 번째는 그 반대로. 세 번째는(그렇게 오래 할 수 있을까?) 다시 새로 가위바위보를 시키고……. 아키코가 마침내 재떨이 하나를 골랐다. 이렇게나 살이 찐 이상 오른쪽 허벅지에 있는 점도(왼쪽이었나?) 어지간히 커졌을 거다. 커져서 색은 옅어지고.

여점원이 포장지에 싼 재떨이를 아키코에게 건네고 돈을 받았다. 타원형 점이 동그랗게 되었을지도 모른다. 예전의 아키코가 땅딸막한 여자로 바뀐 것처럼. 그 점에 난 털은 검고 길었다.

언덕길을 마저 내려간 곳에 있는 하늘색 파출소 근처에서 하마다의 발걸음이 별안간 느려졌다. 거기서부터는 노면 전차가 다니는 길이라 자전거나 사람의 왕래가 많아서 여태까지와 같은 속도로 걸을 수가 없다. 그러나 하마다가 파출소 앞에서 발을 멈춘 까닭은 유리창에 붙어 있는 '강도 살인범'의 수배 포스터 때문이다. '왼쪽의 세 명은 3월 21일 북규슈시에서 강도 살인을 저지른 흉악범입니다…….' 하마다는 쫓기고 있는 세 남자의 이름, 본적과 주소, 생년월일과 나이, 직업과 신장, 체중과 특징이 적힌 지저분한 붓글씨에 인쇄의 질마저 나쁜 지면을 정성껏 읽었다. 세 명 중 둘은 이름에 쇼(昭)자가 들어 있었고, 또 한 사람의 이름에는 류(留)자가 들어 있었다. 그들은 모두 가짜 이름이 있었고, 이름이 세 개나 되는 사람도 있어서 한 줄에 다 쓰기 어려웠는지 문장의 중간부터 글씨가 작게 쓰여 있었다. 이 이십대 남자 세 명은 지금쯤 각자 또 다른 가명을 새로 만들고서 그 이름을 고른 것이 잘한 일인지 이래저래 망설이고 있으리라. 이런 생각을 하고 있을 때, 하마다의 등 뒤로 스쳐 지나가는 학생들 중 한 사람이 큰 소리로 뭐라고 말했다.

하마다는 고개를 돌려 빨간 스웨터를 입은 여학생 한 명이 껴 있는 네 명의 학생들이 볼링 이야기를 하면서 사라져가는 것을 지켜보았다. 하마다는 또다시 포스터를 바라보았다. 세 명의 범죄자 얼굴이 커다랗게 확대된, 그리고 조악하게 인쇄된 사진 속의 그들은 모두 슬퍼 보이는 표정을 짓고 있었다. 이름에 류 자가 있는 남자는 언더 셔츠만 입고 있었다. 쇼 자를 쓰는 남자 중 하나는 하얀 유카타 차림으로 옆을 보고 있었고, 또 다른 쇼 자의 남자는 목에 끈이 걸려 있는데, 그것이 펜던트인지 부적인지는 분명치 않았다. 그들은 아마 지금쯤 더욱 슬픈 표정으로 배를 곯고 밤에는 추위에 떨고 있을 것이고, 이 사진보다 훨씬 더 말랐을 것이다. 온몸에서 힘이 몽땅 빠져나가서 닭고기계란덮밥을 한 그릇 먹고 체력을 되찾을 수만 있다면 자수해도 좋겠다는 생각에 이따금씩 빠질 것이다. 쇼 자의 두 사람은 주근깨투성이처럼 보였지만 아마도 인쇄질이 나쁜 탓일 터, 별다른 특징이 없는 얼굴이었다. 가운데에 있는 언더 셔츠 차림의 남자는 언청이인데, 그 부분은 설명으로도 강조하고 있었다. 성형 기술이 제법 발달한 모양이지만, 몰래 수술해 줄 의사는 없을 테고 그만한 돈도 물론 없을 거다. 수염을 기르거나 마스크를 쓰면 그럴싸한 이유가 없는 한 오히려 수상히 여겨질 테니까 차라리 그대로 밀고 나가는 게 안전할지 모른다. 하마다는 자신이 언청이였다면 어찌했을지 생각해보았다.

실은 간단한 일이다. 코밑에 수염을 기를 필요가 있는 직업을 선택하면 된다. 저 젊은이의 윗입술은 잘 익은 으름의 일부분처럼 세로로 갈라져 있었다. 하마다가 잠시 숨을 들이쉰 채로 검은 과육 같은 상처를 쳐다본 뒤 도로 숨을 내뱉었을 때, 그것은 큰 한숨처럼 울렸다. 아마 이 남자는 이미 오래전에 한패에게 버림받아 홀로 도망치고 있을지도 모른다. 파출소 앞을 지나칠 때는 입술을 보이지 않으려고 고개를 처박을 것이다. 안쓰러운 생각이 들어 그만 그 몸짓을 흉내 내고 말았다. 하마다는 신발 끈 한쪽이 풀어지려는 것을 보고 쭈그려 앉아 고쳐 맨 뒤 걷기 시작했다. 그 걸음이 조금 속도를 되찾은 것은 한참을 걸어서 지하철역에 거의 도착하고 난 뒤의 일이었다.

회의가 시작된 것은 2시가 다 되었을 무렵이었고, 4시 넘어서까지 계속되었기 때문에 근무 시간이 끝나는 4시 반까지 사무실로 돌아갈 수 없다는 것은 알고 있었다. 그런데도 곧장 집으로 가지 않고 일단 학교로 돌아가기로 한 것은 여러 가지로 처리해야 할 잡무도 있었고, 무엇보다 내일 아침 출근길에 부의금을 보내려면 사물함에 넣어둔 우체국 통장을 가져가야 했기 때문이다. 하마다는 지루한 회의 도중에 배부된 복사물에 정성껏 메모를 하면서 아키코에게 보낼 부의금을 골똘히 생각하다가 회의가 끝날 무렵에는 역시 만 엔이 좋겠다고 결정했다. 물론 그게 적당한 금액인지 아닌지는 명예 교수의 삼만 엔과 마찬가지로 전혀 자신이 없었지만 말이다.

돌아갈 때도 국철과 지하철을 이용할 생각이었는데, 때마침 대학 후문에서 조금 떨어진 정류장을 지나는 버스가 와서 마음을 바꿔 버스를 타기로 했다. 어린 시절부터 다양한 교통수단을 이용하는 것을 좋아했고, 그것이 전쟁 통에 한층 더 심해져서 말하자면 싸게 먹히는 취미가 된 셈이다. 도쿄의 대중교통은 거의 외우고 있을 정도이다. 그래서 학교를 나올 때 이 버스 노선을 떠올리지 못한 것이 이상했지만, 하마다는 전혀 개의치 않고 버스를 탔다. 버스는 깨끗한 새 차량이었고 차 안은 텅텅 비어 있었다. 차장이 없는 것도 신선해서 즐거웠다. 하지만 높은 건물이 빼곡히 들어서고 구불구불한 고속도로가 보이는 창밖의 풍경은 물론 외국은 아니지만 하마다가 어렸을 때부터 알고 있던 도쿄가 아닌 기묘한 도시, 상상력이 부족한 작가가 쓴 공상 과학 소설 속에 나올 법한 도시처럼 느껴졌다. 그것은 무언가 실재하지 않은 환상의 도시 속에서 먼 곳으로 옮겨지고 있는 것처럼 불안한 기분이 들게 했다.

그래서였을 것이다. 하마나는 버스에서 내려 황혼이 밀려드는 조용한 거리를 걸을 때야 비로소 마음이 놓였고, 무심결에 주변의 야트막한 집들을 바라보며 발걸음이 느슨해졌다. 이런 계절의 이런 시각에 이런 모양으로 구부러진, 이런 폭의 길을 바로 지금처럼 약간의 습기를 머금은 미풍에 뺨을 간질이며 걸었던 적이 있었다. 그곳은 미야자키였을까, 아니면 모리오카였을까. 하마다는 어렴풋이 생각하고 있었다. 미야자키와 모리오카는 언젠가 기회가 닿으면 꼭 한 번 다시 가보리라고 진작부터 생각하고 있던 좋아하는 고장이다. 그러고 보니 미야자키에 간 것은 가을이었다. 모리오카의 여관집 주인은 나팔꽃을 키우는 것이 취미였는데, 좁은 베란다에 빼곡히 화분을 늘어놓고 나팔 모양의 색 바랜 꽃을 키우고 있었다. 됫병에 담겨 있는 소독액이 석양을 받아 오줌 같은 연갈색으로 탁해 보이는 것을 방에서 바라본 기억이 있으니 한여름이었을 거라고 회상하고 있었다. 그때 이상한 소리가 하마다를 어딘지 모를 낯선 마을에서 도쿄로, 근무처인 대학 근처로 홀연히 되돌려 놓았다.

후문 바로 앞에 있는 작은 다리를 건너며 이쪽으로 젊은 남자 한 무리가 '야아! 야아!'라는 구호를 외치며 달려왔다. 선두는 정장을 한 남자였다. 십 미터 정도 뒤쳐져서 유도복 차림의 남자들이 둘인가 셋, 또 그 뒤를 오 미터 정도 더 처져서 유도복의 남자 둘이 따라오고 있었다. 조금 늦은 시각이었지만 유도부나 가라테부가 훈련을 하고 있는 것이리라. 여느 때처럼 대학의 통지를 무시하고 학교 밖으로 나와서 구보를 하고 있는 것이다. 졸업생이 앞장서서 저런 훈련을 하는 것은 난처한 일이다.

"야아! 야아!"

그들의 구호는 야만적인데다가 박자도 맞지 않아서 불쾌하게 느껴졌다. 하마다는 그리 넓지 않은 길의 가장자리로 미리 피해 걷다가, 유도복을 걸친 남자들의 한참 뒤에서 정장 차림의 남자들이 달려오고 있는 것을 알아차리고 걸음을 멈췄다. 그들의 목소리는 의미 없는 구호가 아니었다. 그것은 '도둑이야! 도둑이야!' 하고 고함치는 소리였는데, 하마다는 여태껏 그 소리의 꼬리만 듣고 있었던 것이다.

"도둑이야! 도둑이야!"

하마다는 멈춰 섰다. 그렇다면 맨 앞에 있는 남자는 구보 대열의 선두를 달리는 것이 아니라 쫓기고 있다는 건가? 복장도 말끔하고 체격도 탄탄해 보이는데……. 달려오는 남자의 이목구비가 비로소 확실히 시야에 들어왔다. 그때 보게 된 남자의 생김새는 불쌍해 보이거나 초라해 보이지 않았다. 오히려 때에 찌든 유도복 차림의 뒤쫓는 사람이 훨씬 더 초라해 보였다. 맨발의 학생들은 추하게 입을 벌리고 소리를 질러대며 꼴사납게 달리고 있었지만, 남자는 유연하게 몸을 앞으로 수그리고 달려왔다. 그런 대조적인 모습이 판단을 흐려놓아 이제는 오 미터 정도의 거리로 가까워진 남자가 학교 털이범일 리 없다는 생각이 들었는지도 모른다. 또 처음에 잘못 들은 것이 꼬리를 물고 하마다를 움직이지 못하게 몸을 얽어매었을지도 모른다. 하마다는 '도둑이야! 도둑이야!'라는 비명 같은 소리를 분명히 들었으면서도, 잡으라는 명령을 받고도, 잡아달라고 애원하고 있다는 것을 알면서도 아무것도 하지 않았다. 하마다는 마침 맞은편에서 걸어오던 중년 여자가 한 손에 양배추, 한 손에 시장바구니를 들고 하얗게 질려 꼼짝도 못하고 서 있는 것처럼, 쫓기는 남자의 윗도리가 바람에 부풀려지고 이마와 코에 땀이 밴 채 눈앞으로 지나가는 것을 그저 멍하니 바라만 보고 있었다.

  아니, 사실 그 남자는 하마다를 지나칠 수 없었다. 남자를 지켜보려고 시선을 아주 조금 움직였을 때, 하마다의 바로 뒤에서 걷고 있던 녹색 스웨터 차림의 남자가 길가 울타리까지 바짝 물러서서 등을 구부려 자세를 낮추었다. 그리고 울타리를 디딤돌 삼아 발돋움하여 럭비의 태클처럼 격렬한 기세로 그 남자에게 덤벼들었다. 스웨터를 입은 남자가 도망치는 남자의 양다리를 잡아 조르자 균형을 잃었다. 그들은 둘이서 적과 아군의 럭비 선수처럼 잿빛 길 위로 굴러 떨어졌다. 잿빛 정장에 파란 넥타이를 맨 남자는 양다리를 움직이려고 발버둥 치며 양팔을 휘저었지만, 스웨터를 입은 남자의 팔뚝은 자물통처럼 단단했다. 상대가 구부리고 있던 자세를 모로 틀어서 코피로 더러워진 얼굴을 쳐들어도 자물통은 조금도 느슨해지지 않았다. 넘어진 남자는 정장과 넥타이를 코피로 더럽히면서 자신을 붙들고 있는 남자의 머리를 쳤다. 하지만 손을 마구잡이로 휘둘렀을 뿐 세게 때린 건 아니었다. 그리고 도둑을 쓰러뜨린 남자는 머리를 얻어맞으면서도 그 머리를 상대의 가랑이와 배에 심하게 짓누르며 끝까지 양팔을 놓지 않으려 했다. 그때 갈색 정장을 입은 한 남자가 유도부 학생들을 밀어젖히고 재빠르게 뛰어들었다. 갈색 정장의 남자는 넘어져서 발광을 하는 남자를 깔고 앉아 왼손으로 목을 누르며 오른손으로 얼굴을 두어 번 후려갈긴 뒤, 빙 둘러서서 구경만 하는 학생들에게 "경찰 불러!

경찰!" 하고 소리쳤다. 그러자 두 학생이 뛰기 시작했다. 스웨터를 입은 남자가 일어서서 팔과 가슴께의 먼지를 털어냈다. 갈색 정장의 남자가 비로소 저항을 포기한 남자의 면상을 또다시 후려갈겨 코피가 더 심해졌다. 와이셔츠 차림의 남자가 도둑을 때려잡은 남자에게 다가가서 머리를 숙이며 감사의 말을 했고, 어느 유도부 학생이 스웨터 등판의 먼지를 털어주었다.

그러나 하마다는 전화박스 쪽으로 달려가지 않았고, 스웨터의 먼지를 털어주려 하지도 않았다. 하마다의 바로 앞에 있는 스포츠 셔츠의 남자처럼 학교 털이범이 계속 발광을 하면 얼굴에 일격을 가하려고 한쪽 발을 가볍게 들고 벼르고 있는 것도 아니었다. 하마다는 아무것도 하지 않은 채, 넘어진 남자와 깔고 탄 남자를 멀찌감치 둘러싸고 있는 국숫집 배달원과 조금 전의 중년 여자와 아이들, 그 밖의 사람들로 만들어진 울타리 속에 섞여 그저 내내 이런 생각만 하고 있을 뿐이었다.

'저 갈색 옷은 작년쯤부터 학생과에서 일하는 스기라는 졸업생이다. 와이셔츠는 학생과에 있는 하세가와이고, 스포츠 셔츠는 교무과에 근무하는 아부개라는 자다. 이자들이 이런 식으로 함부로 취급하는 걸 보면 진짜 학교 털이범일지도 모른다……'

학생들이 달려와서 스기에게 보고했다.

"금방 온다고 합니다."

"좋아."

"놓치지 않도록 잘 지키고 있으랍니다."

"그래. 수고했어."

도둑이 또다시 발버둥을 쳐서 스기가 비틀거렸고, 교무과 남자가 얼굴을 찰 요량이었으나 빗나가서 어깨를 찼다. 허우적대는 다리 위를 학생과의 하세가와가 타고 앉아서 스기를 껴안다시피 했다. 스기가 학교 털이범의 얼굴을 또 후려갈겼다. 얻어맞은 남자가 얼굴을 찌푸렸다. 그것이 프로 레슬링을 연상시켰을지도 모른다. 아이들은 요란하게 웃어젖혔고, 그 투명한 웃음소리가 옅은 잿빛의 황혼 속으로 울려 퍼졌다.

자리를 뜨려고 결심했을 때, 하마다는 하세가와와 시선이 마주쳐서 가볍게 눈인사를 하고 말했다.

"이런, 수고가 많군."

그러나 와이셔츠 차림의 학생과 직원은 일단 인사를 받기는 했지만, 기분 나쁜 얼굴로 하마다를 노려본 뒤, 바로 시선을 돌려 스기의 옆구리를 꾹꾹 찌르며 말했다.

"어이, 지쳤으면 교대할까?"

"아뇨. 괜찮습니다."

하마다는 저들 모두 자신이 도둑을 잡으려 하지 않은 탓에 화가 나 있는 거라고 생각하며 사람 울타리를 빠져나왔다. 학교 후문을 거쳐 서무과로 돌아가면서 '대체 나는 왜 아무것도 하지 않고 보고만 있었을까' 하고 생각했다. 그 의문은 야간 대학 수업 때문에 남아 있는 직원과 잔업 수당을 벌려고 일부러 일을 질질 끌고 있는 자와 잡담을 하고 있을 때도, 간단한 서류를 두어 개 작성하고 있는 사이에도 머릿속에서 떨쳐지지 않았다. 게다가 하마다는 직원들에게 학교 털이범에 대한 이야기를 하는 것을 꺼리고 있었다. 왜 방관을 일삼았는지에 대한 물음에 답을 얻을 수가 없었다. 그저 단순히 잘못 들었기에. 직원들에겐 운동부 OB에 대한 반감이 적잖이 있었기에. 이 두 가지 중 어느 쪽도 그토록 오랜 시간 동안 자신의 행동에 대한 아니, 무행동에 대한 이유로는 너무 약하게 느껴졌다. 그 남자는 겉보기엔 동생 신지와 비슷한 또래가 아닐까 싶기도 했지만, 신지의 키가 더 훤칠하고 얼굴 생김새도 전혀 다르다. 더구나 옛날에는 어땠을지 몰라도 지금은 절대 그렇게 빨리 달릴 수 없다. 신지는 전쟁이 끝난 후 대학을 중퇴하고 한동안은 재즈 피아노를 쳤는데, 폐결핵으로 먹은 약 때문에 청각을 잃고 지금은 출판사에서 교정 일을 보고 있다. 동생이 달리는 모습을 마지막으로 본 것은 언제였을까. 하마다는 그것이 십 년이나 십오 년쯤으로는 헤아릴 수 없을 만큼 오래 전이었다는 것에 놀랐다. 그러고 보니 요즘 통 신지를 만나지 않았다. 잘 지내고 있을까? 하마다는 로커에서 우체국 통장을 꺼내고 퇴근 준비를 한 후, 직원들에게 인사하고 교직원 화장실로 갔다. 하마다는 엉겁결에 여자 화장실 문을 열고 두세 걸음 안으로 들어섰다가, 소변기가 없는 밋밋한 벽에 이상한 느낌을 받고서야 자신이 잘못 들어온 것을 깨닫고 쓴웃음을 지었다.

쓴웃음은 옆에 있는 남자 화장실 안으로 들어가서도 그칠 줄 몰랐고, 그런 실수로 하마다의 마음이 누그러져서 아까 도둑 사건에 대한 생각을 멈추게 했다. '내가 오늘 넋이 나갔구나', '정신 차려'. 하지만 그 마음은 길게 가지 않았다. 하마다가 손을 씻고 손수건으로 닦으려고 했을 때, 반쯤 열려 있던 창문 너머에서 들려온 목소리는 하마다를 다시금 긴장시켰다. 그 창문 너머에는 수도전이 몇 개 설치되어 있어서 조금 더 이른 시각에는 운동부의 부원들이 세수를 하거나 손을 씻거나 유니폼을 빨곤 하는데, 그 근처가 느닷없는 웃음소리와 말소리로 소란스러워졌다.

"시원스런 태클이었습니다."

"태클 한 방으로……."

"레귤러라니, 그 실력으로는 도무지. 보결 선수라면 몰라도……."

"그러셨습니까. 정식으로 트레이닝을 한 사람이 아니고서는, 역시 그렇게 멋지게……."

"나 같은 놈은 이제 고물 다 됐어. 그거 좀 뛰었다고……."

"아무튼 그 자식, 어찌나 도망을 잘 치는지……."

"그러고 보면 가라테 현역은 역시……."

"허허, 가라테 부라……."

"이마이 씨가……."

"그러니까 말이야. 나는 그때……."

"어이구, 송구합니다."

"위생실에 들려주시면……."

"뭐어?……."

"그보다 지혈용으로 맥주라도 한잔……."

문 밖의 대화는 한 바퀴 돌고 온 골프 파티처럼 사교적이고, 사냥 동료처럼 쾌활했다. 그리고 창문 안쪽에서는 하마다가 그들의 목소리를 등에 지고 젖은 손을 닦지 못한 채 두려움에 떨고 있었다. 그것은 까닭을 알 수 없는 갑작스런 공포였다. 하마다는 한 줄기 웃음소리에 반사적으로 문 쪽을 보았다. 하마다는 이 문으로 나가서 복도로 도망치는 것이 가장 좋은 방법이라고 판단했다. 그러나 복도에서 붙잡히진 않을까 두려웠다. 여기서 현관까지 그리고 또 정문까지, 아니면 뒷문 쪽까지의 짧은 거리를 걷는다는 게 더할 나위 없이 위험한 긴 여로처럼 느껴졌다. 수돗가 주위의 사람 수가 조금 줄었다. 하마다는 문에서 눈을 떼고 바로 앞의 작은 거울에 비친 자신의 얼굴을 바라보며 이 직사각형 속의 얼굴이 무언가를 닮았다고 생각했지만, 그게 무엇인지는 알 수 없었다. 창밖의 남자들은 모두 사라졌고, 하마다의 마음에서 두려움도 천천히 사라졌다. 식은땀인가. 하마다는 이마 언저리에 배인 땀을 손수건으로 닦으려 했으나, 어느새 손수건은 세면대에 떨어져 가늘게 흐르고 있는 물에 젖어 바닥에 들러붙어 있었다. 하마다는 얼굴을 씻고 꼭 짠 손수건으로 닦았다. 이건 마치 악몽에서 깨어났을 때와 같은 느낌이라고 생각하면서 문을 밀어젖히고 저 멀리 야간대학 학생이 뒷모습이 보이는 복도를 걷다가 모퉁이를 돌았다.

 현관을 나왔을 때, 오른편 건물에 있는 연구실에서 나온 영어교수 사쿠라이와 마주쳤다. 관립대학에서 정년퇴직을 한 후, 여기서 일하고 있는 사쿠라이의 모습에는 여생을 보내고 있는 자의 마음 편한 피로가 감돌고 있었다.

사쿠라이 교수는 "어이, 하마다" 하고 오른손을 가볍게 드는 시늉을 하며 말했다.

"교수님, 건강하게 잘 지내십니까?"

"고맙네. 글쎄, 뭐 건강이야 하지. 학년 말부터 한동안 정신없이 바빴다네. 그래서 그런지 새 학년이 시작되면 오히려 끝났다는 느낌이 드는구먼."

두 사람은 함께 정문 쪽으로 향했고, 하마다는 미소 지으며 말했다.

"저희들도 그런 기분입니다. 하지만 끝났다는 느낌, 나쁘진 않군요."

"그렇지. 나쁘지 않아. 끝. 모든 것이 끝나버렸다……"라고 교수가 중얼거렸다.

신사 앞까지 오자 사쿠라이 교수는 왼손에 들고 있던 칙칙한 색의 보자기 꾸러미를 겨드랑이에 끼고 깊게 머리를 숙였다. 하마다도 절을 했다. 야간 대학 학생들이 정문으로 많이 들어왔다. 연푸른 땅거미 속에서 그들의 소용돌이에 휩쓸리며 교문을 나올 때 사쿠라이 교수가 말했다.

"하마다, 이 신사는 무슨 신을 모시고 있는지 아는가?"

"모릅니다."

"이 학교에 오래 근무를 했어도 모르는 사람들이 태반이라네. 오다도 불합격이야"라며 외국어 전체주임 격인 영어과 노교수의 이름을 들먹이더니 "기억해 두게. 내게 가르쳐 준 사람은 이사……."

"호리카와 교수님?"

"아닐세."

"고바야카와 교수님이시군요."

"그렇지. 고바야카와 교수가 가르쳐준 거니까…… 확실한 지식이지. 잘 듣게. 이 신사는 삼라만상에 깃들어 있는 모든 신을 모시고 있다네."

"그렇군요."

하마다는 사쿠라이 교수가 진지한 건지 농담을 하는 건지 알 수 없어 그렇게 중얼거리는 것으로 화제를 돌렸다.

"그런데 교수님, 끝이라고 해도 프로 야구는 이제 시작인데……."

"그래서 큰일이야. 텔레비전 앞에 앉아서 시간을 죽이고 있으니, 원. 정년이 되면 책을 읽으면서 지내려고 마음먹었는데 말이야."

두 사람은 지하철역까지 함께 걷다가 헤어졌다. 지하철 안에서도, 교외 전철에서도 조금 전 거울 앞에서 귀를 쫑긋 세우고 있을 때 느꼈던 공포는 이제 사라지고 없었다.

맨 안쪽에 하마다의 아파트가 있는 긴 막다른 골목길로 들어서기 전에 담배 가게에 들렀더니, 큰 꾸러미를 껴안은 가죽 점퍼 차림의 사내가 옆 슈퍼마켓에서 나와 말을 걸었다. 인사에 대꾸는 했으나 평소 그리 친분이 있는 사이가 아니라서 잠시 알아보지 못하다가, 일 년 전쯤에 같은 아파트로 이사 온 회사원이라는 것을 알고 나란히 걷기 시작했다. 그때 상대는 정중한 말투로 이야기를 꺼냈다.

"조금 전에는 축하를 해주셔서 대단히……."

"축하?"

"예. 아이가 태어나서요. 좋은 선물까지 해주셔서, 아까 사모님께서……."

그래도 여전히 의아한 표정을 짓고 있자 상대는 당황하며 물었다.

"저, 하마다 씨 맞으시죠?"

이번에는 안면이 있는 사람이라는 걸 알았기에 축하한다는 말을 하고 사내아이인지 딸아이인지, 모자 모두 건강한지 따위의 흔한 인사를 주고받으며 두 사람은 아파트 단지 안으로 들어왔다.

"오늘 밤엔 회사 동료들이 몰려와서 축하 마작을 합니다. 되도록 조용히……."

"좋겠습니다. 마작에 강한 아이가 될 겁니다."

가죽 점퍼 사내는 새하얀 치열을 드러내며 행복한 웃음을 흘리고는 하마다와 다른 계단으로 올라갔다.

하마다는 먼저 아내에게 그 이야기를 했다. 요코는 그리 친하게 지내는 건 아니지만 첫아이라서 바겐세일 할 때 싸게 사둔 아동복과 깜찍한 양말을 선물했다며, 내년 이맘때가 되면 쓸모가 있을 거라고 설명했다. 하마다는 옷을 갈아입으며 응, 응 하고 끄덕였다. 그러고 보니 돌아가신 어머니도 괜찮은 물건을 쌀 때 사두었다가 답례용으로 잘 써먹었지. 그것을 우리 집에서는 '비축품'

이라고 불렀는데, 중일 전쟁으로 물자가 궁핍해져서 그런 말은 일종의 금기어였을지도 모른다. 세간에서는 소위 '사재기'까지 '비축품'이라는 말을 쓰게 되었다며 이십여 년도 훨씬 지난, 소년기의 끝에서 청년기의 시작에 걸친 무렵을 그리워했다.

식당을 겸한 부엌에 가서 식탁에 앉았을 때, 하마다는 쌓여 있는 우편물 속에서 아키코의 부고엽서를 또 발견하고 화들짝 놀랐다. 하마다는 일단 읽는 시늉을 하다가 밑에 내려놓았다. 그리고 전에 대학에 근무하다가 지금은 무역 회사에 다니는 남자의 주소지 변경을 알리는 엽서를 손에 들고 그것을 읽는 척하면서, 똑같은 부고엽서가 집으로도 온 것은 그냥 착오일 수도 있고, 아니면 아키코의 모친이 심통을 부린 것일지도 모른다고 의심했다. 아키코의 만년 혹은 전 생애는 불행했다. 적어도 모친은 그렇게 생각하고 있으리라. 실은 그리 평범한 삶이 아니었을 뿐이며, 그것도 조금 거리를 두고 바라보면 꽤나 흔해빠진 삶이지만 말이다. 그러나 모친에게는 도쿄에 있는 옛날 애인과 달리 그만한 거리가 없다. 그렇다면 당연히 하마다를 원망하고 있을 게 틀림없다. 어떤 표정일까? 생각해 보았지만 아키코 모친의 얼굴이 시금 어떻게 늙었고, 어떤 식으로 변해버렸는지 하마다는 상상조차 할 수 없었다.

요코는 겨된장 장아찌를 담은 작은 항아리를 식탁에 놓고 조금 뽐내는 양 하마다의 얼굴을 들여다보고서 밥을 푸고, 된장국을 떴다. 겨된장으로 절인 야채는 하마다가 좋아하는 음식이지만, 요코는 매니큐어를 칠한 손에 냄새가 밴다며 보통 때는 좀처럼 꺼내

주지 않았다. 모처럼 겨된장을 담가놓고, 마시고 남은 맥주를 그 안에 부어두어도 매일 젓기를 소홀히 하기 때문에 망쳐버린다. 그러나 하마다는 그것도 다이닝 키친이라는 작은 방에서 나무 의자에 걸터앉아 하는 식사와 마찬가지로 젊은 아내와 사는 일의 당연한 결과쯤으로 여기고 포기하고 있었다. 게다가 요코에게는 부부 관계가 소원해지면 으레 저녁상에 겨된장 장아찌를 내놓곤 하는, 스스로는 깨닫지 못하는 버릇이 있었으므로 그것이 아내와의 나이 차이를 더더욱 실감하게 했던 것이다.

두 그릇째는 오차즈케를 먹고, 정말 맛있다고는 하기 어려운 겨된장 장아찌로 식사를 마쳤을 때, 아내는 여태 생선조림을 젓가락으로 찌르며 두 장의 엽서 쪽에 시선을 던지면서 물었다.

"누가 돌아가셨어요?"

"옛날에 신세졌던 사람. 암이었을 거야."

"암 치료제는 영영 개발이 안 될까?"

"당신 때까지는 어떻게 되겠지. 내 세대는 이미 늦었지만."

"무슨 그런 말을 해요."

"어쩌면 안 늦었을지도 모르지. 하지만……."

그렇게 말하다가 하마다는 너무 잔인한 말을 하는 것도 깊이 생각해볼 일이라고 반성하며 입을 다물었을 때, 요코가 거듭 물었다.

"옛날이라니, 언제?"

"전쟁 때."

"예뻐요?"

"어이, 어이, 오해하면 못써. 아줌마……가 아니라 할머니라고. 연상한테는 흥미 없어."

요코는 기쁜 듯이 웃었고, 하마다는 눈치채지 않은 것 같아 안심하면서 차를 따랐다. 여자관계는 물론 전부 덮어두었다. 전쟁 때의 행동에 대해서는 혼담이 오고 갈 때 중매를 선 호리카와 이사에게 꼭 전해달라고 부탁했고, 이사는 분명히 말을 전했다고 후에 알려 주었지만, 과연 어디까지 이야기를 한 것일까. 호리카와 이사의 말은 워낙 미묘해서 부모도, 요코도 모르는 것은 아닐까 싶었다. 그 이유는 하마다의 입으로 직접 요코에게도, 요코의 부모에게도 말한 적은 한 번도 없었고, 요코도 전쟁 때의 일을 들먹이고 싶지 않은 심정을 아는지 먼저 그때 일을 물으려고 하지 않았기 때문이다. 게다가 하마다가 언젠가 어떤 계기로 여러 지방에 관한 이야기를 했을 때, 요코는 정말 아무렇지도 않은 양 "왜 그렇게 여기저기 돌아다닌 거예요?" 하고 물었던 적이 있었다. 그 말투와 표정은 호리카와 이사가 말을 안 했을지도 모른다는 의혹을 품게 했다. 그래서 요코의 그 물음에 젊은 시절엔 여행을 굉장히 좋아했기 때문이라고 대답했지만, 그것이 쏙 거짓말은 아니었다.

싸게 사온 사과를 반씩 나눠 먹은 뒤, 아내가 설거지를 하기 시작하자 하마다는 거실로 가서 텔레비전을 켰다. 그러나 보기 위해서가 아니라 듣기 위해서였다. 하마다는 엎드려서 담배를 피우며 샹송 가수의 암말처럼 긴 얼굴을 보지 않고 화면 조절도 하지 않으면서 샹송을, 혹은 소리를 들었다. 텔레비전은 일반적으로 시판

되는 것인데, 손수 만든 스테레오 스피커에 아웃풋 트랜스를 연결해 두었다. 스피커 박스는 중인방 위에 달아놓았다. 이렇게 설치한 지 벌써 일 년 가까이 지났다.

원래 하마다는 음악을 좋아해서 음질에 까다로웠는데, 요코가 졸라서 산 텔레비전의 음질이 너무 나빠서 깜짝 놀랐었다. 하지만 샀을 당시는 둘째 치고, 요코는 이내 텔레비전을 거의 보지 않게 되어 그리 신경을 쓰지 않고 있었다. 이 년 전에 요코가 아이를 가졌고, 얼마 후에 유산했다. 그 일 때문인지, 영화가 완전히 한물가고 텔레비전이 활성화된 탓인지, 아내가 늘상 텔레비전만 보게 되자 하마다는 조잡한 음질이 도저히 참을 수 없었다. 그래서 텔레비전을 샀을 당시에 생각은 하고 있었지만, 차일피일 미루다가 그제야 손을 쓴 것이다. 하마다는 구제관립고등공업학교의 무선공학과를 졸업했고, 선생의 권유로 재학 시절부터 초보자용 무선잡지에 원고를 쓰기도 했다.

물론 하마다는 그런 학력쯤은 이제 아무런 의미가 없다고 생각하고 있었다. 기계를 만진다는 것은 호리카와 이사의 바둑과 마찬가지로 취미에 지나지 않으며, 허풍스레 말하면 자신은 어디까지나 아마추어 엔지니어라는 것이 하마다의 신조였다. 하지만 그런 자명한 일을 일부러 자신에게 일깨우는 건 도리어 이상할지도 모른다. 전쟁 후 전자 제품 붐이 일어난 덕분에 동급생들은 대개 일류 기술자가 되어 행세깨나 하고 있고, 가장 친했던 동창 사카이는 전쟁 후에 창업한 가장 유망한 기업 중 하나라고 불리는 어느 일류 라디오 회사의 부사장이 되었다. 그런데도 자신은 대학교의 사무직원이며, 간혹 무선잡지에 짧은 글을 쓰는 게 고작이라는 것이 신경 쓰였을지도 모른다.

십 년도 훨씬 전, 사카이네 회사가 유명세를 타고 있을 무렵에 사카이로부터 보고 싶다는 갑작스런 전화가 학교로 걸려 와서 함께 저녁을 먹은 적이 있었다. 전쟁 후 연락이 끊겼는데도 하마다가 쓴 글을 읽고 그 무선잡지 편집부에 문의하여 근무처를 알아냈다는 것이었다. 사카이는 학창 시절에 비해 훨씬 민첩한 분위기로 변했다. 관록이 붙었다는 느낌보다는 예리하고 사나워졌다는 인상이 강했고, 그 점이 하마다를 압도했다. 물론 여전히 뚱뚱하고 덩치가 컸으며, 나온 요리를 닥치는 대로 먹어치우는 먹성은 옛날과 똑같았지만 말이다. 그때 사카이는 하마다에게 자기네 회사에 들어오지 않겠냐고 제의했다. 원래부터 좋아하던 분야인데다 수입이 어느 정도 늘어나게 되는 것쯤이야 알고 있었지만, 이틀 정도 생각한 끝에 거절했다. 그 후로 사카이와는 좀처럼 만나지 않았고, 만나도 사카이가 그 이야기를 다시 꺼낸 적은 없었다. 다만 텔레비전을 샀을 무렵, 긴자에서 우연히 만나 커피를 마시며 이야기를 나눈 적은 있었다. 하마다가 '텔레비전의 음질에 대해선 아무도 말을 하지 않지만, 컬러텔레비전보다는 음질 문제부터 먼저 해결해야 되는 거 아니냐', '분명 시청자 쪽에서 같은 FM 방송인데 왜 라디오 FM에 비해 이렇게 음질이 나쁘냐고 할 게 틀림없다'라고 말하자 귀담아 듣고 있던 사카이는 뭔가 말을 꺼내려고 하다가 무던히도 참고 있는 눈치였다. 하마다는 사카이가 회사 기밀을 누설하지 않으려는 것이리라 추측하고 미안한 생각이 들어 화제를 바꿨다.

텔레비전을 '들을'때에 가볍게 혀를 차는 것은 하마다의 버릇이 되어버렸다. 지금도 하마다는 상송을 들으며 혀를 찼고, 상송이 몇 곡이나 연이어 흐른 뒤, 화면에 세 명의 발레리나가 등장하고 무드음악으로 바뀌었으나, 여전히 하마다는 텔레비전을 보지 않고 다시 작게 혀를 찼다. 스테레오 장치에 연결을 해봐도 음질은 아주 조금밖에 나아지지 않았던 것이다. 이래서는 콘솔형 텔레비전이 쓸모없는 것도 당연하다. 하기야 텔레비전 주파수대가 라디오 FM의 주파수대보다 폭이 약간 좁은 것은 전문가들 사이에서는 공공연한 비밀이었고, 텔레비전의 경우는 마이크 세팅 하나만 봐도 조악한 것 같으니, 애당초 좋은 소리를 내보낼 수가 없다. 더구나 그것을 나쁜 수신 장치로 받으면 나쁜 소리가 나오는 것은 당연지사고, 반대로 좋은 수신 장치로 받으면 나쁜 소리가 정확하게 재현되고 만다. 하지만 그 점을 어떻게 할 수 없을까? 나는 이제 아마추어라 더 이상 내가 할 수 있는 일은 없다. 하마다는 속으로 사카이네 회사가 음질이 좋은 텔레비전을 왜 발매하지 않을까, 아직 연구가 진행되지 않은 걸까, 하고 평소 품고 있던 의문들을 다시 한번 되풀이했다. 그때 설거지를 끝낸 요코가 욕실에 가스 온수기를 틀고 거실로 돌아왔다.

"채널 돌려도 되죠?"

"응."

요코는 채널을 돌리고 라쿠고[2]의 마지막 부분에서 킥킥 웃어댔다. 그 웃음소리에는 마치 유리병 속의 가루처럼 교태와 불만이 번뜩이며 채워져 있었고, 텔레비전을 함께 '들을'뿐만 아니라 함께 '보는'일과 그 밖의 여러 가지 봉사를 남편에게 요구하고 있는 눈치였다. 이윽고 미국 영화가 시작되었고, 하마다는 바로앉아 아내와 함께 영화를 보았다. 아키코의 부고엽서가 집으로도 날아와서 아무래도 아내의 비위를 맞춰 둘 필요가 있었기 때문이다. 하마다는 아키코의 모친이 부린 심술, 혹은 그 일을 거들어 준 사람의 실수를 또다시 설핏 원망했다. 그러나 어쨌든 이것으로 모든 것이 끝난 거라고 스스로를 타이르며 텔레비전 프로를, 아니 아내와 나란히 텔레비전 앞에 앉아 있는 이 거짓말 같은 평화를 진심으로 즐겼다.

처음에는 의무적으로 쳐다만 보고 있던 텔레비전 영화가 별안간 하마다의 마음을 끌어들였다. 젊은 여자가 나와 노인과 이야기를 나누던 도입부가 끝나고, 한 청년이 찬비에 젖으며 주유소 구석에 숨어 있는 장면에서 하마다는 줄거리에 빨려 들어갔다. 청년은 경찰에게 쫓기며 굶주려 있었다. 주유소 남자들도 청년을 잡으러 온 경관들도, 그리고 경찰견마저도 청년을 찾아내지 못했다.

---

2 落語. 한 사람이 여러 역할을 맡아 해학적인 이야기를 주고받는 형태로 진행하는 일본 전통 예능

주인공이 발각되지는 않을까 노심초사하는 서스펜스는 몹시 진부한 내용이긴 하지만, 그걸 징그러울 정도로 능숙하게 이용하고 있다. 청년은 두려움에 떨면서 다시 걷기 시작했다. 찬비가 하얗고 굵게 모로 내리쏟아져 청년의 뺨을 때렸다. 그러나 이번에야말로 절체절명의 위기가 닥쳐오고……. 하마다는 그만 손을 뻗으면서 무릎걸음으로 다가가 텔레비전을 꺼버렸다. 빗속의 거리와 젊은이는 하얗고 작은 직사각형이 되면서 이내 사라졌다.

"왜 그래요?"

요코의 날카로운 목소리에 하마다는 아무런 대꾸도 하지 않았다. 하마다는 그저 지금 텔레비전 스위치를 누른 자신의 오른손 집게손가락 끝을 마치 자신의 손가락이 아닌 것처럼 보고 있었다. 아내는 또다시, 그러나 이번에는 한탄하듯 말했다.

"이상한 사람이네. 딱 좋은 부분이었는데."

"피곤해서 그래. 오늘은 일찍 잡시다."

그 말에 요코의 표정이 갑자기 환해지며 부드러워졌다.

"나도 그럴까 했어요. 무슨 말인지 알아요?" 하며 요코는 눈을 크게 뜨고 하마다의 얼굴을 응시하면서 말했다.

하마다는 끄덕이며 귀를 쫑긋 세웠다.

"욕조는 괜찮은 거야?"

"어머, 이런. 내 정신 좀 봐."

아내는 신이 나서 방을 나갔다.

하마다가 머리맡의 전기스탠드 불빛으로 석간을 읽으면서 기다리고 있자, 요코는 목욕 타월만 두르고 침실로 들어왔다. 하마다는 석간을 곁에 내려놓았다. 요코는 자기 이불은 거들떠보지도 않고 하마다에게 곧장 다가와서 목욕 타월을 벗어던졌다. 큼지막한 파란 타월은 요코의 이불 위에 널브러지고, 알몸이 된 아내는 남편의 이불 속으로 기어들었다. 요코가 파자마를 입고 싶어 해서 한 번쯤은 사온 적도 있었지만, 하마다는 유카타를 입고 자는 것을 좋아해서 지금도 그러고 있다.

왼쪽 어깨와 팔은 유카타에 가려져 있고, 허벅지와 다리에는 요코의 맨살이 바로 닿아 따스함이 느껴졌다. 그 따스함에 채근된 듯 하마다는 자세를 고쳐 왼쪽 겨드랑이가 밑으로 가게끔 하고 몸을 뒤치면서 '이 시트는 한동안 갈지 않았군. 내일 밤엔 분명 새로 빤 시트로 바뀌겠지'라고 생각했다. 그것은 여느 때와 같은 요코의 습관이었다. 이런 식으로 하면 낭비가 없다며 언젠가 득의양양하게 설명한 적이 있다. 하마다는 아키코가 시트를 간다면 아무래도 이 여자와는 반대였을 거라며 희미한 기억을 더듬었다. 하지만 어쨌든 이젠 다 끝난 일이고 내일 아침에 부의금을 보내면 그것으로 정말 끝이라고 생각했다.

"무슨 생각을 하는 거예요?"

하마다는 요고의 물음에 대답하지 않았다. 요코는 고양이처럼 아양을 떠는 목소리로 말했다.

"여보……"

하마다는 엉겁결에 오늘 오후에 일어난 일에 대해서 이야기하기 시작했다.

"지금도 그 친구들이 착각한 건 아닐까 싶을 정도야. 난 걷고 있었어. 정말 기분 좋게 걷고 있었지. 어쨌든 도쿄의 옛 모습이 그대로 남아 있는 듯한 조용한 거리였거든. 실은 옛날 도쿄와 조금도 안 닮았지만 말이야. 근데 저쪽에서, 그러니까 학교 쪽에서 '에잇, 에잇'이었나? '오웃, 오웃'일지도 몰라. 실제로는 그런 소리가 아니라 짐승의 울음소리 같은 구호. 사실 구호가 아니었지만. 맨 앞에서 달리던 젊은 남자. 젊다고 해도 서른 정도, 아마 그보다 훨씬 더 먹었을지도 몰라. 말끔한 옷차림에 균형 잡힌 몸매. 뒤에서 뛰어오는 놈들 꼬락서니가 하도 가관이어서 너무 비교가 되더군. 신지가 젊었을 때 그런 모습이었을지도 몰라. 그 녀석이 재즈 피아노에 빠지지 않고 결핵 따위에 걸리지만 않았어도 그 사람처럼 멋진 스타일로 뛰었을 거야."

"그만 해요. 얘길 들을 수가 없어."

"응."

그러나 하마다는 요코의 몸에서 손을 떼지 않았다. 하마다는 엄지손가락의 지문 결로 유륜과 유두를 살짝 어루만지며 이야기를 계속했다.

"도둑놈을 뒤쫓고 있다는 걸 나중에야 알아. 깜짝 놀랐지. 맨앞에 있던 남자가 도둑이라는 게 아무래도 믿기지 않아서 우물쭈물하는 사이에 내 옆을 지나가 버렸어. 아차, 싶었는데 바로 내 뒤에 있던 남자가 맹렬한 기세로 덮쳤어. 사람들이 많이 모여들었고, 깔고 앉은 남자가 퍽퍽 후려갈기고. 남자가 얻어맞을 때마다 아이들의 천진난만한 웃음소리가 투명하게, 마치 음악처럼 황혼의 제비꽃 빛깔로 물든 하늘로 울려 퍼지고. 정말이지 참을 수가 없었어. 체격이 참 좋은 남자였거든. 얼굴도 얼마나 잘생겼다고. 왜 그런 남자가 도둑질을 해야만 했을까? 그래도 너무 잔인하잖아. 본 적은 없지만 여우사냥 같았어. 그렇다고 그렇게까지⋯⋯."

하마다가 말을 끝내도 요코는 잠자코 눈을 감고 있었다. 뭔가 묘한 표정. 하마다의 손가락은 젖가슴에서 배로 더듬어 내려갔다. 하마다의 몸은 이미 단단해져 있다. 이번에는 하마다가 물었다.

"왜 그래?"

요코는 대답하지 않았다. 하마다는 네 손가락으로 요코의 허벅지를 매만지며 말했다.

"무슨 생각을 하는 거야?"

요코는 중얼거렸다.

"당신이란 사람, 참 이상한 사람이야."

"왜?"

하마다는 손가락으로 요코의 매끈하고 따스한 허벅지를 천천히 벌리면서 물었다.

"그렇잖아. 도둑을 동정하다니."

귓전에서 입술을 살짝 움직이며 속삭이는 요코의 말을 듣고 하마다는 화들짝 놀랐다. 그제야 하마다는 오늘 일어난 일련의 사고가 무엇을 의미하는지 비로소 알게 된 것이다. 하마다의 손가락은 여전히 움직이고 있었지만, 그 손가락에서는 이미 애무의 힘이 죄다 빠져 있었다. 몸은 비튼 채로 있었지만, 뒤통수는 아까 반듯이 누웠을 때처럼 베개에 완전히 대고 있었다. 하마다는 크게 숨을 내쉬었다.

나는 오늘 하루 종일 쫓기는 남자들을 동정하며 지냈다. 모두, 쫓기는 남자들. 스스로는 그것이 무엇을 의미하는지 전혀 깨닫지 못한 채. 파출소에 붙어 있던 꾀죄죄한 포스터에 그려진 세 명의 흉악범들. 학교를 털다가 붙잡힌 정장 차림의 남자. 텔레비전 영화의 백인 청년. 하지만 그것은 모두 그들을 향한 동정이 아니라 과거의 자신을 동정하고 공감하고 있었던 것이 아닌가. 모두, 나의 그림자. 나는 오늘 그들에게서 전쟁 때 징병 기피로 일본 전역을 목숨 걸고 도망 다니던 시절의 나를 보고 있었다. 마치 창부의 사타구니에 인기 영화배우의 얼굴을 오려붙인 에로사진처럼, 무의식중에 학교 털이범의 얼굴을 이십대의 내 얼굴로 갈아 끼웠던 것이다.

1940년 가을부터 1945년 가을까지 하마다는 징병 기피자로 살아갔다. 1940년은 일본·독일·이탈리아의 삼국동맹이 체결되고, 왕징웨이의 괴뢰정부가 출범한 해다. 태평양 전쟁은 이듬해 1941년 말에 시작되어 1945년 8월에 끝이 났다. 징병 제도는 전쟁 전 군국적인 일본의 가장 중요한 기초로서 그에 반하는 것은 일본군에게 총살당하거나, 가장 위험한 전쟁터로 보내져 적국의 포탄에 맞아죽든지 간에 확실한 죽음을 의미했다. 그 어두운 운명을 줄곧 생각하면서 하마다는 이십대 전반에 걸친 오 년 동안 도주를 계속했다. 가장 자주 꾸는 건 헌병 꿈이었다. 물론 속여야만 하는 것은 헌병과 경찰뿐만이 아니었다. 일본이라는 나라 전체가, 기차역도 항구도 도시도 홀로 상대해야 하는 적이었다. 하지만 하마다는 끝까지 도망쳤다. 하마다의 징병 기피는 성공했다. 이런 기적이 어떻게 가능했는지는 하마다도 그리고 그 누구도 모르는 일이지만. 일본이 패전하여 일본 군대가 해체됨으로써 하마다의 적인 국가 권력 그 자체가 붕괴된 것이다. 그리고 지금 하마다는 대학교의 사무직원으로 평화롭게 살고 있다. 누구에게도 쫓기지 않고 그저 과거에만 쫓기면서. 과거는 하마다를 끊임없이 질책했고, 그 과거를 잊으려고 발버둥 치지만 잊지 못한 채로 살아가고 있다. 오늘도 거의 잊어가고 있던 참이었는데.

요코가 허리를 살짝 움직이는 바람에 하마다의 손가락이 젖었다. 하마다는 손가락 끝을 요코의 허벅지에 닦았고, 그게 애무와 같은 효과를 냈다. 요코는 신음소리를 흘렸다. 하마다는 요코의 오해를 알아듣지 못하고 내내 다른 생각을 했다.

늘 아무렇지 않게 지나치던 파출소 앞에서 오늘은 왜 멈춰섰지? 포스터는 전부터 붙어 있었을 텐데. 대답은 분명하다. 오늘 아침에 저 검은 테두리의 부고엽서를 받았으니까. 저 사망통지가 나를 전쟁 시절로 되돌려 놓았어. 사십 대인 내게 이십 대의 감각을 되살려 놓은 거야. 내 청춘의 감각. 공포와 굶주림, 이제 다시는 절대로 손에 쥘 수 없는 자유를 향한 머리가 아파 올 정도의 갈망, 그리고……. 나는 살찌지 않은 이십 대 젊은이로 돌아가 화장실 안에서 두려움에 치를 떨었다. 화장실 밖에서 흘러드는 쫓던 자의 목소리에 식은땀이 뱄다. 세면대의 작은 거울 속 얼굴은 수배 포스터의 얼굴과 닮았다. 조잡한 인쇄로 더러워진 것처럼 땅거미에 더러워져서.

나와 함께 도망 다녔던 시코쿠의 전당포집 딸의 죽음. 전당포집 딸 아키코는 마지막 일 년 동안 나를 먹여 살려주었지. 만약 아키코가 없었다면 나는 자수했을지도 모른다. 암, 자수하고도 남았을 거야. 아마도. 아니면 굶어죽었거나. 이건 확실하다. 그 시절엔 영양실조라는 말이 유행했으니까. 외식권[3]을 살 돈이 없어서 고생하고. 여자가 곁에 없었으면 숙박비가 훨씬 싸졌을 텐데, 하며 억울해하고. 별짓을 다해도 기차표를 구할 수 없어서 아키코가 역장 앞에서 울고불고 거짓 눈물을 흘리고. 아키코는 부쩍부쩍 말라갔다. 그리고 나 역시도. 그래서 결국 할 수 없이 시코쿠에 있는 아키코의 집으로 갔다. 왜 그런 터무니없는 짓을 했을까? 나야 일단 일을 저지른 이상 되돌릴 수 없었으니까. 하지만 아키코는? 모르겠다. 사랑? 아마도. 하여튼 정열. 국가 권력에 반역하는 일에 우리 두 사람은 정열을 바쳤다. 나는 아키코의 정열을 이용하여 살아남았고, 살아남는 일에 성공했을 때 쉽사리 아키코와 헤어졌다.

---

3 제2차 세계 대전 당시 주식통제하에 외식하는 자에게 발행한 식권

헤어지자 말한 것은 아키코였지만. 전쟁이 끝났을 때 우리 두 사람의 관계도 끝났다는 기색을 내가 풍겼었나? 모르겠다. 그리고 절대 그러지 않았다고 단언할 순 없다. 8월 15일까지만 해도 아키코는 도쿄 이야기를 하는 것을 좋아했다. 8월 15일부터는 긴자 이야기도, 아사쿠사 이야기도, 길을 잃고 너무 고생했다는 나베야 요코쵸 이야기도 뚝 끊겼다. 나와 헤어진 후 혼담이 들어왔고, 후처로 들어가서 살다가 이혼했다. 그리고 결국 암으로 죽었다. 아키코의 불행한 생애도, 징병 기피로 도망 다니는 사이에 벌어진 어머니의 자살도 모두 내게 책임이…….

"여보, 좀 더."

요코는 얼굴을 심하게 일그러뜨리고 하마다의 왼쪽 귀를 핥으며 채근했다. 하마다는 나지막이 뭐라 말했다. 요코는 손을 뻗어서 만져보고는 그것이 이젠 딱딱하지도 뜨겁지도 않다는 것을 알았다. 하마다도 아내의 손가락이 아무리 애를 써도 아무런 효과를 얻을 수 없다는 것을 알았다.

'오늘 밤은 안 되겠어, 이런 상태로는.'

요코의 혀가 하마다의 귓불을 직셨고, 하마다는 그것을 불쾌하게 느꼈다. 귓구멍이 젖어서 더더욱 불쾌해졌다.

'못할 거야, 오늘 밤은. 아까 요코가 그런 말만 안 했어도 난 몰랐을 텐데. 오늘과 이십 년 전을 결부시키지 않았을 텐데. 그런 말을 해서 이러잖아.'

귓불과 귓구멍이 젖어서 쉽게 마르지 않았다.

……어머니는 그런 사람이었어도 역시 군의관의 딸이어서 의외로 나를 수치스럽게 여겼을지 몰라. 아버지는 의사였으니 더더욱 자유주의적이어서 군인을 싫어했고, 할아버지는 장사꾼이어서……, 하지만 아버지가 어머니에게 미안한 마음에 군인이 싫다는 걸 숨기려 했던 것도 어린 마음에도 알 수 있었지. 5·15[4] 때도 2·26[5] 때도 어머니가 애국부인회에 나가는 게 싫어서 어떻게든 말려보려고 이래저래 에둘러 말했지만, 통하지 않았어. 어머니는 그다지 머리가 좋은 여자가 아니었거든. 그렇게 둘러서 말하지 않아도 될 텐데. 하긴 외갓집에서 학자금을 대주었으니. 붉은 바탕에 흰 글자로 애국부인회라고 박힌 어깨띠가 나도 얼마나 싫던지…….

요코는 시들어버린 그것을 혀와 입술로 되살리려 했지만 헛수고였다. 이따금 이가 닿는다. 하마다는 요코의 이가, 그리고 자신의 몸이 젖는 것이 혐오스러웠고, 머리카락이 배에 쓸리는 것은 더 불쾌하게 느껴졌다. 요코의 코에서 규칙적으로 거친 숨이 나오는 것은 하마다에게 우스꽝스러운 느낌마저 주었다. 요코는 해녀가 수면 위로 떠오르는 것처럼 갑자기 얼굴을 들었다.

"아니, 왜 그러는 거예요?"

"응, 갑자기……."

---

4 1932년 5월 15일, 해군청년장교와 육군사관후보생들이 관저와 경시청을 습격하여 이누카이 쓰요시(犬養毅) 수상을 사살한 쿠데타로 정당내각제가 붕괴되는 계기가 된다.
5 1936년 2월 26일, 천황중심체제를 주장하던 육군 황도파(皇道派) 청년 장교들이 국가개조, 통제파 타도를 위해 약 1,500명의 군대를 이끌고 수상 관저를 습격한 쿠데타

"……."

"내일 하자. 내일 밤. 참, 밤에는 연회가 있으니까 아침에."

"당신, 늙었군요."

"……."

요코는 자기 이불로 갔다.

"이불이 차가워."

하마다는 아무 말도 하지 않았다. 요코는 등을 획 돌렸고, 하마다도 등을 돌렸다. 하마다는 머리맡의 불을 껐고, 그 소리가 하얀 회벽 천장에 부딪쳐 되울렸다.

'어쩔 수 없어. 내일 아침이라면 몰라도 오늘 밤엔 아무리 늙었다고 무시해도. 나이 차이가 많으니까 남편이 가끔 이럴 때도 있는 거지 뭐. 갑자기 옛 기억들이 몰려오는데 별수 있어…….'

어둠 속 요코의 숨결이 가빠지더니 이윽고 낮고 억제된 신음소리를 흘리기 시작했다. 또 그 짓궂은 짓을 하고 있다. 언젠가 하마다가 과음을 하고 돌아왔을 때, 요코는 자지 않고 기다리고 있었다. 그때는 잠자리를 한 지 열흘 정도밖에 지나지 않았을 때였다. 별짓을 다해도 실패했던 그닐 밤에 한 짓과 똑같은 짓. 나와 할 때도 목소리가 저렇게 기분 나쁘고 언짢은 것이었을까. 끈적끈적한 신음소리의 물결이 천천히 천천히 출렁이며 다가온다. 지난 번엔 내가 보는 앞에서 불도 끄지 않았다. 일부러 보란 듯이 내게 창피를 주려고 가끔 이런 짓을 하는 거겠지. 그때마다 나는 지켜보고 있었다. 무슨 생각을 하고 있었을까. 이 여자는 가끔 이런 식으로 나를 모욕하고, 나는 들리지 않는 척하고. 어머니가 죽고, 아키코가 죽고, 아키코의 모친이 죽으면 그때도 검은 테두리의 엽서가 날아와 들쑤셔진 과거가 기어 나오겠지. 나는 또 하루나 이틀 아니, 그보다 훨씬 긴 시간을 무거운 마음으로 보내겠지. 이 신음소리는 세토나이카이의 배 위에서 바라본 해파리 떼와 닮았다. 이백이나 삼백 마리쯤. 천 마리까지는 안 되겠지. 빌딩 옥상에서 내려다본 긴자의 집들처럼 빼곡히 모여서 밝고 투명한 바다 속을 떠도는 해파리. 둥글고 부드러운 하얀 우산에는 정방형 네 귀퉁이만을 점으로 나타낸 듯 네 개의 핑크 점이 선명한 해파리. 그것들이 하늘하늘 떠돌아……. 끝까지 들었다. 그런 후에 요코는 잠이 들었고, 나는 한참을 잠들지 못한 채 술기운이 점점 달아나 한기를 느꼈다. 그땐 겨울이었는데……. 그러다 나도 잠들었지. 마치 징그러운 구멍 속으로 떨어지는 것처럼…….

아직도 계속하고 있다. 꽤 오랜 시간 저렇게 천천히 오른쪽 손가락 두 개로 가볍게 치듯이 주물러서 푸는 걸 반복하고, 또 반복하고. 내일 아침까지는 기다릴 수 없다는 듯 며칠이나 참고 있던 핑크 무늬의 해파리 떼처럼. 나이 탓으로 돌리고 잠자코 있긴 하지만, 요코, 네가 한 말 때문에 갑자기 김이 빠진 거야. 과거를 후회하는 건 아니야. 후회했다면 그러지 말걸, 하면서 반성했겠지. 그러나 그 시절 나는 징병 기피를 할 수밖에 없었고, 지금도 그것은 정당하다고, 정당했다고 생각해. 다만 난, 내가 징병 기피를 해서 이토록 많은 결과가 나올 줄 예측할 수 없었을 뿐이야. 생각지도 못한 일. 하지만 예측했다면 하지 않았을까? 예측했다면 태연했을까? 아버지와 어머니도 얼굴에 먹칠은 할지언정 어떻게든 살아갈 거라고 생각했었다. 어머니의 애국부인회도 사교를 좋아하는 성격을 드러낸 거라고 우습게 봤어. 나는 모든 것을 얕잡아 보고 그 결심을 했어. 그러지 않으면 결행할 수 없다는 결심. 가부키의 나가우타[6]를 좋아하던 어머니는 정말 내가 한 짓을 죄스럽게 여겨 수면제를 드셨을까? 아니면 정말 복용량을 잘못 알고 드신 걸까? 그냥 외로워서 그랬을 수도 있다. 하지만 그 외로움의 원인 속에 내가 없을 수도 있다. 그것도 그냥 없는 것이 아니라. 하지만 의미 없는 전쟁 때문에 죽다니, 살인을 하다니……. 그러나 마치 늪 같은 회한. 사람을 죽이고 싶지 않았기에 저지른 행위가 또 다른 살인을 부른다. 신지가 재즈 피아노에 빠진 것도 좋아하는 일이기도 했지만, 돈이 필요했으니까. 내가 일자리가 없어서 빈둥거리고 있었으니까. 내가 징병 기피를 하지 않았다면, 그리고 어딘가에서 전사하지 않았다면 어머니는 아마 자살하지 않았을 테고, 아버지도 아마 그렇게 빨리 무너지지 않았을 테고, 아마 신지 역시 결핵에 걸리지 않았을 테고, 그리고 아키코는? 아마 어쩌면. 어찌되었을까?

끝난 모양이다. 욕실로 가려나? 아니면 젖은 몸으로 조용한 숨소리를 내며 잠들지도 몰라. 젊으니 바로 잠들 수 있다. 나는 잠들

---

6 長唄. 일본 전통극 가부키의 반주 음악으로 사용되는 샤미센 연주

지 못한다. 그러나 머지않아 잠이 든다. 오늘 아침 저 엽서를 보고 이제 모두 끝났다고 생각하다니. 과거는 끝날 줄 모르는 법인데. 언제까지고 들러붙어서 떨어지지 않는다. 조금 전까지만 해도 이토록 가까이에 있다고 느껴지지 않았는데, 갑자기 바짝 다가와 계속 질책하는 과거. 마치 택시가 모퉁이를 돌자마자 여태껏 작게 켜져 있던 카 라디오의 노랫소리가 느닷없이 요란하게 커지듯이 돌연히 다가온 과거.

2

 이튿날 아침, 하마다는 보통 때보다 상당히 늦게 일어났다. 요코는 기분이 무척 좋아져서 아침 준비를 하고 식사 시중을 들고, 잘 먹기까지 했다. 하마다는 입맛이 별로 없어서 빵은 한 조각밖에 먹지 않았지만, 생야채와 홍차는 컬컬한 목에 상쾌했다. 화창한 아침 9시, 하마다는 집을 나와 슈퍼마켓 옆의 담배 가게에서 학교에 조금 늦는다고 전화를 걸었다. 근무 시간은 8시 반부터 4시 반까지다.

 하마다는 교외 전철을 내려 근무처와 반대 방향으로 걸어갔다. 우체국에 들러 부의금을 부치기 위해서다. 하마다는 집을 나서기 전까지 시코쿠 지방의 장례식에는 부의를 어떻게 하냐는 요코의 질문에 대한 답을 줄곧 생각하고 있었는데, 어젯밤 일로 만족한 아내는 부고장에 대해서는 벌써 잊어버린 듯했다. 잿빛 우체국

안은 아직 한산했는데, 몇몇 창구에는 직원이 보이지 않았고 어떤 창구에는 직원이 태평하게 담배를 피우고 있었다. 하마다는 만 엔짜리 전신환을 신청하고 전보용지를 받아들었다. 조의 문구가 붙어 있는 것을 보았지만, 어느 것도 모두 자신의 기분과 맞지 않는 느낌이 들었다. 그러나 긴 끈을 달아놓은 비치용 연필을 손에 쥐고 한참을 궁리한 끝에 완성한 것은 지극히 흔해빠진, 판에 박힌 문장이었다.

'아키코 씨의 부고를 접하고 슬픔을 금할 길이 없습니다.'

배달 시에 특별 봉투에 넣어달라고 부탁하며 전보용지를 건네자 창구의 젊은 남자가 끄덕이고 문장을 읽기 시작했지만, 두세 번이나 다시 읽더니 미안한 듯이 말했다.

"저, 이거 좀 다시 읽어주세요."

"아키코 씨의 부고를 접하고 슬픔을 금할 길이 없습니다. 하마다 쇼키치 올림" 하고 하마다는 소리 내어 읽었다.

담당 직원의 태도에서 순식간에 미안한 기색이 사라졌다. 직원은 혀를 차더니 빨간 사인펜으로 군데군데 글자를 거칠게 고쳐 쓰며 하마다 쪽은 쳐다보지도 않고, 마치 그 전보용지에 대고 야단을 치는 듯이 요금을 말했다. 하마다는 돈을 내고 난 후, 우체국에서 나왔다.

하마다는 자신이 나이를 너무 먹었다고 느끼면서 역전의 버스 정류장을 향해 걸었다. 매일 아침 이 역 근처를 지나는 시간대와는 몇십 분밖에 다르지 않은데도 이미 출근 시간의 번잡함은 완전히 사라져 있었다. 그래서 자신이 은퇴한 노인처럼 느껴지는 것일지도 모른다 싶었지만, 그것이 이유가 될 수 없다는 것은 애초부터 알고 있었다. 글자를 고쳐 받은 일로 자신을 시대에 뒤떨어진 인간이라고 생각한 것이다. 대학의 서류는 신가나[7]로 쓰는 것이 규칙이어서 물론 그것에 따르고 있지만, 집에서 엽서나 편지를 쓸 때는 언제나 저절로 구가나[8]가 나온다. 구두를 신고 양복을 입고 있을 때는 신가나, 기모노 차림일 때는 구가나를 쓰는 것이 하마다의 국어생활이었다. 지금은 구두에 양복인데도 엉겁결에 그 구분을 흩트린 일은 마치 자신이 현대 사회에 적응할 수 없는, 일선에서 물러난 퇴물인 듯한 쓸쓸함을 맛보게 했다. 별안간 '잔구(殘驅)'라는 말이 의식에 떠오른다. 잔구. 언젠가, 어딘가에서 본 말. 지금 내가 딱 그 꼴이다. 그때 하마다는 마치 자신이 전쟁 전의 사회에서는 적응할 수 있었던 인간인 듯 착각하고 있었다.

버스를 기다리는 사람들 뒤에 서 있었지만 두세 대가 잇따라 막 떠났는지 버스는 좀처럼 오지 않았다. 하마다는 혀를 찼던 우체국 직원을 떠올리며, 구가나를 쓸 수 있는 것은 존경받아 마땅한데 도리어 경멸을 당한 것은 말도 안 된다고 분개하고 있었다. 그리고 어제 차장이 없는 버스 안에서 바라본 풍경처럼 세상이 완전히 변해 버렸으니 할 수 없다고 자신을 위로하며, 급격한 변

---

7 현대 표기법
8 옛날 표기법

화를 생각나는 대로 들어보았다. 이를테면 어린 시절 잘 놀았던 저 아오야마의 절 경내는 삼분의 일로 줄었다. 보통 어릴 적엔 크다고 생각했던 것이 어른이 되면 작게 보이기 마련이지만, 실제로도 작아졌기 때문에 더더욱 작게 보이는 것이다. 우선 올림픽 도로가 잡아먹고, 그 다음엔 아파트가 들어서고……. 레스토랑 간판과 식당 간판 사이로 작고 초라한 사찰 문이 보인다. 스님은 돈깨나 벌었겠지만, 동네 아이들은 놀이터를 잃었다. 이젠 묘비나 소토바[9]에 머물러 있는 잠자리도 잡을 수 없겠지. 그리고 소나무의 매미도. 무엇보다 잠자리도 매미도 나비도 도쿄에서는 볼 수 없게 되었고, 도쿄뿐만 아니라 일본 전역에서 벌레가 사라졌다.

하마다는 붐비고 혼잡한 늦봄의 역전에서 어린 시절에 들었던 매미 울음소리를 그리워하다 보니, 그 시절 옛 풍경이 연이어 떠올랐다.

'이제는 물건을 팔러 다니는 행상들의 목소리도 전혀 들리지 않게 되었지. 담뱃대 청소부 같은 건 죄다 망했을 테고. 요즘 금붕어 장수는 말없이 어슬렁어슬렁 돌아다닐 뿐이고, 군고구마 장수는 소리를 낸다 해도 다들 마이크를 사용하니까. 거기다 마이크 음질도 형편없지.'

하마다는 작년 여름, 웬일로 '빨래장대, 장대!'라는 소리가 들려 살 마음은 전혀 없는데도 아파트 창밖으로 얼굴을 내밀었는데,

---

9 卒塔婆. 죽은 사람의 공양을 위해 묘비 뒤에 세우는 갸름한 나무판자

장대 장수 할아버지가 크레이프 셔츠에 청바지를 입은 것을 보고 어이가 없었던 것이 떠올라서 피식 웃음이 나왔다. 아마 그 할아버지도 담뱃대 따윈 쓰지 않고 필터용 담배를 피우겠지.

버스를 기다리는 줄이 길어지고 하마다는 자신이 그 줄의 맨 앞에 있는 것을 깨달았다. 뒤돌아본 하마다는 한두 사람 아는 얼굴을 보고 인사했다. 경제학부 조교수와 신도 교수. 그리고 또 한 명, 분명치는 않지만 무슨 시간 강사. 어딘가 다른 대학의 교수나 조교수일 것이다. 하마다는 세 사람 다 모자를 쓰지 않은 것이 눈에 들어왔고, 그렇게 생각하는 자신 또한 아무것도 쓰고 있지 않았다. 전쟁 전 사내들의 복장과 가장 다른 것은 바로 이것일 것이다. 노인들은 여전히 모자를 쓰지만, 그건 호리카와 이사처럼 흰 머리를, 고바야카와 이사처럼 벗겨진 머리를 감춘다는 별도의 목적이 있었다. 그리고 인사말이 뭐든지 간에 '도우모'로 통하게 된 것도 전쟁 후의 일이었다. 감사의 '아리가토', 전화의 '모시모시', 헤어질 때의 '사요나라'라는 말들은 고풍스러운 문구가 되어버렸다. 하마다는 살며시 작은 소리로 '사요나라'라고 중얼거리고, 그 말에 이끌려 아키코의 죽음을 나시금 떠올렸다. 친한 사람의 죽음은 희한한 것이다. 자기 눈으로 시체를 보지 않은 한, 좀처럼 그 죽음을 믿을 수가 없다. 달려가서 임종을 지켜보는 것은 아마도 그 때문이 아닐까.

나는 아직 아키코의 죽음이 믿어지지 않는다. 오늘 오후에 전화가 걸려 와서 국립경기장이라든가 어디 호텔의 스카이라운지라든가 새로운 도쿄 명소에 데려가 달라고 떼를 써도 조금도 이상하지 않을 것만 같다. 오히려 지금 내가 아키코에게라면 몰라도, 아키코의 모친에게 조전[10]을 친 것이 있을 수 없는 일인 것만 같다. 그리고 전쟁의 마지막 해 여름에는 매미 울음소리가 전혀 들리지 않는 게 이상하다 싶어 아키코에게 "어이, 시코쿠에는 매미가 없어?" 하고 물었던 이십 년 전의 매우 화창한 오후의 일을 느닷없이 떠올렸다. 아키코는 다랑이밭에서 토마토를 소쿠리에 담고 있었고, 나는 밭을 갈고 있었다. 그랬더니 아키코가 "어머, 너무 무시하는 거 아니야?" 하며 웃었던가. 버스 두 대가 연이어 왔다. 줄이 움직이기 시작했다.

  타임 레코더에 빨간 글자로 시간을 찍고 나서 하마다는 서무과에 들어가 과장과 과장대우인 니시에게 지각한 것을 사과했다. 물론 둘 다 질책은 하지 않았다. 니시는 출장을 갔던 다카오카의 부속 고등학교에서 대환영을 받은 이야기를 하고 있었다. 그 말투는 언제나처럼 너무 허풍스러웠고, 묘하게 입을 크게 벌리고 목젖이 울리게끔 '하하하' 하고 웃는 니시의 버릇도 하마다는 영 좋아할 수가 없었다. 하마다는 니시의 여행담이 끝나기를 기다렸다가 어제 회의를 과장에게 보고하고 일을 시작했다.
  오늘 아침은 과장과 니시가 다 있는데도 어제 오전에 비하여

---
10 남의 죽음을 슬퍼하는 마음을 전하기 위해 보내는 전보

내객도 전화도 적어서 비교가 안 될 만큼 한가했다. 이사가 주최한 과장·과장대우 위로회 일로 전화 문의가 몇 건 있었을 뿐이다. 그리고 오늘 밤에 있을 이 모임의 담당자는 하마다가 아니라 니시다. 11시쯤 하마다는 도서관 관련 서류를 처리하다가 두어 건 연락해둬야 할 일이 생각났다. 전화로 해결할까도 싶었지만, 직접 찾아가는 게 말이 잘 통할 것 같았다. 하마다는 니시가 자리에 없는 것을 어렴풋이 의식하면서 다녀올 곳을 한 직원에게 알리고 서무과를 나왔다.

밝은 열람실 앞의 밝은 복도를 지나서 지금까지와는 대조적인, 극단적으로 어둡게 느껴지는 복도를 돌면 막다른 곳에 도서관 사무실이 있다. 형식적으로 노크를 하고 문을 연 뒤, 몇 명밖에 없는 남자 직원과 많은 여직원이 일을 하고 있는 넓고 밝은 실내에 반쯤 발을 들여놓았을 때, 하마다는 정면에 있는 여직원의 표정이 일그러지는 것을 알아차렸다. 여직원은 몹시 난처해하다가 어쩌지도 못하고 그저 희멀겋게 안색이 바뀌었다. 하마다는 반사적으로 안으로 들어가기를 주저하며 문 입구에 우두커니 서 있다가 자신의 험담을 엿듣게 되었다. 책장에 가려 보이지는 않지만, 목소리로 보아하니 니시가 사서 보조인 하나무라와 잡담을 나누고 있는 것이었다.

"장개석이랑 루즈벨트를 두려워한 놈인데, 도둑놈인들 안 무섭겠어."

그것은 니시의 목소리였다.

"무서워서 그런 게 아니라 못 본 척 한 거 아냐? 그러니까, 범죄자끼리의 동지 의식인 거지."

그것은 하나무라의 목소리였다.

"범죄자 좋지. 범죄자라, 그럴지도 몰라. 징병 기피자가 총살당하면 유골함을 빨간 천으로 두른다고 하지 않는가. 하하하."

니시의 웃음에 하나무라의 웃음이 섞이고 도서관 사무실 안은 쥐 죽은 듯 고요해졌다. 마치 두 사람의 웃음소리를 하마다의 귀로 정확히 실어 보내려는 듯이. 그때 하마다는 뒷걸음치며 문밖의 어두운 복도로 나왔다.

하마다는 어두운 복도를 걷고, 밝은 복도를 걷고, 도서관에서 본관으로 이어지는 복도를 걷고, 어제의 털이범 사건을 알고 있을지도 모를 스쳐 지나가는 교원과 직원에게 가볍게 인사를 하거나 하지 않거나 하며…… 서무과로 돌아왔다. 하마다는 도서관에 전화를 걸어 사서장 와타나베에게 용건을 가능한 한 사무적으로 설명했다. 전화를 연결하는 여직원의 목소리도 와타나베의 목소리도 명백히 거북한 말투다. 용건은 간단하게 해결되었다. 하마다는 전화를 내려놓고 다시 일을 하려고 책상(유리판 밑의 한구석에 검은 테두리의 엽서가 보이는)으로 향했다. 그러나 도저히 서류를 볼 수가 없었다. 조금 전 자신의 행동이 잘한 짓이었는지에 대한 의혹이 하마다를 얽어매었다.

'예전의 나였다면 그런 식으로 물러서지 않았을 거야. 아니, 물러서지 않으려 했을 거야. 하지만, 그렇다면, 어떤 식으로?'

나프탈렌 냄새가 분분한, 소개[11]시켜 둔 아버지의 양복을 입고 스물여섯의 하마다는 호리카와 집 응접실의 낡은 안락의자에 걸터앉아 있었다. 호리카와 이사가 앉아 있는 안락의자도 상당히 닳아 있었다. 하얀 삼베 커버는 벌써 수년 전에 다른 것에서 전용된 것이 틀림없다. 방석이 방공 두건으로 바뀌듯이, 고급 기모노가 외출용 몸뻬로 바뀌듯이. 그리고 1946년 초여름에는 대용 방석, 대용 기모노, 대용 커버는 여전히 살 수 없었다.

벽난로 선반에는 수염을 기른 남자와 둥글게 머리를 틀어 올린 여자의 세피아 빛 사진이 각각 액자에 담겨 벽에 걸려 있다. 하마다는 부모일 거라고 추측했다. 물론 6월이니까 난로에 불을 피우지 않았지만, 반년 빨랐어도 마찬가지였을 것이다. 홍차에 넣는 설탕이 각설탕인 것을 보고 가공할 만한 호사스러움으로 느껴졌다.

편지를 다 읽고서 호리카와 이사가 말했다.

"알겠네. 신조도 그렇지, 좀 더 빨리 말해줬으면 좋았을걸. 6월은 시기가 좋지 않아. 나 혼자 결정할 수 있는 일이 아니라서 어찌 될지 모르겠지만……, 만만치 않은 놈이 있어서 말이야……. 하지만 선처해봄세."

"아무쪼록 잘 부탁드립니다."

하마다가 정중하게 머리를 숙이자 호리카와 이사는 그것이 거추장스러운 듯 화제를 바꾸었다.

---

11 疏開. 공습이나 화재에 대비하여 한곳에 집중되어 있는 주민이나 시설을 분산시키는 일

"신조는 자네 아버님과 매우 친했으니까. 여러모로 자네 걱정을 많이 하고 있네. 아버님은 몸이 안 좋으신가?"

"예, 지금은 누워지내십니다……."

"저런, 저런. 그러면 쓰나. 오십 줄에 중풍이라니. 전쟁 때 고생을 너무 많이 한 게로구먼. 젊은 의사들이 없어졌으니 그 몫까지 일을 했겠지. 아무튼 자네 아버님은 보트부 상급생 중에서도 유별나게 엄한 분이었네. 꽤나 혼쭐이 났었지, 우리들."

하마다가 11월에 시코쿠에서 돌아와서 두 달 정도 지난 어느 날 밤, 동생 신지, 그리고 달랑 하나밖에 없는 간호사 히로코와 트럼프를 하고 있을 때, 아버지가 왕진에서 돌아왔다. 그때의 모습은 여느 때와 다르지 않았다. 아버지는 기모노로 갈아입으려고 옆방으로 들어갔는데, 별안간 둔탁한 소리를 내며 미닫이문에 기대듯이 쓰러졌다. 히로코가 맨 먼저 뭐라 소리를 지르면서 옆방으로 뛰어 들어갔고, 형제는 그 뒤를 따랐다.

아버지는 몸져누웠고, 하마다는 일을 해야만 하게 되었다. 아니, 일을 시작하는 것이 앞당겨졌다. 전쟁 때 타버린 집을 새로 짓느라 돈이 많이 들어서 아오야마의 집과 토지를 빼면 이제 별로 값나가는 재산은 남아 있지 않았다. 개인 병원 의사라는 게 공중목욕탕과 마찬가지로 그날그날 들어오는 수입으로 먹고사는 직업이라는 것을 하마다는 처음 알았다. 신지가 재즈 피아노로 부업을 시작했다. 하마다는 초조했다. 그러나 여러 직종에서 일자리를 찾아보긴 했지만, 당시는 아직 전기통신 사업에서 사람을 구하지 않는데다, 역시 징병 기피 건이 영향을 끼쳐서 하마다는 취직이 잘 되지 않았다. 그러던 중에 아버지의 옛 친구인 신조가 문병을 와서 호리카와에게 부탁을 해보겠다고 말해주었던 것이다.

하마다는 집을 나설 때부터 간호사 히로코와 아버지의 관계를 신조가 알아차린 게 틀림없고, 모르긴 몰라도 호리카와 이사에게 말했을 거라고 생각하고 있었다. 어머니가 죽은 후 아버지는 히로코와 관계하고 있었던 것이다. 하기야 그것은 아버지의 말을 진실로 받아들였을 때의 이야기로, 실제로는 훨씬 전부터 시작되어 어머니는 그것을, 그것도 괴로워하여 자살했을지도 모른다. 하마다는 홍차를 마시는 이사를 보면서 이 노인도 알고 있는지 몇 번이나 의심했다.

"이력서를 받아 두었으면 하는데" 하고 호리카와가 말했다.

"예."

하마다는 준비해 온 봉투를 내밀었다. 이력서를 보고 있던 호리카와 이사가 갑자기 짧게 소리쳤다. 하마다는 잠자코 있었다. 잠시 후 호리카와가 말했다.

"이보게, 이 병역란은 필요 없네."

하마다는 '학력', '경력' 다음에 이렇게 쓴 것이다.

병역 사항
1. 1940년 10월부터 징병 기피를 하여 전국각지를 전전하다가,
1945년 11월 도쿄로 돌아옴.

상벌 사항

1. 없음.

"예"라고 하마다는 대답했다.

"잘 듣게. 이력서에 병역 사항은 적지 않는 것이 관례일세. 그뿐이야."

하마다는 머리를 깊이 숙이고 겉봉투를 돌려받았다. 호리카와 이사는 지금 학교에 갈 거라며 역까지 함께 걷자고 하더니, 문을 열고 소리를 질렀다.

"어이!"

하마다는 오비 심[12]으로 만든 전쟁 때 쓰던 가방을 어깨에 맨 이사와 함께 채소밭과 아직 메우지 않은 방공호가 띄엄띄엄 이어지는 길을 나란히 걸었다. 병원 앞을 지났을 때 이사는 뜬금없는 말을 꺼냈다.

"신조 말로는 댁에 상당한 미인 간호사가 고용살이하고 있다던데……."

"간호사는 한 명밖에 없습니다. 별로 미인은 아닙니다만 글쎄요, 마음씨가 고운 여자여서……."

"그거 듣던 중 반가운 소리구먼."

호리카와 이사는 안심이라도 한 듯 다시 원래 화제로 되돌렸다.

---

12 기모노의 허리띠에 넣는 두껍고 빳빳한 헝겊

전화벨이 울렸다. 하마다는 수화기를 들고 잘 들리지도 않게 작은 소리로 이야기하는 상대에게 알렸다.

"그 건은 말이죠, 니시 담당입니다. 지금 도서관에 있을 테니 그쪽으로."

하마다는 서류를 펼쳐 읽는 시늉을 하면서, 분명 그때 호리카와 이사는 누구에게도 말하지 않겠다고 약속하지 않았다는 것을 떠올렸다. 두말할 것도 없이 호리카와 이사는 말을 했을 것이다. 그것은 기밀 누설이 아닌 데다, 필요한 일이었을지도 모른다. 사실 나는 그런 것을 문제 삼을 자격이 없다. 이렇게 내 과거는 꽤 넓은 범위로 퍼진 모양이다. 하지만 오늘처럼 심하게 당한 적은 여태껏 한 번도 없었다. 하마다는 서무과 안의 주판을 놓는 목소리와 주판알 소리, 손님을 응대하는 말소리, 전화벨 소리를 들으면서 니시 패거리의 웃음소리와 이상하리만치 대조를 이루던 도서관 사무실의 정적을 떠올리며, '나는 범죄자일까' 하고 자신에게 물었다. 물론 8월 15일 이전의 일본에서 징병 기피는 강도 살인보다도 중한 죄였다. 그것은 더할 나위 없이 무거운 죄였다. 하지만 그렇다 하더라도(죄수복 색살의 천으로 유골함을 싸는 것이 설령 정말이라고 해도) 그것은 범죄가 아니다. 하물며 8월 15일 이후에는 절대로.

도서관 사무실에서의 웃음과 정적의 충돌이 하마다를 질리도록 자극하고 시달리게 했다. 하마다는 그 이력서를 쓴 당시의 심정을 잃지 않고 있다면, 그러니까 이십 년 젊었다면, 아까 도서관에서 어떻게 행동했을지 상상했다. 나는 사무실 안으로 들어가서 니시와 하나무라에게 말할 것이다.

 오해하지 마. 장개석과 루즈벨트가 무서워서 징병 기피를 한 게 아니니까. 죽는 것이 두려웠던 게 아니라 적을 죽이는 것이 싫었던 거야. 전쟁이라는 게, 그리고 군대라는 게 천성적으로 싫어. 게다가 난 무선 공학을 했기 때문에 통신대로 배정될 게 뻔했어. 통신대라면 훨씬 안전하지. 목숨이 아까워서 징병 기피를 한 게 아니라는 것쯤은 이제 알겠지? 잘 들어. 험담을 하는 건 너희들 맘이지만, 잊지 마. 난 내가 한 일이 정당하다고 생각해. 쥐똥만큼도 수치스럽지 않다 이거야. 그 증거로 이력서에도 징병 기피를 버젓이 써냈어. 궁금하면 읽어봐. 내 이력서는 서무과 책장 안 오른쪽에서 두 번째…….

 그러다가 현실의 하마다는 연간 일정표와 라면집 메뉴가 붙어 있는 갈색 문의 책장 주변을 곁눈으로 쳐다보았고, 공상 속의 하마다는 열변을 토하다가 멈추었다. 저 안에 있는 내 이력서는 고쳐 쓴 것이다. '경력'란 다음은 '상벌'로 되어 있다. 상벌. 행을 바꿔서 '1. 없음' 아무도 나를 벌하지 않았다.

 하지만 저 이력서에는 그 외에도 속임수가 있다. '경력' 사항에는 학교를 졸업한 후 9월 중순까지 근무했던 작은 무선회사밖에 쓰여 있지 않고, 일본 전역을 돌아다니며 도망치면서 무엇으로 생계를 유지했는지는 쓰여 있지 않기 때문이다. 처음에는 라디오 수리집에서, 마지막에는 아키코의 집에서 식객으로. 아니, 더 심술

굳게 혹은 정확하게 말하면 기둥서방.

니시가 들어온 것을 기척으로 알았다. 니시는 하마다의 옆자리인 자신의 의자에 소리 내며 앉더니 의자를 비틀어 하마다 쪽을 보았다. 니시의 안색은 여느 때와 마찬가지로 뽀얗고 반질반질했지만 눈빛은 전에 없이 긴장되어 있었다. 선임 과장대우는 나지막한 목소리로 말했다.

"조금 전엔 실례를……. 시답잖은 농담을 들어버린 것 같은데, 농담이니까 신경 쓰지 마십시오."

하마다는 잠자코 고개를 가볍게 끄덕였고, 니시는 바로앉아서 일을 시작했다. 하마다가 정면을 향하기까지는 아주 약간의 간격이 있었다. 서무과 사람은 과장을 비롯해 누구 하나 두 과장대우의 대화를 눈치채지 못한 모양이었다. 그러나 하마다는 자신이 그저 잠자코 끄덕이기만 하고 무언가 상대에게 말을 건네지 않은 탓에, 이 대학에 들어온 이래 처음으로 결정적인 실수를 저질렀다고 느끼고 있었다. 하마다는 무언가 말을 건네려고 했다. 그러나 목소리가 나오지 않았다. 어제 이맘때 달려오던 남자의 앞을 가로막고 설 수 없었던 것처럼. 이 남자는 자신이 사과하는 입장에 놓였고, 그 사과가 받아들여지지 않았다는 것을 절대로 잊지 않을 것이다. 사과도 아닌 말을 입에 담은 것뿐인데. 나는 실패했다. 여태껏 별 탈 없이 일하려고 무던히도 애를 써왔는데, 어제 아침부터 상황이 완전히 이상해졌다.

학교 식당과 라면집과 국숫집의 배달원이 들어왔다. 복도가 갑자기 소란스러워졌다. 점심시간이다. 사무 보조 여자아이가 차를 따르며 돌아다니고, 직원들은 제각기 일어서서 접시와 덮밥을 날랐다. 장어집도 왔다. 하마다는 학교 식당의 저렴한 런치를 먹으면서 결혼한 사람은 점심식사가 허술하고 미혼 남자들은 하나같이 특식 메뉴나 장어 덮밥 같은 비싼 점심을 먹는 것이 웃겼다. 하마다는 옆자리에서 자신과 비슷한 보통 런치를 먹고 있는 니시에게 그 말을 했다. 니시는 웃지도 않고 대답했다.

"그게 아니라, 저 치들은 모두 아침을 거른 거지."

그 정도는 알고 있었다. 게다가 처자식을 먹여살리는 가장의 처절함을 일부러 웃기려고 한 말이라고 설명하는 것은 한심하게 느껴졌다. 무엇보다 니시가 그렇게 대꾸한 것은 심사가 꼬여서인지 아니면 하마다가 던진 말이 엉뚱해서인지 잘 모르겠다. 니시는 런치를 절반 가까이나 남겼다. 하마다도 조금 남기고 싶었지만 아까운 마음에 참고 깨끗이 먹고 나서, 음식을 아까워하는 이 버릇도 그 오 년 동안에 생긴 거라고 생각했다.

젊은 직원들이 여직원들과 함께 배구공을 들고 나갔다. 그들 틈에 낄까 하는 마음이 조금 동했지만, 하마다는 주저했다. 도서관 여직원들도 올 것이 뻔했고, 그러면 그들을 거북하게 만들 거라고 염려했기 때문이다. 게다가 어쩐지 배구공을 생각하자마자 밝은 햇빛 아래로 나가는 것이 갑자기 꺼림칙하게 느껴졌다. 하마다는 의자 등받이에 기대어 차를 홀짝이면서, 공을 받아칠 때 눈에 들어오는 태양이 마치 한낮에 보는 야광 도료의 주황색처럼 징그럽게 여겨졌다. 니시가 무라카미라는 직원과 구석에서 장기를 두기 시작했다. 바둑이나 장기는 점심시간과 그리고 밤, 그러니까 야간 근무가 있을 때에만 두는 것이 공공연한 약속이다. 니시와 무라카미는 평소에도 친한 편이지만, 오늘따라 유독 그렇게 보였다. 니시는 처음에 호리카와 이사에게 쫓겨난 이사 쪽 사람이었으나 나중에는 고바야카와 이사에게 붙었고, 무라카미는 고바야카와 이사의 추천으로 들어온 남자다. 하마다는 오늘 아침 우편으로 배달된 잡지의 책장을 넘기면서 장기를 두고 있는 두 사람을 이따금씩 보며, 저건 무라카미가 차기 서무과장이 니시라는 걸 눈치채고 비위를 맞추는 거라고 판단했다.

하마다가 읽고 있던 것은 「하늘천따지天地玄黃」라는 얇은 개인 잡지다. 한때 업계 신문사에서 기자 노릇을 했던 이누즈카라는 사내가 혼자서 집필, 편집, 발행, 발송을 하고 있는데, 남의 앞잡이 노릇을 하며 선전과 폭로를 하고, 괴롭히는 문장 사이사이에 독도 약도 되지 않는 수필이 들어 있다. 사상적인 경향은 말할 것도 없이 우익적이다. 뻔질나게 대학에 얼굴을 내밀고 서무과에도 들어와서 성가시게 졸라대는 바람에 달라는 대로 돈을 내고 있다. 그리고 우송되어 올 때마다 대체 이런 일로 먹고살 수 있는지 늘 미심쩍었으나, 이 방면으로 나선 졸업생이 두 사람 더 있는 데다 다들 잡지를 내고 있어서 하마다는 도합 세 권을 정기 구독하고 있었다.

머위의 새순을 넣은 된장국이 맛있다는 한심한 수필은 아마 이번 호가 더 빨리 나올 거라 예상하고 썼겠지, 하며 마지막까지 훑어본 뒤 하마다는 그만 읽으려고 했다. 하지만 손가락이 페이지를 넘기고 눈이 새 페이지를 쫓고 있었다. 거기에는 아까 역 앞에서 줄을 서 있던 경제학부의 젊은 교수를 향한, 아니 공격 대상이 대학당국인지, 경제학부장인지, 아니면 교수 개인인지 모를 공격을 장황하게 늘어놓았다.

'……노모토 교수는 경제학 연구 필독서로 열 권을 들었는데, 이럴 수가! 그 중에는 저 마르크스의 저서가 두 권이나 들어있지 않은가. 이 무슨 폭동이란 말인가. 이것은 바로 건학 정신에 어긋나는 태도라 하지 않을 수 없다. 나는 졸업생 중 한 사람으로서 새로 단장한 모교의 옥상에 빨간 깃발이 펄럭이며 나부끼는 것을 차마 눈뜨고는 볼 수 없다…….'

하마다는 「하늘천따지」를 발밑의 쓰레기통에 처넣으려다 참았다. 만에 하나 버린 일이 이누즈카의 귀에 들어가면 좋지 않을 것 같아 꺼려졌던 것이다. 이 계통의 잡지와 대학이 발행하는 신문 잡지는 모두 집으로 가져가서 소각로에 태우는 게 습관이 되었다. 하마다는 구석으로 가서 장기를 두고 있는 두 사람 뒤에 있는 신문철을 가져왔다. 집에선 한 신문만 구독하고 있기 때문에 다른 신문은 가끔 이런 식으로 한꺼번에 몰아서 읽는다. 이럴 때는 특히 잡친 기분을 고쳐보려는 마음이 강하게 작용한다.

그러나 말할 것도 없이 하마다의 기대는 허무했다. 일가족동반 자살이나 살인, 교통사고, 특히 전쟁 기사는 일류 신문의 문체가 「하늘천따지」만큼 조악하지 않다 해도 잡친 기분이 나아질 리 없다. 하마다는 집에서 보는 신문에서 이미 본 기사라서 흥미를 느낄 수 없는 거라고 막연하게 생각하면서 읽지 않은 부분인 수필이나 합성 사진을 찾았다. 드디어 봄이 찾아온 홋카이도 북단의 커다란 사진과 글은 하마다를 기쁘게 했다. 카메라맨이 그러한 효과를 노린 것일까. 그곳의 햇빛은 눈부시지 않았고, 고요하고 부드럽게 뭍과 바다에 쏟아지고 있는 것처럼 느껴졌다. 하마다는 사진의 오른쪽 밑에 있는 홋카이도의 약도를 뚫어지게 바라보며 1942년 여름 하코다테를 출발점으로 한 바퀴 쭉 돌았을 무렵에 왓카나이까지 가지 않았던 것을 못내 아쉬워했다. 이십여 년 전의 여름 풍경이 아른거렸다. 하코다테의 모리야백화점은 녹색 건물로 높았고, 삿포로의 넓은 도롯가의 단층집 앞에는 미루나무가 서 있었다. 그 나뭇잎 뒷면은 종이처럼 하얗고, 종이 같은 소리를 내고 있었다. 왜 왓카나이에 가지 않았을까? 모처럼 아사히카와까지 가놓고선. 맞다, 생각났다. 아사히카와의 8월 더위에 넌더리가 나려던 참에, 기삿거리가 없어 난처해하던 지역 신문에 사진이 실려서(그 시절의 지방 신문에서는 흔한 일에다 인쇄가 너무 흐리터분해서 괜찮았지만), 만일의 경우를 생각하여 본토로 돌아가기로 했던 것이다. 추억 속 북방의 여름은 아사히카와의 햇살조차도 부드럽게 느껴지게 했다.

하지만 현재와 과거의 그런 유쾌한 관계는 길게 이어지지 않았다. 큰 페이지를 큰 소리를 내며 한두 차례 넘기고 나서 하마다는 어느 평론가의 짧은 글을 읽다가 얼굴이 굳어졌다. 일본도 이렇게까지 국력이 강해진 이상 이제 대국답게 핵폭탄을 확보하여 국민의 긍지를 고양시켜야 한다는 논지의 글이었다. 원래부터 이런 글을 쓰는 사람인지 아니면 바빠서 대충 휘갈겨 쓴 탓인지 논지는 좀처럼 파악하기 어려웠지만, 어느 모로 봐도 그런 말인 듯했다.

하마다는 그 의견에 충격을 받은 것이 아니다. 그런 의견은 주정뱅이가 지껄이는 것처럼 지금껏 여러 번 들은 적이 있었다. 하마다는 그저 이런 농담이 농담으로 끝나지 않고 일류 신문에 당당하게 실리는 시대가 되었다는 것에 놀란 것이다. 시절이 변했다. 하마다도 모르는 사이에. 그 인식은 하마다를 불안하게 했다. 자신이 그때 이력서에 징병 기피를 쓸 수 있었던 것은 종전 무렵의 반전적인 것을 허락하는 사회 분위기에 무심코 응석을 부린 탓은 아닐까 하는 생각이 불현듯 들었다. 그것은 불쾌한 발상이었다. 하지만 그뿐만이 아니라고 해도, 적어도 그러한 응석이 전혀 없었다고는 못 할 것 같았다. 사실 도서관에서 니시를 똑바로 보고 과거 자신의 행동이 정당하다고 주장하지 않았던 것도 사회의 기류 변화를 어렴풋이 느끼고 있었던 탓은 아닐까. 그렇다. 사회가 변했다. 하마다는 주위를 돌아보았다. 이 서무과 밖에 대학이 있고, 대학 밖에 도쿄가 있고, 그리고 일본이 있는 것이다. 일본 사회 전체의 분위기가 어느새 자신에게 불리하게 변하여 이 서무과 안의 자신을 공격하고 있다는 것을 처음으로 통감했다. 하마다는 남극에 버려진 개처럼 고독을 느끼며 두려움에 떨었다. 그러나 그 두려움 속에서도 하마다는 '이까짓 일로 조마조마하다니, 대체 난 언제부터 사회 동향에 기대지 않으면 살아갈 수 없는 남자로 변했단 말인가. 그 옛날 나는 그토록 세상에 반역하며 살지 않았던가' 하며 스스로를 격려하고 있었다. 장어집에서 찬합을 찾으러 왔다. 어디 연구실의 조교가 찻잎과 잉크를 받으러 왔다. 하마다는 신문철을 치우고 다시 자기 자리로 가서 앉았다. 형광등 불빛으로 유리판에 얼굴이 비쳤다. 하마다는 그 조잡한 거울에 설핏 떠 있는 마흔다섯의 뚱뚱한 중년 남자의 얼굴을 스물하나의 마른 젊은이의 눈으로 바라보고 있었다.

배구공을 손에 든 직원이 들어왔다. 그 뒤를 따라 얼굴이 번들번들해진 젊은 남녀들이 들어와서 명랑하게 차를 마셨다. 땀내와 암내가 감돌았다. 하마다는 차를 마시려고 일어났다. 그들의 대화에 이끌려 기분이 밝아지는 것을 느꼈다. 점심시간이 끝났다.

한동안 서류를 읽거나 기입하거나 도장을 찍으며 일에 열중한 뒤에 하마다는 잠시 일손을 멈췄다. 그때(아까 점심시간이 끝난 1시), 아키코의 장례식이 시작될 시각이라는 것이 머릿속에 떠올랐다. 그리고 지금 서무과의 시계는 이미 2시 가까이를 가리키고 있었다. 장례식은 벌써 끝났거나 혹은 끝날 무렵이리라. 지방의 장례식이니만큼 역시 집에서 절까지 행렬이 이어질지 모른다 싶어 엽서를 들여다봤지만 행렬에 대해서는 아무것도, '도중 행렬을 생략함'이라는 말도 적혀 있지 않았다. 지금은 지방의 풍속도 그

만큼 변해버린 것이다.

 마을회 사무소의 고야마라는 노인이 갑자기 일어서더니, 가게 앞으로 나와 스기우라를 등지고 서서 자세를 가다듬었다. 가게에 앉아 장개석을 무찌르려면 어떻게 해야 하느냐는 이야기에 상대하면서 이 영감님이 무슨 일로 온 걸까, 하는 생각을 하며 시계를 수리하고 있던 스기우라는 뭐가 지나갈지 의아해하면서 시계집 주인의 나막신을 끌고 밖으로 나와 고야마와 나란히 섰다. 1941년. 설국의 초여름은 늦봄과 뒤섞여 있었다. 두 사람의 머리 위를 제비 한 마리가 예리한 선을 그리며 비상하고 있었다. 마른 말똥이 널려 있는 길을 지나는 것은 장례식 행렬이었다. 선두는 어느 마을회의 깃발로 국민복을 입은 기수는 어디선가 본 적이 있는 얼굴이었지만, 기수가 이발소 주인이라는 것은 요코테로 온 지 아직 한 달밖에 되지 않아서 바로 알아볼 수 없었다. 청년단 제복 차림의 두 남자가 제각기 하얀 천이 매달린 장대를 들고 마을회 깃발 뒤를 따르고 있었다. 장대에 매달린 천에는 큰 글자가 비에 번진 듯 쓰여 있었다.

 '조(弔) 육군 보병······.' 거기까지 읽었을 때 스기우라는 곧바로 거리로 나와서 다행이라며 안도했다. 하지만 그 안도감은 곤혹으로 바뀌어간다. 자신을 대신하여 죽은 자라는 생각에 머릿속이 터져버릴 것만 같다. 미야자키현, 그리고 가고시마현에서 이런 행렬을 여러 번 만났을 때처럼. 또 이 아키타현에 와서도 한 번 맛본 것처럼. 유골을 감싸 안은 유족을 기차 안이나 역에서 우연히 보고 '나는 살아있다'고 생각한 그 순간 뒤로, 아니 그 생각에 앞서 여지없이 밀려오는 견딜 수 없는 심정. 앞에는 두 줄이었다가 뒤로 가면서 세 줄이 된 긴 행렬을 바라보며 자신의 '대역'이라는 생각을 비웃으려고 무던히도 애를 썼다. 라마교의 신자들은 산부처가 죽은 그날 그 시각에 태어난 남자아이를 찾아내어 산부처의 대역이라고 정한다 하지 않는가. 그것과 마찬가지로, 아니 그것보다도 더 바보 같은 이야기. 이 전사자가 스기우라의 대역이라니. 아무 근거도 없다. 저 제비가, 전사자의 환생이 아닌 것처럼.

하얀 초롱을 높이 매단 장대를 세워 들고 있는 남자 둘은 모두 검은 가문[13]이 박힌 옷을 입고 있었다. 조화를 들고 있는 남자 둘은 핫피[14] 차림에 사냥 모자를 쓰고 있었다. 작은 생화를 든 두 소녀는 여학교의 감색 교복에, 큰 생화를 든 두 처녀는 검은 가문이 박힌 옷에 제각기 작은 흰 천을 달고 있었다. 저것은 무엇을 의미하는 천 조각일까? 상장(喪章)? 그 뒤를 따라 꽃무늬가 새겨진 큰 초와 더 큰 초를 든 양복차림의 남자와 국민복 차림의 남자들이 두 명씩. 줄은 그 부분에서 세 줄이 되있고, 이윽고 초롱을 손에 들고 가문이 박힌 검은 옷을 입은 두 남자 사이로 하얀 천을 목에 두르고 하얀 천으로 덮인 상자를 껴안은 중학생이 걸어왔다. 작은

---

13 家紋, 한 가문의 표지로 정한 무늬
14 半被, 기모노 웃옷의 하나로 본래는 직공이나 점원들이 걸치는 가문이 박힌 겉옷이었으나 요즘은 축제 때 많이 입는다.

흰 천이 소년의 팔에 안전핀으로 고정되어 있었다. 소년은 목덜미가 가늘고 뺨이 지나치게 붉었다. 그 바로 뒤에는 상주의 표시인지 어깨를 하얀 천으로 감싼 검은 옷을 입은 노인이 파란 대나무를 손에 들고 억지로 몸을 곧추세우며 걸어왔다. 유골이 앞을 지나갈 때, 고야마는 정중하게 머리를 조아렸고 스기우라도 따라했다. 아마 조부이리라. 그리고 부친은 없고. 모친은? 본 적이 없었던 것 같다. 며느리를 들여서 빨리 대를 잇게 할 요량이었던 손자가 어딘가에서 전사하거나 병사한 안쓰러운 늙은이. 전쟁이 그의 생애 계획을 엉망진창으로 만들었다. 스기우라는 머리를 들었다. 스기우라의 대역 아니, 대역이라니 그런 멍청한 이야기가 어디 있단 말인가. 라마교의 신자라면 믿을지 몰라도. 하지만 저 하얀 상자 안의 재가 되어 버린 남자는 아니라 해도 일본 전역에는 누군가 한 사람, 분명히 스기우라 대신 소집당한 젊은이가 있을 터이다. 그 남자의 동생은 목이 가늘까?

장례 행렬이 지나간 후, 두 사람은 다시 가게 안으로 들어왔다. 정말 훌륭한 장례식이군요, 라고 스기우라가 중얼거리자 요코테에서 제일가는 목재상의 도련님이니까, 하고 고야마가 대꾸했다. 그 말투는 요코테라는 고장을 자랑하는 눈치였다. 아키타 지방의 말은 스기우라도 이제 제법 알아듣게 되었다.

고야마는 지난번에 고쳐준 사무소의 라디오가 상태가 아주 좋다며 고맙다는 인사를 하면서 "매번 미안하네그려. 어이, 스기우라 씨, 이번엔 우리 집 라디오도 손 좀 봐주지 않겠나? 어젯밤에

도라죠의 나니와부시[15]를 못 들어서 안타까워 죽겠구먼" 하고 부탁했다. 지난번엔 수리비를 받지 않아서 그런지 고야마 노인은 말을 꺼내기 어려워 여태까지 망설이고 있었던 것이다. 스기우라는 오늘 밤에라도 당장 가서 봐 드리겠다고 약속하고 다시 시계를 고치면서 그 말을 하려고 아까부터 눌러앉아 있었나, 하고 안심했다. 이번에 쌀이 배급제로 바뀌니까 배급 예비 등록을 서둘러서 신청하라고 또 재촉하러 왔을지도 모른다며 걱정하고 있었던 것이다. 스기우라는 지금까지 두 차례 재촉을 받았고, 그때마다 노베오카에 연락을 할 테니 조금만 더 기다려달라고 부탁했다. 예비 등록은 작년 7월에 도쿄에서 조사가 있었을 때 물론 해두었다. 다만 '스기우라 켄지'라는 가명이 아니라 '하마다 쇼키치'라는 본명으로. 요코테 마을의 시계포에서 기거하는 기술자 스기우라의 예비 등록은 없는 것이다. 일 년 전엔 스기우라 켄지라는 인간은 존재하지 않았으므로.

고야마는 담뱃가루를 곰방대에 채워 넣고 맛있게 담배를 피우며 다음 달 말에 센다이에 사는 손자 얼굴을 보러 간다고 기쁜 듯이 자랑했다. 뜨내기 시계 수리공은, 이 마을 사람들한테는 센다이에 가는 것이 대단한 여행일 테니 가짜 본적과 진짜 전 주소로 되어 있는 미야자키현의 노베오카에, 그렇게 먼 곳에 조회 같은 건 절대 하지 않을 거라고 생각했다. 징병 기피자는 도쿄에서 요

---

15 浪花節. 샤미센 반주에 가락을 붙여 읊는 일본 전통 음악

양하러 왔노라며 우선 한 달 정도 미야자키에서 머물렀고, 그 뒤로 노베오카에서는 미야자키에서 온 병치레를 한 남자로 지냈던 것이다.

스기우라가 규슈에서 도호쿠로 온 것은 4월부터 6대 도시에서 주식이 배급제로 바뀌었기 때문에 지방도 머지않아 그렇게 되리라 내다보고, 곡창 지대로 가는 것이 여러모로 불편하지 않을 거라고 판단해서였다. 그밖에도 가짜 본적지로부터 가능한 멀리 떨어지려는 목적도 있었고, 11월부터 반년 가까이나 따뜻한 지역에 있다 보니 눈이 너무 보고 싶은 심정도 조금은 작용했다. 스기우라는 가고시마현을 잠시 돌고 난 뒤, 아키타현으로 와서 마스다라는 마을의 싸구려 여인숙에 머물며 인나이, 요코보리, 고마치 등, 눈이 군데군데 남아 있는 지역을 라디오 수리를 하면서 돌아다녔다. 이것은 도쿄에 있을 때부터 생각했던 일이었고, 라디오 수리는 스기우라가 할 수 있는 유일한 장사 밑천이었다. 그러나 가고시마에서와 마찬가지로 이걸로는 도무지 벌이가 안 된다는 것을 깨닫고 마음이 어두워졌다. 주문은 적고 수고비는 싼데다가 짐이 늘어나니 이동하기도 여간 힘든 게 아니었다. 이따금씩 부속품을 사러 아키타에 갈 때 드는 기찻삯도 만만치 않았다.

그러던 어느 날, 소학교의 벨 타이머를 고쳐달라는 이야기가 마스다의 여인숙 주인을 통해 들어왔다. 수년 전, 신식 물건을 좋아하는 교장이 벨 타이머를 설치했는데 고장이 나서 골치를 썩고 있다고 했다. 지금까지는 해마다 가을이 되면 한 번씩 도쿄에서 순회를 나와 상한 부분을 교체하거나 고장 난 데를 고쳐주곤 했으나, 일손 부족 탓인지 아무리 기다려도 오지 않는다는 것이다. 스기우라는 방설을 위한 이엉과 통나무 울타리가 아직 고스란히 남아 있는 언덕 위의 소학교에 가서 쉬는 시간 아이들의 환호성과 소사 영감이 흔들고 다니는 방울소리를 들으며 반나절을 들여 어찌어찌 수리할 수 있었다. 교장은 어지간히 좋아하는 눈치로 사례비를 2엔 50전이나 넣어주었고, 도루묵 젓갈도 열 마리나 주었다.

이삼 일 후, 근처에 있는 아사마이라는 마을에 갔다. 때마침 그곳의 명물인 벚꽃 가로수가 꽃봉오리를 터트리기 시작한 무렵이었는데, 일거리가 별로 없던 탓인지 벚꽃이라는 것은 참으로 쓸쓸한 꽃이라고 생각하면서 돌아와 보니 여인숙 주인이 기다리고 있었다. 요코테의 시계포에서 고용살이를 할 수습직공을 찾고 있으니 한번 해보는 게 어떻겠냐는 것이다. 스기우라는 승낙했다. 쌀 배급 자격을 손에 넣을 수 있을지도 모른다는 기대도 있었고, 그렇게 하면 당분간 먹고 자는 것에 마음 고생할 필요가 없다는 생각도 있었지만, 무엇보다도 기껏해야 반년이면 시계 수리는 익힐 수 있을 테니까 나중에는 시계와 라디오를 취급하다가 어차하면 시계만 해야겠다고 생각했다. 시계라면 라디오와는 달리 그것을 취급해도 서양티나 인텔리티가 훨씬 덜 날 거라는 계산도 했다. 어떻게 하면 의심받지 않을까, 스물한 살의 남자는 이 생각만 하면서 살고 있었다. 다만 누가 나이를 물을 때에는 겉늙어 보이는 외모를 다행이라 여기며 스물여덟이라고 대답했고, 요코테의 관공서에 낼 기류계에도 그렇게 썼다.

시계포에서 구하고 있던 것은 직공이라기보다는 예순이 다 된 주인과 폐병에 걸린 부인의 수발을 드는 머슴이나 진배없었다. 여태껏 일하던 젊은 남자는 요코하마인가 가와사키에 있는 군수 공장에 들어가겠다며 세밑에 그만두었다고 한다. 스기우라는 부지런히 일했다. 장작 패기 말고도 잡일에다 뒤꼍의 넓은 텃밭에 시간을 빼앗겨 시계 수리를 배우는 시간은 얼마 되지 않았지만, 손재주가 있어서 이미 상당한 기술은 익혀버렸고, 이 정도라면 반년도 안 걸릴 것 같았다.

마을회의 노인은 꼭 마쓰시마를 구경하고 올 거라고 했다. 스기우라는 고개를 떨군 채로 학창 시절의 마쓰시마 여행을 학생답지 않은 여행으로 꾸며서 이야기했다. 토산품은 뭐가 있냐는 물음에 "아마도 양갱이 있을 겁니다. 마쓰시마 양갱이라고, 짐이 되니까 사지는 않았지만요"라고 대답했다. 실은 사가지고 왔는데 식구들이 하나같이 맛없다고 난리였고, 특히 누나 미쓰가 앞장서서 욕을 해대는 바람에 결국은 내다버렸던 것 같다. 고야마는 이렇게 설탕이 부족한 시국에 양갱 같은 걸 만들고 있을지 걱정했다.

스기우라는 시계 수리를 잠시 멈추었지만 여전히 고개를 숙인 채, 주인이 장례식에 갈 때 전사자의 장례식이라고 왜 말해주지 않았는지 생각하고 있었다. 한편으로는 이런 일에 신경을 쓰다니 내가 어떻게 된 거 아냐, 징병 기피자라고 절대 눈치챘을 리 없을 텐데, 하고 자신을 달래면서. 그러나 스기우라의 의혹에는 아주 약간의 근거가 있었다. 그저께 밤에(물론 올 턱이 없지만) 아무리 기다려도 노베오카에서 예비 등록 신고가 오지 않는 것에 대해 구구절절 변명을 하면서 혼자 집을 지키는 조모에게 빨간딱지(군대 소집영장)가 날아왔을 때만큼은 잊지 말고 꼭 지급 전보를 쳐주고, 다른 건 신경 쓰지 않아도 된다고 일러두고 나왔다는 말을 했다. 다른 건 신경 안 써도 된다고 해서 그런지 연락이 없다고 웃으면서 말하자 주인은 "그럼 스기우라 씨, 라디오를 고치고 돌아다니면서 일일이 고향집에다 거처를 알려야 되는 거야?" 하고 물었다. 스기우라는 고개를 끄덕이고 나서 덧붙였다.

"저는 제3을종[16]을 받아서 걱정할 건 없다고 생각합니다만……."

주인은 아주 잠깐 생각에 잠기더니 불안한 말투와 불안한 표정으로 중얼거리듯 말했다.

"사정이 특별하니 등록이 늦었다고 설마 두들겨 패기야 하겠냐만……."

스기우라는 스스로에게 쓸데없는 걱정은 말라고 충고했다. 저 말투에도 표정에도 한곳에 자리 잡고 사는 자가 방랑하는 자를 가련히 여기는 마음만이, 가련해하며 만족해하는 마음만이 담겨 있을 뿐이라는 것은 명백하지 않은가. 6년 전에 일어난 마바리꾼

---

16 第3乙種. 당시 징병 검사를 받은 자는 갑종, 제1을종, 제2을종, 제3을종, 병종 등의 등급 판정을 받아 징집되었다. 등급에 따른 징집에는 변화가 있었으나, 최종적으로는 갑종·제1을종으로 판정받은 자는 현역으로, 제2을종은 제1보충병으로, 제3을종은 제2보충병으로 징집되었으며 병종은 제2국민병으로 필요에 따라 소집되었다.

살인 사건이 가장 최근 사건인 이 평화로운 마을의 시계포 주인이 별도 잘 들지 않는 자기 집 2층의 두 평 남짓한 방에 징병 기피자가 살고 있을 거라고 꿈엔들 생각할 수 있으랴. 지금의 일본에서 징병 기피자는 도둑놈이나 살인범보다도 더 두려운 인간이니까. 지금쯤 주인은 새끼손가락의 손톱을 길게 기른 오른손으로 향을 집어서 타고 있는 향 위에 올리고 짐짓 점잔을 뺀 얼굴로 나무아미타불을 중얼거리고 있을 것이다. 아니면 여느 때의 버릇처럼 다리를 달달 떨면서 분향할 순서를 기다리고 있을지도 모른다. 스기우라는 다시 시계를 수리하기 시작했고, 아까부터 설탕과 사카린의 단맛을 비교하며 지껄이는 고야마의 말에 맞장구를 쳤다. 그런데 이 영감은 왜 이렇게 돌아갈 생각도 하지 않고 꾸물대고 있는 걸까?

고야마는 라디오 수리를 재차 부탁하고 집에 오는 길을 알려준 뒤 공손하게 인사를 하고 나갔다가 뭐라고 중얼거리면서 다시 되돌아오더니, 품에서 꺼낸 것을 마루 끝에 내려놓고는 마침내 사라졌다. 스기우라는 시계 수리에 정신이 팔려 짧은 인사말만 했다. 그러다 잠시 후 마루 끝으로 눈이 갔을 때 부리나케 일어서서 그 얇은 장부, 주식배급통장으로 달려갔다. 갱지로 된 표지를 펼치자 같은 재질로 된 본문 첫 페이지 셋째 줄에 '스기우라 켄지, 남자, 1914년 9월 11일 생, 28세'라고 쓰여 있었다.

교육학과 고참 조교수에게 전화가 걸려왔다. 부탁할 일이 있으니 지금 젊은 조교수 두 사람과 함께 서무과로 가겠노라고 의미심장하게 웃으며 말했다. 하마다는 비품 구입 때문이라는 걸 눈치채고 연구실로 직접 찾아가겠다고 대답했다. 교원과 직원이 돈 문제로 왈가왈부하는 꼴은 되도록 남의 눈에 띄지 않는 편이 좋다는 것이 하마다의 평소 생각이다. 교육학 연구실로 가는 어슴푸레한 복도를 걸으면서 그 마을회 노인(이름이 뭐였더라, 생각이 안 난다)은 죽었을지도 모르겠다고 생각했지만, 물론 그것은 알 턱이 없다. 죽었을지도 모른다. 아니면 아직 쌩쌩하게 살아서 지금은 암을 걱정하며 금연을 하고 있을지도 모른다. 마쓰시마에는 갔을까? 양갱은 샀을까? 그로부터 한 달도 채 지나지 않아 시계 수리는 대강 알았다며 요코테를 떠났으므로 그것도 알 수가 없었다. 물론 스기우라 켄지의 이동 신고서를 챙겨 들고.

교육학 연구실 앞에 섰을 때, 문득 그냥 서무과로 오라고 할 걸 그랬다는 생각이 들었다. 지금 이곳에서는 도서관에서처럼 봉변을 당할 리 없다는 걸 알면서도 하마다는 두려웠던 것이다. 그 소문이 이미 여기까지 퍼졌을까? 하마다는 언제까지나 이 어슴푸레함 속에 서 있고 싶은 심정을 떨쳐버리려 애를 쓰며 노크하고 문을 열었다.

밝은 형광등 아래에서 조교수 세 명이 찻잔에 맥주를 따라 마시고 있었다. 하마다에게도 권했지만 거절했다. 책장 뒤에서 교수가 나와 대화에 끼었지만, 아직 강의가 남아 있다며 교수도 맥주를 거절하자 한 조교수가 머리를 긁적거렸다. 책꽂이를 두 개, 가능하다면 세 개를 넣어 주었으면 좋겠다는 용건이 끝난 뒤, 고참 조교수가 허물없는 태도로 말했다.

"하마다 씨, 어제는 대활약을 했다면서?"

어리둥절해 있는 하마다에게 조교수는 명랑한 어조로 말을 이었다.

"학교 털이범을 쫓아가서 깔아뭉개고 후려갈겨서……."

"아닙니다. 그건 제가 아니라……. 전 그냥 보고만 있었습니다."

"어?"

교수가 옆에서 말을 거들었다.

"그렇지. 하마다 씨는 평화주의자니까."

모두가 웃고 하마다도 웃음을 지었지만, 스스로 그 미소가 일그러진 듯하다고 느꼈다. 아마 어제 사건이 학교 안에 자자하게 퍼져 입에서 입으로 전해지다가 군더더기가 붙거나 사람이 바뀌곤 했을 것이다. 평화주의자라는 말로 보아, 이 교수는 하마다가 징병 기피를 한 것을 알고 있고, 웃음으로 봐도 조교수 세 명 중 둘은 확실히 알고 있는 것 같았다. 다만 교육학 연구실에서 쓰는 '평화'라는 말에는 악의가 담겨져 있지 않을 테지만 말이다.

하마다는 적당한 때를 봐서 연구실을 나왔다. 복도에서 스치며 인사를 하는 사람에게도, 인사를 하지 않는 사람에게도 모두 어제의 소문이 퍼졌을까. 그 생각은 서무과로 돌아와서도 사그라지지 않았다. 하마다는 일손을 놓았을 때도 되도록 고개를 숙이고 있었다. 얼굴을 들어 누군가의 시선과 마주치는 것(무라카미와 사무 보조의 시선)이 지독하게 괴롭기 때문이었다. 창문에서 이다지도 많은 빛이 들어오는데 형광등이 다 켜져 있어서 마치 빛의 눈사태처럼 느껴졌다. 너무 눈부시게 밝은 서무과의 실내가 증오스러웠다. 선글라스가 필요한 심정이었다. 밤에 있을 연회에 빠지면 이사의 초대를 거절한 것이 되어 모가 날까? 어제 일도 있고 하니 오늘 참석을 하지 않으면 오히려 의심을 받을까?

하마다는 옛날(라디오와 시계 수리를 하면서 북쪽 땅을 걷고 있던 무렵이다. 미쿠니에 있는 시안바시라는 작은 다리 옆에서 맛없는 술빵을 먹었다. 그리고 가나자와. 두 줄기의 강 사이에 끼어 있는 조용한 마을에 야트막하게 이어지는 오래된 집들)에 차라리 탄광으로 들어갈까 하고 툭하면 생각했던가. 가장 큰 이유는 라디오와 시계 수리로는 벌이가 되지 않았으니까. 하지만 더 근본적인 이유가 있었던 것 같다. 어두운 곳으로, 누구의 시선도 받지 않는 장소로 도망치고 싶었던 건 아니었을까. 잠재의식이나 심층 심리 같은 것. 범죄자가 탄광에서 일하는 것도 마음속 깊은 곳까지 더듬어보면 그 때문일지도 모른다. 하마다는 너무 많은 빛을 거부하려는 듯 눈을 가늘게 떴다. 그러자 하마다이 마음속으로 검은 옷을 입은 새우등의 작은 남자가 기어 들어와 말을 건다. '어두운 곳으로 기자, 어두운 곳으로.'

소학교 옆의 빈터는 널어놓은 골풀 냄새가 지독하여 머리가 조금 지끈거렸다. 그러나 스기우라는 복날 무렵의 구라시키에서는 어차피 어딜 가도 마찬가지라며 포기하고 판을 펼쳤다. 목이 좋았던 걸까, 길게 구레나룻을 기른 모래 화가 앞으로 아이들이 줄기차게 모여들어서 점심밥을 먹을 짬도 없었다. 하긴 외식권이 몇 장 안 남았으니 먹지 않는 게 좋긴 하다. 스기우라는 점심 거르기를 각오하고 모래 그림을 그리며 아이들과 농담을 나누었다. 오늘 밤을 생각하면 배가 고픈 것쯤이야 아무것도 아니었다. 한 달밖에 떨어져 있지 않았는데 이다지도 길게 느껴지다니.

 어스름 저녁이 가까워지자 아이들의 발길이 뚝 끊겼다. 보통 때라면 판을 그만 접어도 되는데 어른 한 사람(검은 옷에 전투모를 쓰고 컵 밑바닥처럼 두꺼운 안경을 낀 새우등의 왜소한 남자)이 아까부터 열심히 구경을 하고 있다. 살 것 같지도 않았지만 스기우라는 한 명이라도 손님이 있을 때는 그림을 그려야 한다는 평소의 신조를 이때도 지켰다. '결국 내가 신이 나서 그리고 있으면 사주는 것 같으이, 스기 씨' 니가타에서 대머리 모래 화가가 일러준 말을 스기우라는 마음에 새기고 있었다. 게다가 이 마흔 전후의 남자가 국민학교나 중학교 선생일지도 모른다는 생각도 조금은 작용했을 것이다. 아이들을 상대로 하는 장사는 선생과 사이좋게 지내둬서 손해 볼 것이 없다. 오랜 시간 아무 말도 없이 지켜보고 있어서 미술 선생일지도 모른다는 생각이 들었던 것이다.

 스기우라는 허리춤에 찔러 둔 수건으로 이마와 구레나룻의 땀을 닦고 두꺼운 흰색 종이를 왼손에 들고 앞에 쭈그리고 앉아 있는 한 명뿐인 손님에게 말을 걸었다.

"이건 제본하고 잘라낸 끄트러기인데요, 사실은 뭐라도 좋습니다. 도화지도 상관없지만, 역시 다소 점성이 있는 게 좋아요."

검은 옷의 남자는 끄덕였다. 스기우라는 오른손에 그림붓을 들고 잉크병 속에 담아 둔 풀을 녹인 물에 붓끝을 적셨다.

"아까 애들한테도 말했지만 꼭 풀이 아니어도 상관없어요. ……녹말도 좋고 밀가루 풀도 좋고. 저는 아라비아고무를 쓰고 있죠. 나막신집에서 쓰는 덱스트린이라고 콩을 정제한 건데, 그것도 좋아요. 표백을 안 한 노란색을 그대로 쓰는 게 효과가 좋은 것 같아요. 근데…… 이건 애들한테는 알려주면 안 되는데……, 되도록 풀을 묽게 쑤는 게 요령이죠."

"허허, 무슨 까닭인가?"

"안 가르쳐주는 이유 말씀입니까? 저는 뭐 알려줘도 괜찮다고 생각하는데, 형님뻘이 그러라고 해서요. 진이 장사치보다 모래 그림을 더 잘 그리면 장사 망한다고. 진이라는 건, 우리 장사꾼들 말로 손님이란 뜻이죠."

검은 옷의 남자가 소리 내어 웃고 스기우라도 미소 지었다. 또 다른 이유 하나, 풀이 걸쭉하면 모래가 많이 들러붙어서 모래 소비량이 많아진다는 것은 말하지 않았다. 스기우라는 웃음을 거두고 종이의 오른쪽 귀퉁이에 무색의 젖은 선을 세로로 여러 개 긋고 나서 왼손 손가락 끝으로 복숭아빛 가루를 집어 젖은 선 위에 뿌렸다. 복숭아빛의 여러 줄이 만들어졌다. 그 위쪽에 젖은 붓으로 가로 선을 굵게 긋고 거기에는 파란 가루를 뿌리자 소나무 숲이 완성되었다. 스기우라는 찬찬히 설명했다.

"석회석 가루를 안료로 물들인 건데, 녹색이 없어서 큰일이에요. 사실은 바다도 그리고 싶은데 말입니다."

"애써 그린 미호노 마쓰바라[17]에 바다가 없는 건 아쉽구먼."

"그러게 말입니다."

스기우라는 이어서 눈 덮인 후지산을 그리고 가로로 길게 뻗은 구름을 그린 후, 일출을 그렸다. 햇살을 받는 쪽의 산과 구름에는 나중에 빨간 가루를 뿌리게끔 조금 비워두는 것이 이 도안의 요령이다.

"과연 그럴싸하군. 하지만 이건 애들한테는 어렵겠는데?"

검은 옷의 남자는 완성품을 칭찬한 뒤 40전을 건네고, 여섯 색깔 모래가 각각 담긴 작은 파라핀지 주머니가 붙어 있는 두꺼운 종이에 '도쿄시 시타야구 야나카 하쓰네쵸 58번지 일본교육모래그림협회' 고무인이 찍혀 있는 모래 그림 세트를 샀다. 그것에는 지금 그린 미호노 마쓰바라와 미리 그려둔 매화나무에 앉은 휘파람새 그림도 딸려 있다.

"모래 화가 양반, 이걸로 오늘은 파장이오?" 하고 검은 옷의 남자가 물었다.

"예."

---

17 三保の松原, 시즈오카시 미호 반도에 있는 경승지로, 후지산이 바라다 보이는 아름다운 소나무 숲 해변

"어떻소. 나하고 지금 한잔하러 안 가겠소?"
"아닙니다. 술을 못하는 놈이라서."
"거 좀 상의할 일이 있는데."
"예?"
"그럼, 자네 숙소까지 같이 가야겠네."

스기우라는 경계했다. 이쪽 형편도 묻지 않고 일방적으로 몰아붙이는 말투는 형사나 그와 비슷한 족속들이 하는 태도다. 국민학교 선생도 중학교 미술 선생도 아니라는 것은 이미 분명해졌다. 그러나 만약 형사라면 어떻게 스기우라를 의심한 것일까? 십중팔구는 무슨 착각임에 틀림없다. 히로시마에서 얼핏 들었을 때도 이 마을 여인숙에서 여종업원과 이야기를 나누었을 때도 최근에는 아무런 사건도 없다고 했는데 말이다. 하지만 십중팔구 중 남은 일이나 이는 스기우라의 정체를 정통으로 냄새 맡았다는 가능성도 있을 터이다.

위험에 처하기까지의 시간을 가능한 끌어보려고 천천히 판을 정리하고 있자 검은 옷의 남자는 그 앞을 어슬렁거리며 호주머니에서 사쿠라 담뱃갑을 꺼냈다. 이내 사쿠라의 터키잎 냄새와 골풀 냄새가 뒤섞였다. 황금박쥐도 아니고 호요쿠도 아닌 고급 담배 사쿠라를 피우는 걸 보면 형사가 아닐지도 모른다는 생각이 들었다. 헌병은 역시 이름처럼 명예로운 호마레를 피우는 걸까? 아니면 군용 담배가 아니라 사쿠라?

사냥 모자를 쓴 뒤 모래 그림 도구와 팔다 남은 상품을 짊어지고 걷기 시작하자 남자는 조금 뒤쳐져서 따라왔다. 놓칠쏘냐며 감시하고 있는 듯한 느낌이었다. 그러나 이렇게 시력이 나쁘고 등이 굽은 헌병이 있을 리가 없다고 깨달았을 때, 그 남자는 뒤에서 말을 걸면서 스기우라와 나란히 섰다.

"새 다다미 같은 냄새는 대낮만큼 심하지 않구려."

"구라시키 사람이 아니세요?"

"응."

남자는 그렇게 대답했을 뿐 스기우라가 예상하고 있던 너의 고향은 어디냐는 물음은 입에 올리지 않았다. 그 대신 이렇게 물었다.

"모래 화가 양반, 미술관에는 가봤는가?"

"아뇨. 대단하다더군요."

스기우라의 말에 거짓은 없었다. 가고 싶어 죽겠는데도 꾹 참고 오하라 컬렉션[18]은 보러 가지 않았다. 그림을 수집한 고지마인가 하는 화가의 작품은 둘째 치고 고갱과 고흐와 르노와르는 꼭 보고 싶었지만, 의심받을 가능성이 있는 일은 피해야 했다. 로댕의 '칼레의 시민상' 같은 것이 현관 앞에 걸려 있는 것을 문 밖에서 얼핏 봤을 때도 걸음을 늦추지 않았다.

"모래 그림에 참고가 되는 건 아닌가?"

"하긴 그렇겠네요. 워낙 제가 게을러서요."

---

18 1930년 실업가 오하라 마고사부로가 설립한 일본 최초의 서양미술관(오하라 미술관)에 소장되어 있는 미술품의 애칭

"그럼, 가와니시쵸에는?"

가와니시쵸는 구라시키의 유곽이다.

"아뇨, 아직."

스기우라가 대답하자 검은 옷의 남자가 웃으면서 말했다.

"돈이 남아돌겠구먼, 모래 화가 양반."

황혼녘 아니, 이미 땅거미가 내려앉은 거리를 잠시 걸은 뒤 스기우라는 말했다.

"이 동네 길은 어찌나 복잡한지."

"미로 같구먼."

"그렇습니다."

"이 구라시키에 고풍스런 하얀 벽 집들이 좀 더 많으면 좋을 텐데."

"예."

역전의 여인숙에 도착하여 부엌 냄새와 변소 냄새가 뒤섞여 흘러드는 2층의 좁은 방으로 안내하자 검은 옷의 남자는 놀란 듯이 말했다.

"독방을 쓰고 있구먼, 모래 화가 양반."

"예."

어제까지는 같이 썼다가 오늘부터 이쪽으로 옮겨왔지만, 스기우라는 굳이 그 일을 설명하려 들지 않았다.

"용건이 뭡니까?"

"아니, 용건이랄 것까진 없는데, 뭐 이래저래……."

그러더니 남자는 명함을 꺼냈다. 직함은 없고 아사히나 케이치라는 이름과 후쿠오카시……로 시작되는 주소만 찍혀 있었다. 스기우라는 명함이 없다며 모래 그림용 두꺼운 백지에 연필로 '스기우라 켄지'라고 이름을 적었다. 아사히나는 창가에 기대어 스기우라가 쓴 네 글자를 보면서 모래 그림에 대해 이래저래 관심 없는 태도로 묻다가 이윽고 무척 자연스러운 어조로 말했다.

"스기우라 씨도 비행기나 군함처럼 애들이 좋아하는 걸 그리면 더 잘 팔리지 않겠소?"

스기우라는 긴장감을 감추려고 애쓰며 모기향을 자기 앞으로 끌어당겼다. 불이 잘 붙을까? 손이 떨리기라도 하면 큰일이다. 비행기나 군함을 그리라는 건 단순한 발상일까? 아니면 속을 떠보고 있는 걸까? 짙은 녹색의 소용돌이 끝이 빨개진 다음 스기우라는 대답했다.

"낙하산 부대 같은 건 좋은 도안이 되리라 싶어서 연습도 해봤습니다만, 아무래도 잘 안 되더라고요. 제가 게을러서요. 배운 대로 매화나무에 앉은 휘파람새 같은 것만 그리고 있습니다."

아사히나는 고개를 끄덕였다. 이번에는 흰 종이 말고 색지에 불꽃놀이를 그리면 멋지겠다고 하더니 도쿄 스미다강의 여름맞이 불꽃놀이에 대해 한바탕 떠들고 나서 물었다.

"스기우라 씨, 고향이 도쿄지? 말투로 보아 하니."

"예, 어린 시절은 도쿄에서 자랐습니다."

"도쿄 어디?"

"다바타요."

"허허, 그럼 지금은? 신상조사처럼 들리겠구먼."

스기우라가 미야자키현의 노베오카라고 대답하자 아사히나는 노베오카의 어디께냐고 물었다. 그래서 스기우라는 노베오카에서 살던 부근의 지리를 띄엄띄엄 설명했다. 이어서 아사히나는 이런 경우에 흔히 있는 실로 상투적인 수법을 썼다.

"노베오카에 아는 사람이 한 명 있는데, 자네하고 비슷한 또래일걸세. 스기우라 씨, 모르는가? 사사키라고."

"사사키? 모르겠습니다."

노베오카의 뭐라고 하는 마을의 어느 집 아들이냐고 되물을 지혜가 떠오르지 않았다. 그런 심술을 부릴 만큼의 여유는 전혀 없다. 스기우라가 할 수 있는 것은 그저 다음으로 물을 나이에 대한 대답을 준비하는 일뿐이었다. 그리고 예상대로 아사히나는 이렇게 말했다.

"나이대가 다른가? 스기우라 씨는 몇 살이오?"

"서른입니다."

다음 질문은 실로 재빨랐다.

"서른이면 용띠?"

"1914년생, 범띠입니다."

스기우라도 재빠르게 대답했고, 아사히나는 실망한 기색도 없이 대꾸했다.

"그렇구먼. 1914년. 그렇다면 사사키와는 나이가 다르지. 구레나룻 탓에 나이가 들어 뵈는구먼. 실례지만, 요즘 세상에 서른밖에 안된 젊은이가 구레나룻을 기르는 이유가 뭔가?"

스기우라에게 이 질문은 간단했다. 언제나 남에게 대답하던 대로 말하면 되니까. 스기우라는 수줍은 듯 웃으며 말했다.

"특히나 여름엔 더워서 싫습니다. 땀이 차니까요. 하지만 아이들 상대로 하는 장사는 이렇게 수염을 기르는 게 먹힙니다. 털보 아저씨라고 말이죠."

두 사람은 웃었지만, 그때 스기우라는 아사히나의 눈매가 두꺼운 렌즈 너머에서 날카로워지는 것을 느꼈다. 아마 지금까지가 조사였고 이제부터 본론으로 들어가겠지. 이제 곧 이 남자의 정체가 드러날 것이다. 그러나 아사히나는 사쿠라를 피우면서 또다시 모래 그림과 하루하루 벌이에 대한 이야기를 했다. 그러다 느닷없이 탄광에 들어가면 한 달에 이백 엔은 벌 수 있다면서 광부가 되라고 권했다. 뭐야, 이 남자는 그저 일자리를 알선하는 거간꾼이었단 말인가. 스기우라는 오히려 실망하면서 아사히나의 권유를 거절했다. 아사히나는 아직 길게 남은 담배를 모기향의 진으로 검게 더러워진 접시에 눌러 끄더니, 노점상들은 이제 곧 징집되어 홋카이도로 끌려가서 조선인과 똑같은 취급을 받지만, 규슈의 탄광에서는 일본인과 조선인을 명확하게 차별하니까 일본인 광부들에게는 밥도 매우 잘 나오고 급료도 홋카이도보다 훨씬 많다는 이야기를 어지간히 악착같이 묘사했다.

스기우라가 가만히 있자 아사히나는 말을 계속했다. 건강이 걱정이라면 자네 정도면 인텔리여서 글씨도 잘 쓸 테니까 사무직으로 배정을 받을 수도 있다고 간단하게 장담했다. 스기우라는 무슨 소리냐며 자신은 상업학교 중퇴라서 그런 어려운 것은 도저히 못한다고 대꾸했다. 여기서는 침착하게 받아넘기는 것이 좋겠다고 자신을 타이르면서 말했다.

"모래 그림을 그리며 직역봉공[19]하고 싶습니다. 아이들을 상대로요. 아이들을 좋아하니까."

"이젠 그런 시대가 아니야. 알겠나, 스기우라. 이대로 가다간 일본은 망해. 이탈리아의 전철을 밟는 거야. 무솔리니는 끝장났고, 바돌리오는 더 형편없는 놈이니까. 후지산 꼭대기에도 미호노 마쓰바라에도……."

아사히나는 스기우라가 그린 모래 그림의 스카이 블루로 물들인 파랑과 석회가루 본연의 흰색을 천천히 손가락질하면서 말했다.

"……성조기가 펄럭이게 될 거야. 빨간 깃발이 꽂힐지도 몰라. 그리 될 공산은 매우 크다네. 이것만큼은 꼭 막아야 하네. 도조[20] 정권이 쓰러지는 거야 상관없지만, 조국이 망하는 꼴을 차마 눈뜨고는 볼 수 없다는 애국심, 이 애국심이 있기 때문에 탄광에는……."

우익이구나. 석탄업자의 우익 하수꾼. 전향자는 우익이 된다고들 하니까. 아마 옛날에는 공산 당원이었을 남자. 스기우라는 모깃소리를 들으면서 잠자코 있었다. 아사히나는 말을 잇지 않고 있

---

19 각자 자신의 직업에 충실하여 국가의 전쟁 수행에 협력하고 공헌한다는 의미
20 도조 히데키(1884~1948), 육군대신 시절 미국과의 전쟁을 강력히 주장했던 인물로, 1941년에 수상이 되어 태평양 전쟁을 일으켰고 패전 후 A급 전범으로 교수형에 처해졌다.

었다. 복도에서 어떤 손님이 여종업원에게 장난질을 치고 있었다. 여종업원이 웃으면서 뭐라고 되받아쳤다. 처음엔 아사히나의 침묵이 말을 꺼내기 어려워서일 거라고 생각했지만, 너무 오랫동안 입을 다물고 있어서 지금부터 하는 말에 의미를 담으려는 심사인가 하는 의심이 들었다. 그때 새우등의 남자가 단숨에 말을 이었다.

"……살인이나 강도질을 해서 도망 다니고 있는 놈들도 와서 일하고 있지. 탄광 속에 있으면 안전하거든. 이동 신고 없이도 배 터지게 밥도 먹을 수 있고. 일단 특별 수당이 많으니까. 게다가 징병 기피자도 많지."

그 '징병 기피'라는 말을 들었을 때, 스기우라는 스스로도 의외라고 생각될 만큼 침착하게 항상 하던 대로 행동할 수 있었다. 스기우라가 되물었다.

"그게 뭡니까? 그, 기피라는 거."

아사히나는 무표정한 채로 정성껏 설명해 주었다. 스기우라는 가만히 귀를 기울이며 간간이 고개를 끄덕였다. 꿰뚫어본 것일까? 아니면 넘겨짚은 것일까? 거의 분명히. 아니면 그냥 단순한……? 어쨌든 마지막까지 시치미를 뗄 수밖에 없다. 계속 모른 척 할 수밖에 없다. 스기우라는 말했다.

"그러니까 석탄회사는 그런 놈들을 숨겨주고……."

"봉사시키고 있는 게지. 조국을 위한 일도 되고. 그 치들도 속죄할 수 있으니까 마음도 편해지지. 헌병에게 넘겨봤자 무슨 이득이 되겠는가."

"그런 놈들이라도 조선인들보다 대우가 좋으니까요?"

아사히나는 끄덕였다.

"그야 역시 민족의 격이라는 것이 있으니까."

스기우라는 한탄하듯 중얼거렸다.

"아무래도 안 내킵니다. 상종 못할 비열한 일본인들과 같이 일을 하다니. 이래봬도 전 죄를 지은 적도 없고, 가짜 물건을 판 적도 없는 정직한 노점상이라고요."

"그야 잘 알고 있지."

아사히나는 지독하게 사무적이고 냉담한 어투로 말했다. 스기우라는 일부러 더듬거리며 나른한 듯 말했다.

"쌀 통장도 남들처럼 떡하니 가지고 있고, 삼시 세 끼 흰쌀밥은 못 먹어도 양키쌀 정도야, 장마로 장사를 잡치지만 않으면 입에 넣을 수가 있고. 배를 곯지는 않거든요……."

"허나, 스기우라 씨. 아니, 스기우라가 진짜 이름인지 아닌지는 모르겠지만 내가 이렇게 말한다면 어쩔 텐가?"

아사히나가 갑작스레 태도를 바꾸더니 무릎을 내밀고 바싹 다가와 스기우라의 얼굴을 뚫어져라 쳐다보면서 무언가 말하려고 했을 때, 문밖에서 야단스럽고 밝은 목소리가 들렸다.

"들어가도 돼?"

"아, 응."

스기우라가 대답했다. 기장을 줄인 거친 비단 몸뻬 차림의 아키코가 문을 열고 들어왔다. 망으로 싼 머리에 배낭을 짊어지고 양손에 하나씩 보자기 꾸러미를 들고 있다. 방 안의 험악한 분위기가 금세 무너졌다. 아키코는 다소곳이 앉아서 우선 아사히나에게 엎드려 인사하며 말했다.

"잘 오셨습니다. 스기우라가 신세를 많이 지고 있습니다."

아사히나는 당황하여 고쳐 앉으며 반사적으로 인사를 했다. 아키코는 스기우라에게 얼굴을 돌리고 말했다.

"아직 저녁 안 먹었지? 맛있는 거 가져왔어."

스기우라는 그것에는 대꾸하지 않고 말했다.

"기차는 앉아서 왔어?"

아사히나는 어안이 벙벙하여 두 사람의 대화를 지켜보고 있었다. 조금 전까지의 격렬하고 불길한 기운은 모조리 사라졌다. 아사히나는 마치 불평을 터트리듯 물었다.

"아니 이런, 모래 화가 양반은 둘이서 여행하고 있었던 겐가?"

"예, 외로움을 많이 타는 성격이라서요."

"짝이 있었는지는 몰랐구먼. 그럼 가와니시쵸에는 안 가도 되겠군 그래."

아키코는 목 주변에 부채질을 하면서 행복한 듯 미소 지었다. 아사히나는 떠났다. 다만 문 입구께에서 이런 말을 남겼다.

"생각이 바뀌거든 연락 주게. 엽서 한 장으로 될 일이니까."

아사히나가 계단을 내려가는 발소리에 귀를 쫑긋 세우고 있자 아키코가 살짝 물었다.

"누구야?"

스기우라는 왼쪽 집게손가락으로 자신의 아랫입술을 가볍게 눌렀다. 그 손가락은 오라민의 노랑과 로다민의 복숭아빛으로 물들어 있었다. 아키코가 어깨를 들썩이며 쿡쿡 웃었다.

하지만 그 순간, 참으로 해괴하게도 스기우라는 아사히나를 쫓아가고 싶은 심정이 설핏 끓어올랐다. 쫓아가서 아사히나를 붙들고 규슈의 탄광에서 일하게 해달라고 부탁하면 얼마나 마음이 편해질까 생각하면서 스기우라는 아키코의 손을 꼭 쥐고 있었다. 그만큼 헌병과의 혹은 국가와의 투쟁에 지치고 방랑 생활에 넌더리가 나기도 한 것이다. 언제까지 이런 생활을 계속해야만 하나? 그렇게 가끔 스스로에게 물을 때가 있었다. 그때마다 스기우라는 아마도 영원히 그럴 거라고 대답했다. 혹은 죽을 때까지라고. 새우등의 거간꾼이 늘어놓던 배불리 먹을 수 있는 식사도 조선인보다 나은 대접도 모두 미심쩍다는 것쯤이야 알면서도. 그런데도 스기우라는 땅 밑으로 도망치는 것(작업화를 신고 검은 갱도를 걷는 일과, 광차를 밀며 천천히 들어가는 일, 그리고 낙반이라는 형태로 부여되는 불의의 죽음조차도)을 매혹적으로 느꼈던 것 같다. 아사히나와 이야기를 나누는 동안, 저녁 기차로 돌아올 아키코를 까맣게 잊고 있었던 것은 어쩌면 공포나 긴장보다 도리어 어둠 속 안식을 향한 무의식의 동경 탓일지도 모른다.

과장에게 전화가 걸려왔다. 누군가 어려운 윗사람의 전화라는 것은 태도로도 알 수 있었다. 과장은 허리를 굽혀 인사하고 전화를 내려놓더니 두 과장대우에게 눈짓하며 말했다.

"호리카와 이사님께서 자동차로 연회장에 함께 가자는 연락을 주셨네. 하마다 씨와 니시 씨도 함께."

하마다는 속으로 오늘 밤 연회는 도저히 빠질 수 없겠다고 한탄했다. 그리고 지금 과장이 내 이름을 선임인 니시보다 먼저 부른 것을 원망했다. 호리카와 이사의 말을 그대로 따라 했을 테지만, 니시에게 노여움을 사는 것은 과장도 이사도 아닌 바로 자신이다. 오늘 밤 모임에서는 뭔가 좋지 않은 일이 일어날 것만 같은 불길한 생각이 들었다. 다만 그 좋지 않은 일이 어떤 형태로 닥쳐올지는 짐작도 가지 않았지만.

4시 반이 되기를 고대하고 있었다는 듯 과장은 교우회관으로 장기를 두러 갔다. 니시도 이내 교우회관에 간다는 말을 남기고 나갔다. 하마다는 이럴 땐 어디 다른 부서에 가서 기분 전환을 하는 것이 상책이라고는 생각하면서도 잔업을 하는 직원들과 야근을 하는 자들과 함께 내내 책상에 앉아 있었다. 우선은 자동차가 준비되면 과장과 니시를 불러야 했고, 그거야 다른 직원에게 시키면 되겠지만 다른 부서에 가서 또 지난번 도서관 사무실에서처럼 봉변을 당하는 건 아닐까 불안했다.

하마다는 자신을 격려하려고 했다. 그래봤자 술만 마시는 모임이 아닌가. 눈에 안 띄게 구석 자리에 앉아 있으면 시간은 절로 지나서 마침내 끝이 난다. 2차는 거절하면 된다……. 그렇게 생각해도 전혀 기분이 나아지질 않았다. 결국 하마다는 자신의 인생은 지금껏 늘 어떻게든 살아왔으니까 앞으로도(오늘 밤도) 그리 심하게 걱정할 필요는 없다고 스스로를 타이르려 했다. 이를테면 이 학교에 취직한 것도 그토록 상황이 나쁜 시기였는데도, 호리카와 이사는 쉽게 채용해 주었다. 결혼도 요코처럼 젊고 얌전한 미인을 아내로 삼을 수 있었다. 무슨 사연이 있을지도 모른다 싶었지만 처녀였고. 역시 나는 대체적으로 운이 좋은 팔자를 타고났을지도 몰라. 운, 불운. 그런 일은 분명히 있는 법이다. 아파트도 한 번밖에 신청하지 않았는데 당첨되었다. 계약금을 상당히 치렀지만 나중에 50년 상환으로 2DK[21]에 입주할 수 있었고, 입학시험 또한 구제고등학교 시험은 애당초 어려운 데를 지망해서 떨어졌지만, 고등공업학교는 싱거울 정도로 간단하게 붙었다. 게다가 징병 기피도 성공하여(불가사의한 일이다) 지금 이렇게 보통의 시민 생활을 영위하고 있다. 더더욱 긴 세월, 아마 평생 괴로운 삶을 살게 될 줄 알았는데. 요코테에 석 달 정도 머무르면서 시계 수리를 익힌 뒤 라디오와 시계를 수리하며 돌아다녔고, 그래도 역시 라디오만 고치던 시절과 마찬가지로(아니 훨씬 더 심하게) 돈이 되지 않았던 무렵에는 정말 이젠 끝인가 하고 반쯤 포기하기도 했다. 아무리 돌아다니며 일감을 따려 해도 부서진 라디오나 시계도 엄청난 재산이라서 머물 곳 없는 뜨내기에게 선뜻 맡길 리 없다는 걸 뼈저리게 깨달았을 뿐. 하마다는 무언가 다른 장사를 할 수밖

---

21 방 두 칸에 다이닝 키친이 있는 집 구조

에 없다고 생각하면서도 뭘 해야 좋을지 몰라서 꾸역꾸역 라디오와 시계를 고치고 있었다. 싸게 사 온 것을 고쳐서 비싸게 파는 거라면 좋은데, 결국 싸게 파는 장사. 수입이 한 푼도 없었던 것은 아니지만 지출이 많아서 돈이 무섭게 줄어갔다. 아키타현에서 느닷없이 후쿠이현으로 갔다가 이시카와현으로. 그리고 현을 하나 건너뛰고 니가타현으로 간 것은, 이 현이라면 왠지 경기가 좋을 것 같은 느낌이 들어서였다. 하지만 장사는 역시 시원찮았다. 니가타의 여인숙에서 마지막 백 엔짜리 지폐를 깰 때는 처절하게 후회하며 자신을 욕했던가. 징병 기피를 후회한 것이 아니라, 왜 돈을 좀 더 많이 가지고 나오지 않았을까. 자기 명의로 된 저금 통장 말고 다른 돈에 손을 대는 것은 양심에 걸린다고 생각하다니. 세상 물정도 모르는 철부지의 안일한 태도였다. 마지막 백 엔짜리 지폐. 그것을 깬 것은 같은 여인숙에 묵고 있던 막노동꾼에게 라디오를 두 대나 털려서 변상하기 위해서였다. 하지만 그때도 결국 우연 덕분에……

햇빛에 바랜 장지문을 열고 오십 대 대머리 남자가 들어왔다. 대머리 남자는 짐을 방 한구석에 내려놓고 스기우라의 얼굴을 빤히 들여다보며 양 주먹을 불끈 쥔 채 엉거주춤한 자세로 묘한 목소리를 내며 빠르게 말했다.

"실례합니다만, 이쪽 계통 분이신가요?"

"……?"

스기우라는 아래층에서 빌려온 제3차 고노에 내각 총리 사직에 관한 기사가 실린「니가타 일보」에 손을 댄 채 물끄러미 그 남자의 얼굴을 보고 있었다. 코밑에 수염이 있었고, 깨소금의 소금같이 섞인 흰 수염은 담배 탓인지 아니면 침침한 전구 탓인지 갈색으로 물들어 있었다. 그 남자는 스기우라의 반응을 보고 허둥지둥 손사래를 쳤다. 그리고 바로 앉아 몇 번이나 고개를 숙이며(몇 번이나 대머리를 보이며) 새된 목소리로 말했다.

"이런, 이런. 제 실수. 미안합니다. 기분 상하지 마십시오. 제가 어찌나 경솔한지, 번듯한 분을 우리 같은 사람으로 잘못 보다니."

스기우라는 책상다리를 하고 왼손은 다다미 위의 읽다만 신문에 댄 채 큰 소리로 웃다가 급기야는 눈물이 핑 돌 만큼 몸을 들썩이며 웃어댔다. 우습게도 노점상으로 착각한 남자를 비웃을 마음도 있었지만, 지금 자신이 타인의 눈에는 절대 도쿄의 의사 아들인 징병 기피자로는 보이지 않는다고 보증된 것 같아서 더할 나위 없이 기뻤다. 스기우라의 웃음은 도쿄를 떠난 후 처음이라 해도 될 만큼, 아니 더 오랜만에 찾아온 거리낌 없이 밝은 것이었다.

콧수염의 남자도 웃어대며 자꾸 머리를 긁적거렸다. 남자는 자신을 도쿄에서 온 이나바라고 하며 모래 그림을 그린다고 소개했다. 하마다는 자신을 스기우라라고 말하고, 어렸을 적 엔니치[22] 때

---

22 縁日. 신불(神佛)과 이승의 인연이 가장 깊다고 여겨지는 날. 참배객이 많이 찾아오며, 신사나 절 주변에 노점이 들어서고 축제가 열려 주변이 활기차다.

모래 그림을 자주 구경했고 산 적도 있다고 대답했다. 그리고 두 사람은 도쿄 이야기를 하며 돌아다닌 여러 지방을 평가했다. 그들은 함께 목욕하고 식사를 했다. 이나바는 시어빠진 배추절임에 간장을 듬뿍 쳐서 먹으며 ABCD 포위진[23]은 비겁하다며 분개했다. 그리고 요즈음 물자가 가장 풍부한 곳은 대만이고 그 다음이 조선인데 대만은 여태 가본 적이 없어서 아쉽다고 했고, 지금이 마침 10월이니까 조선의 시골에 가면 집집마다 지붕에 고추를 가득 널어놓아서 마치 모모노셋쿠[24] 때 쓰는 붉은 양탄자 같다며 그리운 표정을 지었다.

이나바는 저녁 식사를 마치자 아사히 담배를 맛있게 피운 뒤, 스기우라가 라디오 수리를 시작하기 전에 먼저 모래 그림을 그리기 시작했다. 후지산에 미호노 마쓰바라, 매화나무에 앉은 휘파람새, 와룡송에 두루미 따위를 쓱쓱 그려간다. 어젯밤에 스기우라는 전등이 어두워서 작업이 어려우니 가지고 있는 전구로 갈아 끼워도 되냐고 여인숙의 여주인에게 물어봤지만 거절당한 일도 있어서, 이 정도의 불빛에서도 일을 척척 할 수 있는 모래 화가는 정말 편한 장사라고 생각했다. 모래 그림 세트를 가지고 다니는 것이 보통 일이 아니겠다고 물어봤더니, 도쿄의 재료상이 대금 교환으로 보내준다니까 이것도 걱정할 필요가 없었다.

---

23 1941년 전후 일본의 동남아시아 진출에 반대하여 미국, 영국, 중국, 네델란드 4개국이 공동으로 자산동결, 석유 수출 금지 등의 대일경제체제로 일본에 대항한 일
24 桃の節句, 3월 3일 여자아이들의 건강과 행복을 기원하며 인형을 장식하는 날

같은 지역에 너무 오래 있으면 사람들이 싫증을 내지만 새로운 지역이나 오랜만에 찾아간 곳에서는 잘 팔린다고 했다. 특히 엔니치 때 좋은 자리를 배정받으면 자기도 깜짝 놀랄 정도로 불티나게 팔린다면서 이나바는 붓을 날리고 색색의 모래를 뿌린 뒤, 오른손 엄지손톱으로 두꺼운 종이의 모서리를 살짝 퉁겨 모래를 털었다. 그러나 스기우라는 부러워하면서도 자신이 모래 화가가 되는 것은 상상하지 못했다. 필시 의사 아들에게는 길거리에 주저앉아 장사를 할 정도로 허물어질 배짱이 없었을 테고, 게다가 노점상이 되면 지금보다 훨씬 더 많은 사람들 앞에 얼굴을 내놓아야 하는 것도 두려웠을 것이다.

내일은 니이쓰 마을에 엔니치가 있으니까 좋은 자리를 맡으려면 빨리 가야 한다며 모래 화가는 9시에 잠자리에 들었다. 스기우라도 침침한 전등 때문에 짜증이 나기도 해서 일찍 자기로 했다. 그러나 이튿날 아침 이나바는 일어나긴 했지만, 기운이 없었다. 요전 날부터 어쩐지 심장이 이상하다며 오늘은 유독 몸이 안 좋으니 쉬어야겠다고 했다. 스기우라가 근교로 일감을 받으러 갔다가 저녁에 돌아와 보니, 콧수염의 남자는 방에서 나른한 듯 모래 그림을 그리고 있었다. 그러다 가끔씩 뒤통수를 손으로 누르며 이렇게 하면 시원하다고 혼잣말처럼 중얼거렸다. 스기우라가 눌러 주겠다고 했더니 몹시 좋아하며 미안하다고 몇 번이나 인사를 했다. 스기우라는 서둘러 이불을 깔아주고, 모래 화가가 목욕을 하고 싶다는 것을 오늘 밤만은 참으라며 말렸다.

한밤중에 스기우라는 요란한 소리에 잠이 깼다. 전깃불을 켜보니 대머리 사내가 상반신은 방 안에 하반신은 복도의 마룻바닥에 커다란 벌레처럼 쓰러져서 신음하고 있었다. 화장실에 다녀오는 길이었나 보다. 이불로 끌고 가서 뉘었으나, 병자는 몸이 너무 아파서 죽을 것 같다는 말만 기운 없이 되풀이할 뿐이었다. 열은 없지만, 맥박이 빠른 데다 안색도 몹시 파리해서 깨소금 같은 갈색 콧수염도 바랜 듯이 보였다. 스기우라는 아래층으로 내려가서 주인을 깨우고 당장 의사를 불러야겠다고 했지만, 주인은 형식적으로 2층에 올라왔을 뿐 베개맡에 앉은 채 꿈쩍도 하지 않았다. 스기우라는 여기저기 의사에게 전화를 걸었지만 하나같이 거절하는 바람에 다시 방으로 돌아왔다. 하지만 아무래도 상태가 좋지 않아 보여서 이쪽에서 데리러 가면 의사도 오지 않고는 못 배길 거라고 생각했다.

스기우라는 한밤의 니가타의 검게 물이 괴어 있는 개울가를 걷기도 하고, 지루하게 이어지는 완만하고 긴 비탈길을 오르기도 하며 찾아다닌 끝에 간신히 세 번째 의사에게 왕진을 승낙받았다. 망토를 걸친 늙은 의사는 함께 걸으면서 휘발유가 배급제가 되어 자가용을 못 탄다며 자꾸 한탄했다. 하지만 국책을 남진일본(南進日本)이라 정한 이상, 인도네시아의 석유는 우리 것이니까 곧 있으면 기름을 펑펑 쓸 수 있게 된다고 말했다. 그것은 스기우라의 아버지가 물자 부족이 심해져 갈 때마다 군인을 욕하다가도, 이따금씩 낙천적인 말을 하는 버릇과 매우 흡사했다. 의사 아들은 어쩌면 아버지도 지금쯤 이렇게 왕진을 나갔을지도 모른다고 생각했다.

이나바는 의사가 와주어서 제법 기운 차리게 되었다. 실제로 다음날은 누웠다 일어났다 할 만큼은 좋아졌지만, 아무래도 심장이 조금 쇠약한 것 같다는 의사의 진단이 스기우라에게는 너무 애매한 말투로 들렸다. 저녁에 다시 이나바의 뒤통수를 눌러주면서 문득 중학생 때 열심히 쳐다봤던 인체 해부도를 떠올리고 반고리관에 이상이 있는 건 아닐까 싶어서 의대병원에 가보라고 일렀다. 싫다는 모래 화가에게 돈이 없냐고 물으니 돈이야 걱정 없다고 해서 의대 부속 병원에 아침 일찍 데리고 갔다. 몇몇 과를 뱅뱅 돌며 진찰을 받은 결과는 역시 스기우라가 예상한 대로 심장도 나쁘지만, 그보다도 반고리관에 문제가 있다고 했다.

점퍼와 골프바지에 사냥 모자를 쓴 모래 화가는 병원에서도, 니가타의 명물인 천연가스 버스 안에서도 목티와 카키색 바지를 입고 사냥 모자를 쓴 시계 라디오 수리공에게 몇 번이나 장황하게 고맙다는 인사를 했다. 이나바는 노점상이라는 직업에 자못 어울리는 말투로, 자네는 꼭 신농씨 같은 사람이라며 간살을 떨었지만, 젊은이는 어쩌다 맞춘 것뿐이라며 겸손했다. 다만 인사치레를 심하게 한 탓인지 버스에서 내려 스기우라의 어깨를 붙들고 조심조심 걸어가는 이나바는 기운이 별로 없었다. 두 사람은 늦은 오후 햇살 속에서 버드나무가 쓸쓸히 드문드문 이어지는 길을 말없이 걸었다. 마치 부자지간처럼. 개울 건너편에선 방울 소리를 내며 호외 배달원이 달려갔다. 두 남자는 여관에 도착한 후에야 그것이 도조 내각 성립을 알리는 호외라는 것을 알게 되었다.

일주일에 두 번 이나바는 의대 부속 병원에 가야 했다. 스기우라는 그때마다 일을 쉬고 따라갔다. 그럴 때 스기우라의 심리는 친절이나 의리, 인정이라기보다 어차피 그리하게끔 되어 있다는, 될 대로 되라는 식이었던 것 같다. 세 번째로 따라갔을 때, 심장을 위해 거의 야채만 먹어서 몹시 야윈 모래 화가는 복도의 벤치에 걸터앉아서 물었다.

"스기 씨 장사는 벌이가 안 되는 거 아냐?"

스기우라는 여태껏 쭉 스기우라 씨라고 부르던 호칭이 갑자기 바뀐 것에 놀라면서 벌이가 전혀 안 된다는 것을 솔직히 털어놓았다. 우선은 의심을 받아서는 안 된다고 생각했다. 하지만 발작적인 허영심 탓으로 다른 지역에서는 제법 짭짤했다고 변명처럼 말했다. 이나바는 벤치 등받이에 기대어 스기우라의 얼굴을 올려다보며 장사가 왜 안 되는지를 하나하나 실로 정확하게 분석했다. 그 명료한 분석력에 감탄하고 있는 스기우라에게 이나바는 조금 민망한 듯한 표정으로 말했다.

"모래 그림 그릴 생각은 없는가?"

스기우라는 이나바의 말에 반사적으로 귀가 솔깃했다. 왜 여태 이걸 생각하지 않았을까 싶었다.

"부탁드립니다."

스기우라는 머리를 숙였고, 이나바는 끄덕이며 말했다.

"스기 씨. 모래 그림을 그리면 13번지에도 갈 수 있어. 후루마치 기생은 어렵겠지만."

대머리 환자는 병원 창가의 10월 햇살 속에서 유곽 이야기를 하고 연약하게 미소 지었다.

그날 이후 스기우라는 날마다 삼십 분이나 기껏해야 한 시간씩 병자가 피곤하지 않을 만큼만 모래 그림을 배웠다. 중학생 때 미술 부원이었기 때문에 일반적인 도안은 능숙하게 다룰 정도의 재능은 있었다. 오히려 신제작파 계통의 미술선생에게 배운 리얼리즘을 버릴 마음만 먹으면 되었다. 무엇보다 중요한 것은 그림을 그리는 법이 아니라, 풀을 묽게 만드는 법이나 손님이 잘 들여다볼 수 있도록 종이를 앞으로 기울여서 그리는 요령이었다. 설명도 그다지 필요 없었다. 이나바는 정성을 다해 열심히 그리면 그것이 손님을 끄는 가장 좋은 방법이 된다고 가르쳤다. 다만 대머리가 되는 것은 어렵겠지만 수염은 기르는 게 좋겠다고 권했다. 스기우라는 그 충고를 따라 코밑만 깎았더니 여인숙의 여종업원에게 실컷 놀림을 받았다. 일주일도 채 지나지 않은 사이에 스기우라는 대강을 이해하여 도구를 빌려서 일러준 대로 니가타 시내의 소학교 근처에 가서 제법 재미를 보았다. 상품의 원가가 2할이니까 20전짜리가 팔리면 16전이 이득이다. 수익의 절반을 건네주려 했지만 이나바는 웃으면서 받지 않았다. 모래 화가는 얇은 이불 속에서 엎드린 채 코밑의 수염을 베개에 문지르면서 도쿄의 재료상 스가와라 씨에게도 가까운 시일 안에 소개장을 써주겠다고 했다.

하마다는 사람들과 함께 과일가게 앞에 진열된 사과처럼 반질반질하게 닦여진 자동차를 탔다. 뒷좌석에는 호리카와 이사와 서무과장과 교무과장이 타고, 앞좌석에는 하마다와 니시가 탔지만 그래도 아직 여유가 있었다. 차 안에서는 진행 중인 교외의 토지 매수 건이 드디어 정식으로 결정되었고, 그것도 파격적으로 싼 가격에 해결돼서 잘됐다는 이야기가 계속되었다. 하마다는 이런 이야기만 한다면 오늘 밤은 괜찮겠다고 생각했다. 벤틀리는 미끄러지듯 매끄럽게 달려서 승차감이 좋았고, 하마다의 바로 곁에 있는 안면 있는 운전기사도 스쿨버스를 운전할 때와는 달리 사치스러운 것을 다루는 기쁨에 젖어 표정이 흐뭇했다. 하마다는 이사와 과장들의 이야기에 말을 거들기도 하고 운전기사와 중고차 가격에 대한 이야기를 나누기도 했다. 니시도 이따금씩 하마다와 운전기사의 말에 끼어들었다. 하마다는 그리 걱정할 필요는 없겠다고 안심했다. 하마다는 지금까지 여러 위험을 헤치며 살아왔다. 우연의 연속 같은 것이었지만, 언제나 구조선이 하마다가 필요로 할 때에 딱 나타나 주었다. 아키코도 그리고 이나바 영감도. 확실히 요행의 연속. 국가라는 거대한 조직을 상대로 오직 홀로 투쟁하는 일이 성공한다는 것은, 역시 그런 요행 없이는 불가능하다.

이사가 문부성과의 연락 건으로 하마다에게 질문을 하고 하마다는 그것에 대답했다. 이사는 이어서 부속 고등학교 문제를 니시에게 묻고 니시는 그것에 대답했다. 하마다는 오늘도 윤기가 도는 이사의 백발을 눈여겨보았다.

'이나바 영감의 콧수염은 영 이상했었지. 담배를 끊어도 추레했으니. 내 구레나룻은 기르는 데 꽤나 시간이 걸렸지. 놀림도 많이 받았고. 하지만 구레나룻이 있어서 확실히 아이들에게 인기가 많았으니 그건 역시 장사꾼의 지혜야.'

제법 밤이 깊어진 뒤 스기우라는 여인숙으로 돌아왔다. 이나바는 이불 속에서 묵은 잡지 「킹」을 읽으며 기다리고 있었다.
"어땠는가? 스기 씨."
"재미가 쏠쏠했어요."
두 사람은 미소 지었다. 스기우라는 오늘 처음 간 엔니치에서 얼마나 벌었는지 노점상의 은어를 써먹으며 보고했다. 스기우라는 이나바가 일러준 대로 시라야마 신사의 엔니치에 갔던 것이다.
"상호가 없어도 괜찮았지?"
"예. 관리자가 정말 친절하게 잘해줬어요. 그래도 상호를 받는 게 좋다고 주의를 주더군요."
"그야 그러는 게 좋긴 하지. 허나 스기 씨는 아무래도 뭔가 사연이 있는 듯하니, 나도 잠자코 있는 걸세."
"사연 같은 거 없어요."
"뭐, 상호가 없어도 할 수는 있시. 구석 자리여도 상관없다면 말이야."
이나바는 '구석 자리'가 판을 깔 장소로 가장 불리하다는 것을 자세히 설명했다.

"그래도 거리의 악사들이 재주가 하도 용해서 사람들을 잘 끌어모았지. 덕분에 야시장에 사람들이 많이 몰려와 활기가 넘쳤어. 다들 그 친구들한테 얼마나 고마워했었다고. 사람 모으는 선수라면서."

이나바는 젊었을 적의 추억담을 늘어놓기 시작했다.

추억담이 끝나자 스기우라는 재료가 다 떨어져 가고 있으니 주문을 해야 한다는 용건으로 돌렸다. 시내는 이제 먹히지 않아서 한참 전부터 근교로 나가고 있었지만, 니가타에서 당일치기를 할 수 있는 도시나 마을에서는 앞으로도 한동안은 팔릴 거라고 내다보고 있었다. 그러나 이나바는 예상치도 못한 의외의 대답을 했다. 기차표가 준비되는 대로 같이 도쿄로 가자는 것이었다.

"그런 억지가 어딨어요. 아무리 그래도 보름은 자리를 지켜야지."

하지만 이나바는 요 이삼일 먹고 자고 빈둥거리면서 골똘히 생각한 끝에 결심한 듯, 스기 씨를 데리고 도쿄로 돌아간다는 계획에 푹 빠져 있었다. 어제(스기우라가 데려다줘서 간 주제에) 의대병원 선생이 제법 좋아졌다고 말했다는 둥, 지난번에는 엽서 한 장으로 해결된다고는 했지만 재료상 스가와라 씨는 역시 한번 만나보는 게 좋겠다는 둥, 그것이 노점상의 관례이고 스기 씨도 어린 시절 자란 동네가 그리울 것 아니냐, 도쿄에선 물건을 살 때 일일이 줄을 서야 한다고들 하지만 니가타 따위와는 달리 맛난 것도 많고 계집들도 예쁘다, 요시와라나 다마노이 같은 유곽은 줄을 서지 않아도 된다는 둥, 자꾸 입에 발린 말만 하며 스기우라를 설득

하려 들었다. 스기우라는 한편으로는 이나바의 몸을 염려하고, 또 한편으로는 다른 지역이라면 몰라도 도쿄에만은 절대로 가서는 안 된다, 가면 틀림없이 헌병에게 붙잡히고 말 것이다, 라는 두려움에 몸서리가 났다. 모래 화가는 요 삼주 동안 정말 고분고분하게 말을 잘 듣는 병자였는데, 그런 만큼 오늘 하룻밤 동안 제 고집을 다 부릴 결심을 했는지 마냥 떼를 썼다.

병세에 대해서도 말싸움을 하다가 질 것 같아지자, 이나바는 요 위에 일어나 앉아 이불을 몸에 감으면서 "스기 씨, 그건 다 핑계야. 난 돌아가고 싶어. 도쿄까지 바래다줘도 되지 않는가. 기찻삯은 내가 댈 테니까. 그렇게까지 싫어하다니 너무 인정머리가 없구먼" 하고 말했다. 그건 잘못된 생각이라고 사리에 맞게 이야기하다가, 계속 이런 식으로 말하면 도저히 먹히지도 않고 오히려 상대의 기분을 더 상하게 만들 뿐이라고 생각하여 스기우라가 입을 다물고 있자 모래 화가의 표정이 별안간 바뀌었다. 마치 딴 사람이 된 것처럼 상스럽고 추한 얼굴로 변해 있었다. 대머리에 콧수염 남자는 눈을 위로 치켜뜨고 깔보는 듯한 눈빛으로 스기우라를 쳐다보더니 여태껏 이나바의 입에서 나온 적이 없는 말투로 상스럽게 말했다.

"어이, 스기. 도쿄에 가는 게 무섭지?"

스기우라는 상대의 얼굴을 똑바로 봐야 한다고 자신에게 명령하고 그리하려고 애를 썼다. 그러나 이나바의 눈은 정신없이 움직이고 있어서 도저히 쫓아갈 수가 없었다. 모래 화가는 스기우라를 위아래로 훑어보며 말을 이었다.

"정곡을 찔렀지? 우에노에 도착하자마자 체포한다는 헌병 소리가 들릴까 봐 겁나지? 흥, 점잖은 낯짝을 해봤자 전과가 있는 것쯤이야……."

스기우라는 온몸의 긴장을 풀고 말했다.

"없어요, 전과 같은 거. 난 그냥 이나바 씨 몸을 생각해서……."

"흥, 시골 짭새는 겁도 안 나지만, 경시청은 벌벌 떨리는 거지?"

"그딴 건 안 무서워요. 왜 그런 생각을 해요? 이나바 씨, 난 그냥……."

모래 화가는 고개를 처박고 입을 다물고 있다가 느닷없이 큰 소리를 내지르며 울기 시작했다. "사실은 내가 아무리 연락을 해도 여편네한테서 감감무소식이야. 그년이 서방질을 하고 있는 게 분명해" 하고 울먹이면서 바람난 상대 후보자로 이웃집의 막노동꾼과 떠돌이 기타 연주가, 파출소 순경을 들었다.

징병 기피자라는 것을 알아채지 못했다고 안심하여 마음이 해이해진 탓도 있을 것이다. 그러나 무엇보다도 스기우라가 아직 사랑을 해본 적이 없는 숫총각인 탓이 더 크다. 그런 스기우라에게는 콧수염에 머리가 벗겨진 이 오십대 남자가 바람난 마누라 때문에(확실치 않지만) 이토록 야단법석을 떠는 것이 이상해서 참을 수 없었다. 스기우라가 내심 정말 우습다고 생각하면서도 이래저래 서툴게 위로해 주었더니 이나바는 그 위로의 말에 응석을 부리며 한층 더 서럽게 흐느껴 울었다. 그러는 사이에 스기우라는 이건 어쩌면 어른이 아니면 알 수 없는 큰 문제일지도 모른다고 생각하기 시작했다(스기우라에게는 스무 살이 넘었음에도 가끔 제 자신을 아이 취급하는 묘한 버릇이 있었다). 스기우라는 아래층으로 내려가 라디오에서 흘러나오는 도쿠가와 무세이[25]의 '미야모토 무사시'를 듣고 있던 여관집 주인에게 이나바 씨가 울고불고 난리를 피우니 좀 와달라고 부탁했다.

그 일이 사태를 악화시켰다. 병자를 불친절하게 다룬다고 이나바는 주인을 처음부터 싫어했고, 이나바로서는 스기우라와는 친하니까 수치스러운 것까지 털어놓을 수 있었던 것이다. 그런데 스기우라가 주인을 부르러 가서 모래 화가에게 배신감만 들게 만든 것이다. 주인과 함께 계단을 올라오자 이나바는 이불을 뒤집어쓰고 자는 시늉을 하며 여관집 바깥양반이 무슨 말을 해도 벽 쪽으로 등을 돌린 채 대꾸하려 들지 않았다. 하는 수 없이 스기우라는 자기로 했다. 그리고 어둠 속에서도 두 사람은 끝끝내 말을 하지 않았다.

이튿날 아침, 아침밥을 먹자마자 이나바는 누비잠옷을 벗고 오랜만에 점퍼와 골프 바지로 갈아입고서 짐을 꾸리기 시작했다. 옷을 갈아입으면서도, 짐을 꾸리면서도 자꾸 스기우라 쪽에 신경을 썼다. 물론 그러지 말라고 말려주거나 도쿄에 같이 가자는 말을 꺼내주기를 바라는 눈치였다. 그러나 스기우라는 밝은 창가에서

---

25 德川夢聲(1894~1971), 당시 인기를 끌었던 변사이자 만담가

무척 오랜만에 시계 수리를 시작했고, 이나바의 마음을 알면서도 말을 걸지 않았다. 하지만 이나바가 땀으로 거무스름해진 사냥 모자를 쓴 뒤 짐을 짊어지고 조금 비틀거리면서 문을 열었을 때, 스기우라는 세이코 시계에서 얼굴을 떼고 말했다.

"이나바 씨, 바보 같은 짓 그만둬요. 그 몸으로 어떻게 도쿄까지 가겠다는 거예요."

아마도 그 말투가 화근이었을 것이다. 꼬리를 내리고 공손하게 부탁을 하거나 사과를 했으면 이나바도 미안해하고 만사가 원만하게 해결되었을 것이다. 하지만 어젯밤부터 이나바의 어처구니없는 태도에 질려버린 젊은 스기우라에게는 그런 배려를 할 만한 여유가 없었다. 이나바는 돌아보지도 않고 마치 그것이 대답이라는 듯 문을 거칠게 닫고 아무 말 없이 나갔다. 이나바가 계단 손잡이를 잡고 천천히 내려가는 소리에 스기우라는 귀를 쫑긋 세웠다. 이윽고 아래층에서 주인과 이야기를 나누는 소리가 들렸다. 도쿄 말과 니가타 사투리가 오고 가는 말소리를 들으면서 스기우라는 시계 수리를 계속했다. 바깥주인이 계단을 올라와서 어떻게 좀 해보라고 했지만 스기우라는 들은 척도 하지 않았다. 잠시 후엔 여주인이 올라와서 좀 말려달라며 저 뒷모습을 도저히 보고 있을 수가 없다고 불안한 목소리로 부탁했다. 스기우라는 자리를 털고 일어섰다. 병자와 고집 싸움을 하는 것은 한심하다고 몇 번 혹은 수십 번이나 자신을 타일렀다.

스기우라는 나막신을 끌고 나와서 먼지와 지푸라기가 떠 있는 검은 개울가와 잎이 다 떨어진 버드나뭇길을 걸으며 버스 정류장 쪽으로 향했다. 그리 길지 않은 줄이 늘어서 있었지만, 거기서 조금 떨어진 곳에서 이나바가 검은 쓰레기통에 걸터앉아 모자를 벗고 쉬고 있었다. 그 옆얼굴이 뜻밖에도 건강해 보인다고 생각하면서 다가가고 있는데, 버스가 와서 스기우라는 걸음을 재촉했다.

"저기……."

말을 걸자 모래 화가는 늘어진 얼굴을 찌푸리며 문병객을 맞이하는 병자처럼 몹시 계면쩍은 표정을 지었다. 줄이 움직이기 시작했고, 이나바가 사냥 모자를 쓰고 일어섰다. 스기우라가 무언가 말을 하려고 하자 버스 차장이 빨리 타라고 재촉했다. 스기우라가 이나바의 양팔을 붙잡았다. 그런 식으로 잡은 것이 문제였을지도 모른다. 상대는 팔을 잡힌 채 노려보며 말했다.

"허허, 그렇게도 모래 그림 장사를 하고 싶은 모양이지?"

스기우라는 손을 놓았고 이나바는 차장에게 욕을 먹으며 버스에 올랐다. 그 후 스기우라는 낮 동안 내내 이리되면 별수 없으니 벨 타이머 수리를 하며 돌아다녀야겠다고 생각하면서 알람 시계와 손목시계를 수리했다. '제국 벨 타이머 수리부'라는 직함을 박은 명함을 만들면 어떨까? 아키타현의 소학교에서 2엔 50전에 도루묵까지 받은 것은 꽤나 좋은 수입이었다. 지금이라면 조금 더 비쌀 것이고, 그때처럼 시간이 걸리지 않고도 끝낼 수 있을 것이다. 하지만 벨 타이머를 설치한 소학교가(물론 중학교나 공업 학교라도 상관없지만) 얼마나 있을까 하는 문제에 부딪치자 그 생각도 지독하게 마음이 놓이지 않았다.

하지만 어떻게든 할 수밖에 없었다. 이대로는 굶어 죽을 거고, 더구나 이제 곧 겨울이 닥쳐올 테니 따뜻한 땅으로(이즈 쪽은 위험할까? 차라리 아직 가본 적 없는 기슈로 갈까?) 옮기지 않으면 안 된다. 아무것도 하지 않고 죽는 것보다는 뭐라도 하고 죽는 편이 근사하다. 스기우라는 종잇조각에 명함 초안을 쓰고(제국 벨 타이머 수리부의 소재지는 도쿄시 우시고메구 야라이 10-53으로 했다) 기합을 넣으며 스스로를 격려하고 기세 좋게 일어섰다. 여관을 나올 때 석간이 던져졌다. 스기우라는 그것을 주워들고「니가타 일보」의 일면 톱기사('게히마루의 참사[26], 소련 기뢰 촉발로 침몰')를 쳐다보고 나서 카운터의 주인에게 건넸다. 근처 명함집에는 유리판 밑에 늘어놓은 견본의 반 이상이 기생들의 명함이었지만, 그것보다도 가게 안쪽에서 흘러나오는 튀김 냄새가 스기우라를 자극했다. 스물한 살의 남자는 마지막으로 튀김을 먹은 게 언제였나 하면서 스기우라 켄지의 명함을 한 통 주문했다. 그리고 같은 생각을 계속하며 여관으로 돌아왔더니 기다리고 있던 주인이「니가타 일보」의 삼면 아래쪽 기사를 들이댔다.

'차에 치어 사망. 역전에서 오십대 남자'라는 표지 글이다.

그 남자가 이나바라는 것은 틀림없어 보였다. 사고가 일어난

---

[26] 1941년 11월 5일, 태평양 전쟁이 시작되기 한 달 전, 청진에서 쓰루가로 항해 중이던 일본의 초대형 여객선 게히마루(氣比丸)가 소련의 부유기뢰에 접촉하여 침몰한 사건

시간으로 봐도, 인상착의에 대한 설명으로 봐도 이나바와 일치했고, 달려오는 버스에 '딸려 들어가다시피 쓰러져'라는 서술도 자못 반고리관에 문제가 있는 남자인 듯했다. 스기우라는 바깥주인과 함께 경찰서에 들렀다가(스기우라는 경찰서 건물로 태연하게 들어가는 자신에게 놀라고 있었다) 의대병원으로 갔다. 예상은 적중했다. 의국 직원은 이나바의 반고리관에 대해 물어보았고, 그것은 학문적으로 매우 흥미로운 증상이라며 기뻐했다.

이튿날, 숙박부의 주소를 단서로 경찰서에서 전화를 걸어 보았지만, 달랑 하나밖에 없는 가족인 부인은 병이 나서 니가타에 올 수 없다고 했다. 시체는 곧장 해부실로 넘겨졌고 후에 화장되었다. 스기우라는 화장터의 유족 대기실에서 화장터 직원의 집 처마에 무가 널려 있는 것을 바라보며 모래 그림 세트에 고무인으로 찍혀 있는 일본교육모래그림협회의 주소(도쿄시 시타야구 야나카 하쓰네쵸……)로 긴 편지를 썼다. 화장터까지 온 것은 스기우라 혼자였다. 수신인명은 재료상의 성 밖에 몰라서 스가와라 귀하라고만 쓰고 그 점에 대해서도 편지 속에 정중하게 사과했다. 이나바가 재료상을 소개해 준다고 약속해 놓고 갑작스런 사고로 죽었다는 것을 알린 뒤, 자신은 상호가 없는 사람이지만 앞으로도 계속 거래를 트고 싶으니 우선 첫 거래로 이만큼의 물품을 대금 상환으로 보내달라고 부탁했다. 예의바르지만 못 배운 느낌이 들게끔 문장을 만드는 것은 몹시 어려운 일이었다.

스기우라는 이나바의 장사 도구를 본떠서 속이 얕은 나무 상자에 격자 모양으로 칸막이를 만들었다. 칸막이 속에는(이나바는 알루미늄 도시락 통을 넣었지만) 종이 상자를 넣고 그 속에 색 모래를 넣었다. 이나바의 도구는 금속 상자도 나무 상자도 모두 버스의 무게로 무참하게 찌부러져 버렸던 것이다. 죽은 콧수염의 모래 화가가 살아있는 구레나룻의 모래 화가에게 남긴 유품은, 스기우라가 여관집 여주인에게 일단 말하고 손에 넣은 「대일본 신사불각 엔니치 안내」라고 적힌 표지가 떨어져나간 소책자뿐이었다. 1931년에 발행된 것이지만, 이런 것은 십 년이 지나도 내용이 그리 바뀔 리 없다고 판단했다. 액땜이라도 하려는 건지 여주인은 이나바의 더러운 수첩까지 억지로 얹어주면서 유골까지는 떠맡길 수 없지만, 하고 중얼거렸다.

그러나 고심하여 쓴 스가와라 아무개 앞으로 보낸 편지는 '수취인 주소 불명'으로 되돌아왔다. 스기우라는 절망하여 도쿄를 떠나 온 후 처음으로 술(배급 맥주)을 마시면서 생각했다. 이리되면 마음을 단단히 먹고 석회가루를 사와 안료로 물들여 작은 파라핀지 봉투에 넣어서 그것을 종이에 붙이는 일부터 직접 하든지, 그도 아니면⋯⋯ 다시 벨 타이머 수리 쪽을 노릴 수밖에 없다. 하지만 둘 다 미래는 결코 밝지 않다. 스물한 살의 젊은이는 오랜만에 마신 맥주 한 병과 절망 탓으로 곤드라졌다. 갈증과 공복으로 밤중에 잠이 깬 스기우라는 허기를 달래려고 물을 여러 잔 들이키다가 문득 이나바의 수첩을 살펴봐야겠다는 생각이 들었다. 입 주위와 턱을 적신 채 정신없이 수첩을 넘기자 끝 페이지 쪽에 '도쿄시 요쓰야구 신주쿠 2-93 스가와라 토메키치'라고 쓰여 있었다. 스가와라는 무슨 사정이 있어서 일본교육모래그림협회 사무실을 가짜 소재지에 둔 것이다. 스기우라는 큰 글씨로 봉투의 수신인명을 고쳐 썼다.

연회는 호리카와 이사의 인사말로 시작되었다. 한 시간쯤 지나자 여종업원들이 노래하고 춤추는 사이에 두 이사가 모습을 감추었다. 자리는 그 때문에 한층 더 흐트러졌다. 교무과장이 이바라기 사투리로 도도이쓰[27]를 부르고 서무과장이 검무를 추고 모두는 갈채를 보냈다. 하마다는 구석 자리에서 물 탄 위스키를 마시고 있었다. 지금의 하마다는 술을 짬뽕해서 마시면 취하지만 위스키만 마시면 반병 정도는 가볍게 비울 수 있다. 교무과의 과장대우가 정종을 따르려다가 말았다.

"아, 하마다 씨는 물 탄 위스키였지."

"그렇다니까."

회계과장이 꽤 취기가 돈 목소리로 말했다.

"어이, 맥주는 어때?"

"맥주는 배만 불러서요."

"일본 요리와 위스키는 안 어울리잖아."

회계과장의 거친 말투를 듣고 교무과의 과장대우가 수습하듯

---

[27] 都都逸, 주로 남녀 간의 애정을 소재로 한 구어체 속요

말했다.

"그거야 각자 기호 문제니까요."

"예, 서양 물이 들어서요. 이건 물 건너온 위스키는 아니지만."

하마다는 웃으면서 말하고 닭튀김을 먹으며 생각했다. 이런 요리는 과연 일본 요리라 할 수 있을까. 맥주와 일본 요리는 어울린단 말인가. 아직 하마다는 네모난 양주병의 사분의 일 정도밖에 마시지 않았다.

학생과장이 프랑크 나가이[28] 흉내를 내며 노래하고, 학생과의 과장대우 중 한 사람이 샤미센이 끼어들면 노래가 잘 안 나온다면서 반주 없이 「창이 녹슬어도」를 불렀다. 니시가 다가와서 술을 따르려 하자 하마다는 황급히 술잔을 손으로 받쳤다.

"이 사람은 재팬 스피릿이 안 맞는다니까" 하며 회계과장이 말했다. 그리고 평소에 영어로 말장난하는 것을 좋아하는 회계과장은 '스피릿'에는 술과 영혼이라는 두 가지 뜻이 있다는 것을 장황하게 설명했다. 니시가 큰 소리로 웃어댔고, 중재 역할을 하던 교무과 남자는 어디론가 가버리고 없다. 하마다는 위스키를 새로 시켰다. 이건 좀 진하다 싶었지만, 단숨에 들이켰다.

샤미센을 치는 여종업원이 사람들에게 노래를 부르라고 자꾸 권했지만, 누구도 부르려 하지 않자 별안간 떠들썩하게 에라, 모르겠다는 식으로 「육군가요」를 퉁기기 시작했다. 우선 한두 사람

---

[28] 1960년대 인기를 끌었던 가수

이 부르기 시작했고,

> 허리에 찬 군도에 매달려

그 뒤를 이어 하마다를 제외한 모든 사람들이,

> 데려가 주오 어디까지라도

그리고 여종업원들도 함께 합창했다.

> 데려가는 거야 쉽지만
> 여자는 태울 수 없다네 전차부대

 회계과의 과장대우가 큰 소리로 노래했다. '여자는 태울 수 있소이다 복상사' 다들 재밌다고 웃어댔고, 술과 타액에 젖은 넉살 좋은 웃음의 틈새를 누비고 여자들의 말소리가 선명한 색채처럼 놓여졌다. "어머, 징그러워라. 너무너무 무겁대요" 하고 경험자가 말한다.

 그러나 나의 전쟁은 여자와 함께였다. 그 사실을 알게 된다면 이 자들은 더더욱 나를 증오하겠지. 질투와 분개. 다들 내가 징병기피를 한 걸 알고 있으면서 이런 노래를 부른다. 여자들은 모르겠지만. 하지만 여기서 내가 흥분하면 니시 같은 놈이 나중에 이

술집에 와서 내 과거를 들먹이며 까발릴지도 모르지.

> 휘영청 만발한 벚꽃이냐 옷깃의 색깔은
> 요시노의 벚꽃이 폭풍에 날려 꽃보라 되네
> 일본 사나이로 태어났으면
> 산병선에서 꽃처럼 지자꾸나

 도저히 함께 부를 수가 없다. 이렇게 벽에 기대앉아 눈을 감고서 듣고 있자니, 일본 전역의 인간들이 나를 비꼬며 괴롭히는 노래를 호통치듯 불러 젖히고 있는 느낌이다. 내 징병 기피. 몇 번이고 수도 없이 생각한 끝에 실행한 일. 그리고 한참 도망을 다닐 때도, 끝나고 나서도 내내 생각했다. 산병선의 꽃처럼 지는 죽음을 두려워했던 나는 비겁한 자일까? 끝나고 나서도 아니, 영원히 끝나지 않는다.

 나는 징병 기피의 이유를 네 가지로 나누어 생각했던가. 그런 분류벽. 그건 아직 학생 티를 벗지 못한 젊은이에게 실로 딱 어울린다. 마치 세계를 오대주와 칠대양으로 나누는 것처럼. 리포트를 쓰듯이 나는 내 행위의 근거를 생각했다. 첫째, 전쟁 그 자체에 대한 반대. 둘째, 이 전쟁에 대한 반대. 셋째는…… 뭐였더라? 그 시절엔 술술 잘도 나왔는데. 허구한 날 그 생각만 했으니까. 근데 방금 마신 한 잔에 훅 취기가 오르는군. 셋째……, 생각났다. 군대 그 자체에 대한 반대. 넷째, 이 군대에 대한 반대.

첫째는 절대적 비전론(非戰論)으로 이 입장을 취하면, 이를테면 영세 중립국이 침략을 당했을 경우에 방어하는 측에도 설 수 없다. 둘째는 명분 없는 전쟁에 대한 반대. 즉 이 전쟁은 내가 나가서 싸워야 할 만큼 가치가 있는 일인가 아닌가. 명분이라는 문제와 성공 가능성이라는 문제가 미묘하게 뒤얽혀서 어렵다. 청일 전쟁은 명분이 없는 전쟁이라고들 하지만 승산 또한 조금도 없지 않았던가. 이시와라 간지[29]는 만주 사변을 제 손으로 일으켜놓고 청일 전쟁은 반대했다. 더구나 미국을 상대로 전쟁을 하는 목적은? 단순한 오기. 조금 더 심하게 말하면, 내친걸음. 어쩔 수 없으니까 아시아·아프리카 제국의 독립이라는 명분을 내세워 태평양 전쟁을(그놈들은 대동아 전쟁이라고 불렀었지) 옹호한다. 하지만 그것은 얼토당토않은 얘기다. 일본은 조선의 독립을 위해 미국과 싸웠다……고 하는 편이 그나마 말이 된다. 셋째는 제도에 대한 반항으로 아나키스틱한 생각이다. 인간의 자유…… 시끄러워 죽겠군. 군가집을 전부 연습이라도 할 작정인가? 전후 일본의 근대화는 인간을 고립시켜서, 고립되지 않았던 시기…… 그러니까 전쟁 시절을 동경하게 만들었다. 하지만 나는 고립되어 있었다. 아키코 반은 빌개시. 이렇게 야단법석을 떠는 꼬락서니는 어제 도둑을 때려잡고 돌아온 놈들이 신나게 떠들어대던 모습과 닮았다. 그것도

---

29 石原莞爾(1889~1949), 일본 육사와 육군 대학 출신의 엘리트로 1928년 관동군 작전주임참모로 만주에 파견됨. 1931년에는 작전과장이 되어 직속상관인 이타가키 세이시로(板垣征四郞)와 함께 만주 사변을 일으켰다.

어딘가(화장실)에 있던 보이지 않는 나를 향한 빈정거림. 나는 화장실 안에 고립되어 있었다. 지금 이 방에서 달랑 나 혼자만 노래를 부르지도, 손장단을 맞추지도, 젓가락으로 접시를 두드리지도 않는 것과 똑같이.

취한 시늉을 하고 있자. 사실 정말 취했으니까. 그래도 세 번째 입장은 사회 그 자체라는 제도는 인정하면서 군대는 인정하지 않느냐고 역습해오면 난처하다. 국가라는 제도. 이것은 끝끝내 생각이 정리되지 않았다. 그리고 나는 확실하게 생각이(이론이) 정리되기도 전에 결행의 날이 찾아온 것을 수치스러워했었다. 스무 살이었기에 창피해할 필요가 없는 것이 수치스러웠다. 그리고 넷째, 군대 그 자체는 긍정한다 치더라도 야만적이고 상스러운, 꼭 이런 군가처럼 저급한 일본 육군에 대한 혐오. 그래, 육군이었지. 그렇다고 특별히 해군을 좋아한 건 아니다. 네 가지 이유가 모두 조금씩 자신의 이유처럼 느껴져서 일껏 분류해도 내 행동의 동기를 하나로 좁힐 수 없었다. 당연하지. 인간은 단 하나의 이유만으로 행동을 선택할 순 없을 테니까. 그러나 그 시절엔 그것이 지독하게 안타깝고 수치스러웠다. 스무 살. 내 청춘의 시작은 너무나도 큰 문제와 맞닥뜨린 탓에 소년 시절과 비슷했다. 수치심이 강하고 자학적이고 용감하고.

자학적. 이를테면 내가 네 가지 이유 중에 다른 세 가지는 대수롭지 않게 생각하고, 그저 일본 군대가 싫다는 이유만으로 징병 기피를 하려는 건 아닐까 하는 의혹. 나는 따귀 맞는 것…… 일본 육군에서 자행되던 구타가 싫어서 이런 짓을 한 건 아니냐고 수없이 스스로에게 묻곤 했다. 따귀가 싫은 건 아니었나? 내무반을 뛰어다니며 휘파람새 울음소리를 내라고 강요하는 치욕적인 괴롭힘이 싫은 건 아니었나? 내무반장의 수발을 들며 비위를 맞추는 게 싫었던 게 아니었나? 그럴 리가……. 적어도 그것뿐일 리는 없는데. 나는 내 자신을 더 괴롭히는 질문도 내놓았다. 일본군이 멋있다는 소리는 들어본 적이 없었지. 그 시절엔…… 멋지지 않아서 싫어한 게 아니었나, 라고. 젊다는 건 이상한 것이다. 자신을 절대로 용서하지 않겠다며 있는 힘을 다 쥐어짜 내니까. 사십대 남자의 행동과는 정반대다. 나는 이따금씩 그런 천박한 미적 취미에 불과한 것에 의지하여 타인의 희생을 방관하고 있는 건 아닌가 하며 자신을 질책했던가. 늘 그랬던 건 아니지만 격렬하게. 전사자의 유골을 봤을 때, 그리고 강제 연행된 조선인 소년들을 밤 기차 안에서 만났을 때. 그 아이들은 불쌍했다. 조선의 시골 마을에서 길을 걷다가 다짜고짜 끌려와서……. 2년 계약이 끝나자 계약 연장을 희망하는 탄원서에 억지로 도장을 찍고, 특고[30]가 지켜 서서 으름장을 놓거나 때린다고 하니까. 신슈에 있는 농병대로 이송되는 밤 기차 안에서 내게 그 이야기를 하다가 울음을 터뜨린, 혈색이 나쁘고 못생긴 데다 일본어 탁음 발음이 서툴던 그 소년.

---

30 特高, 특별고등경찰의 줄임말로 1911년부터 제2차 세계 대전이 끝날 때까지 활동한 일본의 비밀정치경찰. 사상·정치활동·언론·출판의 자유를 억제하고 탄압했으며, 당시 조선에서는 독립운동가를 색출하고 탄압하는 데 앞장섰다.

새로 노래를 부르기 시작하는 교무과장의 목소리는 바로 알 수 있었다. '젊은 피가 끓는 예과련[31]의……' 그 아이들도 불쌍했다. 아직 어린애들인데. 샤미센이 황망히 「예과련의 노래」를 쫓아갔다.

젊은 피가 끓는 예과련의

일곱 개 단추는 벚꽃에 닻 모양

커다란 희망의

구름이 피어오르네

모두가…… 회계과장도, 니시도, 서무과장도, 학생과장도, 여종업원들도 접시와 상을 젓가락으로 두드리면서 불렀다. 그리고 젓가락이 가까이에 없는 사람은 손장단을 맞추면서 불렀다. 나는 그 아이들을 그저 불쌍하다고 생각하면서 잠자코 보고만 있었다. 하지만 달리 무엇을 할 수 있었단 말인가?

노래가 끝났을 때 여자 목소리가 들렸고, 부드러운 손가락이 하마다의 무릎을 쿡쿡 찔렀다.

"쭈욱 들이키세요. 벌써 뺀은 거예요?"

하마다는 눈을 떴다.

"자자, 쥐어줄 테니까."

---

31 豫科連, 해군비행예과연습생의 줄임말로 1930년에 소년비행탑승요원의 양성 목적으로 만들어진 지원 제도

여자는 술잔을 하마다의 손에 쥐어주려고 했다. 하마다가 말했다.
"물 탄 위스키를 줘. 난 일본 정신이 취향에 안 맞거든."

3

 이사 초대 연회가 끝나고 이주일쯤 지난 어느 토요일 오전에 하마다의 책상으로 여자 목소리의 전화가 걸려왔다.
 "나예요. 누군지 알겠어요?"
 "응."
 "할 얘기가 있어요. 좋은 뉴스예요. 점심시간에 옥상에서 산책 안 할래요?"
 "그러지."
 하마다는 대답하고 전화를 끊었다.
 10시쯤 돈가스정식을 시켜 놓았지만, 토끼집 식당은 점심시간이 되었는데도 배달이 오질 않는다. 니시는 허구한 날 이 식당의 카레우동을 시켜먹는 주제에, 그래서 난 안 시켰다며 고소하다는 듯이 말하고 학교 식당으로 갔다. 과장은 팥빵을 먹으면서 우유를 마시고 있었다. 하마다는 토끼와 거북이 이야기는 역시 맞는 말이라며 여태껏 수백 번, 수천 번이나 했던 농담을 하고 서무과를 나왔다.

토요일이라 사람이 드문 옥상으로 남학생 두 명을 앞질러 나왔다. 학생 둘은 트로츠키에 대한 이야기를 나누고 있었다.

"역시 스탈린 쪽이 현실이라는 것을...... 결점은 여러모로 많지만."

"트로츠키가 유행하는 건 요시쓰네[32] 같은 구석이 있기 때문이지."

직원이 곁에 있다는 것을 알아차리더니 정장 차림의 학생들은 하던 말을 멈추었다. 넓은 옥상 한가운데에서는 여학생 대여섯 명이 줄넘기를 하고 있다. 여대생이라는 것들이 왜 저렇게 옷 입는 센스가 없는 건지, 하고 하마다는 생각했다. 지방 출신들이 많은 탓일까? 저쪽 끝에는 검은 학생복을 입은 스무 명쯤 되는 학생들이 도금 단추를 번뜩거리면서 와자지껄 떠들고 있다. 아마 여느 때처럼 응원단 연습을 시작하려는 것이리라. 그리고 벤치에 앉아 스포츠 신문을 읽거나 담배를 피우는 자, 난간에 기대어 우두커니 있는 자. 하마다도 난간에 기댔다. 하마다는 빨강과 흰색의 도쿄 타워가 푸른 하늘을 배경으로 그림엽서보다도 더 비현실적인 느낌으로 서 있는 것을 바라보다가 학교 부지 옆에 있는 오래된 절의 묘지를 내려다보면서 한때는 결혼을 약속했던 여자를 기다렸다.

---

32 源義經(1159~1189), 헤이안(平安) 말기의 무장. 형 요리토모(賴朝)와 함께 거병하여 헤이케(平家)일족을 멸망시키는 공을 세우나, 그의 성장을 두려워한 요리토모의 공격을 받자 은거하다가 자결. 요절한 비극적인 영웅으로 추대된다.

"많이 기다렸어요?"

이내 모습을 드러낸 아오치 마사코는 평소 버릇인 교태를 떤 어조로 말했다. 원래 일본옷이 잘 어울리는 것을 자랑삼던 여자였는데, 요즘은 정도가 심해져 학교에까지 기모노를 입고 온다.

"아니야, 나도 방금 왔어. 게다가……."

마사코는 줄곧 웃고 있었다.

"넌 항상 나를 기다리게 했잖아, 라는 말을 하려고 했죠?"

하마다는 잠자코 미소를 지었다. 이 여자와 밀회를 나눈 것은 고작 열 번 정도밖에 되지 않을 것이다. 어쩌면 더 적을지도 모른다. 그런데도 하마다가 결혼하자는 말을 꺼냈던 것은 격렬한 사랑의 표현은 결코 아니었다.

하마다가 대학에 근무한 지 사 년째 되던 봄, 신제고등학교를 갓 나온 피부가 까무잡잡하고 눈이 크고 덩치가 큰 여자가 인사과에 임시직으로 들어왔다. 고고학 전임 강사인 아오치의 막냇동생이었다. 어지간히 학문을 좋아한다면 몰라도 여자가 대학을 나와서 뭐하냐는 오빠의 의견을 따라 진학하지 않았으나, 한 달쯤 집에만 있자니 지루함을 견딜 수가 없어서 일을 하기로 했다고 한다. 고고학 주임 교수가 전무이사(반년 후에 호리카와 이사한테 쫓겨나고 말지만)의 술친구라는 것은 유명했기 때문에 마사코의 취직도 그 선에서 성사된 것이 틀림없었다. 덩치가 크긴 하지만 아직 젖 냄새가 날 것 같은 천진난만한 마사코의 모습 탓도 있겠다, 교원의 여동생이라는 것에서 풍기는, 말하자면 신분이 다르다는 의식 내지는 무의식도 있었을 것이다. 하마다는 마사코가 자신에게 관심을 품고 있는 것을 꽤 오랫동안 눈치채지 못했다. 하마다는 그저 인사과의 신입이 이따금씩 묘하게 스스럼없는 눈빛을 던진다고만 생각했을 뿐이었다. 하마다는 성숙한 여자의 교태를 아이의 소박함으로 받아들이고 있었던 것이다.

오해가 바로잡힌 것은 세밑의 일이었다. 교직원 전체 망년회가 있었는데, 교원은 대부분 참석하지 않지만 직원은 거의 대부분이 얼굴을 내밀었다. 망년회가 끝난 후에 여자 세 명을 포함한 젊은 직원 열 명 정도가 스탠드바를 전전하며 술을 마셨다. 앞장서서 안내하던 이는 하마다처럼 이곳의 졸업생이 아닌 교무과의 아카사카다. 여자들 중에는 정식 직원이 된 지 얼마 안 된 마사코도 있었다. 마사코는 어느 술집에 가든 하마다 곁에서 한시도 떠나지 않았고, 술도 진피스 따위가 아니라 하마다를 따라 물 탄 위스키를 마셔서 모두에게 놀림을 받았다. 하마다는 다짜고짜 마사코에게 고백을 받았다. 몇 번째로 들른 술집에서는(마사코는 더 이상 술을 마시지 않았지만) 남은 사람이 남자는 아카사카와 하마다를 포함하여 셋이었고 여자는 마사코뿐이어서 마사코를 데려다 주는 역할은 하마다가 맡게 되었다. 국철을 내려 선로를 따라 컴컴한 길을 걸을 때, 하마다가 팔짱을 끼려 했더니 마사코 쪽에서 먼저 손을 잡아왔다. 마사코는 손을 잡은 채로 하마다의 따뜻한 오버 포켓 속에 집어넣고는 집에서 기르는 강아지 이야기만 줄곧 하면서 걸었다. 이내 하마다는 하고 있는 행동과 관계없는 말들에 지쳐 갑자기 마사코의 말을 뚝 자르고 내일, 일요일에 영화를 보러가지 않겠냐고 물었다. 마사코는 애매한 대꾸를 했다. 하마다는 술기운을 빌어 아니면 우리 집에 놀러 오지 않겠냐며 아무도 없으니까 어려워할 것 없다고 하자, 마사코는 노란 가로등 불빛 아래를 잠자코 걷다가 고개를 끄덕였다.

이튿날 하마다는 곧 있으면 마사코가 올 거라고는 생각했지만 간밤의 숙취로 머리가 지끈거려 점심때가 지나서도 여전히 누워 있었다. 세 시쯤 되니 겨우 두통이 가셨다. 마사코는 오지 않을 것 같았고 배도 고팠기 때문에 문을 잠그고 집 근처 식당으로 갔다. 아버지는 지난해에 죽었고, 간호사 히로코는 고향으로 돌아가 변호사를 사서 하마다를 상대로 재산청구소송을 걸었고, 동생 신지는 결핵으로 요양원에 들어가 있었다. 서른 살의 하마다는 반년 전에 집의 절반을 어느 부부에게 세를 놓고 자신은 예전의 진찰실을 침실로, 대기실을 거실로 쓰며 어느 날은 해 먹고 어느 날은 외식을 하며 혼자 살고 있었다. 세든 부부는 정오쯤 설날 장을 보러 나간 것 같았다.

하마다는 밥을 먹고 나서 저녁 찬거리를 사러 갔다가 문득 해장술을 하는 게 좋을 것 같다는 생각이 들어 위스키를 한 병 샀다. 봉지를 껴안고 돌아와 보니, 공습으로 타버린 정원수 대신 심어 둔 현관 앞의 빈약한 철쭉 옆에서 마사코가 이웃집 똥개와 놀고 있었다. 개는 목덜미를 쓰다듬어 주니 얌전해졌다. 개의 털은 마치 잘 씻어 두지 않은 이튿날의 모래 그림 붓처럼 딱딱했다. 하마다는 마사코가 찾아온 일과 자신에게는 언제나 시끄럽게 짖어대기만 하던 개가 마사코를 잘 따르고 있는 일에 두 번 놀랐다. 개는 하마다를 발견하고 여느 때처럼 짖어댔고, 마사코가 나무라자 조용해졌다. 어째서 말을 잘 듣는지 희한하다고 했더니 마사코는 개에게 말했다.

"언니가 만들어온 비스킷이 맛있어서 그러지?"

개는 입 주변을 핥았고 두 사람은 웃었다.

하마다와 마사코는 거실에서 그 비스킷을 먹으면서 싸구려 위스키를 얼음 없이 물에 타서 마셨다. 취할수록 눈앞에서 애교를 잘 떠는 마사코가 참을 수 없을 만큼 귀여워 보여 입맞춤을 하고 껴안은 채 옆방으로 갔다. 마사코는 그다지 저항하지 않았고 큰 체구인데도 의외로 허리가 가늘었다.

그들이 노곤해져 있자, 개가 유리문을 발톱으로 긁어대는 딱딱한 소리가 났다. 마사코는 오빠가 당신에게 대단히 탄복하고 있다, 어쨌든 그 사람은 내가 하고 싶었어도 할 수 없었던 일을 했고, 게다가 멋지게 성공했기 때문이라고 했다는 이야기를 했다.

"그건 오빠가 빈정거리는 거야."

"아니에요. 진심으로 감탄하고 있어요."

이 여자가 내게 관심을 가진 건, 그러니까 이런 까닭이었나. 하지만 그 일 자체에는 조금도 놀라지 않았다. 그것은 지금까지의 경험으로 보아 충분히 있을 수 있는 일이었다. 대학에 들어와서 두 번의 짧은 정사가 있었는데, 하나는 젊은 미망인 여학생이었고 또 하나는 위생실 간호사였다. 두 여자 모두 하마다의 과거에 흥미를 느끼고 접근해 왔다. 징병 기피자라는 것이 여자들에게 마치 영화스타나 인기선수처럼 매력적이라는 듯이. 그리고 미남이 자기 외모를 연모하는 여자들에게 놀라지 않듯 하마다는 자신의 과거를 사랑하는 여자들에게 익숙해져 있었다.

하마다에게 충격을 준 것은 마사코가 처녀였다는 점이었다. 미망인 여학생은 말할 것도 없고, 간호사도 그리고 아키코도 그때까지 하마다가 알고 있던 세 여자는 모두 처녀가 아니었다. 처음으로 처녀와 관계한 일은 신기한 동물을 만났을 때의 사냥꾼과 같은 낭패감을 맛보게 했다. 예전엔 진찰실로 쓰던 천장이 하얀 침실에서 땅거미보다 더 짙은 얼룩이 묻은 이불 시트를 보았을 때, 아니 그보다 먼저 자신의 오른손 손가락 끝에서 지독한 피비린내를 맡았을 때, 하마다는 이미 숨 막힐 듯 더운 흥분이 뒤섞인 책임감에 휩싸여 있었다. 물론 그 책임감은 상대가 교원의 여동생이기 때문에 한층 더 강해졌을지도 모르겠다. 하마다는 땅거미 속에 비친 마사코의 얼굴에 결혼을 약속했다.

호리카와 이사 집으로 새해 인사를 갔을 때, 하마다는 새빨갛게 타오르는 난로 앞에서 색 바랜 안락의자에 걸터앉아 마사코와의 일을 털어놓으며 마사코의 집과 다리를 놔달라고 부탁했다. 호리카와 이사는 승낙했다. 그러나 이주일쯤 지난 후에 이사가 하마다를 부르더니, 아오치 강사를 만나 이야기를 해봤지만 아무래도 저쪽은 내키지 않는 모양이니 포기하는 게 어떠냐고 했다. 게다가 며칠 전 마사코한테서도 집에서 반대하고 있다는 말을 들었다. 이사의 말투는 어지간히 주의하지 않으면 무슨 말을 하는 건지 알아들을 수 없을 만큼 완곡했고, 마사코는 두려울 만큼 노골적이었다. 마사코는 교원이라면 몰라도 직원은 그렇다는 오빠의 말을 그대로 되풀이하며 눈에는 한껏 눈물을 채웠다. 오빠의 말은 마사코에게 있어 절대적인 명령이었고, 다시금 이사에게 주선을 부탁할 마음은 하마다에게 없었다. 두 사람은 그 뒤로도 몇 번 만났지만, 아오치 강사에게 들켜서 마사코가 호되게 야단을 맞았을 때 그들의 사랑은 끝이 났다.

마사코는 그로부터 두 달도 채 지나지 않아 민법 조교수와 관계하고 조교수가 간사이에 있는 변호사 사무소로 가게 되어 학교를 그만두자 도서관 출납계에 있는 거의 소년이라 불러도 될 만큼 젊은 남자와 연애를 했고, 그 뒤로 독일어 전임 강사와의 관계가 2년 정도 이어지다가(그 무렵 조교수가 된 아오치 강사는 여동생을 더 이상 간섭하지 않게 되었다) 국문학과 우노 교수와 친해져서 그늘 사이는 말하자면 눙눙연한 관계 비슷한 것으로 발전했는데, 우노 교수의 부인이 오랫동안 정신 병원에 들어가 있어서 두 사람은 결혼을 못한 채 현재에 이르고 있었다. 사랑이 끝나고 난 뒤의 하마다와 마사코의 관계는 누구의 탓이라고 할 순 없지만 몹시 서먹서먹했다. 교내에서 마주치면 일단은 허물없는 말투라 교원들이나 직원들은 대개 귀를 쫑긋 세운다. 하지만 그것은 그냥 그뿐인 냉랭한 관계에 지나지 않았다. 하마다는 오히려 마사코의 태도에는(아오치 조교수의 태도도 물론) 마사코의 여러 불행의 발단을 만든 남자에 대한 원망이 담겨 있다는 느낌을 받았다. 그 때문에 오늘 아침 마사코가 연인이었던 시절보다도 더 거리가 없는 말투로 전화를 했을 때 목소리를 알아차린 것도 희한할 정도였다. 하마다는 이 옥상에서의 밀회가 오랫동안 맺힌 감정이 사라진 증표로 여겨져 매우 기뻤다.

"뉴스가 있다고?"

하마다가 물었다.

"응. 이번 인사이동에서 당신이 서무과장이야. 몰랐죠?"

"니시인데 잘못 안 거 아냐?"

"믿어도 돼요. 정확한 정보거든. 니시 씨는 신설된 후생과 과장 대우."

"그렇다면……?"

"지금의 서무과장은 후생과장."

"누구한테 들은 거야?"

하마다는 여전히 의심스러워하며 물었다.

"어젯밤에 오빠가 전화로 가르쳐줬어. 하마다 씨에게 알려주라고"

그리고 마사코는 이 얘기는 고바야카와 이사가 법학부장에게 흘렸고, 법학부장이 일반교양인 자연과학 교수에게 엉겁결에 말해버렸고, 자연과학 교수가 아오치 조교수에게 귀띔해준 경로로 들어온 거니까 믿어도 된다고 장담했다. 비행기가 낮게 날아와서 삐걱대는 듯한 날카로운 금속음을 내며 한순간 밝은 창공 아래를 덮었다. 지금은 편집과 직원인 삼십대 여자는 그 소리에 방해를 받으면서도 열심히 입술을 움직이며, 아마 다다음주에는 발령이 날 거라는 말을 덧붙였다.

"그렇군. 이렇게까지 신경을 써줘서 고마워. 깜짝 놀랐어. 아까 전화도 놀랐지만."

"분명 도청됐을 거야" 하며 마사코가 어깨를 으쓱했다.

"아무도 없는 방을 골라 들어가서 전화를 하긴 했지만."

교환수들이 권태로움을 달래기 위해, 또는 이사나 과장의 명령으로 수상쩍은 전화가 걸려올 때 도청하는 것은 잘 알려져 있었다. 마사코의 목소리로 하마다에게 전화를 걸었으니 고참 교환수라면 반드시 듣고 있었을 게 틀림없다.

"누군가 우릴 쳐다보고 있을까?"

하마다는 둘러보았지만 그럼직한 사람은 없었다. 여학생들은 여전히 줄넘기를 하고 있었고, 응원단은 단장의 훈시를 듣고 있었다. 벤치에 앉아 있는 정장 차림의 두 학생은 아마 아직도 스탈린과 트로츠키를, 혹은 요리토모와 요시쓰네[33] 이야기를 하고 있을 것이다.

"니시 씨 자리로 연결되면 어쩌나 하고."

---

33 源賴朝(1147~1199), 가마쿠라(鎌倉) 막부를 열어 무가정권의 기초를 확립한 장군

마사코가 말했다.

"상관없잖아."

하마다의 얼굴을 읽는 듯 쳐다보자 마사코가 말했다.

"몰라요?"

"……?"

"니시 씨가 한때 얼마나 귀찮게 굴었다고요. 결혼하기 얼마 전까지."

"아니, 니시가 널 좋아했단 말이야? 몰랐네. 너한테 채여서, 그래서 그렇게 서둘러 결혼한 건가."

마사코는 고개를 끄덕였다.

"요즘도 가끔 치근댄다니까. 엔쇼 라쿠고[34]를 보러 가자고 하질 않나. 물론 거절하지만."

"엔쇼 라쿠고라면 재밌겠구만" 하며 하마다는 웃었다.

"정말 그러기야?"

마사코는 허풍스레 눈살을 찌푸렸다.

응원가 연습이 시작되었다.

"그만 갈까요?"

마사코가 말한 동시에 하마다가 말했다.

"이제 들어가지."

두 사람이 함께 같은 생각을 하는 건 사랑의 시작을 알리는 증

---

34 艶笑落語, 남녀의 정사를 우스꽝스럽게 표현한 독백극

표. 어디선가(주간지였던가?) 그런 시답지 않은 글을 읽었던 기억이 하마다의 마음을 스쳤지만, 입 밖으로 내지는 않았다. 두 사람은 미소를(남남처럼 조금 서먹서먹하고 조금 따뜻한) 띄울 뿐이었다.

"난 나중에 내려가지."

하마다가 말했다.

"그럼, 먼저 갈게요."

"여러 가지로 고마워. 오빠에게 안부 전해주고."

고급 명주옷을 입은 마사코의 뒷모습을 보면서 하마다는 난간에 기대어 담배를 피웠다. 저 아래 묘지에는 작은 남자아이를 데리고 온 중년 남자가 새 소토바 앞에 우두커니 서 있었다. 남자아이는 무덤들의 사잇길을 신나게 뛰어다니고 있다. 매우 화창한 초여름 날이니까 저들의 슬픔도 그리 비참해지지 않고 끝나겠지. 마치 자신의 행복을 맑은 하늘이라는 형태로 불행한 부자에게 나누어 준 듯한 만족감.

하마다는 기뻤고, 기뻐하는 자신을 허락하고 있었다. 과장으로 출세했다(라고 하마다는 이미 과거형으로 생각하고 있었다)는 것이 기쁜 게 아니라, 마사코와 마사코 오빠와의 거북한 관계가 끝난 것에 만족하고 있는 거라는, 일단 그럴싸한 변명이 있었기 때문이다. 마사코의 불행한 삶에 책임이 있는 게 아닐까 하고 하마다는 가끔 무척이나 걱정하고 있었기에. 혹은 아오치 남매에게 원망을 샀다고 느끼고 있었기에. 그러나 말할 것도 없이 하마다는 생각지도 못한 자신의 출세를 기뻐하고 있었다. 특히 니시를 앞질렀다는 것이 유쾌했고, 니시가 마사코에게 채였다는 뜻밖의 정보는 그 즐거움에 곁들여진 양념 같은 작용을 했다. 그리고 아오치 조교수와 마사코가 이런 식으로 비밀 뉴스를 알려준 것은 이제부터 대학 안에서 차지할 자신의 위치의 중요성을 나타내는 좋은 증거처럼 느껴졌다. 이렇게 즐거운 기분은 오랜만이다. 아파트 분양에 당첨되었을 때나 고등공업학교에 합격했을 때보다 훨씬 더 당연한 일처럼 느껴졌다. 이런 생각을 하면서 어둠과 밝음이 줄무늬를 이루고 있는 계단을 내려갔다. 옥상에서 4층으로, 4층에서 3층으로. 그래, 저 8월 15일 또한 의외는 의외였지만, 그래도 이만큼 뜻밖의 일은 아니었다. 그리고 그때의 기쁨은 더더욱 천천히 밀려오지 않았던가.

11시발 우와지마행 버스는 전에 없이 한산하여 승객은 대부분 앉을 수 있었다. 그들은 좌석에 앉자마자 바로 눈을 감고 졸기 시작했다. 공습이 계속된 탓에 다들 수면부족이다. 스기우라도 앞에 내려놓은 배낭 위에 웃옷을 올려놓고 눈을 감았다. 배낭 속에는 겸사겸사 얻어온 쌀이 들어 있고, 그 단단한 부피는 각반을 두른 양다리로도 느낄 수 있었다. 휘발유가 아니라 목탄으로 달리는 버스라서 발차하기까지 상당한 시간이 걸렸고, 게다가 맨 뒷자리에 앉아 있었기 때문에 목탄 가마의 열이 8월 한여름의 더위를 한층 높였다. 창문으로 이따금씩 들어오는 바람은 시원함보다 도리어 목탄의 매운 연기와 그을음을 실어온다. 마침내 차는 움직이기 시작했고 차 안도 숨 쉴 만해졌다. 스기우라는 전투모를 벗어 무릎 위에 놓고 잠 속으로 빠져들었다.

오늘 아침 우와지마에서 근처 요시다라는 마을로 짐을 옮기는 아키코네 마차를 따라갔다가 돌아오는 길이다. 우와지마는 여름으로 들어선 뒤에도 여러 번 공습을 당해 도시는 7할이 탔다. 아키코의 집, 유키 전당포는 주로 스기우라의 노력 덕분에 변을 면했고, 불에 타서 집을 잃은 어느 두 식구에게 집을 내주었다. 그러나 앞으로도 커다란 검은 만년필 같은 소이탄의 빗발은 아마 일주일 간격으로 혹은 더 짧은 간격으로 떨어져서 남은 3할을 모조리 태워버릴 것이다. 물론 시로야마 공원의 망루도 불타고 유키 전당포도 타버릴 게 틀림없다. 아키코의 모친과 아키코와 스기우라 세 명은 상의한 끝에 의류와 그 외의 물건 중 값나가는 것은 (단, 전당품은 그대로 두고) 먼 친척에게 맡기기로 했다. 아무리 그렇다 해도 허풍이려니 생각했었는데, 마차 한 대에 백 엔이라는 소문이 사실이어서 세 사람은 깜짝 놀랐다.

스기우라가 우와지마에 와 있게 된 것은 구라시키 마을에서 검은 목단이 옷의 거간꾼을 만난 사건이 아키코를 두렵게 만들었기 때문이다. 물론 아키코는 스기우라의 비밀을 알고 있었다. 두 사람은 다음날 바로 구라시키를 떠나 그로부터 두 달을 부부 모래화가로 지내며 오카야마, 아코우, 히메지, 아카시를 건너다녔다. 아카시에서는 음력 7월 20, 21일 홍법대사의 엔니치 때, 혼자였다면 조금 여유를 부릴 수 있을 정도로 벌이가 괜찮았다. 그런 뒤 헌병이 많을 게 뻔해서 고베로는 가지 않고 아와지시마로 건너갔다. 그 두 달 동안 아키코는 매일같이, 아니 둘만 있게 되면 언제나 시코쿠의 자기 집에 와서 숨어 있으라고 권했다. 그 검은 옷의 남자처럼 스기우라를 의심하는 자에 대한 두려움과 금전상의 불안 때문이었다. 모래 그림의 벌이로는 두 사람이 먹고 살기 어렵다는 건 이미 분명했다. 그리고 아키코가 가지고 있던 돈은 무섭게 줄어갔다. 아와지시마로 온 뒤부터는 유독 심해졌다. 바로 전에 다른 모래 화가가 섬을 돌고 간 후라서 아이들이 전혀 신기해하지 않았다. 스기우라는 우와지마의 전당포에서 은닉하는 것을 수치스럽게 생각했다. 게다가 식구라고는 달랑 어머니와 딸 둘뿐이어서 설령 뭐든지 딸이 원하는 대로 다 해준다 하더라도 아키코의 모친이 어떤 식으로 맞아줄지 몹시 불안했다. 그러나 한편으론 혼자 여행을 한다고 해도 앞으로 과연 지금까지처럼 잘 버틸 수 있을지 의심스러웠고, 이 여자와는 헤어지고 싶지 않았다. 스기우라는 망설인 끝에 급기야 여자의 말을 따르기로 결심하여 후쿠라에서 무야로 가는 작은 배를 탔다. 주먹밥을 쌌던 종이인지 선실에 버려져 있는 신문에는 아투섬에서 옥쇄한 야마자키 부대장이 두 계급 특진으로 중장이 되었다는 뉴스를 큼지막한 표제로 알리고 있었다.

하지만 스기우라는 1943년 9월부터 이 8월 15일까지 대략 2년 동안, 쭉 우와지마에서만 살았던 것은 아니다. 외동딸에게 무른 모친은 전에도 남자 문제로 속을 썩였던 딸과 함께 굴러들어 온 남자를 처음에는 매우 떨떠름해하는 것 같았으나, 결국은 환영도 냉대도 하지 않고 객식구와 머슴의 딱 중간 정도로 취급하여 맞이했다. 스기우라는 2층 손님방에 기거하며 자그마한 뒷산의 다랑이 밭에서 밭일을 하거나 장작을 패거나 쌀과 생선을 사러 다니며 하루를 보냈다.

스기우라의 고민거리가 된 것은 아키코의 모친이 아니라 통근하는 점원 이노우에였다. 이 비쩍 마른 사십대 남자는 일자리를 빼앗기기라도 할 줄 알았는지 아키코 모녀가 없는 틈을 타서 사사건건 온갖 심술을 다 부리고 병역 관계까지 시시콜콜 캐려했다. 그런 질문에 대답하며 거짓말을 하는 것은 익숙했지만, 여태까지와는 달리 상대는 집요했고, 게다가 한 지붕 아래 살면서 매일 얼굴을 마주한다는 것은 고작 한두 번 가볍게 건성으로 받아넘기면 되는 일과는 달랐다. 더욱이 전당포의 식객 겸 일꾼에게는 어울리지 않아서 구레나룻을 깎아버린 것은 마치 가면을 벗은 것처럼 스기우라를 불안하게 했다. 9월 초 이탈리아군이 항복했을 무렵엔 아키코와 밤에 단둘이 있게 되면, 저 이노우에는 널 좋아해서 나한테 질투를 하는 게 아니냐고 물었다가 심하게 놀림을 받는 정도로 끝나곤 했다. 하지만 불안은 차츰차츰 싶어져서 급기야는 이노우에 이야기만 나오면 아키코가 상대해주질 않아 짜증이 날 정도까지 되었다. 지금 자기 눈앞에 징병 기피자가 있다니, 이렇게 한가롭고 태평한 마을사람이 어떻게 그런 생각을 하겠냐고 아키코는 몇 번이나 되풀이했다. 스기우라는 그 말을 믿으려고 했다. 그러나 10월 말, 한 현에 하나로 통합된[35] 「에히메 신문」이 부당하리만치(스기우라에게도 느껴질 정도) 너무 작게 나카노 세이고[36]의 자살사건을 다루었는데, 도조가 죽였을 거라는 '헛소문'이 이 마을에서도 나돌게 되자 아키코가 했던 말들이 아키코의 둔감함을 증명이라도 한 것처럼 여겨졌다. 또 구라시키에서 아와지시마로 올 때까지 아키코가 두려워했던 것은 사실 애인의 신상이 걱정되어 불안했던 게 아니라, 나고 자란 마을을 떠나 낯선 땅을 떠돌고 있는 젊은 여자의(시골 처녀의) 두려움에 지나지 않는다는 생각이 들었다. 그래서 고향으로 돌아오더니 벌써 이렇게 안심하여 느긋하게 생활할 수 있는 거라는 감상조차 솟구쳐 올랐다. 마침내 스기우라는 이토록 괴로운 심정으로 나날을 보내느니 또다시 떠돌이 모래 화가가 되는 게 낫겠다고 생각하기 시작했다.

그 막연하게 품고 있던 생각이 분명한 각오로 변한 것은 11월 상순의 어느 날 밤이다. 해 질 녘이 다 된 무렵, 이노우에가 주판을 놓고 있는 것을 곁눈질로 보면서 스기우라는 가게 앞의 회삼물 바닥을 청소하고 있었다. 아키코는 저녁 준비를 하고 있다. 기름 배급이 있었기 때문에 오늘 밤엔 간만에 튀김을 하는 듯 그 냄

---

35 전시 중 신문과 언론을 통제하기 위해 지방 신문을 통합하여 1현(県)에 1개의 신문만 발행. 기사와 취재 사진은 모두 검열을 받아 일본에게 유리한 정보만을 선별하여 게재되었고, 사실에 반하는 내용도 적지 않았다.
36 中野正剛(1886~1943). 일본의 저널리스트, 정치가. 도조 히데키 정권을 비판하고 도조 내각 타도를 꾀하다가 체포되었으며, 석방 직후 자살했다.

새가 여기까지 흘러나왔다. 친척 제사에 간 아키코의 모친이 이제 곧 돌아올 시각이다. 튀김을 매우 좋아한다고 했으니 늦게 와서 못 먹지는 않을 것이다.

그때 문을 열고 사복형사가 들어왔다. 형사는 스기우라와 이노우에의 인사를 받는 둥 마는 둥 했지만, 무척 기분이 좋은 말투로 한 달쯤 전에 여관집 여종업원이 심부름으로 가져온 기모노 열다섯 벌을 왜 거절했냐고 이노우에에게 물었다. 지배인은 살포시 눈을 감고 기억을 더듬다가 그제야 기억이 났는지 역시 도난품이었냐고 되물었다. 형사는 고개를 끄덕이며 마루에 걸터앉았다. 이노우에는 화로를 권하고 약을 올리듯이 변죽을 치며, 그 물건들은 품질이 하도 좋아서 자신이 얼마나 마음이 흔들렸는지 모른다는 말을 장황하게 늘어놓았다. 하지만 왠지 꺼림칙한 느낌이 들었다는 말을 덧붙였다. 형사는 히죽히죽 웃으면서 쩨쩨하게 굴지 말고 요령을 알려달라고 부탁했다. 그리하여 이노우에는 남자용도 여자용도 다 좋은 기모노였고, 그쪽에서 부르는 값도 적당한 데다 신용할 만한 여관집의 여종업원이 이 옷 주인은 책임지고 보증할 수 있다고 했지만 어쩐지 꺼림칙한 느낌이 들었다. 그걸 어떻게 잘 표현할 수는 없지만, 첫째는 남자 옷과 여자 옷이 뒤죽박죽되어 있는 것이 마음에 들지 않았고, 둘째는 개킨 방식이 다른 게 한 벌 껴 있는 점이 마음에 걸렸다고 설명했다.

형사는 짧게 숨을 내쉬고 역시 전문가는 다르다며 감탄을 하더니 함께 이야기를 귀담아듣던 스기우라에게도 그렇지 않느냐고 물었다. 이 형사의 알람시계를 공짜로 고쳐준 적이 있어서 스기우라와는 제법 친하다. 스기우라는 크게 고개를 끄덕였다. 이노우에는 아닙니다, 창피합니다, 여기 사장님이라면 저처럼 망설이지도 않고 힐끗 보고 거절했을 겁니다, 라며 주인을 추켜세웠다. 형사가 장부를 대충 훑어보고 돌아가자 스기우라는 청소를 계속하면서 이노우에의 예리한 눈썰미를 또다시 칭찬했다. 어떻게든 이 남자한테 잘 보여야 한다는 생각이 알랑방귀가 되어 나온 것이다. 그러나 이노우에는 전혀 웃지도 않은 채 스기 씨, 물건과 사람을 보는 게 내 장사 밑천이야, 라고 불쾌하게 말하고는 차가운 눈초리로 스기우라를 쳐다보았다. 그리고 스기우라는 저녁부터 밤까지 자신의 본명이 스기우라 켄지가 아니라는 것을 아키코가 알아차린 것은 여자의 직감이 아니라 전당포집 딸이라서가 아닐까 하는 생각에 시달리게 되었다.

 스기우라는 그날 밤 늦게 아키코에게 그 사건을 이야기하면서 이노우에가 두려워서 견딜 수가 없다고 했다. 아키코는 웃으며 그 사람은 여자 같은 구석이 있어서 기모노에 대해 잘 아는 거라고만 할 뿐 그 이상은 말을 상대해주려 하지 않았다. 스기우라는 이노우에가 퇴근한 후에 혼자 가게를 보면서 결심한 것을 아키코에게 말했다. 그리고 우와지마의 전당포집 딸은 자기도 따라가겠다고는 하지 않았다. 이튿날 아침, 스기우라는 재료상 스가와라 토메키치에게 모래 그림 세트 500장을 고치역까지 철도 화물로 보내달라는 전보를 쳤다. 시코쿠 지방이라면 특히 도사는 만사태평한 곳이니까 수염이 자라기 전에도 괜찮을 거라고 생각했다. 지난번에는 이나바 영감 때문에 구레나룻을 길렀지만, 이번엔 콧수염을 기르는 게 더 늙어 보일 거라며 수염에 대해 이래저래 생각하는 것이 스기우라에게는 유일한 즐거움이었다.

그러나 콧수염을 기른 모래 화가의 이번 여행은 반년도 지속되지 않았다. 1944년 4월, 고가(古賀)연합함대 사령장관의 '순직'이 발표되기 얼마 전에 스기우라는 다시 우와지마로 지난번보다 훨씬 더 수치스러워하며 주뼛주뼛 돌아온 것이다. 하지만 이제 그렇게 두려워할 필요는 없었다. 일손 부족 탓으로 이노우에는 가스 회사 직원이 되었기 때문이다. 게다가 유키 전당포도 일손이 딸려 아키코의 모친은 반가워하며(다섯 달 전보다 훨씬 따듯하게) 스기우라를 맞아주었고, 스기우라의 시계 수리 기술을 대단히 요긴해 하며 아껴주었다. 새 시계는 살 수 없는 시국이라서 찾아가지 않는 전당품이 불티나게 팔렸던 것이다. 특히 외국제 시계는 너무 심한 고장만 없으면 마치 예술품 같은 값어치가 붙었다.

가게를 보거나 시계 수리를 하거나 1943년 10월까지처럼 머슴 일을 하면서 스기우라는 이 8월 15일까지 살아냈다. 우와지마의 풍요로운 물자와 전쟁 말기의 혼란한 세상은 스기우라가 살아가기 쉽게 해주었다. 더욱이 이따금 길거리에서 마주치면 서서 이야기를 나누기도 했던 이노우에가 칠석을 지내고 얼마 되지 않아 억수같이 비가 퍼부은 날 공습으로 죽었다는 소문은 스기우라의 마음을 편안하게 해주었다. 스기우라는 스스로 의식하지 못한 채 안일하게 살고 있었다. 아니, 오히려 음란하고 방탕하게. 공습경보가 울리는 틈마다 여자의 몸으로 쾌락을 탐닉하는 것은 스물다섯 살의 남자에게 있어 지극히 자연스러운 일이었고, 아키코도 흔쾌히 그것에 응했다. 물론 스기우라의 처지를 상기시키는 일들이 여럿 있었다. 이를테면 아침에 거리를 구보하는 예과련의 소년들, 특히 두 번 정도 본 적이 있는, 하얀 면바지 엉덩이를 누렇게 더럽히고 줄곧 달리던 소년의 뒷모습. 스기우라는 그런 종류의 불쾌한 자극을 받을 때마다 자신에게는 하마다 쇼키치라는 본명이 있다는 것을, 그것은 결코 악몽이 아니라 현실이라는 것을 떠올렸다. 스기우라는 안일하게 세월을 흘려보내며 그만큼 어떤 희망을 가지는 일도 스스로 금했다. 어젯밤 라디오에서 오늘 정오에 중대방송이 있다는 걸 들었을 때, 혹시 일본이 패전을 인정했을지도 모른다고 생각하면서도 그 추측을 강하게 부정하며 그렇게 달콤한 몽상을 해서는 안 된다, 일본 군부는 그럴 만큼 현명하지 않을 것이다, 아마 내일 점심땐 스즈키 수상이 끝까지 싸우겠다는 연설을 할 것이다, 라고 생각했고, 그렇게 믿은 것도 그런 자숙의 결과일지도 몰랐다.

이미 히로시마와 나가사키에는 원자 폭탄이 떨어졌다. 미국에는 신형 폭탄이 이 두개밖에 없다는 소문을 아키코의 모친이 어디서 듣고 왔지만 스기우라는 반대로 그것은 희망적 관측일 뿐, 분명 백 개나 이백 개쯤 준비해 두었을 게 틀림없다고 생각했다. 이른바 신형 폭탄이 원자 폭탄이라는 것쯤이야 알만한 과학지식이 스기우라에게 있었고, 일본 군대를 향한 격렬한 경멸은 미국이 지닌 과학의 힘을 실제보다 훨씬 크게 어림짐작하게 만들었다. 그런 짐작 탓이었으리라. 다음으로 원자 폭탄이 떨어질 곳은 마쓰야마도 다카마쓰도 도쿠시마도 아닌 니가타라는 소문을 들었을 때도, 시나노강과 반다이교와 개울가의 버드나무와, 모래 화가 이나바와 함께 모래 언덕에 서서 바라본 바다 저편의 진보랏빛 섬만을 떠올리는 것이 아니라, 가본 적이 있는 일본 전역의 풍경이(다리와 호화저택과 공원 한쪽의 비석이) 하염없이, 그리고 난잡하게 엄습해왔다. 스기우라는 니가타에도 오카야마에도 오사카에도 도쿄에도 물론 이곳 우와지마에도 원자 폭탄이 떨어질 거라고 생각하고 있었다. 우노까지 피난 온 이재민들의 비참한 모습을 여럿의 입을 통해 들었을 때도 공포심은 그리 느껴지지 않았다. 오히려 스기우라는 머지않아 섬광과 버섯구름과 검은 비로 이 마을이 스러지고 자신의 도주가 끝나는 것에 나른하고 음울한 기대까지 걸고 있는 듯했다. 스물다섯 살의 젊은이는 기대를 품지 않는 것에 이미 익숙했다.

버스를 내리자마자 순사가 스기우라를 불러세웠다. 처음에는 배낭 안을 조사하려는 게 아닐까 걱정했다가 그 순사가 이따금 가게로 조사를 나오는 낯익은 얼굴이라는 것을 알고 조금 안심했을 때, 상대는 수건을 반으로 잘라 만든 손수건을 주머니에서 꺼내 얼굴의 땀을 닦으면서 이 지역 사투리로 이런 뜻의 말을 했다.

"스기우라 씨, 큰일이 났네그려."

그 말투는 스기우라를 더더욱 안심시켰다. 거기에는 제복을 벗은, 혹은 뭔가에 의해 벗겨진 보통 시민의 하소연이 있었기 때문이다. 순사는 배급 쌀에 섞는 콩의 비율이 늘었다고 한탄하면서 다른 무엇을 탄식하고 있었다. 스기우라가 의아해하는 눈치를 보이자 순사의 얼굴에는 뉴스를 알려주는 자의 행복한 표정이 감돌았다.

"천황폐하가 방금 라디오에서 전쟁에 졌다는 칙어를 읽으셨어, 스기우라 씨. 몰랐는가. 그게 아니라 앞으로도 분발하여 영미뿐 아니라 소련도 해치우자는 말씀이라고 우기는 놈도 있지만, 역시 그건 잘못 들은 거라더라고."

스기우라는 묘하게도 자신의 예상대로 되었다고 생각했다. 예상대로 되었다! 그러나 스기우라의 마음에 기쁨은 한 방울도 없었다.

스기우라는 순사와 헤어지고 아키코의 집으로 돌아가서 무겁고 딱딱한 짐을 내려놓았다. 아키코는 공습으로 집을 잃은 두 식구의 부인들과 함께 생선을 사러 나가고 없었다. 아키코의 모친은 이재민 가족의 어린 여자아이들과 실뜨기를 하면서 가게를 보고 있었다. 아키코의 모친는 일본이 패전했다는 것을 알리며 스기우라의 얼굴을 죽은 물고기의 눈을 들여다보듯이 빤히 쳐다보았다. 그것은 지금껏 스기우라에게 한 번도 보인 적이 없는 표정이었다. 스기우라는 그 시선에서 이 여자가 자신의 비밀을 오래전부터 알고 있었다는 것을 깨달았다. 그리고 스기우라는 한참 동안 마당의 풀을 뽑았다. 한바탕 일을 끝내고 목욕탕에서 정성스레 몸을 씻고 나서 각반을 두르고 전투모를 쓴 뒤, 잠깐 나갔다오겠다고 알렸다. 포렴도 간판도 없이 그저 '유키'라는 문패만 걸려 있는 가게를 나오려고 할 때 오십대 여자는 실뜨기를 멈추더니 "전쟁에 패했다는 것은 틀림없어. 우리 집 라디오는 자네 덕분에 잘 들렸거든. 말은 매우 알아듣기 어려웠지만, 나뿐만 아니라 아키코도 이재민 부인들도 분명히 그렇게 들었으니까"라고 장담을 하며 또다시 조금 전과 같은 눈초리를 했다. 그것은 너 같은 징병 기피자가 있으니까 일본이 망한 거라고 원망하는 얼굴처럼 보였다.

스기우라는 타다 남은 에히메 신문사 지국으로 가서 문을 열었다. 넓고 큰 실내에는 희끗희끗한 무늬의 바지를 입고 웃통을 벗은 남자가 한 사람 있을 뿐이었다. 그 남자는 이쪽으로 등을 보이며 더러워진 발(簾) 앞에 고개를 숙이고 있었다. 스기우라는 그 남자의 등에 대고 말을 걸었다.

"저, 여쭤보고 싶은 게 있습니다만."

"예, 뭡니까?"

사내는 얼굴을 들지 않고 돌아보지도 않은 채 대꾸했다. 조국의 장래를 염려하여 울고 있는 것일까? 할 수 없이 스기우라는 먼지가 쌓인 마룻바닥 위를 걸어서 다가갔다. 가까이 가보니 야윈 중년의 신문 기자가 얇은 장기판을 들여다보며 다음 수를 궁리하고 있었다. 스기우라는 물었다.

"전쟁에 패했다는 게 사실입니까?"

"예. 사실입니다. 거짓말이 아니오. 종전······."

그 뒷말은 좀 알아듣기 어려워서 스기우라가 기다리고 있자 다시 목소리가 커졌다.

"도쿄는 난리가 났다던데."

"상황이 어떻습니까?"

"난리가 났다고는 해도 대수롭지 않은 것 같던데."

신문 기자는 모순된 말을 중얼거렸다.

스기우라는 인사를 하고 지국을 나왔다. 여전히 스기우라의 마음에 기쁨은 없었다.

스기우라는 시로야마산에 올라 우와지마시를, 아니 예전의 우와지마시였던 검은 면적을 둘러보고 맑고 푸른 바다를 바라보았다. 중간에 집들이 소실된 탓에 바다는 예전보다 훨씬 가까워진 것처럼 보였다. 작은 연습기 세 대가 여기저기 구멍이 나 있는 초원(이곳이 비행장이다)에서 불에 타고 있었다. 산도 거리도 바다도 쥐 죽은 듯 고요하다. 전쟁이 끝난 것이다. 일본군이 사라져 버려서 나는 싸울 상대가 없어졌다. 그러니까, 내가 이겼다는 말이겠지. 스기우라는 마치 부전승으로 요코즈나[37]를 이긴 젊은 스모 선수처럼 공허한 마음과 공허한 표정으로 우두커니 서 있었다. 일본군과의 싸움에서 만약 자신이 이겼다고 한다면 그것은 단 하나, 이런 형태로밖에 있을 수 없다는 것을 여태껏 수없이 생각했었지만, 지금 이렇게 그것이 현실이 되고 보니 사실 이날까지 자신이

---

37 横綱, 스모 선수의 최고 지위

살아남을 가능성 따위는 믿지 않았다는 것을 깨달았다.

'어떡하지…… 앞으로.'

스기우라는 나무 그늘 아래 돌 벤치에 앉아 저 멀리 대숲을 바라보며 중얼거렸다. 조릿대 이파리는 흘러가는 바람결을 따라 여러 색으로 미묘하게 달라지다가 마침내 다시 원래의 색으로 돌아왔다. 스기우라는 이제 공습도 없을 거라 생각하고 각반을 풀었다. 하지만 그것을 버리지는 않고 한 손에 들고서 비탈길을 내려갔다. 어떡하지……. 앞으로도 지금까지와 같은 조건으로 살아갈 수 있다면 얼마나 좋을까. 전쟁은 없고, 그러나 하마다 쇼키치도 아니고. 스기우라는 본명으로 돌아가는 것을 설핏 두려워했다. 전쟁의 종말에 대해서는 자주 생각했지만, 그 뒤로 어떻게 해야 할지는 한 번도 생각한 적이 없었던 것이다. 어떡하지……. 전당포 장사는 앞으로 어떨까?

기쁨은 우선 스기우라의 다리로 무언가 연기 같은 미묘한 형태로 찾아왔다. 각반을 풀었더니 바지 자락이 다리에 감겨 걷기 불편한 것이 상당히 신선한 감각처럼 느껴졌다. 스기우라는 아까 비탈길을 올라올 때를 떠올리곤 반쯤은 당혹해하고 있었다. 역시 각반을 차는 게 좋을지 모른다. 그러나 그 당혹감 속으로, 바지 자락이 막혀 있지 않는 데서 오는 신선함을 즐기는 기분이 조금씩 섞여 들어왔다. 비탈길을 마저 내려왔을 때, 오늘은 역시 하고 싶은 것을 하는 게 가장 좋겠다고 생각했다. 무엇을 하고 싶은 걸까? 장기? 실뜨기? 물건 사기? 스기우라는 미소 지었다. 맞다, 그 찻잔. 한 달쯤 전에 근처의 골동품 가게에서 발견하곤 갖고 싶었으면서도 포기했던 그 찻잔을 사자. 이제 돈 5엔을 아까워할 필요는 없으니까. 스기우라는 미소를 짓고 있었다. 늘 나를 구두쇠라고 놀리던 아키코는 이 호기롭게 산 물건을 보고 놀라서 뭐라고 말할까? 그래 아이들처럼, 그리고 신문 기자처럼 묻겠지. 하지만 그들과는 달리 오늘이라는 날을 분명히 자각하면서 기념하고. 그런데…… 아키코의 모친은 어떤 심정으로 아이들의 실뜨기 상대가 되어주고 있던 것일까?

3층에서 2층으로, 2층에서 1층으로. 하마다는 어둠과 밝음이 줄무늬처럼 깔려있는 계단을 내려간다. 마사코가 지금 저렇게 사는 것이 내 탓이라며, 마사코와 마사코의 오빠가 나를 원망하고 있는 것은 아닌지 오래 전부터 마음에 걸려 있었다. 하지만 이제 그런 염려는 이걸로 사라졌다. 어쩌면 아오치 조교수는 앞으로 대학에서 나의 위치를 이용하려고, 환심을 사려고, 재빠르게 뉴스를 흘려준 것일지도 모른다. 1층 복도에서 국제법 교수가 하마다를 불러세웠다.

"하마 짱, 요즘 어떻소?"

교수는 손으로 마작 패 모으는 시늉을 하며 말했다. 머리를 7대 3이 아니라 9대 1로 나눈 은테 안경의 이 법학자는 그다지 친한 사이가 아닌데도 짱을 붙여서 부르는 연예인 같은 버릇이 있었다.

"요즘 통 공부를 안 해서요" 하고 하마다는 대답했다.

"그럼 쓰나. 언제 한 수 가르쳐 드리지."

"좋습니다."

"미국에 가 있는 도서관의 시바 짱, 그 친구한테서 그림엽서가 왔는데 말이야. 재미 일본인의 마작은 대체로 풍속 오십 미터라고 하더군. 천점에 오십 센트라는 말일까?"

"그렇겠죠. 설마 오십 달러로는……."

"그렇겠지? 그럼 우리 돈으로 이백 엔인가? 그럼 또 보세."

교수는 오른손을 가볍게 흔들고 총총히 사라졌다.

하마다는 화장실로 들어갔다. 소사 하세가와가 손을 씻고 있었다.

"여어."

"아, 하마다 씨, 축하드립니다."

"어? 무슨 말이야?"

"시치미 떼지 마세요. 이래봬도 귀 밝기로 소문난 하세가와라고요."

이 젊은 남자는 손의 물기를 털면서 한쪽 귀를 하마다에게 들이댔다. 그것은 그로테스크할 정도로 큰데다가 검어서 하세가와의 하얀 얼굴과 선량해 보이는 표정에 전혀 어울리지 않게 느껴졌다. 하세가와는 밖으로 나갔다. 하마다는 오줌이 흘러내려가는 것을 의식하면서, 그러고 보니 아까 국제법 교수가 불러세워 마작 이야기를 한 것도 내가 차기 서무과장이라는 소문이 퍼졌기 때문일지도 모른다고 생각했다.

토끼집의 돈가스정식은 이미 배달되어 있었고, 누가 올려놓아

주었는지 하마다의 책상 위에서 식어 있었다. 그 얇고 딱딱한 돈가스와 접시에 얇게 담겨 있는 굳은 밥을 다 먹었을 무렵, 니시가 들어와서 들뜬 목소리로 말했다.

"데이트는 재미가 좋았겠습니다……."

하마다는 그 말에는 그다지 놀라지 않았다. 교환수 중에 니시가 포섭해 놓은 여자가 한둘 있어도 이상하지 않기 때문이다. 아니면…… 누군가가 엿본 것일까? 하지만 니시가 이어서 이렇게 말했을 때, 하마다는 자신의 귀를 의심했다.

"……과장님."

하마다는 그저 잠자코 니시의 얼굴을 쳐다보다가 젓가락을 내려놓았다. 하마다는 니시의 말이 잘 안 들렸다는 듯, 혹은 그 의미를 잘 모르겠다는 듯한 시늉을 하려고 했다. 니시는 사무실 한쪽 구석에서 신문을 읽기 시작했다. 하마다는 담배를 물고 보온병과 찻주전자가 놓여 있는 둥근 테이블로 다가가면서 이 자는 정말 알고 있는 걸까, 왜 이렇게 나를 위협하는 걸까, 하는 의구심이 들었다. 이 심리는 역시 모순되어 있다고 해도 좋을 것이다. 국제법 교수를 만났을 때는 억측을 부려서까지 소문이 퍼졌음을 믿으려고 해놓고선, 니시의 경우에는 그것을 믿지 않으려고 애쓰고 있으니 말이다. 아무튼 하마다는 니시를 두려워하고 있었다. 하마다는 둥근 테이블 옆에 멈춰 서서 니시 쪽으로 등을 돌린 채 담배를 피우고 차를 홀짝이며 생각하고 있었다. 저 남자는 검은 목단이 옷이 잘 어울릴까? 그리고 국민복은?

신슈의 4월은 아직 추워서 스기우라는 모리소바[38]를 좋아하면서도 가케소바[39]를 주문했다. 오늘 모리소바를 먹으면 꼭 감기에 걸릴 것 같았기 때문이다. 모래 그림 도구를 테이블에 올려놓고 외투를 걸친 채로 의자에 앉아 벽에 걸려 있는 찌든 나무 메뉴판에 가모난반[40]이라는 글자를 발견했을 때, 마음이 몹시 흔들렸지만 참기로 했다. 스기우라는 그냥 가케소바 두 그릇만 주문하고 마음을 달랬다. 요즘 장사가 그리 신통치 않아서 가능하면 돈을 쓰지 말아야 한다. 게다가 요즘 같은 식량 부족에 과연 가모난반이 가능할지 심히 의심스러웠다. 물론 오리고기는 있을 리가 없다. 하지만 닭은? 닭이 아니더라도 돼지는? 모두 있을 리가 없다며 스기우라는 스스로를 위로했다. 눈이 빨간 노파가 나와서 가케소바 둘, 하고 되풀이한다. 스기우라는 끄덕이면서 방에도 손님이 한 사람 있는 것을 보았다. 나도 방으로 갈까, 하고 생각했지만 방으로 가서 만에 하나 그 만큼의 돈을 더 내야 되면 가케소바를 먹는 보람이 없다. 아키코가 있었으면 분명 한마디 했겠지.

'켄 짱은 정말 짠돌이야.'

외식권 없이 이렇게 메밀국수를 먹을 수 있는 것만으로도 굉장한 행운이라고 생각해야 하는 시국이었다. 일본 대부분의 도시에서는 이미 메밀국수 따윈 팔지 않으니까. 메밀국수는 작게 접어서

---

38 채반에 올린 차가운 메밀국수
39 따뜻한 장국에 말아주는 메밀국수
40 오리고기와 파를 썰어 넣은 메밀국수

쌀에 섞여 배급되었다. 그리고 메밀국수가 섞인 쌀은 대용식 중에서도 제일 먹을 만한 편이었다. 1944년 4월. 전쟁은 계속 불리해지고 국민의 생활은 극단적으로 궁핍해졌다. 도쿄에서는 차 찌꺼기를 넣은 쌀이 배급되고 있다는 소문을 고후에서 이 마쓰모토로 오는 기차 안에서 들었다. 통로까지 빼곡히 앉아 있던 승객 중 한 사람이 소곤거리며 그 이야기를 하자 곁에 있던 노인이 그건 헛소문이 아니라 진짜라며, 아무튼 자기가 먹어봐서 안다고 큰소리를 치고 하얀 주먹밥을 맛있게 먹었다. 스기우라는 그 주먹밥의 흰빛에 그만 넋을 잃고 쳐다보면서 자신이 얼마나 오랫동안 이런 밥을 먹지 못했나 생각했다. 실은 작년 11월 우와지마의 아키코 집을 떠날 때 아키코가 만들어 준 주먹밥이 이토록 순백색이었는데 말이다. 반년도 채 지나지 않는 이번 유랑 생활을 스기우라는 터무니없이 길게 느끼고 있었다.

안에서 얼굴이 더러운 여자아이가 야단을 맞으며 나오더니, 작은 장화를 벗고 방으로 올라가 손님 곁에 있는 낡은 라디오 스위치를 눌렀다. 잠시 후, 라디오에서 노래가 흘러나오기 시작했다. '……네가 커서 장성할 무렵에는 일본도 장성한다' 이윽고 노래가 끝나고 뉴스가 시작되었다. 아나운서는 임팔 작전에 나선 황군의 진격 상황에 대해 실로 막연하고 종잡을 수 없는 말을 거침없는 어조로 늘어놓았다. 노파가 가케소바 두 그릇을 쟁반에 얹어서 가져왔다. 스기우라는 요즘 일본인이 모두 그렇듯이 들을 가치도 없는(혹시 진실을 전하지 않는 게 아닌가 하고 의심받는) 뉴스를 한 귀로 흘려들으면서 젓가락을 들었다. 국수는 국물이 너무 짰지만 따뜻하고 제법 맛있었다. 두 번째 그릇에 젓가락을 대려 했을 때 노파가 방에 있는 손님에게 그러고 자면 감기 든다며, 아까 여자아이를 나무랄 때와 같은 말투로 주의를 주었다. 국민복을 입은 중년 손님은 아랑곳하지 않고 기둥에 기대 꾸벅꾸벅 졸고 있었다. 노파가 외투를 걸치라고 권했지만 성가신 듯 건성으로 대답할 뿐이었고, 방으로 올라가서 덮어줄 만큼의 친절함은 노파에게 없는 듯했다. 스기우라는 국물을 들이키면서 오자미 놀이를 하고 있는 여자아이 곁에서 꾸벅대고 있는 국민복 차림의 남자 쪽으로 무심코 시선을 던졌다가, 작은 앉은뱅이 상 위에 벗어놓은 안경과 나란히 놓여 있는 술병을 보고 놀랐다. 그것은 땅딸막한 모양의 고풍스러운 레테르의 올드파였기 때문이다. 아버지는 위스키를 좋아했지만 그래도 어지간한 환자 집이 아니고선 올드파를 선물하는 일이 없었고, 어머니도 어지간한 경우가 아니면 그 올드파를 백중날 선물이나 세의로 돌리는 일이 없었다. 그때 당시에도 수중에 넣기 어려웠던 귀한 술이 이렇게 물자가 부족한 지금, 어째서 마쓰모토의 꾀죄죄한 국숫집에 있는 걸까? 스기우라는 그 중년 곁에 널려 있는 보스턴백이(올드파가 이 안에서 나온 게 분명하다) 마치 마법의 주머니처럼 느껴졌다.

스기우라는 국수를 먹으면서 당연히 그 마법의 주머니의 주인을 관찰했다. 그러다 잠시 후 조금 전과는 비교도 되지 않을 만큼 심하게 놀랐다. 새로 맞춘 지 얼마 안 되어 보이는 노란 국민복을 입고 있고, 안경을 벗고 있어서 몰라봤지만 눈앞에 취해 있는 이는 구라시키에서 만난 거간꾼, 검은 목단의 옷의 남자였기 때문이다. 아사히나 케이치는 구라시키에서 만났을 때보다도 몹시 살이 찐 모습으로 모래 화가의 오 미터쯤 앞에 있었다. 도망가야 한다. 지금 당장 도망치지 않으면 안 된다고 스기우라는 자신을 타일렀다. 하지만 그렇게 스스로에게 명령하면서도 스기우라는 여전히 국수를 입으로 옮기고 국물을 마셨다. 식욕은 이미 완전히 사라졌는데도 말이다. 스기우라는 그토록 두려웠던 것이다. 만약 여태껏 하던 행동을 갑자기 멈추면 선잠을 자고 있던 남자를 깨우게 될지도 모른다고 염려하여 스기우라는 국수를 후룩후룩 넘기며 국물을 계속 마시고 있었다. 그릇을 든 손은 떨리고 있었다. 아사히나가 변한 만큼 자신도 구레나룻에서 콧수염으로 바꾸었기 때문에 구라시키 시절과는 훨씬 달라 보일 거라는 생각 따윈 머릿속에 떠오르지도 않았다.

  우와지마를 떠나기 전날 밤, 모래 그림 도구를 챙기고 있을 때 녹인 풀물을 넣은 크림병 밑에서 색 모래로 범벅이 된 아사히나의 명함이 나왔다. 스기우라는 그것을 잘게 찢는 것도 모자라 부엌으로 가져가 아궁이 속에 넣고 태웠다. 아키코는 그렇게까지 질색할 건 뭐냐며 웃었지만, 스기우라는 오히려 앞으로의 여행에서 마음이 약해졌을 때 탄광의 어둠을 동경하여 아사히나에게 연락을 하지는 않을까 걱정이 되었던 것이다. 이 국민복의 남자에게 말을 걸기만 한다면 북큐슈 지하의, 혹은 해저의 짙은 어둠 속에서 확실하게 안식(?)할 수 있을 것이다. 그 일만 생각하면 스기우라는 그저 두렵기만 했다.

라디오에서 나니와부시가 흘러나오기 시작했다. 노파는 안에서 나오더니 마루에 걸터앉아 호리베 야스베의 술 마시는 연기를 넋을 잃고 듣고 있었다. 스기우라는 국물을 마저 다 마셨다. 노파 곁으로 여자아이가 다가와서 같이 오자미 놀이를 하자고 조르다가 또 야단을 맞았을 때, 그 목소리 탓인지 아니면 나니와부시를 읊던 자가 소리를 내지른 탓인지 국민복의 남자가 반쯤 잠이 깨 스기우라는 당황하여 고개를 숙였다. 하지만 이내 얼굴을 살짝 들어보니 거간꾼은(올드파를 마시는 것을 보면 지금은 무얼 하고 있는 걸까? 도조 편에 붙은 걸까?) 앉은뱅이 상에 양 팔꿈치를 괴고 자고 있었다. 스기우라는 오자미 놀이의 상대가 되어주고 있는 노파에게 눈짓을 하며 돈을 탁자에 올려놓았고, 노파는 다가와서 국숫물을 따랐다. 스기우라는 그 부옇게 탁하고 뜨뜻미지근한 것에 입을 대고 나서 모래 그림 도구를 살며시 등에 지고 국숫집을 나왔다.

마쓰모토의 거리를 급한 걸음으로, 거의 잔달음질을 치며 걸을 때도 몸이 계속 떨렸다. 아사히나가 살이 찌고 안경을 벗고 취해 있는 만큼 더더욱 무서운 느낌이 들었다. 9개월 전 구라시키에서는 이렇게까지 두렵지 않았는데. 오히려 꽤나 여유가 있었는데. '아니, 스기우라가 진짜 이름인지 아닌지는 모르겠지만'이라고 했던 말이 스기우라의 머릿속에서 여러 억양으로 수없이 되풀이됐다. 구라시키에서 후쿠라까지 돌아다닐 동안 아키코가 매일같이 툭하면 검은 목단이 옷의 남자를 들먹거리며 이요에 가면 안전할 거라고 권했을 때, 그 말을 들을 걸 그랬다. 스기우라는 역전의 여관으로 곧장 돌아가서 어제 여관에 맡겨 둔 배급통장을 받아 계산을 마치고 3시간 정도 역에서(아사히나가 이곳으로 올까봐 노심초사하면서) 줄을 선 끝에 나고야까지 가는 기차표를 간신히 얻을 수 있었다.

이나바의 유품인 「대일본 신사불각 엔니치 안내」에 따르면 4월 14, 15일은 기후현의 가사마쓰쵸 축제, 16일은 아이치현의 오와리 코마키 축제, 16, 17일은 나고야시의 가타하 곤겐 축제가 있고, 나들이 인파가 몰려드는 정도를 '중(中)'이라고 표기한 엔니치가 많고, 중순은 꽃놀이로 각지가 붐빈다고도 쓰여 있었다. 그래서 스기우라는 어찌해서든 여비를 마련하여 하루라도 빨리 시코쿠로 돌아가려는 계획을 세웠다. 시코쿠로. 다랑이 밭의 우와지마로. 이노우에가 가스회사에 들어간 것도 모르는 스기우라는 '물건과 사람을 잘 보는' 전당포 점원조차도 아사히나에 비하면 훨씬 다루기 쉽다며 자신을 타이르고 격려했다. 게다가 스기우라는 여행을 계속하는 동안에 이노우에한테 왜 그렇게 위축되었는지 모르겠다는 생각마저 들었다. 그건 역시 아키코가 몇 번이나 말했던 것처럼 신경 쇠약이었을까? 시코쿠, 구마노, 이세, 도카이도, 고후, 그리고 신슈를 건너다니면서 우와지마를 그리워하는 심정이 천천히 깊어졌다. 우선 지난번 여행 때보다도 현격하게 물자가 궁핍해진 것이 모래 화가를 지치게 했다. 이렇게까지 누구나 다 소집

되는 요즘엔 어딘가 몸에 이상이 있는 게 틀림없다고들 생각하는지 군대에 대해선 별로 묻지 않는 대신, 무슨 수를 썼기에 징용을 면제받았냐고 물어오는 것도 묘하게 괴로웠다. 하지만 말할 것도 없이 스기우라는 무엇보다 아키코가 보고 싶었다. 스물네 살의 고독한 남자는 연상인 연인의 마음과 육체를 그리워하고 있었다.

마흔다섯 살의 하마다는 둥글고 작은 테이블에 찻잔을 내려놓았다. 니시는 검은 목단이 옷도 국민복도 아닌 갈색 정장을 입고 자줏빛이 도는 돋을무늬 넥타이를 매고 있었다. 니시가 평소에 쓰는 유일한 검은 천인 사무용 토시도 지금은 벗어 놓았으니 두려워할 것은 아무것도 없는 셈이다. 게다가 설령 설명할 도리가 없는 기적이 일어나서 하마다가 지금 뒤돌아보았을 때 얼굴이 마주치는 자가 니시가 아니라 아사히나(있을 수 없는 일이다. 절대로)라고 해도, 당황하며 몹시 부끄러워할 쪽은 오히려 새우등 남자, 아마 지금은 새우등 노인이 아니겠는가. 전쟁은 오래전에 끝났고 시국은 딴판으로 변해 버렸기에 하마다는 오히려 승리자의 기분으로 통쾌하게 놀리거나 자상하게 대해주면 그만인 것이다.

'어이쿠, 아사히나 씨. 탄광 경영 부진은 당신한테는 참 가슴 아픈 일이었겠습니다. 그건 그렇고, 그 올드파는 역시 진짜였소? 나도 전쟁이 끝난 뒤로는 가끔 술을 마시게 됐습니다만, 부끄럽게도 아직 올드파 같은 건 마셔 본 적이 없습니다.'

거간꾼과 가공의 재회를 하는 도중에 과장이 심각한 표정으로 들어왔다. 하마다는 가볍게 인사했지만 과장은 보지 못한 모양이다. 하마다는 그 일은 마음에 두지 않고 또다시 가공의 대화를 계속 나누려 했다.

'대학교 사무원은 벌이가 시원치 않은 직업이라서요. 당연한 일이지만 말입니다. 도조 내각이 쓰러진 것은 아사히나 씨의 공적이라면서요? 난 그 올드파를 보고 도조 편에 붙은 것이려니 하고 지레짐작했지 뭡니까. 미안하게 됐습니다.'

거간꾼 혹은 애국자는, 처음에는 거북해하는 태도로 어쩔 줄 몰라 하다가 차츰 안정을 되찾아 이내 주름이 많은 얼굴을 일그러뜨리며 기뻐하고……, 그러나 이십 년만의 대면은 돌연 그것으로 끝났다. 마치 영화 필름이 끊어진 것처럼. 과장과 니시의 소곤거리는 말소리가 하마다의 주의를 끌었기 때문이다.

물론 그들의 대화 내용은 거의 알아들을 수 없었지만 나누는 말은 이따금씩 단편적으로 귀에 들어왔다. 비밀스럽고 중대한 척하는 그들의 분위기는 그 둘에게 향해 있는 하마다의 등으로도 충분히 느껴졌다. 한 사무실 안에서 두 사람이 밀담을 나누고 있고 남은 한 사람이 따돌림을 당하고 있는 사태는 하마다를 불쾌하게 만들었다. 누군가 다른 한 사람이 이 사무실에 있다면 그 남자 혹은 그 여자와 잡담을 나누며 태연함을 가장할 수 있을 텐데. 하마다는 젊은 직원들이 모두 바깥에 나가서 배구를 하고 있는 것에 조금 화가 났지만, 아무렇지 않은 척하며 서무과를 나왔다. 일단 복도로 나왔다가 책상 위에 두고 나온 담배 생각이 나서 도로 들어가려 했을 때, 열려 있던 출입문에서 서무과장의 목소리가 흘러나왔다.

"요령이야. 결국."

그 말에 대꾸하는 니시의 목소리가 들렸다.

"일, 징병 기피는 요령을 본분으로 삼을 것."

하마다는 어두운 표정으로 몇 발자국 뒷걸음질 쳐서 현관으로 나왔다. 과장과 니시가 어딘가에서 이번 인사이동 소문을 주워듣고 불만을 토로하고 있다(서무과장은 신설된 후생과장으로의 사실상의 격하를 분개하고, 니시는 하마다에게 밀린 것을 못마땅하게 여기고 있다)는 것은 의심할 여지가 없었다. 그들의 그런 심정은 오히려 당연한 것이다. 그러나 하마다에게 새 후생과장과 새 후생과장 대우가 사이좋게 지내고 있을 뿐이라고 달관할 만큼의 여유는 없었다. 하마다는 늘 과장이 니시보다도 자신을 더 인정하고 있다고 여겨 왔기 때문에 니시의 악의에는 마음의 준비가 되어 있었다. 그 반면, 과장의 악의에는 무방비였다. 만약 그럴 여유가 있었다 하더라도 군인 칙유[41]를 흉내 내며 징병 기피자의 '출세'를 조롱하는 것은 효과가 너무 크다.

하마다는 현관으로 가다가 도서관장을 맡고 있는 민법 노교수와 마주쳐 인사를 나누고 밝은 문밖으로 나왔다. 젊은 사무원들이 배구를 하고 있었다. 학생들이 남녀 반반씩 열 명 정도(무슨 부

---

41 1882년 메이지 천황이 군인에게 내린 행동 강령

일까?) 데닝 바지를 빨고 있었다. 하마다는 불쾌한 생각을 잊으려고 심호흡을 한 뒤, 정문 쪽으로 걸어가 신사 앞에서 절을 하고 그 주변을 한 바퀴 산책할 요량으로 학교를 나왔다. 하지만 하마다는 바로 멈춰 서게 됐다. 대학 앞의 도로에 주차되어 있는 르노의 창유리가 내려지더니 프랑스어 조교수 구와노가 손을 흔들면서 큰 소리로 말을 걸었기 때문이다. 하마다는 그 까만 얼굴에 대고 말했다.

"퇴근하시는 길이십니까?"

"이번에는 토요일에 수업이 걸려서 말이야. 아무도 나오기 싫어하니까. 토요일엔 오전밖에 없잖소. 어찌나 졸린지."

하마다는 창문에 얼굴을 들이대며 말했다.

"차가 아주 근사합니다."

"핸들 조작이 편한 게 장점이지."

"그거, 체인지 레버입니까?"

"응. 몰라봤네, 운전할 줄 아는가?"

하마다는 여전히 얼굴을 들이댄 채로 전쟁 전에는 집에 차가 있어서 어찌어찌 운전을 배웠다는 이야기를 했다.

"예, 학생 때 면허증도 땄었죠. 그래서 작년인가 재작년에 다시 시험을 쳤는데 쉽게 붙었습니다. 차는 없지만요."

구와노는 차를 칭찬해주니 기뻤나 보다. 문을 열고 옆 좌석으로 몸을 빼더니 하마다를 운전대에 앉혔다.

"잠깐 운전해 봐도 될까요? 면허증 소지는 안 했지만."

"물론이지. 해보게. 클러치가 약하니까…… 이게 르노의 결점이야. 반 클러치는 될 수 있으면 쓰지 말게."

르노는 대학 주변을 일주했다. 하마다는 조교수의 차를 칭찬했고, 구와노는 과장대우의 운전 솜씨를 칭찬했다. 원래 위치에 주차를 한 뒤, 두 사람은 앉은 채로 중고차 가격에 대한 이야기를 나누었다. 구와노는 이건 프랑스로 유학 간 친구가 사가지고 들어온 것을 넘겨받은 거라 사십만 엔 정도 했지만, 이십만 엔이면 르노를 살 수 있을 거라고 했다. 조교수가 담배를 권하여 두 사람은 피스를 피웠다. 하마다가 피스라는 담배는 처음 한 모금은 정말 맛있다고 말하자, 구와노는 맥주의 첫 모금과 같다고 대답했다. 그러다 전쟁 때와 전후 한참은 담배를 구하기 어려워 무척 고생했다는 추억담을 늘어놓았다.

"그랬죠. 하지만 저는 전쟁 땐 담배를 안 피웠어요. 술도 안 마셨고."

"술과 담배의 전후파인가."

조교수의 대답은 매우 시답지 않고 경박했지만, 그 말투는 내용과 반대로 묘하게 절절했다. 하마다는 웃음소리를 내면서 생각했다. 이 프랑스어 교수는 하마다의 과거(징병 기피)를 알고 있다. 그리고 하마다가 전쟁 때 절약하고 삼가느라 술도 담배도 끊었던 것을 정확하게 눈치채고 있다.

구와노는 느닷없이 군대 시절에 얼마나 괴롭힘을 당했는지 늘어놓기 시작했다. 구와노는 구제고등학교를 다닐 때, 교련 시간에 배속 장교에게 두들겨 맞아 성질이 나서 그 이후로 쭉 교련 수업을 빠졌기 때문에, '하사관에 부적합'이라는 판정을 받았다. 게다가 문과여서 징병 유예가 먹히지 않아 고등학교 1학년 겨울 우쓰노미야의 연대에 입대했는데, 배속 장교가 아무래도 연대에 밀고(라는 말을 사용했다)라도 한 모양이다. 다른 초년병들은 입대한 다음날부터 그것도 손바닥으로만 얻어맞는데 구와노만 첫날부터 낡은 군화로 만든 못이 튀어나온 슬리퍼로 맞았다. 그딴 짓거리를 해대면서도 훌륭한 군인이 되라니, 되지도 못할 뿐더러 애초부터 그럴 마음도 없었다. 석 달이 지나고 일기 검열이 끝나 다른 초년병들은 모두 일병이 되었는데도 구와노만은 여전히 이병이었다. 부대가 편성되어 하치노헤 근처로 끌려갔는데, 물론 여기서도 우쓰노미야에서처럼 매일같이 얻어터지기만 했을 뿐.

"불행한 팔자를 묘사할 때에 자는 것만이 유일한 즐거움이라는 말은 거짓말이야, 하마다 씨. 난 소등나팔이 울리면 아아, 또 내일이 오는구나, 하고 한탄했어. '장병들은 불쌍하여라. 또 자면서 우느냐' 이 가사…… 가사라고 하긴 뭣한가……. 만든 놈은 재능이 있어. 지금 시대에 살았으면 CM송으로 대박이 나서 돈을 긁어모았을 거야."

하마다는 미소를 지었지만, 그 미소는 물론 의례적인 것이었다. 군대에서 고생한 이야기는 듣기 거북했다. 이 사람은 내게 호의적이라고 생각했는데, 어째서 이런 심술궂은 화제를 선택하는 건지 하마다는 이해할 수가 없었다. 조교수는 이야기를 계속했고, 하마다는 진절머리를 내면서 외국어 교수 같은 직업은 이만큼 수다쟁이가 아니고서는 못 해 먹을 일이겠거니 생각했다.

구와노 이병은 8월 15일에는 거의 맞아죽을 뻔했다. 정오에 중대원 전원이 마을회 의원집 마당에 정렬하여 옥음 방송을 들었는데, 잡음이 많은데다가 천황의 낭독은 서툴렀다. 더구나 칙어의 문체는 원래 귀로 듣는 사람들을 배려하지 않는 한자어가 엄청나게 많은 것이라서 구와노 이외에는 아무도 그 뜻을 알아듣지 못했다. 방송이 끝나자 중대장은 금후 더더욱 분골쇄신하여 황국을 위해 진력을 다하자며 애매하기 짝이 없는 말을 늘어놓고 적당히 얼버무렸다. 구와노 이병은 오후 내내 동기인 일병들의 질문에 대답하며 전쟁에 패했다는 결론이 되는 칙어를 설명해 주었다. 상병도 몰려와서 귀담아들었고 다른 내무반과 다른 소대에서도 들으러 왔다. 그들이 좀처럼 이해하지 못해서 구와노는 알아들은 칙어 문장을 땅바닥에 나무토막으로 몇 단어 크게 써서 설명하고, 그것을 모두 종합하면 어떤 의미가 되는지 강의했지만 그래도 모두 반신반의했다.

구와노의 군 생활 중에서 오후의 몇 시간(정오에서 저녁시간까지)만이 영광의 시간이었다. 아니, 영광의 시간은 한동안 이어졌다고 해야 할 것이다. 저녁 식사가 끝나자 상병들과 일병들은 지극히 자연스레 이병 구와노를 에워싸고 조금 전의 강의(혹은 낙장이 많은 교과서의 연습)를 다시금 되풀이시켰다. 그들은 마룻바닥이 깔려 있는 어느 농가의 널따란 작업장을 내무반으로 쓰고 있었는데, 반장은 천막을 치고 안쪽에는 밤낮으로 이부자리를 깔아 두고 생활했다. 그때 반장은 누운 채 반합의 술을 마시고 있었다. 구와노는 그것을 알고 있었기 때문에 말투에 충분히 주의했다. 그러나 어느 일병이 비로소 구와노의 결론을 인정하여, 그렇다면 일본군은 전부 없어진다는 뜻이라며 대발견을 한 것처럼 말했다. 그 말은 모든 병사들에게 희망을 주었다. 또 다른 일병은 기쁜 나머지, 그렇다면 예를 들어 보통 사회에서는 끔찍하게 미움을 받을 만한 다른 내무반 반장의 이름을 대며 그런 인간은 앞으로 어떻게 될까, 하며 들뜬 목소리로 말했다.

"그 대목에서 반장이 버럭 화를 내며 튀어나오더니 나를 패는 거야. 실내화……, 슬리퍼로 말이야. 그리고 혁대……, 벨트지. 그 두 개로 새벽까지 얻어맞았지. 지금도 가끔씩 광대뼈가 욱신거릴 때가 있어……, 추운 날이면. 아무튼 그 자식, 엄청난 저능아라서 말이야. 하사관 지원이라 일본군이 없어지면 취직자리가 도산한 거나 마찬가지니까 열이 뻗쳤지. 안 맞아죽은 게 희한하다니까. 불사신 구와노……랄까. 내가 생애에 단 한 번, 정열을 담아 교육에 몸 바쳐 일한 급료가 귀싸대기라니, 너무 심한 거 아냐. 압슈르드…… 부조리지. 그게 전쟁 때의 마지막 언론 통제인지, 아니면 전후 언론의, 일단 겉보기에는 자유가 있는 것 같지만 결국은 자유가 결여된 상황의 전조인지……. 어려운 문제로구만."

조교수는 여전히 경박한 말을 했고, 하마다는 또다시 의례적인 미소를 지었다. 하마다는 이 화제의 무거움을 견디지 못하여 손목시계를 보고 서무과로 돌아가야 한다는 말을 하려고 몇 번이나 생각했지만 실로 기쁜 듯한, 털끝만큼도 악의가 없는 듯한, 마치 무용담을 늘어놓는 듯한 구와노의 말투는 그것을 주저하게 만들었다. 하마다는 어쩌면 이 사람은 나의 과거를 모를지도 모른다고 생각하면서 구와노의 이야기를 계속 듣다가 마침내 모르는 게 틀림없다고 단정했다.

구와노의 이야기는 전쟁이 끝나도 자신이 얼마나 심한 취급을 받았는지로 이어졌다. 다른 놈들은 모두 중대장 이하 전원이 한 계급씩 특진되었고 그 만큼의 월급 여섯 달 분을 퇴직금으로 받아 9월 15일에 제대를 했는데, 구와노만은 이병인 채로, 그건 상관없다고 쳐도 우쓰노미야로 원대 복귀 명령을 받았던 것이다. 구와노는 화가 났고 절망했다. 구와노를 원대로 데리고 가야 했던 반장은 후루마기에서 우쓰노미야로 오는 동안 네놈 때문에 엄청난 손해를 봤다며 내내 불평을 퍼부었다. 하지만 구와노는 반장에게 뭔가 복수를 한 것 같아 기쁘기 그지없었다. 우쓰노미야에서는 더 이상 얻어맞지는 않았지만 한참 사무원으로 쓰이다가 세밑도 막다른 20일이 되어서야 간신히 제대 명령을 받았다. 구와노는 기념품으로 받은 모포와 외투와 군복과 셔츠 따위를 싼 보따리를 연대 앞의 도랑에 패대기쳤다.

이야기가 일단락 지은 데서 하마다가 말했다.

"선생님은 참 고생을 많이 하셨군요."

그 말에 대답한 구와노의 이야기는 하마다에게 충격을 주었다.

조교수는 조금도 비아냥거리지 않은 순박한 어조로 이렇게 말한 것이다.

"하마다 씨는 선견지명이 있었던 거야. 그딴 곳에 안 간 것은."

"예, 예. 뭐."

하마다는 애매하게 받아넘기면서 생각했다. 그러니까 이 프랑스어 교수는 나에게 경의를 표하기 위하여, 친근감을 나타내기 위하여 군 생활의 체험담을 늘어놓았단 말인가. 구와노의 선량함과 둔함에 기가 찼다. 내가 몹시 거북해할 거라고는 미처 상상도 하지 못했으리라. 게다가 내가 지금 이렇게 불편해하는 것을 아직도 모르고 있다! 프랑스라는 나라의 성격으로 보아, 신경이 섬세할 거라고 생각하는 프랑스어 선생조차 이런 꼬락서니라니. 하마다는 영어나 독일어 교원들은 두려울 만큼 둔감할 게 틀림없다고 추측했다. 그리고 하마다는 무심코 덧붙였다.

"어쩌다 보니 그리되어서요."

"음, 어쩌다 보니"라고 조교수는 대꾸했다.

하마다는 어떻게든 화제를 바꾸고 싶었다. 그때 자신과 구와노 사이에 프랑스어 책과 일본어 책이 한 권씩 껴 있는 것이 눈에 들어왔다. 하마다는 일본어 쪽을 손가락으로 가리키며 물었다.

"선생님, 이게 뭡니까?"

구와노가 빨간 클로스 표지의 얇은 책을 들어서 건넸다. 대학 도서관에서 대출한 《신정 슌제이 쿄노죠노 가집新訂俊成卿女家集》이다.

"아니 이런 책을 읽으십니까?"

"서양이 싫어진 건 아니지만, 요즘 신문이나 잡지의 일본어가 너무 형편없잖아. 입가심으로 읽는 거지. 인스턴트 라면을 먹고 난 후에 옥로를 마시는 기분이라고나 할까."

조교수는 또 피스를 권했고, 하마다와 자신의 담배에 라이터 불을 가까이 대고 나서 중얼거렸다.

"그리고 이런 시를 좋아하지."

"싫어하시는 것은?"

"《만요슈萬葉集》[42]. 전쟁 때 하도 유행해서 그런지 모르겠지만. 아즈마우타(東歌)도 《고킨슈古今集》[43]의 아즈마우타를 좋아하지."

"이건 가마쿠라 시대입니까?"

"응, 신고킨(新古今)시대. 후지와라노 슌제[44]의 수양딸. 일명 '고시베노 젠니'라고도 하는데, 12세기에서 13세기에 걸친 가인이지."

보들레르 학자는 마치 문학 사전의 항목을 읽는 듯이 대답했다.

하마다는 페이지를 넘겨서 눈에 들어온 한 수를 소리 내어 읽어보았다.

나그넷길에 그대와 맺은 인연
조릿대 베개 삼아 여윈잠 자듯

---

42 8세기 말경에 완성된 것으로 추정되는 일본에서 가장 오래된 가집
43 다이고 천황의 명으로 10세기 초두에 편찬된 일본 최초의 칙선가집
44 藤原俊成(1114~1204), 헤이안 말기의 가인

덧없는 하룻밤의 꿈이었으리

"지금으로 말하자면, 양재학교 선생이 유럽 구경을 가서 로마 호텔에서 읊은 노래지" 하고 구와노가 옆에서 들여다보며 말했다.

"조릿대 베개란 게 뭡니까?"

"나도 잘은 모르지만 풀 베개 같은 거겠지. 객지 잠. 잔다고는 하지만 여기서는 여행지에서의 일시적인 사랑, 그러니까 말주변이 좋은 이탈리아 남자와의 하룻밤 풋사랑이 아니겠어. 만요 시대라면 실제로 조릿대가 밀생한 곳에 머리를 두고 잤을지도 모르지. 하지만 조릿대 같은 걸 베고 자면 따끔거려서 아팠을 거야."

조교수의 수다 사이로 하마다가 끼어들었다.

"서걱거리는 소리가 불안한 느낌이겠지요. 참을 수 없는, 불안한 여행……."

조교수가 갑자기 말을 멈추고 긴장된 표정으로 하마다의 얼굴을 응시했다. 조릿대 소리에서 불안한 여행을 연상한 것은 하마다의 전쟁 때 체험(징병 기피자의 체험)이 담겨 있다고 받아들인 것이다. 그 시선을 느낀 하마다는 깜빡하고 거북한 말을 하고 말았다고 후회했다. 여기서 다시 전쟁 이야기로 빠지는 것은 피하고 싶었기 때문이다. 구와노는 내내 하마다를 쳐다보고 있었다. 하마다는 그 시선을 받고 있다. 조릿대 베개. 이 글을 본 순간, 무언가 가슴속에 떠오른 것이 있었다. 아니, 칠석날에 사용하는 조릿대가 아니라.

와카야마는 군대가 많은 도시라서 모래 화가 스기우라의 마음을 언제나 압박했다. 얼마 전이었다면 절대 소집될 리 없을 정도로 비쩍 마르고 왜소한 남자들이 스기우라가 묵고 있는 여관에서 나와 힘없는 발걸음으로 연대로 향했다. 이제 한동안은 피우지 못할 거라 생각하는지 담배만은 열심히 피워대며 걸어가는 모습을 본 날 아침에는 충격을 받았다. 외투나 비옷을 걸치고 제각기 보따리를 들고 있는 이 남자들은 이제 곧 군인이 된다. 하지만 저 보따리 속에 군용품이 들어 있으리라고는 도저히 믿기지 않을 만큼 그들의 체격은 한결같이 빈약하기만 했다. 면회를 가는 것이리라. 피곤한 기색이 역력한 늙은이와 아낙네들이 찬합을 싼 각진 보따리를 들고 남해전차역에서 연대로 향하는 모습도 스기우라를 음울하게 만들었다. 하지만 스기우라는 지금 일본의 조금 큰 도시에는 어딜 가도 군대가 있다고 스스로를 달래면서 1942년 12월 중순부터 지금까지 한 달 가까이를 이 와카야마에 머물고 있었다. 우연히 발견한 변두리 여관도 마음에 들었고, 두 평도 채 안 되는 좁은 방도 바람 부는 날에 바람 소리가 신경 쓰이는 것만 빼면 제법 지낼 만했다. 게다가 8월에 홋카이도를 떠나온 뒤로 여태껏 차츰차츰 남쪽으로 내려온 범위에서 보면 와카야마와 그 부근은 비교적 벌이가 좋은 편이었다. 1일, 2일의 신정 연휴도 사람들로 북적댔고 9일, 10일의 에비스 행사[45]에서도 제법 짭짤하여 황급히

---

45 칠복신의 하나인 상업 번창의 신 에비스에게 매년 정월 9일, 10일에 제를 올리는 행사

도쿄에 거창하게 주문을 하고 박스 공장에 가서 파지를 얻어왔을 정도다. 이대로만 간다면 구정과 음력 1월 9일, 10일 나고소의 에비스 장날, 15일의 산토의 우즈에 축제 때까지 눌러 있을까, 하고 이나바의 「엔니치 안내」 책자를 보며 생각하기도 했다.

그러나 이날은 완전히 허탕을 쳤다. 소학교 근처 고샅길에 판을 깔았는데, 날씨는 좋았지만 추운 탓인지 아이들이 그리 몰려들지 않았다. 그래도 11시 반쯤에는 두세 명의 아이들이 앞에서 보고 있었지만 12시가 지나자 한 명도 남지 않았다. 여느 때 같으면 하굣길에 저학년들이 많이 모여들어 왁자지껄 떠들 시간이고, 아이들이 구레나룻을 만지게 해달라거나 아저씨의 수염을 하나 뽑아서 덤으로 끼워달라고 할 시간인데 말이다. 목이 좋지 않나, 아니면 감기라도 유행하고 있나 생각하면서 스기우라는 모래 그림(여전히 두루미, 미호노 마쓰바라, 매화나무에 앉은 휘파람새)을 그리고 있었다. 모래 그림을 시작한 지 벌써 일 년도 넘었기 때문에 스스로도 잘 그린다 싶었고, 요즘은 장미나 아키노 미야지마[46] 같은 새로운 도안도 몇 가지 고안해서 그릴 수 있게 되었다. 하지만 스기우라가 일껏 고안한 그림보다도 이나바 영감에게 배운 것이 그리는 데 수월했고, 안타깝게도 아이들의 평판도 더 좋은 것 같았다.

두루미의 몸통을 풀 붓으로 다 그렸을 무렵, 말굽 소리가 가까워졌다. 그러나 스기우라는 개의치 않고 풀을 바른 부분에 하얀

---

46 安岐の宮島, 히로시마현에 있는 일본 3대 경승지 중의 하나

모래를 뿌리고 손가락으로 종이 끝을 퉁겨서 여분의 모래를 작은 종이상자 속에 털어 넣고(그때야 비로소) 바로 곁에서 거친 콧김을 내뿜는 것을 수상쩍게 생각했다. 모래 화가 혹은 징병 기피자는 얼굴을 들고 우선 먼지로 뒤덮인 튼튼한 갈색 말을, 다음으로 말을 타고 있는 노란 옷의 남자를, 그리고 마지막으로 남자의 왼팔에 채워진 하얀 바탕에 빨간 글자가 쓰인 완장을 보았다. 빨간 글자는 읽을 수가 없었다. 하지만 뭐라고 쓰여 있는지는 뻔하다. 헌병. 헌병이 말 위에서 빤히 내려다보고 있다. 황궁 앞의 구스노키 마사시게[47]가 무의식중에 떠오른 것일까. 마치 그 동상 바로 밑에 있는 듯한 느낌이다.

　스기우라는 땅바닥에 깔아놓은 작은 판자 위의 얇은 방석에 책상다리를 하고 앉아서 말의 배와 목이 굵은 헌병을 올려다보다가 젊은 헌병과 눈이 마주치자 거의 반사적으로 고개를 숙였다. 말발굽이 자갈을 둔탁하게 울린다. 스기우라가 너무 빨리 얼굴을 숙인 걸까? 모래 화가는 조금 전과 다름없이 종이를 앞으로 세워둔 채 오른손에 풀 붓을 들고 크림병 속의 풀물에 붓끝을 적신 다음, 반투명한 액체로 부풀어 오른 붓끝을 하얀 병 테두리에 훑고 학 머리 부분에 주황색 점을 찍으려고 했지만, 오른손도 왼손도 줄곧 떨리기만 했다. 스기우라는 양어깨를 굳힌 채 숨을 크게 내쉬었다. 그러자 헌병이 말했다.

47　楠木正成. 일본 남북조시대의 무장으로 천황에 대한 충성심을 상징하는 인물

"왜 그래? 모래 화가 양반. 왜 떨고 있는 거야?"

스기우라는 얼굴을 들지 않은 채 대답했다. 아무런 준비도 하지 않았던 거짓말이 술술 튀어나오는 것을 희한하게 생각하면서.

"말을 정말 싫어하거든요. 어릴 적부터."

"수염도 기른 어른이 그래서야. 병장 정도로는 보이는군."

헌병은 웃고 나서 "계속 그려"라고 했다.

스기우라는 잠자코 끄덕였다. 이번엔 떨지 않고 학을 완성시킬 수 있었다. 하지만 스기우라가 그림을 옆에 내려놓아도 헌병은 돌아가려 하지 않았다. 스기우라는 새 종이를 손에 들고 붓을 쥐면서 이번에도 얼굴을 들지 않고 말했다.

"군인 나리, 말이 오줌 안 싸겠죠?"

"괜찮아."

"오줌을 갈겨서 망치면 변상해주실 겁니까?"

"쓸데없는 걱정하지 마"라고 말한 헌병의 목소리는 확실히 불쾌한 듯 했다.

스기우라는 아키노 미야지마의 도리이(鳥居)를 그리기 시작했다.

"어디, 그럼 가볼까."

헌병은 사라졌다. 모래 화가는 주황색 모래를 뿌리려다 말고 와카야마 거리의 한낮의 소란 속으로 멀어져 가는 말굽 소리를 살폈다. 반투명으로 젖은 도리이의 형태가 마르다가 이내 사라진다.

그뿐이었다면 그날 밤 그리 괴로워하지 않았을지도 모른다. 하지만 그날 또 다른 사건이 일어났다. 묘하게도 헌병이 사라진 뒤로 아이들이 많이 몰려왔고 끊이질 않았다. 상급생들이 모래 그림을 더 신기해하는 소학교는 특이하다고 생각하면서 스기우라는 계속 그림을 그리며 전에 없는 너스레를 떨었다. 그러나 대개는 "옜다"라고만 하며 모래 그림 세트를 건네고 돈을 받았다. 오후도 상당히 늦어지고 나서야 마침내 아이들이 돌아갔다. 상급생들 때문에 여태껏 사지 못하고 있던 작은 남자아이가 한 명 남아 있을 뿐. 스기우라는 콧물을 훔쳐 대서 소맷부리가 하얗게 빛나는 갈색 옷의 아이를 위해 미호노 마쓰바라를 그리고 있었는데, 뾰족한 검은 마스크를 쓴 한 남자가 지나가다가 들여다보더니 움직이질 않았다. 키가 큰 남자는 스기우라의 얼굴을 여러 각도로 살펴보더니 말을 걸고 싶어 했다. 뭘까. 왜 그러는 걸까. 모래 화가는 의아했다. 그것에 정신이 산란해져서 후지산 그림이 영 좋지 않았다. 아이에게 그것을 건네려고 했을 때 남자가 뭐라고 말을 했지만, 마스크 때문에 신음 소리처럼 들렸다.

"……?"

행인은 마스크의 한쪽 끈을 내리고(저 얼굴은 어디서 본 기억이 있다) 콜록거리며 말했다.

"하마다 아냐? 하마다 쇼키지……."

하마다는 지금 자기 이름을 들었다는 표정을 지었을까? 행인의 목소리는 얼굴보다 더 빠르게 중학교 시절의 기억을 되살려냈다. 결핵일까. 지독하게 여위고 말랐지만 분명 일 년 선배인 이와모토였다. 하급생을 패는 걸로 유명했던(하마다도 두세 번 맞은 적이 있다) 불량한 거구가 팔 년 후 지금, 소심해 보이는 꺽다리로 변하여 눈앞에서 반가운 듯 말을 걸고 있었다.

"하마다지? 하마다 쇼키치……. 나야, 이와모토. 봐봐……."

이와모토는 그들의 중학교 이름을 대며 모래 화가의 기억을 되살리려고 했다. 벗겨진 검은 마스크는 한쪽 귀에 매달려 혈색이 나쁜 뺨을 쓸면서 이와모토가 말을 할 때마다 줄곧 흔들렸다.

얼굴이 아니라 목소리로 이와모토를 떠올린 것이 작용했을 것이다. 게다가 마스크에 가려진 신음 소리도 암시를 주었을지 모른다. 모래 화가는 이 꺽다리에게 말로 대답하는 것을 피하려다가 엉겁결에 벙어리 흉내를 내며 나지막이 신음했다. 구레나룻의 사내는 쿵쿵거리고 심하게 손사래를 치면서 아니라고 표현했다. 모래 그림 아저씨가 갑자기 미쳤다고 놀라는 작은 남자아이를 곁눈으로 흘깃 보면서. 이와모토는 고개를 갸웃거리더니 마스크를 쓰고 저만큼 걸어가다가 또다시 뒤돌아보았다. 그리곤 더 이상 돌아보지 않았다. 스기우라는 남자아이에게 모래 그림 세트를 팔고 일찍 판을 접었다.

저녁 무렵에도 모래 화가는 대수롭지 않게 여기고 있었다. 연료 부족으로 여관의 목욕탕이 문을 닫아서 공중목욕탕에 갔다. 새로 받아놓은 물이라 깨끗했고 온도도 딱 알맞아서 기분 좋게 오랫동안 탕 속에 몸을 담갔다. 그러고 나서 머리와 수염을 감았다. 스기우라는 탕 속에 한참을 느긋하게 몸을 담그고 헌병과 이와모토를 멋지게 속인 재치 있는 자신의 행동을 떠올리며 회심의 미소를 지었다.

　불안이 엄습해 온 것은 밤에 얇은 이불을 뒤집어쓰고 난 뒤였다. 공중목욕탕에 가서 많은 사람들에게 몸을 보인 것이 잘한 일인지 약간 우스꽝스러운 의혹이 솟구쳤다. 이 와카야마로 온 뒤에도 몇 번이나 공중목욕탕에 갔었는데 말이다. 하지만 그 의혹을 우습게 여기던 마음이 차츰 사라져갔다. 구레나룻이 얼굴을 위장하듯이 옷은 몸을 위장한다. 덮어쓰는 것이 있어도 꿰뚫어보는데 알몸으로는(만약 누군가 하마다 쇼키치를 아는 사람이 이 와카야마에 있다면) 잠시도 버틸 수 없다고 겁을 먹은 것이다. 스기우라는 어둠 속에서 자기 나체의 특징을 열거하는 일에 열중했고(맹장 수술 자국, 왼쪽 가슴의 점, 그리고……?), 공중목욕탕에서 본 남자들의 얼굴을 하나하나 떠올리며 도쿄의 아는 사람이 아닌지를 확인하려고 했다. 그 생각에 지쳤을 때 스기우라는 스스로를 비웃었고, 잠들기 위해 숫자라도 헤아려볼까 생각했다. 하지만 이와모토와 헌병이 아는 사이일 수도 있지 않을까? 절대로 있을 수 없는 일일까? 이렇게 좁은 마을인데, 하는 생각이 갑자기 들어 스기우라를 괴롭히기 시작했다. 이와모토가 가자마자 판을 접어버린 것은 위험한 짓이 아니었을까? 그 껑다리가 다시 되돌아와서(있을 수 있는 일이다) 모래 화가가 사라진 것을 보고 무언가(역시 하마다였다는 증거)를 찾아내지는 않았을까? 스기우라는 이런저런 공상에 빠져서 심지어는 헌병이 이와모토로 변장할 가능성까지 생각해 보았다. 왜 저녁때 바로 와카야마를 떠나려고 하지 않았을까. 스기우라는 자신의 아둔함을 수치스러워했고 후회했다. 하지만 그런 말을 한들 주식배급통장은 어떡할 거냐고 반론하는 또 하나의 스기우라가 있었다. 도쿄에 주문해 둔 물건은 다음 행선지로 운송해 달라고 역에 부탁하면 될 테지만. 아니, 만약 정말 의심을 받고 있다면 스기우라는 그 물건을 찾으러 간 곳에서 붙잡힐 것이다. 이를테면 오카야마역이나 구마모토역에서. 스기우라는 기차역 화장실 뒤로 풍기는 지린내 속을 짐승처럼 내달린 끝에 궁지에 몰리다 둘러싸여 땅바닥에 두껍게 쏟아져 있는 석탄가루 위로 넘어질 것이다. 이를테면 우스키역에서, 이를테면……. 지금 헌병대는 이와모토의 밀고로 행동을 개시하여 여관을 한 집 한 집 이 잡듯 뒤지고 있는 건 아닐까? 적어도 그 목이 두꺼운 헌병 혼자서라도. 그들 두 사람이 모래 화가에 대한 이야기를 나눈다면 스기우라의 벙어리 행세는 금세 둔갑의 껍질이 벗겨질 테니까. 스기우라는 공상이 비약되는 것을(하지만 이것은 공상일까? 비약일까? 오히려 당연한 추론이 아닐까?) 열심히 억누르려 했고 자신의 부질없는 걱정을 비웃으려 했다. 그래, 웃자. 웃고 나서 자자. 스기우라는 소리를 내어 웃었다. 하지만 그 웃음 뒤로 스기우라는 말굽 소리를 들으려고 귀를 쫑긋 세우고 있는 자신을 깨달았다. 밤이 깊어진 뒤 강해진 바람은 뒷산의 조릿대를 사정없이 흔들어 댔고, 마르고 뻣뻣한 슬픈 조릿대의 웅성거림은 현실의 혹은 환상의 말굽 소리를 두껍게 덮어서 가리고 있었다.

구와노 조교수는 눈길을 돌려 피스를 입에 물고(이젠 하마다에게는 권하지 않고) 불을 붙였지만, 역시 이쪽은 보지 않은 채로 서 있었다. 그것은 뜻하지 않게 하마다의 과거를 들쑤셔서 곤혹스러워하는 태도로 느껴졌다. 하마다는 조금 전 구와노의 둔감함과 지금의 섬세함이 대조를 이룰 만큼 정반대임에 놀라며 이 사람 신경은 어떻게 되어 있는지 의아했다. 머지않아 서무과장이 될 하마다는 여전히 방향을 바꾸지 않는 조교수의 옆얼굴에 대고 말했다.

"선생님, 저, 서무과로 들어가 봐야 해서요."

"이런, 내 정신 좀 보게. 미안하게 됐네."

구와노는 까만 얼굴을 붉히며 사과했다.

"괜찮습니다, 토요일이니까요. 매우 즐거웠습니다. 이런저런 말씀을 많이 해주셔서."

"그런가?"

구와노는 묘하게 안절부절못하는 눈치로 말했다. 불편한 구와노의 마음을 헤아리기 위해 하마다는 적당한 화제를 찾았다.

"전에는 이 길에 주차 안 하셨죠?"

구와노는 기쁜 듯 경박한 말투로 되돌아와서 여느 때와 같은 큰 소리로 말했다.

"학교 안에 주차를 하면 신사 앞을 지날 때 결례를……, 군대 용어라네. 이렇게 하면…… 결례를 범해도 괜찮을 성싶어서 르노를 구입했지. 하지만 이건 역시 비겁한 짓이라고 자아비판도 하거든. 바쁜 세대야, 우리 세대는. 군대 용어가 사라지니 그 다음엔 공산당 용이니까. 이번 주부터 여기에 차를 세우고 신사는 그냥 지나치기로 했어. 하마다 씨는 절을 하시나?"

"합니다."

"그 수많은 신들을 믿어?"

"일본인은 모두 그렇겠지요."

하마다는 사쿠라이 노교수의 흉내를 내며 짐짓 시치미를 떼는 어조로 말했다.

"훌륭해" 하며 칭찬하고 나서 조교수는 소리 내어 웃더니 "난 결례하고 지나간다네. 교원은 신분이 보장되니까, 교수회 찬성 없이는 못 자르지."

"참 부럽습니다. 교수님들."

"직원 조합을 하나 만들게나."

그 충고에 하마다는 그만 엉겁결에 대답했고, 그것이 실언이라는 것을 깨닫지 못했다.

"조합이 만들어진다 해도 전 안 됩니다. 직책이 있어서요."

하마다는 자동차에서 내려 정문으로 들어가 신사에 절을 했다. 그리고 하마다는 고개를 들고 아까 조교수의 둔감함과 민감함의 대비는 실제 인생에는 무관심하면서도, 교과서를 해석하는 방식으로 인생을 탐구하는 일에는 예리하다는 말이 된다며 묘한 종족도 다 있다고 쓴웃음을 지으며 생각했다.

현관으로 다가가자 마침 호리카와 이사가 검은색 벤틀리를 타려는 참이었다. 이사는 하마다를 보더니 보통 때는 그럴 사람이 아닌데 전에 없이 한쪽 손을 들고 말을 걸었다.

"어떻게 지내는가? 부인은 건강하고?"

"예, 덕분에."

"그거참 다행이군."

이사는 자동차를 탔고, 하마다는 학장실 비서와 함께 이사를 배웅하면서 호리카와 이사가 이런 식으로 말을 걸어준 걸 보면 역시 그 소문은 틀림없다며 드디어 확신을 잡았다.

그러나 이상하게도 2주가 지나도 3주가 지나도 하마다의 발령 소식은 들리지 않았다. 하마다는 의아해하며 마사코에게 물어볼까도 생각했지만, 어쩐지 야비하다 싶어서 자제했다. 내일이나 아마 모레쯤에는 소식이 있을 거라 기대하고 지냈지만, 서무과의 창문으로 보이는 석류나무에 인주처럼 붉은 꽃이 피고, 올여름엔 꼭 어디라도 좀 데려가 달라고 요코가 졸라댈 무렵이 되어도 여전히 아무런 소식도 없었다. 하마다는 소문을 곧이곧대로 믿은 자신의 우둔함을 비웃다가 이내 그런 소문이 있었던 것도 잊어갔다.

4

 건방지게 말이야. 여편네가 주제도 모르고 뭐라고 지껄이는 거야. 네가 그딴 식으로 남편을 거절해도 되는 거야? 그러고도 마누라냐고. 그날은 속이 부드러워서 더 짜릿하다고 했어. 나야 아직 경험은 없지만, 그 엉터리 잡지사 남자. 이름이 뭐였더라, 생각이 안 나는군. 어쨌든 그 자식이 그렇게 말했다니까. 하긴 그 자식이 하는 말은 기사 내용하고 똑같아서, 특히 야한 얘기로 넘어가면 안 믿는 게 상책이지만 말이야. 쳇, 모처럼 남편이 얼큰하게 취해서 돌아왔다는데.

 이게 뭐야. 두 잔도 안 되잖아. 찬술도 좋구나. 데운 술도 좋지만. 너무 쭉 들이키지 마. 빨리 없어지잖아. 천천히 천천히 음미하면서 품위 있게 마시자고. 주도라는 건 중요한 거야. 하지만 자작하는 건 바빠. 어이 니시. 너무 바쁘시군. 왠지 묘하게 어감 한번 좋구만.

근데, 그 소문 사실일까. 그 새끼가 서무과장이라니. 과장이 어디서 주워들었는지 눈이 휘둥그레져서 얘길 해주는데, 깜짝 놀란 척을 하려니까 환장하겠더라고. 난 진작부터 알고 있었거든. 나야 천성이 정직한 인간이라 그리 쉽진 않았지만, 이래 봬도 연기력은 뛰어나니까. 영화는 좀 무리더라도, 텔레비전에 출연하는 거라면.

"7월부터 토요일 밤 10시 30분에 방영되는 JTV의 〈세 명의 장의사〉에 구수한 얼굴의 탤런트가 등장한다. 니시 마사오라는 인물로, 본업은 도내 모 대학의 서무과 과장대우. 올봄, 장녀의 부정입학을 교섭하러 나온 방송국 디렉터의 눈에 들어 스카우트된 자. 방송국에서는 요즘 10대들 취향에 딱 맞는 중년 남자라고 홍보하고 있다. 니시 마사오 씨는 '제대로 실력 발휘 해보라고 총장님도 격려해 주셨습니다. 깜짝 놀라는 연기라면 자신 있습니다'라고 말했다."

근데 소사 놈들은 정말 귀도 밝아. 교환수가 빠른 건 당연하지만. 쳇, 그 자식이 서무과장이라니 웃기지도 않아. 과장은 자기가 후생과장이 되는 건 아무리 생각해도 말이 안 된다는 둥, 자네가 후생과 과상대우가 되는 것보다 더 기가 막힌 일이라는 둥, 자꾸 불평을 해댔지만 뭐야 그게. 내가 훨씬 억울하지. 오만 배나 십만 배나 더 기막힌 일이라고. 그 과장 새끼, 그따위로 해왔어도 여태껏 잘도 버텼지. 능력이라고는 술 마시고 노래하는 거밖에 없잖아.

아아…… 서무과의 과장이란 작자는

마누라에 자식이 셋

자식이 셋이나 있으니

오늘도 내일도 공술만 찾네

보다 못한 호리카와 이사

어느 날 과장에게

나는야 이사라서 인심은 후하지만

돋보기 두 개는 폼으로 달고 다니는 게 아니라네

스물다섯, 서른의 몸도 아닐 터인즉

손자에게 성교육이나 시킬 나이니

이제 제발 그만두게

공술 찾아 삼만 리는

    그래도 그렇지. 내가 서무과장이 되는 거라면, 그건 말이 되지. 근데 그 자식이 나를 제치고 과장 자리에 앉는다는 건, 그건 좀 이상하지 않냐고요. 거, 한번 물어보고 싶구만. 그 이유가 뭔지. 근본적으로 철저하게 따져보고 싶다 이거야. 말이야 바른 말이지, 내가 선임 아니냐고. 대학에서 근무한 것도 말이야, 내가 먼저가 아니냐 이거야. 나이는 그 자식이 한 살 많지만. 게다가 난 이 대학 졸업생이라고. 졸업생 우선……. 하마다 그 자식이 그렇게도 말이야, 나의 반대를 무릅쓰고도 과장이 되고 싶다면 그 자식 모교로 가면 될 거 아니냐고.

흥, 하지만 그 자식은 그게 안 되지. 왜냐고? 두말하면 잔소리지. 그 자식은 징병 기피자니까. 징병 기피에서 복원(이렇게 말하면 완전 이상한가?), 뭐 어쨌든 복원하더니 호리카와 영감탱이한테 꼬리를 쳐서 구제받았다 이거지. 근본적으로 본교 건학 정신하고는 하등의 관계도 없는 새끼야. 본교의 사명은 국체를 강구하야……잖아. 법학부나 경제학부 빨갱이 교원들 말로는 그 국체가 문제라지. 그 말은 신헌법에서는 일본의 국체가 싹 변했다는 거지. 그게 뭐냐고. 그딴 말은 공론이지. 중요한 건 현실이야. 난 현실주의자라 이거야. 저따위 공산주의자하고는 다르다고.

술병을 짜도 털어도 술이 안 나오는군. 더럽게 추접스럽구만. 할 수 없지. 어디 보자……. 그렇지, 분명 위스키가 어디 있을 텐데. 산토리 위스키. 작은 병이라 좀 아쉽지만. 빌어먹을, 그것도 절반밖에 없잖아.

그 자식은 애초부터 재수가 없었어. 내가 슬쩍 찔러보고 미련 없이 깨끗하게 포기한 아오치 마사코하고 붙어먹고 말이야. 옛날에는 염문깨나 뿌리고 다녔던 주제에. 너무 끈덕져. 뭐야, 그 태도는. 직원끼리는 풍기단속이 있어야 되는 거 아냐. 뭐, 가끔 극장 같은 곳에 데려가는 건 괜찮지만.

근데 그 자식, 한숨이 나올 정도로 참 기가 막힌 짓거리를 했지. 징병 기피라니. 그야, 나도 하고 싶었어. 솔직한 심정으로 군대는 죽어도 가지 싫었지. 하지만 그럴 용기가 없었거든. 대체 하마다 그 새끼는 어떻게 살아남았던 걸까? 탄광에 기어들어 가서 조선인들하고 석탄이라도 캔 건가? 그러고 보니 그 자식은 아무래도 조선인한테 약한 데가 있어. 아니면 조선으로 건너갔나? 대만일 수도 있겠군. 그 시절엔 대만이 살 만했네, 밥걱정은 안 했네, 하고 지껄이는 놈들도 있으니까. 뭐 반만 믿는다고 쳐도…… 꽤나 좋았을 거야. 왕도낙토(王道樂土). 지금은 발가벗은 계집들, 옛날에는 배 터지게 먹었을 흰쌀밥. 대만 요리라는 거, 역시 중화요리의 일종이겠지. 제기랄. 내가 남방에서 개구리랑 가재 잡아먹고 있을 때, 그 자식은 재미를 보고 있었다 이거지.

 국내였을까? 이곳저곳 여러 지방에 대해 무심코 얘기할 때가 있으니까. 커피숍에서 같이 텔레비전을 보고 있었을 때 마침 프로야구 선수의 인터뷰가 있었는데, 하마다 그놈이 잘 안다는 표정을 짓더니, 말투로 보아하니 저 선수는 아키타 출신인 것 같다고 씨부렁거렸던 적이 있었지. 그걸 어떻게 아냐고, 나 같은 놈이. 나한텐 다 똑같이 들리는데.

 이 몸은 선임 과장대우야. 그런 내가 징병 기피자한테 밀려서 순순히 물러설 줄 알고. 아무리 점잖은 나라도 말이야, 욱할 때는 확 끓어올라. 그게 인간성이라는 거야. 옥상에서 데이트하는 걸 보고도, 소사한테 그 얘기를 듣고도 열이 안 뻗치면 그건 아주 밸도 없는 사내지. 하마다 그 자식은 호리 영감이 챙겨줘서 젊고 예쁜 마누라도 얻은 거 아니냐고. 그래 놓고는 그 여자한테 또 손을 대려고 하면 못쓰지.

 등잔 밑이 어둡다는 말도 있으니까 의외로 국내가 좋을지도 몰

라. 도쿄에 숨어 있는 게 가장 좋다고도 볼 수 있지. 꼭 공산당 간부 같아서 조금은 멋지구만. 신주쿠의 아사히쵸라든가, 우에노의 산야라든가, 그런 슬럼가에 처박혀 있으면 제아무리 헌병 대장이라도 손쓸 도리가 없지. 그도 아니면, 어디 유명한 빌딩 한 켠을 빌리는 거야. 그런 빌딩은 빌리는 데 얼마나 드는지 나 같은 놈은 짐작도 못 하겠지만, 아무튼 그러는 거야. 그리고 부모 형제가 삼시 세 끼 밥을 날라다주는 거지. 이건 쉽게 들키겠구만. 헌병들은 가족을 감시하고 있을 테니까. 암, 그렇고말고.

여행을 하며 돌아다니는 것도 괜찮은 수법일 거야. 여기저기를 전전하면서 행방을 감춘다. 간신히 찾아낸 헌병이 권총을 손에 들고 은신처를 에워싼다. 하마다 쇼키치! 너는 포위되었다. 어서 나와! 주변 도로는 불을 밝힌 군인들로 빼곡하다. 헌병이 문을 발로 차고 뛰어든다. 사람이 빠져나간 이부자리. 도망친 건가. 헌병은 분해서 이를 갈고, 헌병 사령관은 이불에 손을 넣어본다. 음, 아직 따뜻하군. 헌병들은 창문으로 우르르 몰려간다. 보라! 괴도 하마다 쇼키치는 헌병의 목소리에도 아랑곳하지 않고 이 건물 저 건물을 뛰어넘으며 달아나는 것이었다!

쳇, 한참 신나는 부분에서 위스키가 떨어졌군. 다시 부엌으로 가서 찾아보자. 뭔가 마실 만한 게 없을까? 여편네가 자빠져 자니까 정말 불편하구만. 이런 식으로 나를 불편하게 만들어서 고마움을 느껴 봐라 이거지. 불편하게 하려고 일부러 묘한 곳에 물건을 둔다. 장소도 수시로 바꾼다. 여자의 지혜. 깨워서 물어보면 엄청 투덜거릴 테지. 무섭진 않아, 여편네 따위. 무섭지는 않지만 말이야, 난 여편네의 부어터진 얼굴을 보고 애정이 식는 게 싫어. 남편으로서. 음, 이건 안줏거리가 되겠군. 식은 된장국 좋지. 술은? 요리용 2급술. 이건 꽤 남아 있군. 두 잔 정도. 이걸로 일단 참아보자. 이만큼 취하면 2급술도 특급술도 알 게 뭐야. 하지만…… 미묘한 차이.

그 자식은 위스키만 처먹지. 무슨 까닭일까? 먹는 것에는 가끔 묘하게 정통한 것처럼 굴잖아. 오가와켄 스튜도 요즘은 맛이 있네 없네. 메밀국수가 어쩌고저쩌고. 뭐냐고. 학교 식당이든 토끼집이든 맛없어도 남기지 않고 다 처먹는 주제에. 아아! 이 된장국, 맛있네. 감자도 맛있고.

하지만 아무래도 말하는 꼬락서니로 봐서는, 옛날 학창 시절에 사치부린 걸 모아서 한꺼번에 해대는 말인 것 같아. 그래봤자 고작 학생 나부랭이의 식도락 아니냐고. 역시 어릴 때는 진짜 맛을 알 턱이 없지. 음식 맛도 여자 맛도. 그 자식, 의사 아들인가 뭔가라서 옛날에는 번드르르하게 잘 산 모양인데 말이야. 약 팔면 아홉 배나 남겨 먹는다는 말은 제약 회사와 의사들 얘기지, 약국에선 그렇지도 않은 모양이야. 하긴 그런 말을 해준 게 약국이니 믿을 얘기는 못 되지만. 애비가 죽어라 약 팔아서 등쳐먹고 번 돈을 아들놈이 징병 기피로 써 버렸다는 건가? 음, 이건 대발견이다. 그 새끼, 공출 안 한 보석 같은 걸 들고 나가서 그걸 팔아먹으며 돌아다녔을지도 몰라. 그렇다면 호화로운 여행이 가능하지. 그렇고말고. 역시 경제적 기반에서 생각해야 해. 근데 보석은 팔아먹기 힘들걸. 들고 다니기가 편한 대신에 일장일단이 있지. 돈을 엄청나게 들고 나왔을 거야. 적어도 만 엔 정도는. 그 정도도 없으면 불안해서 징병 기피 같은 건 도저히 엄두도 못 내지. 나라도 만 엔만 있었으면 저질렀을 텐데. 아무렴. 그러면서 여기저기 기생집을 드나들며 놀고 다녔을 거야. 거 참 좋네.

흥, 이렇게 기막힌 일이 또 있을까. 잘 들어. 난 저 남해의 절해고도에서 말이야, 처음에는 한 달에 한 번씩 정신대 계집이랑 했지만, 그러다가 죽어버리는 바람에 전혀 못 하게 됐지. 물론 조선 계집이 죽은 거지 내가 아니야. 나 같은 역전의 용사가 말이야, 하지도 못하고. 처음 한동안이야 했지. 어쨌든 상대가 조선인이었는데, 털이 없었어. 아니 왜 장교용은 털이 있냐고? 결과적으로 말하면 다 똑같다고 생각해, 나는. 근데 징병 기피를 한 놈은 그렇게 재미를 보고 있었다 이거지? 괘씸하지 않냐고. 정직한 놈이 손해를 본다는 건 이럴 때 하는 얘기야. 이놈의 세상에서 뻐기며 설쳐댈 수 있는 건 공군에 해군에 암거래꾼. 더 좋은 건 징병 기피자.

아아, 생각난다. 그 남쪽 나라 섬. 사쿠라 연대에서 중국 북방으로 끌려가서 을종간부가 됐지. 마침 내가 하사관일 때였는데, 남방으로 간다는 소문이 퍼졌어. 군대에서 도는 소문은 거짓말일 때도 있지만, 그래도 대개는 진짜니까. 음, 딱 대학교 소문하고 비슷해. 뭐, 똑같은 거지. 배가 마닐라에 잠시 들렀다가 도착한 곳은 몰루카스 군도의 올라프 섬이었어. 어떻게 잊어버릴 수가 있겠어. 그땐 1943년 12월이야. 처음 한동안은 무적부대 북지군[48]이 있으니까 그깟 미국 놈들 쯤이야, 하고 같잖게 생각했었지만 당해낼 수가 없었지. 그 꼬락서니로는 절대로 이길 수가 없었어. 하여튼 먹을 게 있어야 말이지. 그 상태로는 이기는 건 고사하고 싸우지도 못해. 거기선 미군의 휴대 식량이 넘쳐나더라. 그걸 훔쳐 먹는 거…… 그게 나의 전쟁이었어. 군대에 갔다기보다 도둑놈이 된 거나 다름없었어. 하기야 뭐, 그건 내무반에서도 마찬가지지만. 보급품 수를 맞춘다는 건, 그러니까 훔쳐 와서 채운다는 거지. 군대는 맨날 소지품이 갖춰져 있느냐 없느냐만 가지고 난리니 미칠 노릇이지.

미군이 상륙해서 쳐들어올 때까지도 정말 힘들었어. 쌀은 한 톨도 구경할 수가 없어서 바나나랑 산마가 주식이었으니까. 쌀을 절반만 담은 드럼통을 수송선이 싣고 와서 바다에 던져주지. 근데 그 둥둥 떠 있는 쌀 깡통이 말이야, 말처럼 쉽게 육지로 떠내려오질 않는 거야. 밤이 되면 우린 거기까지 헤엄쳐서 가져오려 했지만 어찌나 먼지. 게다가 상어도 싫어하잖아. 얼마나 많이 죽었다고. 상어와 싸워서 장렬하게 전사. 귀신도 울고 갈걸. 그렇게 연명하고 있는데 미군 놈의 새끼들, 둥둥 떠 있는 드럼통이 쌀인 걸 알아차리고는 기관총으로 핑핑핑 쏴대잖아. 울화통이 터졌지. 난 생

---

48 정식 명칭은 북지나 방면군(北支那方面軍)으로, 중국 북부 지역으로 파견된 일본군 (1937~1945)

각했어. 어떻게 이렇게까지 약자를 괴롭힐 수 있냐고. 그러다가 쌀 드럼통을 싣고 오는 배도 끊겼어. 마침내 미군 놈들이 상륙했지.

무서웠어. 지금도 생각난다니까. 정말 희한한 일이야. 지금 내가 이렇게 살아있는 게 정말 희한해. 그때 미군 놈들이 핑핑핑 쏘아대는 자동 소총에 안 맞아죽은 건 왜일까? 응? 운 좋은 남자. 토토토토 쏘아대는 기관총. 아니야, 좀 달라. 퐁퐁퐁퐁. 이것도 아냐. 다다다다다. 음, 이런 소리였나? 좀 다르긴 하지만 어쨌든 그런 총알에도 안 당했지. 그리고 지진 같은 폭탄. 데엥도 아니고 푸아앙도 아니고, 꽈앙. 옳지, 이거야. 이게 제일 가깝군. 두두두 꽈앙 고고고고. 일본 전국의 절에 있는 범종을 다 한군데에 모아놓고 쳐대는 것처럼.

"가는 해를 보내고 오는 해의 다복을 염원하며 은은하고 꽝꽝하게 울려 깔리는 원자 폭탄은 백팔번뇌를 떨쳐내듯 은근하고 묵직하고 스산하게 천지를 뒤흔듭니다. 돌이켜보면 일도 많고 꿈도 많았던, 참으로 다사다난한 한 해였습니다. 때는 바뀌고 날은 흘러 한 주는 떠나가고 한 달은 뛰어가고 그 한 해와 허무하게 이별을 고하는 지금, 사람들은 저마다 처한 상황도 다양하고 생각 또한 여러모로 다르겠지요. 이곳 몰루카스 군도의 올라프섬에서는 잇따라 몰려드는 선남선녀 토착민들이 스산하게 쏟아지다가 차츰 거세지는 검은 비의 하얀 빗발에 검은 피부를 적시고 있습니다. 피우 푸우 꽈아앙 가가가가……."

그 지진 같은 폭탄으로 참호가 무너져 내려서 분대원들이 모조리 생매장되어 죽었을 때, 난 상병과 함께 포복 전진하여 능선 부근에 가 있었어. 화염 방사기를 부수러. 그것도 얼마나 무서웠다고. 수류탄이 적중을 해야 말이지. 그래도 그 화염 방사기 덕분에 난 지금 이렇게 살아있는 거야.

화염 방사기를 폭파시키고 가슴을 쓸어내리고 있을 때, 상병이 기관총에 맞아 어이없이 죽었지. 나도 맞은 줄 알고 쓰러졌어. 충격이 엄청났거든.

정신을 차리고 보니 왼쪽 손목에 긁힌 상처만 하나 있더라고. 그래도 똥오줌 다 지리고 쓰러졌어. 얼마나 무서웠으면 그랬겠어. 나중에 살펴보니 철모에 탄환 흔적 하나가 선명하게 남아있었지. 아마도.

또 떨어졌네. 거참 환장하겠구만. 이런 대목에서 술이 떨어지다니. 보급받으러 갈까.

"신고합니다. 하사 니시는 부하 네 명을 인솔하여 부엌 앞으로 출발! 술병 징발을 실시하겠습니다."

"좋다. 정신 바짝 차리고 무사히 돌아오도록."

또 있을까? 이 부근에는 없네, 없어. 어, 이건? 요리용 셰리주잖아. 그래도 뭐, 셰리주도 당당한 술 아니냐고. 아니나 다를까 달짝지근하구만.

야자즙은 사이다처럼 깔끔하고 맛있었지. 진과 야자즙으로 칵테일을 만들 수 있을 거야. 음, 이건 괜찮은 아이디어군. 근데 칵테일이라는 건 이름이 문제야. 아무래도 멋진 이름이 떠오르지 않는

군. 야자열매는 나무 위에 올라가 때려서 떨어뜨리는 게 보통 일이 아니야. 고소공포증이 있는 놈들은 불가능하지. 생각해보니, 군인이라는 건 이래저래 더럽게 한심한 짓을 할 수 있어야 하는 직업이지. 우선 보급품을 맞추기 위한 도둑질과 반장의 비위를 맞추기 위한 빨래 당번. 하지만 빨래 같은 건 안 해도 돼. 피복 창고에서 새것을 몰래 훔쳐 와서 반장한테 매일 상납하면 되거든. 난 도저히 그렇게까지는 못 훔쳤어. 그리고…… 에이, 내무반 얘기는 복잡하니까 야전으로 넘어갈까. 야전에서 중요한 건 참호를 파는 일이니까, 여기서 일단 막노동. 파기도 어렵지만, 삼태기를 짊어지는 건 더 큰일이지. 허리를 쭉 펴서 자세를 잘 잡지 않으면 짊어질 수가 없어. 그리고 도살업. 이건 중요해. 놀고 있는 소를 모처럼 발견하여 총으로 쏴 잡아도 껍질을 못 벗기는 초보는 곤란하지. 거봐, 언젠가 원숭이를 발견했을 때도 그랬잖아.

"옛날 옛적에 마사오가 산속을 걷고 있었습니다. 마사오를 노리고 나쁜 놈이 비행기로 쫓아왔습니다. 마사오가 강가의 덤불 속에 숨어 있으니, 나쁜 놈이 폭탄을 떨어뜨렸습니다. 그러나 마사오는 맞지 않았습니다. 그 덤불 속에서 한참을 가만히 웅크리고 있었는데 방금 죽은 큰 원숭이가 둥실둥실 강을 떠내려 왔습니다."

그것도 참 맛있었어. 혀가 녹아내릴 정도였지. 몇 달 만에 구경한 고기였을까? 도쿄에서 원숭이 요리점 같은 걸 차리면 잘되지 않을까?

"어머, 이런 근사한 음식점을 어떻게 알았어요?" 하고 감동하는 여자. 여자를 감동시키는 것도 플레이보이의 소양 중 하나지. 그런 의미에서 긴자에 식당을 차리는 건 어때? 이곳은 일본 유일의 원숭이요리 전문점. 숯불구이 원숭이 스테이크도 좋지만, 특별히 추천하고 싶은 요리는 원숭이 뇌를 듬뿍 집어넣은 포타주. 맛이 정말 진합니다요.

음, 그렇지. 진을 베이스로 하고 차가운 야자즙을 넣어서 가볍게 셰이크를 한 칵테일의 이름. '안녕 전우여'. 요즘 애들한테는 필이 팍 오지 않나? 어쨌든 내 경우는 그랬어. 소대는 전멸했고 다른 소대는 너무 멀리 떨어져 있었지. 별수 있나, 소대장의 군도를 유족에게 건네줄 생각에 그걸 지팡이 삼으며 걸어갔지. 바지가 끈적거려서 기분이 나빴어, 때때로. 음, 때때로. 그거 말고는 대수롭지 않은 일에 신경 쓸 겨를이 없었지. 그러다가 어찌나 목이 마르던지. 맞아, 내 물통에는 물이 없었어. 총알이 뚫고 지나가서 물이 전부 쏟아졌거든. 그러다 야자수를 발견했어. 올라가서 두 개만 떨어뜨렸지. 그 이상은 몸에 힘이 없어서 도저히 딸 수 없었거든. 맛이 기가 막히더라고, 그 야자즙. 난 그때 그 녀석들에게 저세상 가는 길에 목이라도 축이게끔 해주고 싶다고 생각했어. 안녕. 안녕. 전우여.

"니시 마사오: 몰루카스 군도 올라프섬의 전투에서 구사일생으로 목숨을 건진 사람입니다. 그 섬에서 전몰한 제109연대 제3대대 제1중대 제2소대 제2분대 용사들의 망령을 만나 당시 이야기를 나누고 싶습니다. 그들을 만나려면 점쟁이, 영매, 처녀무당 중 뭐가 좋은지 즉시 알려주시기 바랍니다. (대학 직원)"

목의 갈증이 가시고 계속 걷다보니 밤이 되었지. 자고 깨고 걷고, 또 자고 또 깨어났더니 바로 옆에 일본군이 한 명 있었어. 다른 중대의 일병인데, 이름이 나가누마였어. 그 자식, 멍청한 놈이었어. 함께 데려가 달라는 거야. 그래서 "야, 먹을 것은 있어?" 하고 물었더니, 먹을 건 없어도 소금은 반합 속뚜껑에 하나 있다고 하더라고. 그래서 그걸 넘기면 데리고 가겠다고 했지. 그 소금을 조금 핥아먹고 나서 내 잡낭에 집어넣었지……. 아니, 꽤 많이 핥아먹었어. 엄지손가락 절반만큼 핥아먹었나. 얼마나 맛있던지. 요즘 젊은 여자애들은 그 맛은 모를 거야. 이런 얘기가 안 통하니까 정말 답답하지 않냐고.

옛날 그리운 전쟁기(戰爭記) 무드

신주쿠 가부키쵸에 있는 군대 카바레 '12·8[49]'은 이번에 니시 마사오 씨가 지배인으로 취임하여 외적인 면뿐만 아니라 내적으로도 충실해졌다. 즉, 전쟁 시절 분위기를 미녀 군단에게 주입시키겠다는 것이다. 하지만 안심하시길. 한물간 여자들만 끌어 모으려는 것이 아니다. 호스티스 대기실에 도서 코너를 마련하고, 잡지「마루丸」, 슈에이샤가 발행한 《쇼와전쟁문학전집》, 출판협동사의 전기물 등

---

49 1941년 12월 8일, 일본이 진주만을 공격하여 태평양 전쟁을 개시한 날

을 망라하여 호스티스의 교양을 높이려는 것이다. 이것은 40세 이상의 손님들과 공통된 화제를 만들고자 하는 취지로, 최근 선호 플랜으로 기대되고 있다.

나가누마란 놈과 사흘쯤 함께 걸었던가. 오다와라의 여관집 아들로, 요리가 특기라고 했지만 쥐뿔도 재료가 있어야 말이지. 산속을 걸으며 배를 곯는 건 괴로운 일이야. 산, 또 산. 그것도 바위산. 그 야자수가 있던 곳으로 돌아갈까도 몇 번을 생각했는지 몰라. 하지만 무섭기도 하고. 음, 가다가 또 일본군을 만났는데, 다들 곧 죽기 직전이거나 죽었거나 둘 중에 하나였어. 아마 죽었을 거야, 걔네들. 수류탄을 달라고 애원하던 놈이 둘 정도 있었지. 자결용으로. 그래도 줄 수 없었어. 우리한테도 소중하니까. 나가누마의 다리 상처는 처음 만났을 무렵에는 대수롭지 않았지만 점점 상태가 나빠졌지. 난 생각했어. 여차하면 이놈한테 하나, 나한테 하나. 수류탄은 두 개가 필요하니까 잘 간수해야지. 나가누마 녀석, 전부터 말라비틀어져 있었지만 갈수록 점점 더 야위더니 조선 놈 얼굴처럼 변했어. 내 얼굴은 어떻게 변했는지 나야 모르지만 말이야. 하여튼 계속 동쪽으로 가다가 사흘째 되던 날 간신히 산을 내려왔지. 잘 모르겠지만 아마 사흘째였을 거야. 얼마나 기쁘던지. 여기까지만 오면 이젠 먹을 게 있을 거라고 생각했거든. 근데 없는 거야. 더 이상은 한 발짝도 움직일 수가 없었어. 뭔지도 모르는 꽃을 흠칫거리며 먹고 풀잎도 먹고. 그러다 나가누마가 개구리가 있다는 걸 알아차려서 둘이서 정신없이 잡았지. 전부 아홉 마리나 잡았어. 개구리 아홉 마리는 잡는 게 정말 힘들어. 나가누마가 꼬치구이를 할까 국을 끓일까, 하고 물어보길래 국을 끓이라고 했지. 국이 낭비가 없잖아.

반합의 국이 다 끓어서 나가누마가 내게 소금을 달라고 했지. 난 조금 넘겨줬어. 너무 조금 주긴 했어. 나가누마는 불만스러워 보였지만, 국에 소금을 넣고 각자의 반합에 반반 나눠 담았지. 개구리도 네 마리씩. 그 개구리 국을 꿀꺽꿀꺽 마셨는데, 아무래도 소금기가 너무 적더라고. 난 잠낭 속에서 흙이랑 쓰레기, 잡동사니에 뒤섞여 있는 소금을 한 줌 꺼내서 내 반합에 넣었어. 그제야 간이 딱 맞더라고. 생각도 못했어, 나가누마의 국 같은 건.

그러자 나가누마는 내가 소금을 한 줌 넣는 것을 보더니 "반장님, 나가누마의 소금을 주십시오"라고 지껄이는 거야. 응, 나가누마의 소금이라고 했어.

내가 그 말에 욱해서 말이야. 내가 치사했나? 아냐, 그렇지 않아. 그 말투가 맘에 안 들었던 거야. 그뿐이야. 그렇고말고. 내가 치사하다니 그럴 리가 없지. 난 그냥 그놈의 말투가……

그래서 난 "나가누마의 소금이라니?"라고 말했는데 누가 여관집 아들놈 아니랄까 봐, 어찌나 무식하던지.

"나가누마의 소금입니다" 하고 우겨대는데 내가 국어 문제를 논하고 있다는 것을 도무지 모르더라니까.

난 귀찮아서 잠자코 국을 마셨어. 제법 맛있더라고. 국을 다 마시고 나서 아직 먹어본 적은 없지만 프랑스 요리의 식용 개구리가 대개 이런 맛일까 생각하고 있는데, 나가누마 그 새끼가 곁으로 다가와서 손을 뻗더니 내 잡낭에서 내 소금을 빼앗으려고 하지 뭐야.

"뭐 하는 짓이야!"

난 하사관의 위엄을 보이며 호통을 쳤지. 교범대로. '간부는 특히 그 태도와 복장을 방정히 하고, 매사 엄정하고 활발한 행동의 모범이 되어야 한다. 이러한 간부의 솔선수범은 병사에게 정신적으로 지대한 영향을 주기 때문이다.'

그런데 나가누마 그 자식, 묘하게 지대한 영향을 받았는지 내가 호통을 쳤는데도 물러서질 않고 대드는 거야. 난 졸지에 당황해서 그 자식을 냅다 들이받았지. 그 자식은 넘어져서 쭉 뻗었는데 그 바람에 병신 같은 새끼, 제 반합의 개구리 국을 발로 까버린 거야. 아깝지. 가본 적은 없지만 뭐, 파리에서도 그만한 맛은 좀…….

그때였어. 적기 두 대가 이쪽을 향해 날아오는 것을 발견했어. 비행기가 오면 다 적기니까 구별하는 것은 식은 죽 먹기였지.

"나가누마! 적기다, 대피!"

난 그렇게 소리치고 근처에 있는 그렇지, 백 미터쯤이었나? 이백 미터쯤이었나? 숲으로 쏜살같이 달려갔어. 그야 물론 소총과 유품인 일본도를 꼭 껴안고. 숲속으로 들어가서 엎드리고 돌아봤더니 아니, 그 멍청한 새끼가 반합을 한 손에 들고 비틀비틀 걸어오는 거야.

"위험해! 엎드려!"

내가 아무리 소리를 질러도 엎드리지 않았어.

그러니 당연하지. 음, 당연해. 나가누마 그놈이 삼십 미터쯤을 남겨놓고 가가가가 쏴대는 미군 놈들의 기관총에 맞아 죽은 건. 아니, 이런 소리가 아니야. 좀 더 뭐랄까, 두두두두두 같은 소리야, 그 소린.

비행기가 사라지고 난 달려갔지. 죽었더군. 그 자리에서 즉사야. 가슴과 머리에 총알을 맞고 철모는 뚫려서 구멍이 나고.

나는 시체를 질질 끌고 가서 숲속에 땅을 파고 묻어줬어. 그 무덤 옆에 작은 나무가 있었는데, 무슨 나무일까? 모르지만 아무튼 잎이 크고 두꺼운 나무였어. 원래 그 나무가 가장 많은 숲이야. 마침 작은 나뭇가지가 나가누마를 묻은 땅 위로 뻗어 나와 있었어. 난 그 녀석의 철모를 손에 들고 멍하니 있었던가? 그러다가 우연히 내 손가락이 미군 놈의 총알이 뚫고 지나간 철모 구멍에 닿았는데, 참 크더라. 두 발이었나? 울퉁불퉁한 구멍. 내 손가락 굵기만 했지. 그러다 문득 그 구멍에 나뭇가지를 끼워 넣었어. 작고 두꺼운 풀색 나뭇잎 두세 장이 작아지다가 다시 원래 크기로 돌아왔지.

이십 년이구나.

나가누마의 묘는 어떻게 되었을까.

나무는 쑥쑥 자라 있겠지. 남방은 나무가 빨리 자라니까. 비도 많이 내리고 더우니까.

그때는 내 가슴팍 높이만 했던, 내 아들놈만하던 나가누마의 나무.

지금은 나보다 키가 크고 두께도 내 허벅지만큼 굵어지고 잎이 무성하겠지. 하지만 그 가지의 밑동 부분만은 내 손가락 굵기와 같고, 가지가 굵어져서 철모 구멍을 넓혔을지도 몰라. 철모에는 금이 가고……

내가 이름도 모르는 나무.

내 전우의 묘를 잘 지켜다오. 철모가 떨어지지 않도록 말이야. 그것밖에 표시가 없으니까. 그 갈색 칠을 한 철모가 내 전우의 훈장이니까.

이십 년이구나.

넋을 놓고 있던 멍청한 놈, 살아 있었으면 지금쯤 마흔이 넘었겠군. 사십대 남자.

오다와라의 여관집 주인이 되어 어묵 값을 깎거나 여종업원에게 손을 댔다가 낭패를 보거나, 아들이 고등학교에 들어갈 나이가 되어 걱정이 많거나.

아니야, 그렇지 않아. 그놈은 지금 올라프섬의 멍청이 나무가 되어 구멍 뚫린 철모를 쓰고 살아 있다. 해마다 철모의 위치가 높아지고 하늘에 가까워진다. 남십자성의 맑고 뾰족한, 쓸쓸한 빛에 가까워진다. 그리고 눈부신 태양에 가까워진다.

쑥쑥 자란다. 몸속을 흐르는 것은 피가 아니라 녹색의 수액일 테지.

바람이 너무 심한 날엔 가지가 부러지거나 잎이 찢어진다. 그리고 부러진 가지에서 수액이 반짝반짝 방울져 떨어지고 그러다 상처가 아물어 또다시 튼튼해지고. 그리고 다시 사나운 바람에 가지가 부러지고.

그래도 건강하게 잘 지낸다.

잘 지내라, 나가누마. 건강하게 잘 살아라, 멍청이 나무야.

오히려 잘된 일인지도 몰라. 인간이 멍청하면 군대 생활은 도저히 할 수가 없지. 여관집 주인은…… 좋은 마누라를 얻으면 얘기가 다르지만, 그래도 그렇게 일 잘하는 마누라는 잘난 척하니까. 근데 나무라면…… 식물은 으레 다 멍청하니까. 아무리 위대한 나무라도 꿈쩍도 하지 않지. 새나 벌레가 놀러오겠지. 개구리도 올지 몰라. 그것을 보고도 바람을 맞으며 우두커니 서 있으면 되는 거야. 잠 못 이루는 밤에는 잠 못 드는 새와 말벗이 되고. 호홋, 호홋, 하고 새가 운다. 그러면 멍청이 나무가 은빛 같은, 잿빛 같은 달빛을 내리받으며 수런수런 뭐라고 대답을 한다. 이따금 부는 바람에 그 두꺼운 이파리가 철모에 부딪친다.

죽음.

염병할. 모두 쉽게 죽어버렸어. 나만 살아남았고. 아아, 그 녀석 늘한테 미안하다. 왜 난 살아남았을까. 그래서 난 전쟁이 싫다니까.

하지만 말이야, 징병 기피 따윈 하지 않았어. 군대에 가기 싫어서 미칠 것 같았지만 어쨌든 난 군대에 가서 얻어터지고, 온갖 고생이란 고생은 다 하고, 혁대로 후려 맞고, 아아, 정말 괴로웠어. 하지만 어쨌든 난 군대에 갔어. 야전에서도 일개 소대가 전멸했지만 나만 살아남았어. 포로가 된 것도, 너무너무 졸려서 쿨쿨 자다가 나도 모르는 사이에 둘둘 말렸던 거야. 절대로 내가 먼저 손들고 백기 따위를 흔들면서 어슬렁어슬렁 나간 게 아니야.

야, 하마다 쇼키치. 이것만은 꼭 기억해 둬. 어쨌든 난 싫어도 군대에 갔고, 넌 가지 않은 거야.

그 차이를 알겠어?

오다와라의 여관집 아들도 그랬어. 그리고 내 분대원들도, 소대원들도 다 그랬단 말이야.

알겠어? 그 차이를.

내가 사리사욕을 채우려는 게 아냐. 절대로 그런 게 아냐. 분대원의 원수를 갚기 위해, 그리고 나가누마의 복수를 위해, 네놈을 해치우겠어.

야, 하마다, 나와! 나와서 당당하게 한판 붙자. 난 총검술 유단자야. 내가 이길 게 뻔하지. 싸우기 싫다면, 조금 다른 방법으로 가볼까.

음……

네놈이 서무과장이 되는 걸 방해해줄까? 그렇다고 뾰족한 수가 생각나는 건 아니지만, 뭔가 있을 거야. 뭔가.

지난번 털이범 사건. 이건 너무 약하군. 음, 좋은 아이디어다. 징병 기피. 이거라면 절대적이지. 하지만 구체적으로 어떻게?

가만, 천천히 잘 생각해보자. 내가 직접 나설 순 없지. 과장은? 그 자식은 술 마시는 재주밖에 없는 놈이라.

다른 부서 과장에게 부탁해볼까. 아니야, 그래봤자 소용없어. 고바야카와 이사도 요즘은 사람이 칠칠치 못하니. 아무튼 호리카와 이사가 실권자니까.

셰리주가 바닥이 났나? 이젠 아무것도 없겠지. 하지만 포기해선 안 돼. 끈질기게 찾아봐야만 한다. 부엌까지 가는 길이 멀구나. 맥아더 더글러스! 이건? 간장이군. 이건? 소스인가? 뭐라고 쓰여 있군. 매실주.

매실주도 좋잖아. 술입니다요, 술.

맛은 별로 없군.

음, 그렇지. 이누즈카라고 했지. 드디어 생각났다. 아까 떠오르지 않았던 그 이름. 「하늘천따지」의 남자. 그 저질 잡지를 이용하면 어떨까?

5

 여름 방학이 시작되기 이주일쯤 전 어느 날 아침, 니시에게서 전화가 걸려왔다. 긴히 할 말이 있으니 학교 식당으로 와달라고 했다. 하마다는 과장에게 말하고(과장은 과장대우 둘 다 자리를 비우는 것이 못마땅했는지 인상을 찌푸리더니 크게 고개를 끄덕였다) 식당으로 갔다. 점심시간이 되기에는 아직 이른 시각이라 노트 정리나 예습을 하고 있는 학생들뿐이라서 한산했고, 칸막이로 가린 교직원 전용 공간에는 니시밖에 없었다. 하마다를 보자 니시는 허리를 반쯤 일으키고 손을 살랑살랑 흔들며 웃어 보였다.
 종업원이 다가왔다. 하마다는 코카콜라를 시켰다. 두 사람은 우선 올여름 더위에 대한 날씨 이야기를 했다. 형식적인 대화가 끝나자 니시는 정중한 태도로 말했다.
 "다름이 아니라."

하마다도 정중한 말투로 대답했다.

"예."

니시는 정장 안주머니에서 얇은 잡지(「하늘천따지」최신호)를 꺼내 하마다 앞에 놓고 얼굴을 빤히 들여다보면서 물었다.

"이 정신 나간 잡지, 오늘 온 건데 읽어 보셨습니까?"

"아뇨. 이번 호는 아직."

오늘 아침에 우편으로 배달되었지만 아직 훑어보지 않았고, 사실 그리 읽고 싶은 생각도 들지 않았다.

"삼 페이지 문장인데요."

하마다는 「하늘천따지」를 손에 들고 그 문장을 읽었다. '감히 모교의 직원 인사에 간섭하여, 건학 정신의 쇠퇴를 근심한다'라는 제목이다. 글 속에 하마다라는 이름은 거론하지 않았지만 대동아전쟁 징병 기피자였던 비열한이((모교 졸업생이 아님)이라고 괄호 속에 강조하고) 모교의 과장대우로 근무하고 있으며, 더군다나 그 비열한이 머지않아 과장 자리에 앉게 된다는 소문은 참으로 유감스럽다, 이것은 최근 모교가 얼마나 건학 정신을 저버리고 적화되어 있는가를 말해주고 있는 것이다, 라는 취지의 내용이었다.

다 읽은 것을 보더니 니시가 입을 열었다. 미친놈이 쓴 거니까 신경 쓸 필요는 없지만 필시 불쾌할 거라고 생각한다, 남들이 나를 당신의 라이벌로 보고 있고, 사실 좋은 의미에서 라이벌 의식을 가지고 일해왔는데 몹쓸 놈이 당신을 이런 식으로 비난하는 것은 곤란하다, 하마다 씨가 빨갱이라니 기가 찰 노릇이다, 전에 언젠가 내가 도서관에서 당신의 과거에 대해 운운한 적은 있지만 그건 어디까지나 농담이고 무엇보다도 외부인이 학내 인사에 왈가왈부할 수는 없는 일이다, 하여튼 이 미친놈이 어디서 주워들었는지는 몰라도 헛소문일 거다, 라고 했다. 하마다는 잠자코 있었다. 하마다는 아까 사무 보조 여자아이한테서 건네받아 책상 위에 올려둔 '하늘천따지'라고 크게 인쇄된 봉투를 떠올렸다. 이런 위험이 도사리고 있는 봉투를 바로 곁에 두고 한 시간 가까이나 태연하게 있었던 것이 희한하게 느껴졌다. 니시는 한술 더 떠서 일단 호리카와 이사와 상의해보는 게 좋지 않겠냐고 했지만, 하마다는 콜라 잔을 손에 든 채 입은 대지 않고 가만히 있었다. 손이 희미하게 떨리고 있어서 유리잔 속 갈색 액체에 떠 있는 얼음이 서로 부딪쳐 단단하고 작은 소리를 냈다. 하마다는 한 잔의 콜라가 마치 마음의 동요를 헤아리기 위해 만들어진 정교한 기계처럼 느껴졌다.

"이런 일은 빨리 알아두시는 게 좋을 것 같아서요. 주제넘은 것 같습니다만……."

하마다는 고맙다는 인사를 하고 콜라를 마시며 실은 나도 이 잡지의 정기 구독자다, 이렇게 봉변을 당할 줄 알았으면 그런 놈한테 돈을 내는 게 아니었는데 돈이 아까워졌다고 말하곤 웃어 보이려 애를 썼다. 니시도 "하하하" 하고 그 특유의 너털웃음을 웃었다. 이 대학에 들어올 당시부터 두려워하던 사태가 이십여 년이 지난 지금 드디어 벌어졌다. 마치 빌딩 공사장에서 파헤쳐진 공습

때의 불발탄 같다는 생각이 들었다.

"경제학과 노모토 씨도"라며 니시는 마르크스 책을 학생에게 추천하여 「하늘천따지」에게 좌익학자로 몰린 교수의 이름을 대며 "그 말과 똑같은…… 반대의 말을 했는데…….'라고 말했다.

"똑같은, 반대?"

"여러 번 부탁을 받았지만, 그 잡지를 안 산 것이 그나마 그런 대로의 위안이라나 뭐라나."

식당으로 학생들이 몰려 들어와서 소란스러워졌다.

"프랑스어 구와노 교수, 오늘 휴강이래."

칸막이 근처에서 떠드는 여학생의 목소리가 들렸다.

"가실까요?" 하며 니시가 일어섰다.

"그러죠. 과장님 혼자 힘드실 테니."

하마다도 일어서서 다시 한번 인사를 했다.

니시는 나란히 걸으며 말했다.

"여하튼 빨리 알려드리는 게 좋을 성싶어서요. 아까 우편물이 왔을 때 바로 알았지만, 어떡할까 망설이다가 여기 와서 생각하고 있었습니다."

오늘은 야간 근무가 있는 날이다. 하마다는 식당에서 서무과로 돌아오자마자 잿빛 봉투를 열어 「하늘천따지」를 읽고 그 글 이외에는 더 이상 자신을 공격하는 기사가 없다는 것을 확인했다. 그리고 근무 시간이 끝나는 밤 8시 반까지 몇 번이고, 아마 열 번 이상이나 '감히 모교의 직원 인사에……'를 되풀이해서 읽었다. 야간 근무는 일다운 일이 거의 없다. 낮에는 니시의 말마따나 그래 봤자 미친놈의 글에 불과하니 곧이곧대로 받아들일 사람은 아무도 없을 거라고 생각했다. 아니, 정확하게 말하면 그렇게 생각하려고 했다. 그러다 이내 인사이동이 흐지부지 끝난 것은 이 일과 관계가 있을지도 모른다. 오히려 이 글은 그러한 분위기를 반영한 것으로 봐야 할 것이다, 하는 생각도 들었다.「하늘천따지」를 발행하고 있는 이누즈카라는 남자는 학교 털이범 사건과 과장 승진에 대한 소문으로 학내에 막연하게 피어오른 반(反) 하마다 감정을 실로 재빠르게 포착했을 뿐일지도 모른다. 그렇다면 학내의(아마도 직원들만의) 일반적 감정 쪽이 문제일 테지만. 아니면 누군가가 이누즈카에게 이 글을 쓰게 한 것일까? 만약 사주한 자가 있다고 친다면 그것이 누구냐는 물음이 하마다의 마음속에서 되풀이되었고, 사주한 자로는 당연히 서무과장과 니시가 떠올랐다. 하지만 그날 밤 야간 대학 전임 교원밖에 없는 텅 빈 서무과를 서성이다가(어디선가 서툰 기타 소리가 난다. 그리고 다른 방향에서 어디 부원인지 짖어대는 듯한 인사 소리가 난다), 과장의 책상 위에 어수선하게 쌓여 있는 서류 사이로 봉투도 뜯지 않은「하늘천따지」가 여러 권 놓여 있는 것이 눈에 들어왔다. 서무과장은 이토록 이 잡지에 무관심한 것이다. 하마다는 머릿속 리스트에서 우선 과장을 지우고 니시의 이름도 지워버렸다. 리스트는 공백이 되었다. 하마다에게 있어 그들은 2인 1조였고, 오늘 그 자의 태도는 신용할 만하다는 생각이 들었던 것이다. 9시가 다 되자 하마다는 대학을 나와 학생들과 함께 깜깜한 길을 걸었다. 집으로 돌아와 목욕물을 받고 욕실에 들어갔을 때야 겨우 마음이 진정되었다. 과장으로 승진할 기회가 이렇게 멀어진 것은 억울하지만, 원래 그리 원했던 일도 아니었으니 괜찮다고 스스로를 타이르면서 몸을 씻었다. 자신이 사태를 참으로 냉정하고 객관적으로 보고 있는 것처럼 느껴져서 만족스러웠다.

다음날 점심시간, 스포츠 셔츠에 정장 차림을 한 안경 낀 학생 하나가 들어오더니 하마다에게 곧장 다가와서 인터뷰를 하고 싶다고 말했다.

"인터뷰?"

"예."

학생이 내민 명함에는 학생 신문 기자라는 직함이 적혀 있었다.

"그런 거라면 과장님한테 가보게."

하마다가 과장에게 말을 하려고 했을 때, 학생은 나지막한 목소리로 말했다.

"저어, 그런 용건이 아닙니다. 대학에 관한 이야기가 아니라, 하마다 씨의 개인적인 일에 관해서."

"......?"

"여기서는 뭣하니까 잠시 편집실로 와주시지 않겠습니까?"

부탁을 하는 학생기자의 태도는 예의바르고 노련했다. 하마다는 학생회관 지하에 있는 지저분한 방으로 따라갔다. 그곳에는 흰 와이셔츠를 입은 학생 하나가 서툰 손놀림으로 주판을 놓고 있었다. 안경을 쓴 학생은 신문철이 펼쳐져 있는 커다란 책상 위를 치우고 나서 하마다에게 의자를 권하고 자신도 옆에 앉았다.

표지가 떨어져 나간 국어사전, 재떨이, 스크랩북 열 권정도, 칠판, 마치 넝마조각 같은 야구글러브 두 개, 아트시어터[50]의 영화 포스터.

하마다는 '개인적인 일'이 무엇을 말하는지 짐작이 갔다. 그 때문에 하마다는 복도를 걸으면서 학생이 「하늘천따지」를 들고 있지 않아서 의아했다. 그리고 이 방의 어디를 봐도 그 잡지가 없는 것을 보고 어쩌면 다른 용건일지도 모른다는 생각이 들려던 참이었다. 그러나 그때 학생은 마치 마술사 같은 손놀림으로 신문철 밑에서 「하늘천따지」 최신호를 꺼냈다.

"이거, 읽어 보셨습니까? 삼 페이지."

하마다가 끄덕이자(주판알을 퉁기는 소리가 멈췄다) 학생이 말했다.

"당한 사람이 하마다 씨죠?"

다시 한번 하마다가 끄덕이자 상대는 침묵했다. 난처해져서 당황한 것이다. 이번에는 하마다가 물었다.

"나 말고는 징병 기피를 한 사람이 없을 테니, 아마 나일 거야. 그래서 뭔가? 무슨 말이 듣고 싶은 거야?"

"이 글에 대해서 어떻게 생각하고 계신지······."

"어떻게, 라고? 그건 알아서 어쩌려고."

---

50 상업성이 적은 사회파 영화나 예술 작품을 주로 상영하는 영화관

"기사를 쓰려고 합니다."

"무슨 기사?"

"편집 의도를 말씀드리자면"이라고 하며 안경 낀 학생이 갑자기 빠르게 말을 이었다.

"전쟁을 반대하는 하마다 씨의 태도는 지금이야말로 청년들이 배워야 할 점이라는 것을 철저하고 명확하게 표명하고, 한편으론 학외 우익반동세력이 학내 인사에 간섭하는 것을 전면적으로 배제하여……."

갈색 코르덴 모자를 쓰고 덥수룩하게 수염을 기른 학생이 들어왔다. 안경 낀 학생이 코르덴 모자를 쓴 학생에게 눈짓했다. 코르덴 모자를 쓴 학생은 책상을 사이에 두고 하마다의 바로 맞은편 의자에 앉은 후 모자를 벗었다.

"마코는 어디 갔어?"

안경 낀 학생이 물었다.

"빵 사러 갔어" 하며 주판을 놓던 학생이 하마다의 등 뒤에서 대답했다.

"곤란해, 내 입장에서는. 이 인터뷰는 거절하고 싶군."

하마다가 말했다.

"안 됩니까?"

안경 낀 학생이 말했다.

하마다는 끄덕였다.

"왜니까?"

"학교에서 내 입장도 있지 않나? 곤란해. 일하기 힘들어져."

"이름은 밝히지 않아도 됩니다."

성함이라고 해야 옳은 거 아니냐고 생각하면서 하마다는 대답했다.

"그래도 곤란한 건 곤란한 거지. 난 가만히 있으면서 어떻게든 조용히 넘겨버릴 생각이야. 일을 복잡하게 만드는 건 곤란해."

"하마다 씨, 이유는 이렇습니다."

덥수룩하게 수염을 기른 학생이 도호쿠 사투리로 말했다. 하마다는 아마 모리오카나 아오모리 출신일 거라고 생각했다.

"저희들이 노리는 바는 두 가지입니다. 본교 졸업생의 얼굴에 먹칠을 하는 철면피 집단이라고 할 수 있는, 기생충적·저질신문적·우익적 저널리스트들을 타도하는 것이 가장 큰 목적입니다. 그리고 또 하나는 현재 미국에서 확대되고 있는 베트남 전쟁 개입에 반대하는 병역거부운동에 호응하여 태평양 양쪽에서 미 제국주의에 대항하는 것입니다. 저쪽에선 여러 가지로 다양한 활동을 전개하고 있는 것 같습니다. 병역 거부 지침서 비슷한 팸플릿을 배부하기도 하고. 지금의 일본 청년들은 병역 문제에 참으로 무관심합니다. 가까이에서 일어난 이런 문제를 실마리로 펼쳐나간다면, 지각없는 대중에게 어필할 수 있으니 큰 효과를 얻을 것입니다."

"곤란해. 학교 직원은 눈에 띄는 일은 뭐든 피해야 되거든. 화려한 넥타이도 못 매고 자가용도 못 타고 다녀. 어렵게 한 부탁이라는 건 알겠네만."

"저희들의 의도에 반대하시는 겁니까?"

안경 낀 학생이 말했다.

"그런 건 아니지만."

하마다는 중얼거리듯이 말한 뒤, 베트남 전쟁을 반대하며 징병 기피를 하고 있는 미국 청년 따위는 여태껏 생각해 본 적도 없다고 반성했다. 지금의 일본 청년들과 똑같은 무관심. 두 학생은 잠자코 있었다. 다시 주판 소리가 들리기 시작했다. 왜일까? 하마다는 신문도 전쟁 기사는 무서워서 가능한 읽지 않으려 하고 있었다. 그리고 일가족 동반 자살 기사와 중년 여자의 자살 기사 따위도. 그런데 팸플릿을 인쇄하다니, 하마다가 저지른 일과는 너무나 다르다. 밝고 눈부신 느낌. 같은 부류라는 느낌이 들지 않았다. 하마다가 같은 부류로 인식하는 것은 그 포스터 사진 속에 있던 세 명의 젊은이들이다. 언청이 사내는 지금쯤 혼자서 재판을 받고 있지는 않을까.

검은 셔츠블라우스에 체크무늬 스커트를 입은 여학생이 들어와서 종이 봉지와 우유를 테이블 위에 내려놓았다. 봉지 안에는 빵인가 보다. 기름이 배어 있다. 여학생은 어깨에 걸친 가죽 케이스를 내려놓고 하마다에게 카메라를 들이댔다. 렌즈가 마치 총부리처럼 느껴진다.

"나를 찍으려는 거야?"

"예."

하마다는 고개를 숙이고 얼굴을 양손으로 가렸다.

"어머, 사진 싫어하세요?"

"곤란하다니까. 그만둬."

하마다의 외침이 자기 손에 압박되면서 방 안에 울려 퍼졌다.

"안 됩니까?"

도호쿠 사투리의 학생이 말했다.

하마다는 얼굴을 가린 채로 애원했다.

"부탁이야. 이 기사는 취소해주게."

"일면을 못 채우는 거 아냐?"

여학생이 말했다.

네 명의 학생들이 구석에 모여서 작은 목소리로 의논하기 시작했다. 하마다는 고개를 들고 얼굴을 가리던 두 손을 내려놓았다. 여학생과 안경 낀 학생은 빵을 먹으면서 뭔가 이야기를 나누고 있다. 하마다는 담배를 피우며 영화 포스터를 바라보다가 기다리는 것이 너무 한심스러워졌다. 하마다는 학생들에게 말을 걸었다.

"그럼, 난 이제 돌아가야겠네."

하마다가 담배를 재떨이에 비벼 끄고 출구 쪽으로 걸어가려 하자, 도호쿠 사투리의 학생이 미끄러지듯 다가와서 말했다.

"이렇게 하는 건 어떠세요? 이름은 덮어두고, 이니셜이 아니라 '모 씨'로 가겠습니다. 물론 얼굴 사진도 공개하지 않겠습니다. 인터뷰를 요청했지만 거절당했고 하면 되겠습니까?"

하마다는 끄덕이고 편집실을 나왔지만, 오후 내내 아까 승낙한 것이 마음에 걸려서 어쩔 줄 몰랐다. 그러나 학생 신문 기사를 억제하는 것이 「하늘천따지」의 기사를 억제하는 것보다 훨씬 어렵다는 것은 학내 사람이라면 누구나 알고 있다. 이 대학 학생 신문은 예전 부원이자 지금은 일류 신문사의 기자를 하고 있는 OB들이 결속하여 보호하고 있고, 그들의 지도 아래 대학 당국을 비판하고 운동부를 비판하고 자치회를 비판한다는 일종의 객관주의적인 편집을 하고 있어서 편집상의 자유를 상당히 확보하고 있었다. 손을 쓰려면 OB들을 설득시킬 수밖에 없다. 그러나 하마다는 텔레비전 화면에서 튀어나온 것처럼 자못 신문 기자임을 뻐기는 몇몇 졸업생의 꼬락서니를 떠올린 뒤 생각했다. 그런 자들은 더더욱 현역들을 선동할지 모른다. 마치 부장이나 데스크라도 된 것처럼 저널리스틱하게 소란을 피우는 것이 그들의 기쁨이니까. 하마다는 결국 또다시 대수롭지 않은 일로 여기기로 했다. 무엇보다도 달리 방법이 없지 않는가?

4시 반이 되었다. 대부분의 서무과 직원들은 퇴근 준비를 했다. 하마다는 그들을 바라보다가 뭔가 할 일이 있었다는 걸 떠올리고 와이셔츠 주머니를 더듬었다. 작은 종잇조각이 잡혔다. '어묵 하나……'라고 쓰여 있는 요코의 글씨. 감기 때문에 백화점에 갈 수 없으니 퇴근할 때 사오라고 한 것이다. 하마다는 요 이삼 년 사이에 심부름을 시키면 잊어버리는 일이 많아졌다. 하마다도 퇴근 준비를 서둘렀다.

백화점 지하에서 폐점을 알리는 벨소리에 재촉을 받으며 장을 보고 1층으로 올라왔을 때, 난데없는 새된 목소리에 하마다는 발걸음을 멈췄다.

"쇼 짱! 쇼 짱 아냐?"

누나 미쓰였다. 마흔아홉 살의 미쓰는 커다란 봉투 두 개를 양팔로 껴안고 있었고, 한쪽 팔에는 핸드백이 걸려 있었다. 멈춰선 하마다에게 누나는 다짜고짜 봉투 두 개를 건네더니 큰 숨을 내쉬고 말했다.

"차라도 마시자. 배고파 죽겠다."

마치 오늘 여기서 만날 약속이라도 한 것 같은 말투였다. 그들은 백화점 대각선 너머에 있는 소란스러운 커피숍으로 들어가서 커피와 미트파이를 주문했다. 종업원은 접시 부딪치는 소리와 다른 종업원의 목소리에 자기 목소리가 파묻히지 않으려는 듯 큰 소리로 외쳤다.

"커피 둘, 미트파이 둘."

정말 배가 고팠던 모양이다. 누나는 미트파이의 절반을 엄청난 속도로 먹어치웠다. 그런 뒤에는 커피를 마시면서 야단스럽게 수다를 떨었다. 다롄에 있을 때 독일인에게 배웠다는 미트파이 만드는 법, 요즘 하얼빈의 하늘 색깔, 회사 중역의 아들이 뒷돈을 써서 대학에 들어갔다는 얘기, 내년에 남편이 정년퇴직을 한다는 얘기, 외동딸이 반년 전에 시집을 가서 외로워 죽겠다는 얘기. 이야기가 여기까지 왔을 때 하마다는 미트파이를 입으로 옮기면서 이 얘기는 그만했으면 좋겠다고 빌고 있었다. 분주한 마음으로, 그러나

실로 어렴풋이. 하지만 누나는 이야기를 계속했다.

"엄마 마음을 알 것 같아."

누나는 커피 잔 테두리 너머로 남동생의 표정을 읽고 빠르게 말을 이었다.

"그런 거야. 그건 역시, 내가 없어서 외로웠던 거야. 쇼 짱 때문에 면목이 없어서 그랬다는 건 지나친 생각이야."

"그래도 어머닌 군의장교 딸이었잖아……"

"엄마는 완벽하게 의사 아내로 살았어. 군의장교도 군의장교 부인도 다 옛날에 돌아가셨으니까."

"음……"

"할아버지가 살아 계셨다면 뒷구멍으로 손을 써서 쇼 짱이 병종 판정을 받게 했을지도 모르지만."

"설마."

"연줄 하나 없었겠니. 그 정도로 군의관 세계와 연을 딱 끊은 것도 아닐 테고."

"하지만……"

그때부터 하마다는 말이 잘 나오지 않았다. 외롭게 만들었다는 책임은 하마다에게도 있었다. 하마다에게 훨씬 많다고도 할 수 있다. 그리고 외로움을 달래지 못한 책임은…… 신지에게 있었고 아버지에게도 있었다. 히로코와의 관계는 자살하기 전이었을까? 아니면 후에 일어난 일일까? 결국 아무것도 알 수가 없다. 무엇보다도 누나의 말은 자기가 어머니의 귀여움을 더 많이 받았다며 남동생과 경쟁을 하려는 데 있다. 이렇게 건강한 말투로 자살하고 싶을 만큼 심했다는 외로움에 대해서 이야기한다(첫 번째 모순). 이십 년도 훨씬 전에 죽은 어머니의 애정을 동생과 서로 빼앗으려 한다(두 번째 모순). 분명 어머니의 자살은 누나가 결혼하고 나서 딱 반년 뒤에 일어난 일이긴 하지만. 아들이 사라진 것보다 딸이 품을 떠난 것이 더 외롭게 만든 것일까. 있을 수 있는 일인지도 모르겠다.

여종업원이 소리쳤다.

"커피 셋, 미트파이 셋."

도쿄역은 검게 더러워져 있고 부서져 있었으며 가공할 만한 인파였다. 지방의 역에서는 플랫폼에 쭈그리고 앉아 있는 사람들을 봐도 이상하게 느껴지지 않았는데, 도쿄역에서는(요코하마에서도 오이마치에서도) 굉장히 이상하게 보인다. 하마다는 외투를 손에 들고 사람들과 부딪치면서 역내를 걸었다. 우와지마에서 쌀을 사 들일 때 잘 써먹었던 큰 배낭 속에는 쌀과 귤과 몇 벌의 옷, 한 끼 분으로 남겨 놓은 주먹밥 그리고 레인코트에 싸놓은 8월 15일에 산 찻잔이 들어 있었다. 국철도 노면 전차도 만원이라 마구잡이로 밀어대서 귤과 찻잔이 걱정되기 짝이 없었다. 구레나룻도 콧수염도 없는 스물 다섯 살의 젊은이는(머리카락은 이미 꽤 길었다) 배낭 속의 물건과 어머니의 죽음을 번갈아가며 내내 생각했다.

아버지의 편지에는 어머니가 1941년 3월에 죽었다고만 되어 있을 뿐, 사인은 쓰여 있지 않았다. 하마다는 그것을 바깥부모다운 짧은 글 탓이라고 생각하며 아마(혹은 물론) 병으로 죽었을 거라는 억측과 확신 중간쯤의 기분으로 판단하고 있었다. 그리고 오 년 만에 보는 처참한 도쿄 거리의 광경(방공호, 텃밭, 불 탄 건물과 불 탄 건물 사이로 즐비한 낮고 낮은 집들)은 병이든 무슨 사고든 간에 이런 형국이라면 어머니가 돌아가신 것도 무리가 아니라는 생각이 들게 했다. 그때 하마다는 도쿄가 이 정도로 파괴된 것은 요 일 년 사이에 일어난 사건이라는 걸 잊고 있었다.

집은 원래 있던 자리에 나지막하고 왜소하게 서 있었다. 그것에는 놀라지 않았지만(오히려 이 근처에서는 호화로운 부류에 속한다), 마당의 나무들이 다 타버린 것이 하마다에게는 뜻밖이었다. 돌문도 불에 휩싸였으리라. 아버지의 필적으로 쓴 '하마다 의원'이라는 새 문패가 걸려 있었다. 현관의 초인종을 누르자 간호사 히로코가 나왔다. 히로코는 몰라보게 성숙하여 오 년 전 간호 학원을 갓 나온 말라깽이 여자애가 아니었다.

"어머, 쇼키치 씨" 하며 히로코가 말했다.

"나, 왔어"라고 말하며 하마다는 배낭을 내려놓고 "아버지는?" 하고 물었다.

"진찰 중이세요."

"그럼 들어갈게."

"예, 예. 들어오세요. 집안 꼴이 엉망이지만."

그것은 한 가정의 주부와 방문객이 나누는 대화와 비슷했다.

하마다는 대기실에 환자가 없는 것을 곁눈으로 흘끗 보고, 좁고 작은 복도 겸 부엌 사이에 있는 방으로 갔다. 그곳은 거실이 되어 있었고 앉은뱅이책상 하나, 서랍장 하나, 화로 하나가 놓여 있었다. 그리고 아무도 없었다. 어머니가 없다는 것을 아무도 없다는 식으로 의식한 것이다. 히로코가 벽장에서 방석을 꺼내주었고 차를 내려고 했다.

"됐어, 히로코. 진찰실로 가봐."

"괜찮아요. 요즘은 선생님이 혼자서 진료하세요."

그 말의 의미를 알아차리지 못하고 있을 때, 환자를 배웅하는 아버지의 목소리가 들렸다. 오 년 전과 조금도 변함없는 목소리다. 하지만 거실로 들어온 아버지의 모습은 얼굴도 체격도 완전히 늙어 있었다.

"어, 돌아왔구나."

노인은 선 채로 말했다.

하마다는 고쳐 앉아 묵묵히 머리를 숙였다. 인사말은 도무지 나오지 않았다. 아버지도 잠자코 서 있었다. 히로코가 곁으로 와서 흰 가운을 벗겨줬다. 하마다는 고개를 들고 흰 가운 안에 입은 기모노를 보고는 화들짝 놀랐다. 와이셔츠에 조끼를 걸치고 그 위에 진찰복을 입던 아버지밖에 본 적이 없었고, 아버지는 기모노에 진찰복을 겹쳐 입는 의사를 칠칠치 못하다며 싫어했었기 때문이다. 공습으로 옷도 다 망가진 것일까? 아니면 이런 옷차림이 편할 정도로, 진찰할 때에도 편하게 있고 싶을 정도로 나이가 든 것일까? 부자는 앉은뱅이책상을 끼고 마주앉아 차를 마셨다. 아들은 혼잡했던 기차 이야기를 했고, 아버지는 의사회에서 시코쿠에 갔을 때의 추억담과 이 집을 지을 때의 고생담을 늘어놓았다. 아버지는 오 년 전처럼 담배꽁초를 화로의 재에 꽂아서 나란히 줄을 맞추어 간다. 달라진 것은 그 화로가 옛날과는 비교도 안 될 만큼 허름했고, 옛날에는 고급 담배 시키시마만 피웠는데 지금은(암시장에서라도 산 것일까?) 궐련을 피운다는 것이다. 아들은 대답을 하거나 고개를 끄덕이면서 아버지의 머리카락이 온통 새하얘진 것을 깨달았다. 히로코가 일어서서 목욕물을 데우러 갔다.

이때를 기다렸다는 듯이 아버지가 말했다.

"잘 들어라. 신경 쓸 것 없다. 야에가 수면제 양을 잘못 알아서 그런 거야."

야에는 어머니의 이름이다. 그리고 아버지는 하마다가 놀랄 겨를도 없을 만큼 재빨리 말을 이었다.

"지금은 히로코가 내 수발을 들어주고 있다. 신지는 싫어하는 눈치지만, 너는 다 컸으니까 괜찮겠지?"

"병이라고만 생각했었는데."

"잠을 이루지 못해 괴로워했었다. 나도 아둔했어."

자살이었구나. 하마다는 자신을 책망했다. 그렇게도 화려함을 좋아하던 어머니의 마음속에 그토록 강한 애국심이 숨겨져 있던 것일까? 아니면, 호화로운 걸 좋아하니까 체면을 중시하다 못해 수치가 아닌 것을 수치스러워한 것일까? 그도 아니면……. 그 의혹을 말하지 않고는 배길 수가 없었다.

"저 때문이군요."

아버지는 말했다.

"그런 건 아닐 거야. 뭐, 이미 지나간 일이니 어쩔 수 없지. 마음 쓰지 마라. 나도 그리 생각하기로 했다."

그때 아들은 아버지가 하는 말의 주안점은 어머니의 죽음이 아니라, 히로코가 지금 간호사가 아닌 내연의 처라는 데에 있다는 것을 비로소 깨달았다. 하마다는 되도록 태연한 말투로 물었다.

"뭐라고 부르는 게 좋겠습니까? 아까는 옛날처럼 이름을 막 불렀습니다만."

"그걸로 됐다."

아버지의 얼굴에는 너무 노골적으로 둘러말하지 않고도 까다로운 이야기가 해결되었다는 만족감이 천천히 피어올랐다. 아버지는 만주에 가 있는 누나 부부에게서 소식이 없다는 말을 하다가 신지의 대학교 이야기로 화제를 돌렸다.

히로코가 돌아와서 목욕물이 데워질 때까지 조금만 더 기다려 달라고 했다. 두 사람의 분위기에서 지금의 자기 신분에 대한 이야기가 끝났다는 것을 알아차린 눈치다. 아니면 귀를 쫑긋 세우고 듣고 있었던 걸까? 히로코가 울음이라도 터트릴 듯한 얼굴로 말했다.

"정말, 어머님이…… 얼마나 좋아하셨겠어요."

하마다는 히로코가 어머니를 '사모님'이라고 부르지 않는 게 신경이 쓰였다. 히로코는 말했다.

"불단을 사자고 몇 번이나 얘기했어요. 근데 선생님은……."

아버지는 잠자코 있었다.

"내일이나 모레쯤 성묘 다녀올게. 그러면 되지 뭐."

하마다는 당황하여 중얼거렸다. 자신은 누구를 책망할 자격도 없다고 생각하면서 배낭을 열고 귤과 쌀을 꺼냈다. 8월 15일에 산 찻잔은 아버지를 특히 기쁘게 했다.

"실은 이 정도로는 안 되는 줄 압니다만……."

"괜찮다. 신경 쓰지 마라. 내가 괴로웠던 건 매년 한 번뿐이었다. 그것 말고는 아무렇지도 않았다."

"매년 한 번이요?"

"그래, 구청 병무과에 가서 아직 돌아오지 않았다고 보고하는 거. 그건 정말 싫었다."

하마다는 다시 한번 머리를 숙였다. 이때도 뭐라 해야 좋을지 알 수가 없었다.

"그리고 이거…… 필요 없을지도 모르겠지만."

하마다는 겉옷 안주머니에서 종이 한 장, 우와지마 시청이 발행한 '스기우라 켄지. 남자. 1914년 9월 11일생. 32세'의 전출 증명서를 꺼냈다. '전출 이유'란에는 '귀가'라고 쓰여 있다.

"이거 먹을래?" 하며 누나가 미트파이의 남은 절반을 가리켰고, 하마다는 거절했다.

"여기 물 좀 주실래요?"

누나가 여종업원에게 부탁했고, 하마다는 그때 갑자기 누나에게 물어보고 싶다는 생각에 휩싸였다.

"누나는 피해 안 입었어? 나 때문에."

"피해?"

여종업원이 물을 가져왔다. 누나는 물을 한 모금 마시고 말했다.

"그런 건 전혀 없었는데."

"만주 같은 데는 그런 일, 까다로운 곳 아니었어?"

"의외로 편하게 지냈어. 게다가 네 얘긴 아무한테도 안 했거든. 엄마가 보낸 편지에 쓰여 있었지만, 다카하시한테도 말 안 했어."

"매형한테도 말을 안 했던 거야?"

"귀향선 안에서 털어놨어. 당신 같은 수다쟁이가 잘도 참았다며 기가 막혀하더라고……. 그건 잘했다고 칭찬하더라. 그래서 우린 피해 없었어."

미소를 짓고 있던 하마다는 누나의 마지막 한 마디가 걸려서 캐물었다.

"그럼, 누군가 있었다는 거네?"

"있었다니?"

"피해자. 피해 입은 사람."

누나의 표정이 갑자기 굳어지더니 말문을 닫았다.

"누가 피해를 입었어? 말해줘."

누나는 한참 후에 말했다.

"역시 난 큰일 낼 수다쟁이야. 기왕 이렇게 됐으니까 하는 말이지만, 마음에 두지 마. 알겠니? 신경 안 쓸 거지?"

하마다는 끄덕였다.

"신지야. 신지가 고생 좀 했지. ······뭐, 고생이라고 해도 별거 아니지만. 헌병이 따라다니기도 했고, 배 속 장교한테 얻어맞아서 고막이 터졌어. 한쪽만. 몰랐니?"

하마다는 또다시 고개를 끄덕였다. 누나는 난처한 듯 시계를 보더니 빨리 돌아가지 않으면 다카하시한테 야단맞는다는 둥, 고막과 마이신 귀머거리는 별개니까 마음 쓰지 않는 게 좋다는 둥, 이십 년도 훨씬 지난 옛날 일에 신경을 쓰는 건 바보 같은 일이라는 둥 하며 허둥지둥 일어섰다. 신지의 입에서 직접 나온 말이냐고 물어도 누나는 말을 얼버무릴 뿐이었다. 누나는 하마다가 들어준 큰 종이봉투 두 개를 푸르스름한 땅거미가 내린 길모퉁이에서 낚아채듯 받아들었다.

하마다는 전철 안에서도 집으로 돌아와서도 마이신 귀머거리가 되기 전에 신지의 귀가 어떤 상태였는지 떠올려보려 했지만 기억에 남아 있는 것은 아무것도 없었다. 그 11월의 어느 날 저녁, 대학생이 되어 있던 남동생을 만났을 때도, 그리고 그 후에도, 적어도 신지가 마이신 귀머거리가 되기 전까지 귀가 먹었다고 느낀 적은 한 번도 없었던 것 같다. 아니면 있었을까? 없었다면, 남동생이 재즈 피아노를 치고 있었기 때문에 음감의 질과 청각의 질을 혼동한 것일까? 남동생은 고막 사건을 내게 숨기고 재즈 피아노를 치며 돈벌이를 한 것일까? 하마다는 사실을 밝히기 위해 조만간 남동생이 근무하고 있는 음악출판사로 꼭 찾아가 봐야겠다고, 그리고 만약 사실이라면 사과해야겠다고 생각하다가 한순간 격렬하게 자신을 억제하고 있었다. 자기 양심의 만족을 위해 신지에게 귀에 대한 이야기를 꺼낸다는 것은 잔인한 일이라고 말이다.

계절은 하루하루가 다르게 한여름으로 치닫고 있었고, 대학은 방학을 향해 달려가고 있었다. 교정에는 눈에 띄게 학생이 줄었고 게시판에는 휴강 게시물이 늘어갔다. 이런 분위기 속에서 열어둔 문과 창문 틈으로 어느 날은 와이셔츠의 소매를 걷어 올린 하마다가, 또 어느 날은 노타이 차림의 하마다가 도장을 찍거나 품의서를 쓰거나 전화를 걸곤 했다.

학생 신문 인터뷰를 거절한 다음날 오후 느지막이 교무과의 과장대우가 복도에서 하마다를 불러세웠다. 학생 신문에서 직원회 의견을 물으러 왔는데 이 단계에선 의견을 말할 수는 없다고 해 두었다고 한다. 하마다는 학생 신문이 날뛰는 바람에 정말 난처하다고 푸념을 늘어놓았고 상대는 하마다를 동정했다. 그리고 두 사람은 드디어 맥주가 맛있는 계절이 왔다는 이야기를 나누고 헤어졌다.

이튿날 과장·과장대우급 회의가 끝나고 하마다가 회의실에서 나오려고 하자, 경제학부 회의가 있는지 경제학부 교수와 조교수 세 명이 나란히 들어왔다. 한 사람은 와이셔츠의 소매를 걷어 올리고, 한 사람은 여름용 포럴 정장을 말끔하게 차려입었고, 또 한 사람은 폴로셔츠가 땀에 흠뻑 젖어서 더러워져 있었다. 와이셔츠의 남자는 「하늘천따지」에게 비난을 받은 노모토 교수이다. 하마다보다 두세 살 어린 젊은 노모토는 하마다를 보자, 「아사히 저널」[51]을 쥐고 있던 한 손을 훌쩍 들고 말했다.

"변호론을 한바탕 퍼부어 뒀어요."

"……?"

"학생 신문 놈들이 들이닥쳐서."

"어이쿠, 저런."

"공동의 적, 「하늘천따지」를 상대로 싸우는 거니까. 투지를 불태워서 찍소리도 못하게 해 버렸거든요" 하며 교수가 건강한 목소리로 말했다.

하마다는 정중하게 인사를 한 뒤, 니시와 함께 회의실을 나왔다. 그러나 그때 하마다의 마음속에는 고마움보다도 오히려 자유로운 발언이 대체적으로 허락되는 교원이라는 직업에 대한 선망과 반발심이 더 강했다. 그리고 니시도 걸어가면서 하마다에게 이렇게 소곤거렸다.

"속 편한 신분이구만. 노모토 같은 인간들은."

같은 날 하마다는 호리카와 이사의 도장을 받을 일이 있어서

---

51 60년대에서 80년대에 걸쳐 진보적 문화인이나 반체제파 젊은이들이 애독한 아사히신문사의 주간지

호두색과 연두색의 이사실로 갔다. 더위 탓으로 지쳐있는 걸까, 이날따라 이사의 백발은 담뱃진에 물든 치아처럼 지저분해 보였다. 이사는 여느 때처럼 사슴 가죽 주머니에서 상아 도장을 꺼내 찍은 뒤, 하마다를 불러세우더니 의자는 권하지 않고 물었다.

"이누즈카가 옛날 일을 시시콜콜 캐냈다면서?"

"예."

"날벼락을 맞았군."

"예."

"걱정할 필요는 없지만…… 조심하는 게 제일이야. 자중하게나. 무슨 일이 있어도 공연한 자극은 피하도록 하게."

그래서 하마다는 학생 신문 인터뷰를 거절한 일을 보고했다. 이사는 눈을 감고 고개를 끄덕이며 듣고 있다가(표정에서 반응을 읽으려고 해도 그 얼굴은 마치 모르는 언어로 쓰인 책 같았다), 갑자기 눈을 뜨더니 자상한 어조로 물었다.

"부인은 잘 지내는가?"

"예, 덕분에."

"음, 그거참 다행이구만."

요코에 대한 질문은 이제 돌아가라는 완곡한 신호처럼 울렸다. 역대 학장 겸 이사장의 초상 아래에서 하마다는 깊이 머리를 숙이고 난 뒤 이사실을 나왔다. 이사가 말한 '공연한 자극은 피하라'는 것은, 즉 학생 신문의 인터뷰를 거절하라는 의미라고 하마다는 판단했다. 우선 그 이외(혹은 그 이상)로 무엇을 할 수 있겠는가?

쥐 죽은 듯 조용하고 어두운 복도를 걸으며 청소부를 방해하지 않도록 어슴푸레한 계단을 벽 쪽으로 바짝 붙어서 내려오면서, 그리고 밝은 복도에서 학생과 교원과 배달원을 스쳐 지나가면서, 하마다는 자신이 무언가 터무니없이 어수룩한 판단을 하고 있었던 건 아닌가 하는 불안에 수없이 사로잡혔다.

그로부터 사흘 뒤 학생 신문이 나왔고, 서무과에도 열 부 정도 배부되었다. 그것을 가지고 온 여학생 마코는 오늘도 검은 셔츠블라우스를 입고 있었다. 마코는 하마다와 시선이 마주치자 지금 막 사무 보조 책상에 올려놓은 신문을 가리켰다. 그리고 하마다가 고개를 끄덕이자 거만한 뒷모습을 보이며 나갔다.

하마다는 살며시 일어나 신문을 가지러 가서 선 채로 훑어보았다.

'반동 잡지 「하늘천따지」의 폭거', '반전의 영웅 모 씨에게 중상을'이라는 표제어는 매우 커다랗게 쓰여 있었지만, '영웅'은 곤란한 표현이라 쳐도 두려워했던 것만큼 선동적이지는 않았다. 기사도 학생 신문에서는 흔히 있는 일로 군데군데 이상한 일본어는 있었지만, 대충 무난하게 쓰여 있어서 그리 걱정할 필요는 없을 것 같았다.

기사는 여느 때보다 훨씬 점잖은 필치로, 외부인이 학내 인사에 간섭하는 것은 잘못되었다는 것, 태평양 전쟁의 징병 기피자가 현재 그 일로 비난을 받는 것은 당치 않다는 것, 이러한 언론이 횡행하는 것은 현재 일본이 반동화된 증거라는 것, 우익적·기생충적인 '소(小) 매스컴'(이라는 이상한 말을 썼다)이 반동적 풍조의 핵탄두가 되었다는 것, 우리는 미국 내에서 베트남 전쟁에 반대하는 병역 거부자와 함께 미 제국주의에 투쟁해야 한다는 것 등이 쓰여 있었다. '또한 본지는 문제의 과장대우 모 씨와 직원회 담당자에게 인터뷰를 여러 번 요청했지만 유감스럽게도 거절당했다. 현 시점에서 직원회는 사태를 관망할 의향인 듯하다' 하마다는 안심하고 자리로 돌아가려 했다.

그러나 그 다음 줄에 있는 기사의 마지막 몇 줄은 신문을 읽으면서 자기 자리로 걸어가던 하마다를 아연실색하게 했다. 하마다는 멈춰 섰다. 아니 그 자리에 얼어붙고 말았다.

「하늘천따지」에 공격 당한 경제학부 노모토 교수의 담화

「하늘천따지」라는 잡지는 항상 폭론과 망언을 지리멸렬하게 늘어놓을 뿐이다. 전쟁 때 모 씨의 행동을 확실한 데이터도 없이 풍문으로 추측하는 것은 위험하지만, 만약 풍문대로 모 씨의 병역 거부가 사실이라고 해도 구 일본군이 해체되어 버린 지금, 모 씨를 책망할 법적 근거가 없다는 것은 말할 필요도 없다. 이것은 미군의 포로가 되어 귀환한 사람들의 경우도 마찬가지다(구 일본군은 '포로의 치욕'을 당한 자에게 자살을 강요했다). 법적으로는 비난할 수 없지만 국민감정으로써는 용납될 수 없다는 것을 동 잡지는 말하고 싶을지 모르나, 현재의 일본 국민이 평화 헌법을 지지하고 있는 한, 이 논의는 정당화될 수 없다. 외부인이 학내 인사에 참견하는 것이 바람직하지 않다는 것은 새삼 언급할 필요도 없을 것이다. 이러한 부당한 간섭은 반

드시 배제되어야 한다. 또한 나는 태평양 전쟁 때, 학도병으로 전쟁터에 나갔던 자이다. 이 점은 오해가 없도록 굳이 부언해두고 싶다.

하마다는 뺨을 얻어맞은 것 같았다. 하마다는 마지막 줄을 들여다보며 의자에 앉았다. 노모토 교수가 자신을 보호하려고 쓴 '부언'은 변호론 전체를 망치고 말았다. 독자는 왜 노모토 교수가 '굳이' 자신의 학도병 출진에 대해 언급해야만 했는지를 반드시 생각할 것이다. 그 대답은 노모토 교수가 비겁자로 보이기 싫었기 때문이라는 말이 될 것이다. 그것은 곧 '모 씨(하마다)'가 비겁자라는 것과 비겁자로 보는 게 타당하다는 것을 의미한다.

하마다는 신문에서 눈을 떼고 접어서 옆에 내려놓았다. 서류를 읽는 척 하며 사흘 전 회의실에서 본 노모토 교수의 쾌활하고 밝은 모습을, 거리낌 없는 목소리를, 와이셔츠 소맷자락을 걷어 올린 팔과 팔꿈치 조금 밑에서 손등까지 난 짙은 털을, 그 손으로 느릿하게 부채질을 하고 있던 주간지를 떠올렸다. 그 자가 이런 식으로 배신을 한 건가. 게다가 아마 스스로는 배신이라고 의식하지도 못한 채로. 전화가 걸려왔다. 그 벨소리는 숨이 막혔다. 사무 보조 아이가 점심은 무엇으로 하겠냐고 돌아다니며 묻는다. 어느 연구실 조교가 갱지와 색분필을 받으러 왔다. 그리고 하마다는 학생신문을 다시 손에 들고 교수의 담화 기사를 읽었다. 문체로 보아 하니 이것은 원래 담화가 아니라 교수가 원고를 써서 건넨 것이라고 추정했다. 왜 그런 번거로운 짓을 했을까? 최후의 자기변호가 누락되면 곤란하니까. 절대적으로 필요하니까. 하마다는 손수건을 꺼내 목덜미를 닦고 차츰 높아져 가는 여름 아침의 기온 속에서 두려움에 떨고 있었다. 지금은 노모토 교수가 이런 식의 자기변호가 필요하다고 정확하게 판단하는 시대라는 것을 새삼 느끼면서.

호리카와, 고바야카와 두 이사로부터 과장에게 전화가 걸려왔다. 평의회 건으로 의논할 게 있는 듯했다. 과장은 황급히 자리에서 일어나더니 출입문 근처 책상 위에 놓여 있는 학생 신문을 한 부 들고 나갔다. 필시 과장은 바로 그것을 읽을 것이다. 읽고 나서 이사들과 이야기를 나누겠지. 니시가 연구소 소장인 교수에게 용건이 있다며 시계를 보면서 일어나 사무 보조 책상 옆으로 가서 선 채로 신문을 들여다보더니 총총히 사라졌다. 니시와 연구소장의 첫 화제는 나의 징병 기피일 것이다. 그런데 도대체 신문학회 학생들은 무슨 생각으로 그런 걸까? 그들은 아마 이것이 내게 얼마나 불리한 언급인지 몰랐을 것이다. 알았다고 해도 '노모토 교수의 담화'라는 기사를 넣어 신문다운 형식을 갖추려는 즐거움에 패한 것이다. 혹은 말로는 미 제국주의에 대한 반항과 평화 옹호를 들먹이면서 어두운 무의식의 영역에서는 전쟁 영화나 전기물의 논픽션이 가져다주는 흥분에 취해 '용기'라든가 '명예'라는 싸구려 미덕을 동경하고 있을지도 모르겠다. 시대의 분위기가 그들을 지배하고 있을 것이다. 6월 말의 음습한 더위 속에서 하마다는 자신이 앞으로 점점 더 불리한 입장에 놓이게 될 거라고 예상했다.

'모 씨'가 하마다라는 것은 학내에 널리 알려져 있었다. 하마다는 버스 안에서 자신의 옆얼굴을 빤히 쳐다보고 있는(경멸인가? 아니면 단순한 호기심?) 남학생의 시선과 화단 옆 벤치에 걸터앉아 재잘거리고 있던 여학생이 지나가는 자신을 슬쩍 손가락질하는 것을 성가시게 생각했다. 교직원 중, 특히 올해나 작년에 들어온 자들 중에는 하마다의 얼굴을 말똥말똥 쳐다보다가 시선이 마주치면 피하는 자가 많았다. 필시 그들은 이전에 들어온 자에게 물어보았을 테고, 진실보다도 거짓이 많은 이야기를 들었을 것이다. 징병 기피에 대하여 얼굴을 보고 말을 꺼낸 사람은 관립대학에서 정년퇴직을 하고 사오 년 전부터 이곳의 전임이 되어 영어를 가르치고 있는 사쿠라이 교수뿐이었다.

학생 신문이 나온 지 사흘째 되던 날 오후, 하마다가 문이 열려 있는 사쿠라이 교수의 작은 연구실 앞을 지나쳤을 때, 연구실 안에서 그 모습을 재빨리 알아차린 교수가 하마다를 불러세웠다.

"하마다, 잠깐 놀다 가지 않겠소? 커피라도 대접할 테니."

"예, 좋습니다. 교수님."

"집에서는 책을 읽을 수가 없어서 나와 있는데, 이렇게 잠만 자고 있다네."

노교수는 읽고 있던 얇은 양서를 엎어 놓고 소파에서 일어나 하마다에게 의자를 권하며 기쁜 듯이 사이펀과 커피잔과 커피통을 서랍에서 꺼내 직접 물을 뜨러 가려 했다.

"교수님, 제가……."

"됐네. 늙은이는 몸을 움직여야 해."

"송구스럽습니다."

"아니야. 젊으십니다, 라고 말해주게."

노교수는 웃으면서 작은 주전자를 들고 나갔다.

사쿠라이 교수는 모카와 산토스를 주로 마시는데, 신맛이 나는 게 여름용이다. 커피 맛이 좋다고 했더니 기뻐하면서 교수가 말했다.

교수는 "어제 오다한테 들었네" 하며 전쟁 전부터 이 대학에 근무하는 외국어 전체주임을 맡고 있는 영어 교수의 이름을 입에 올렸다.

"자네가 엄청난 짓을 했다면서."

"예."

"대단하네."

"아닙니다, 교수님."

"뭘 하면서 먹고 살았나? 집에서 돈을 많이 들고 나왔는가?"

"돈은 금세 떨어졌습니다. 이런저런 일을 했지요, 꽤 여러 가지로."

"그랬겠지."

교수는 만족스러워하며 고개를 끄덕이더니 사십여 년 전, 징병 검사를 받기 전에 단식을 해서 살을 뺐던 추억담을 늘어놓기 시작했다.

"그 시절엔 조금만 말라도 통과됐으니까 수월했지."

하마다는 시시콜콜 캐묻지 않아서 다행이라며 가슴을 쓸어내리고 연구실을 나왔다. 이미 대학은 실질적으로 여름 방학에 들어갔다. 사람의 모습이 거의 보이지 않았다. 복도 구석에는 어딘가 벽을 새로 칠하려는지(그런 공문이 왔던가?) 큰 사다리가 놓여 있고 그 곁에는 아무도 없었다. 어딘가에서 누군가가 '성자의 행진'을 휘파람으로 불고 있었다. 하마다는 사쿠라이 교수와 같은 입장에 있는 사람이 아무리 호의적이라 해도 안심할 수 없다, 문제는 역시 호리카와 이사가 어떻게 생각하고 있는가에 달려있다, 하며 정적 속에서 자신을 일깨웠다.

그러나 그 불안은 참으로 빨리 사라졌다. 아니, 옅어졌다고 하는 편이 더 나을지 모르겠다. 그가 서무과로 들어가려 할 때 고바야카와 이사와 함께 걸어오는 호리카와 이사를 본 것이다. 하마다는 서서 기다렸다가 두 사람에게 인사를 했다. 호리카와 이사는 무척 기분이 좋은 얼굴로 말했다.

"하마다, 여름에 어디라도 가는가?"

"예, 아지로의 기숙사를 신청해 두었습니다."

"물론 부인과 함께 가는 거겠지?"

"예. 아내 말고는 없으니까요."

세 사람은 웃었다. 손에 든 파나마모자를 만지작거리고 있는 고바야카와 이사의 웃는 얼굴은 하마다를 더더욱 안심시켰다. 하마다는 현관까지 나와서 벤틀리를 탄 이사들을 배웅했다.

아지로의 기숙사란 오륙 년 전에 돌아가신 명예 교수의 별장이다. 그 국어학자의 가장 큰 업적은 고대 일본어와 고대 조선어의 비교 연구인데, 세간에는 중등 교과서와 학생용 국어사전을 편찬한 것으로 알려져 있었다. 그 별장도 주로 그 저작의 인세에 출판사와 문하생의 기부금을 보태어 장만한 것이다. 2층 건물에 방이 여섯 칸 있고 작은 욕실에는 온천수가 들어온다. 명예 교수가 죽은 뒤 대학 당국이 미망인으로부터 사들였고, 경험이 많은 관리인 부부를 상주시켜 오로지 교직원을 위한 후생 시설로만 쓰고 있었다. 하마다는 자신의 휴가에 맞춰 7월 하순의 나흘간을 예약해 두었다. 작년 여름에는 아무데도 가지 않았기 때문에 이것으로 요코의 비위를 맞출 수 있다면 상당히 싸게 먹힌다고 생각한 것이다.

아지로의 기숙사에 가는 것은 이번이 처음이었다. 그러나 아지로에는 한 번 온 적이 있었다. 하마다는 역에 내렸을 때부터 옛일을 떠올리고 있었다.

'아마 1941년 말이었을 거야. 모래 화가 이나바의 시신을 화장하고 이즈에 왔었지. 한동안은 서해안에 있다가 동해안으로 왔으니까, 아지로에 머물렀을 땐 해가 바뀌어 1942년이었을 거야.'

그랬다. 니가타의 엔니치와 소학교에서 장사를 하고 있었지만, 아직 모래 그림은 서툴렀고 손님을 대할 줄도 몰라서 줄곧 식은땀만 흘렸다. 누마즈에서는 홋토코[52] 모양의 문신이 있는 노점상과 방을 같이 쓰게 되었는데(아마 방공용 검은 전구 커버를 취급하고

---

52 입이 뾰족이 나오고 짝짝이 눈을 한 익살스러운 가면

있었던 것 같다), 상호를 받지 않으면 정말 손해를 본다면서 뭣하면 자기가 소개해 주겠다고 집요하게 권하는 바람에 거절하느라 얼마나 고생했던가. 그건 그렇고, 이렇게 도쿄 근처까지 왔을 때는 어떤 기분이었을까? 무섭진 않았을까? 중년과 초로의 어름에 서 있는 남자는 젊은이의 무모함을 어처구니없다는 듯 떠올리고 있었다.

온천여관이 밀집해 있는 곳으로 가는 다리를 건너면서 요코가 물었다.

"왜 그래요?"

"아냐, 아무 것도 아냐. 많이 변했다 싶어서."

"난 처음인데."

"예전엔 온천마을이라기보다는 어촌마을이었어."

어촌마을이라고 한 것은 좀 지나친 말이지만, 온천마을이라기보다는 병을 고치려는 자들이 찾아드는 요양촌. 생선 비린내가 나는 싸구려 여관. 모처럼 이토에 머무르게 되었는데도 편도선이 붓고 열이 나서 나흘을 몸져누워 있었다. 간신히 기운을 차려 아타미로 돌아왔더니 이번에는 줄곧 비만 내렸다. 어쩐지 마음 한구석이 허전한 여행. 불안. 조릿대 베개. 정월의 이즈는 승전 기분으로 들떠 있었다. 싱가포르가 언제 함락될지 지배인과 안마사가 내기를 하고 있었다. 그런데 그 시절 나는 이토 같은 곳에 있으면 아는 사람을 만날 위험이 있다고는 생각하지 않았던 것 같다. 생각은 했지만 그래도 우습게 여기고 있었던 걸까? 청춘이었다.

기숙사는 변두리에 있었다. 별장이라 한적한 곳에 지었을 테지만 지금은 온천여관과 빠칭코 사이에 끼어 있다. 1942년에 묵었던 싸구려 여관을 찾으려고 신경을 쓰며 걸었지만 그럼직한 건물은 보이지 않았다. 누드 스튜디오 언저리가 아니었나 하는 생각만 들었을 뿐이다.

대학의 담당자는 꽉 찰 거라고 했지만, 다른 사람들이 해약을 했는지 손님은 그들 부부 두 사람 이외는 부속 고등학교의 체조 교사와 교사의 친구뿐이었다. 하마다 부부는 국어학자가 서재로 사용했다는 2층의 서늘한 방으로 안내되었다. 도코노마[53]에는 그 명예 교수의 휘호가 든 큰 족자가 걸려 있었다. 하지만 만요가나[54]로 쓴 와카[55]는 너무 달필이다 보니 하마다는 뒷구밖에 읽을 수가 없었다. 기숙사의 저녁 식사 때 나온 생선은 모두 신선했지만, 너무 짜서 앞으로 나흘 동안 이런 음식을 먹어야 한다고 생각하니 진절머리가 났다.

"이럴 줄 알았으면 만들어 먹는 게 좋았을 텐데."

"가능하면 회나 튀김 종류로만 시키면 되잖아."

하마다는 요코를 달래며 말했다.

이튿날은 둘이서 낚시를 하거나 물놀이를 했다. 요코의 헤엄은

---

53 일본식 방의 한쪽을 방바닥보다 조금 높이 올려 꽃병이나 도자기를 두고 벽에는 족자를 걸어두는 곳
54 고대에 일본어를 표기하기 위해 한자의 음을 빌려 사용된 문자
55 일본 고유의 정형시

개헤엄보다 조금 나은 정도였다. 그리고 요코는 여전히 음식의 간을 투덜대면서도 나온 요리는 전부 먹어치웠다. 매일 밤 아내는 남편의 애무를 원했고, 남편은 아랫방의 체조 교사 일행에게 들리지 않을까 염려하면서 응해주었다. 이튿날 밤에는 아내가 유독 심하게 안아달라고 졸랐고 남편은 한 시간 정도 기다리라고 말해놓고는 잠들어 버렸다. 그 다음날 아침엔 산 쪽으로 무척 오래도록 산책을 했다. 오후에는 지쳐서 낮잠을 자거나 주간지를 읽으며 보냈다. 저녁이 가까워질 무렵, 요코는 주변을 한 바퀴 돌고 오겠다며 유카타 차림으로 나갔다. 가지고 온 오비는 특별 할인을 할 때 사둔 것인지 제법 세련되어 아담하고 피부가 뽀얀 요코에게 잘 어울렸다. 하마다는 빠칭코 소리를 소나기처럼 들으면서 다시 꾸벅꾸벅 졸았다.

하마다는 계단을 올라오는 발소리에 잠이 깼다. 눈을 떠보니 요코가 입구에서 쓸쓸한 모습으로 서 있었다. 하마다는 말을 걸었다.

"잠 한번 잘 잤네. 어때? 목욕하러 갈까?"

"응, 그래요, 그래요."

요코는 달뜬 목소리로 대답한 뒤, 가정에서도 온천을 즐길 수 있나고 선전하는 입욕제 CM송을 콧노래로 부르면서 앞서 내려갔다.

어둡고 좁은 탈의실에서 요코가 먼저 유카타를 벗었다. 그 다음엔 하마다도. 욕실 문을 열려고 했을 때 하마다는 탈의 바구니를 얹어놓는 어스레한 선반 밑에서 무언가 황금색으로 빛나는 것을 발견했다. 알몸의 하마다는 그것을 유심히 들여다본 뒤 주위들고서 쓴웃음을 지었다. 고가품일 거라는 기대를 저버렸기 때문이다. 그것은 칠석날에 장식으로 쓰는 작은 색종이 뭉치였다. 맨 위는 금색종이, 그 밑에는 은색종이. 그 다음엔 다섯 장씩, 빨강, 노랑, 자주, 초록……으로 이어진다. 뒷면에 잉크가 땀처럼 배어 있는 싸구려 종이의 비속한 색채. 작은 종이 뭉치를 묶은 두꺼운 띠에는 어린 여자아이와 맑고 푸른 칠석 밤하늘 도안이 그려져 있었다.

"여보."

하마다는 채근하는 요코의 목소리에 '호랑이표 칠석종이'를 선반에 올려놓고 욕실 문을 열었다.

욕조가 작아서 둘이 들어가기에는 조금 비좁았고 세면장도 좁았다. 하마다는 욕조 테두리에 걸터앉아 다리를 탕 속에 담그고 찰랑찰랑 흔들면서 요코에게 말했다.

"칠석용 색종이가 떨어져 있더라."

그리고 아내의 표정을 보고 말했다.

"당신이 사온 거야?"

"응. 그냥 사고 싶어서."

몸을 씻으면서 아내가 말했다.

"어린애같이. 얼마였어?"

"십 엔이었나? 이십 엔이었나?"

"그 정도겠지."

"여보" 하며 아내가 촉촉한 목소리로 말했다.

"어제 약속한 건 잊지 않았겠죠?"

"⋯⋯?"

"잊어 버렸어요? 뭐야, 시시하게."

"알았어. 오늘 밤⋯⋯. 근데 오늘 밤 건 오늘 몫이 되는 건가? 그럼 어제 몫은 지금 해결할까?"

"여기선 싫어요. 머리가 젖는단 말이야."

하마다는 미소를 흘렸다. 그러다 하마다의 얼굴에서 미소가 서서히 씻겨 내려갔다. 푸른 밤하늘. 모든 집이 불을 끈 등화관제의 칠석. 1945년 우와지마에서는 때가 때인 만큼 칠석을 지내는 집이 그리 많지 않았다.

모기장 속으로 들어온 아키코를 끌어당기려고 하자 아키코가 말했다.

"잠깐 기다려."

"옷을 입고 있는 거야? 지금 몇 시야?"

창밖은 밝고 눈부셨다. 스기우라는 아침햇살을 손으로 가리며 물었다. 그리고 아키코가 채 대답도 하기 전에 서둘러 큰 소리로 말했다.

"공습경보?"

"으응, 아냐. 4시 반⋯⋯, 5시. 고구마 잎에 맺힌 이슬을 받으러 갔었어."

"⋯⋯?"

"칠석이잖아. 잊고 있었어? 켄 짱."

아키코는 중얼거리듯이 말하면서 누웠다. 새벽에 다랑이밭을 다녀온 아키코의 몸, 특히 허벅지에서 고구마 잎과 토마토 잎에서 감도는 향기가 났다.

점심때가 다 되었을 무렵, 스기우라는 이웃에 있는 소학교 선생 집에 가서 적당한 대나무 두 개를 잘라왔다. 유키 일가의 집터에는 대나무가 없기 때문이다. 스기우라는 대나무를 자신의 방으로 날랐다. 아키코는 오후에 색종이와 도화지를 사러 시내로 갔고, 물건을 사는 데 두 시간이나 걸렸다. 아키코는 도화지를 구하기는 쉬웠지만, 올해는 어딜 가도 색종이가 없어서 마지막으로 들어간 작은 가게에서 팔다 남은 물건을 겨우 찾아냈다며 땀을 훔치면서 자랑했다가, 마치 소이탄이라도 하나 꺼트린 것처럼 으스댄다며 모친에게 놀림을 받았다. 단색으로 물들여진 조악한 종이들을 방바닥에 펼쳐놓았다. 빨강과 노랑은 한 장씩밖에 없고 자주, 초록, 보라, 주황은 두 장씩. 금색과 은색 종이는 구할 수 없었다. 어떤 색이든 색종이가 다 그렇지만 빨강과 노랑은 유독 어둡고 칙칙한 색조로 보인다.

두 사람은 2층으로 올라가 구석에 대나무 두 자루를 세워놓은 방에서 칠석제 준비를 시작하기로 했다. 아키코의 모친은 라디오를 들으면서 가게를 보고 있었다. 공습이 시작되고 나서는 더 이상 전당품은 받지 않았고, 책임은 질 수 없으니 빨리 찾아가라는 엽서를 보내도 아무도 찾으러 오지 않았다.

가게 카운터에서 쓰던 것이라고는 도저히 믿기지 않을 만큼 깨끗하게 손질된 벼루에 아키코는 크림병 속의 물을 조심스레 따랐다. 그리고 먹을 다 갈고 나서 빨간 색종이를 잘라 만든 종이 두 장을 스기우라 앞에 놓았다.

"올해도 내가 써야 해? 잘 못 쓰는 거 알면서."

"나보다는 낫잖아" 하며 아키코는 노란 색종이로 별을 만들기 시작했다.

"무슨 시였더라?"

"잊어버렸어?"

"응, 생각이 안 나."

아키코는 신문지 가장자리의 여백에 연필로 이렇게 썼다.

> 七夕날 은하수 건너는 꾸지나뭇잎배
> 오랜 세월 가을이 올 때마다
> 그 잎에 몇 번을 이슬로 써왔을까
> 허허롭고 덧없는 소망들을

그리고 아키코는 읽었다.

"시치세키……."

"다나바타[56]아냐?"

"시치세키라고 읽는 거야. 엄마한테 그렇게 배웠으니까."

---

56 일본어로 칠석이라는 말

스기우라는 이제 반박하지 않았다. 칠석을 '시치세키'라고 잘못 읽는 것은 모친은 조모한테 배우고, 조모는 증조모한테, 증조모는 고조모한테……. 그리고 그 읽는 법과 함께 옛날 와카가 몇 백 년이나 쭉 전해 내려왔을 것이다. 누구의 시일까? 작년에도 스기우라가 혼잣말처럼 그렇게 중얼거렸더니, 아키코가 넉살좋게 태연한 얼굴로 "작자미상"이라고 대답했었다. 스기우라가 "정말?" 하고 되물었더니 아키코는 "거짓말이야. 내가 어떻게 알아"라고 말했다. 그리고 아키코의 모친도 물론 모를 테고. 아마 조모도 증조모도 다 모를 것이다. 몇 백 년이나 그렇게. 그런데 아키코는 이 시를 누구에게 전할까?

"켄 짱, 작년에도 그랬잖아. 시치세키가 아니라 다나바타라고."

"응."

"꼭 짚고 넘어가야 직성이 풀리는구나."

스기우라는 그 말에 대꾸하지 않고 칙칙한 빨간 종이에 와카를 썼다. 첫 장은 써 내려가다가 글자를 조금 작게 써야만 했다. 두 장 째는 글자 배열은 잘 되었지만 글씨 자체에 힘이 없었다.

"안 되겠어. 아무리 봐도 서툴러."

"잘 썼어. 정말."

아키코는 작년과 똑같은 겉치레 말로 위로했다.

아키코는 색종이를 잘게 잘라서 가지각색의 종이 사슬을 만들고 있었다. 스기우라는 물었다.

"수박이랑 가지도 그릴 거야?"

"응, 그려줘."

"작년에도 생각했었는데, 그건 관두는 게 좋지 않을까? 그건 아무래도……" 촌스럽다고 말하고 싶었지만 말을 바꿔 "이상하잖아. 별이 사랑을 나누면서 수박을 먹는다는 게" 하고 말했다.

"하던 대로 안 하면 엄마가 서운해 할 거야."

스기우라는 작년처럼 모래 그림 도구를 꺼내 수박, 오이, 가지, 토마토, 참외 등 제철 과일을 두 개씩 도화지에 그려서 오려냈다. 모래 그림의 모래는 아직 조금 남아 있었다. 도쿄의 재료상 스가와라 토메키치와는 벌써 한참 동안 연락이 끊겼다. 신주쿠 2가 13번지도 폭격에 불타 버렸을까? 아마 그랬을 거다. 죽었을지도 모른다. 한 번도 만난 적이 없는 사람. 엽서에 연필로 지렁이가 기어가듯 서툰 글씨를 쓰던 남자. 스기우라의 은인. 어쨌든 지금의 도쿄에서는 거리를 걷다가 신발을 주웠다 싶으면 그 속에 잘린 발목이 들어 있다고들 하니까. 아오야마에 있는 우리 집도 피해를 입었을 게 분명하다. 이런 우와지마 같은 지방 도시조차도 심하지는 않았지만 여태까지 세 번인가, 네 번인가 피해를 입었으니까. 다들 어찌 지내고 있을까? 생각한들 뾰족한 수는 없지만. 모두 죽었을지도 모른다. 신지만 살아남았거나 어머니만 건강하거나. 그런 일도 있을 수 있다. 아니면 모두 배를 곯으며 방공호에서 이를 잡고 있을지도 모른다. 원숭이들처럼.

저녁 식사를 마치고 조금 지나자 아키코의 모친이 이제 칠석제를 지내자고 했다. 작년에도 그랬듯이 창문을 활짝 열어놓고 양쪽 기둥에 파란 대나무를 동여맨 스기우라의 방으로 세 사람이 여러 가지 물건을 날랐다. 칠석을 지내기에는 고풍스러운 옛 살창이 고스란히 남아 있는 아키코의 방보다 서양식 창문으로 개량한 스기우라의 방이 쓰기 편하다는 건 얄궂은 일이었다. 매우 화창하고 별이 많은 밤이었다. 등화관제로 컴컴한 방안에 있으니 더더욱 별이 많이 보이는 건지도 모른다. 어느 집도 불을 켜지 않는다. 이따금씩 저 멀리 빨간 점이 보인다. 아마 칠석제를 즐기면서 담배를 피우고 있는 남자가 있을 것이다. 어디선가 웃음소리가 났다. 어느 집 라디오에서 「승리의 그날까지」가 흘러나왔다. 창가에 책상을 가져다놓고 수박과 참외 그리고 빈 대접과 사발을 올려놓았다. 아키코가 대접과 사발에 주전자의 물을 따랐다. 작고 검은 수면에는 별이 비치는 것 같기도 했다.

  산들바람이 불어와서 댓잎이 흔들리고 실로 매달아놓은 색종이와 종이 과일이 흔들렸다. 모래 그림의 모래가 떨어지는 소리가 들리는 듯도 하다. 밝은 하늘을 등지고 있는 검은 조릿대와 검은 종이를 바라보고 그 희미한 소리를 들으면서 세 사람은 수박을 먹었다. 모기향이 책상 밑에서 타고 있었지만 때때로 모기 소리가 들렸다. 수박 냄새 때문인지 댓잎 냄새 때문인지 오늘 아침 아키코의 알몸의 기억이 생생하게 밀려왔다. 오늘 밤엔 시로야마산의 사이렌이 울리지 않았으면 좋겠다고 아키코의 모친이 말했다. 스기우라는 라디오의 스위치를 켜고 볼륨을 낮추었다. 라디오의 다이얼 불빛이 새지 않도록 아키코가 보자기를 뒤집어 씌웠다. 라디오 드라마가 도중에 끊기고 아나운서가 침통한 목소리로 말했다. 아무래도 오늘 밤은 센다이와 우쓰노미야 차례가 될 모양이다. 아키코의 모친은 북쪽이라서 다행이라고 중얼거렸다. 라디오 드라마가 다시 시작되었다. 모친의 성화에 아키코가 대접과 사발의 물을 버리고 새로 물을 따랐다. 이것은 견우와 직녀가 쉬이 건널 수 있도록 은하수의 물을 깨끗이 하는 것을 의미하는 거냐고 물어보고 싶었지만, 참고 입 밖으로 내지 않았다. 작년에도 같은 질문을 했다가 관습이 그런 거라는 대답밖에 해주지 않았던 게 생각났기 때문이다.

아키코의 모친은 참외를 한 조각 먹더니 이제 그만 자야겠다며 아래층으로 내려갔다. 스기우라는 먹던 참외를 내려놓고 아키코의 젖가슴을 옷 위에서 만지다가 젖꼭지가 단단해지자 똑닥단추를 끌렀다. 뽀얀 얼굴이 곁으로 다가와 숨을 헐떡거리며 스기우라의 입술을 더듬는다. 부드럽고 따뜻한 여자의 혀가 남자의 입 안에서 부드러운 생물이 된다. 두 사람은 턱을 적시며 입을 떼었고, 남자의 입은 바로 여자의 젖가슴으로 갔다. 여자의 몸이 쓰러지고 남자의 손은 또 하나의 젖가슴에서 배로 내려간다. 여자는 창문을 닫지 않으면 싫다고 중얼거리듯 말했지만 남자는 그것에 대답하지 않았다.

끝났다. 땀으로 범벅된 두 사람은 방바닥에 나란히 누워 머리를 젖히고 별하늘을 바라보았다. 두 사람은 잠자코 있었다. 갑자기 아키코가 몸을 일으켜 무릎걸음으로 책상으로 다가가서 대접과 사발의 물을 갈았다. 스기우라의 눈은 어둠 속의 하얀 알몸이 다시 자신의 곁에 누울 때까지의 움직임을 계속 좇았다. 이윽고 아키코가 말했다.

"전쟁이 끝나면 어떡할 거야?"

"끝나지 않아. 영원히."

"영원히?"

"응. 언젠가는 끝나겠지만 일본의 정치가들은 멍청하니까. 그 전에 둘 다 죽을걸."

"그런 무서운 말 하지 마."

"정치가는 멍청하고 군인은 더 심하니까."

"내년 칠석 때 켄 짱은 여기 없겠네. 도쿄에선 이런 거 안 하지?"

"응. 내년까지 목숨이 붙어 있을지 없을지."

"일 년에 한 번밖에 못 만나다니. 안됐다. 나 같으면 그 만큼을 모아서 매일 밤 만날 텐데……."

"우리 작년 칠석 땐 함께 보냈었지? 재작년 칠석엔……."

"난 우와지마에서 엄마하고 대판 싸웠고."

"나 때문에?"

"응."

이야기는 조금 틈을 두고 이어졌다.

"난 오노미치에 있었어. 학생들이 공작 시간에 만들겠지, 작은……."

"있잖아, 그 남자는 어떻게 되었을까?"

그 남자라는 말로 의미는 통했다.

"글쎄, 살았을까 죽었을까. 아마 살아있을 거야, 그놈. 아무리 무시무시한 폭탄이 떨어져도."

"죽었으면 좋겠다. 그치?"

"응. 아사히나⋯⋯ 케이치. 이름도 잘 기억하고 있지. 잊어버릴 수가 없어. 가끔씩 꿈에 나타나거든. 가끔이 아니야, 허구한 날이지. 검은 목닫이 옷을 입은 남자의 꿈, 말을 탄 헌병의 꿈, 그리고⋯⋯ 관부 연락선[57]에서 내렸을 때의 꿈. 얼마 전에 내가 네 방으로 간 적 있잖아. 그땐⋯⋯."

"늘 왔으면서. 모르는 사람이 들으면 그때 딱 한 번 말고는 내가 맨날 달려든 줄 알겠어. 너무한 거 아냐?"

"모르는 사람한테 말할 리가 없잖아."

"어머, 일껏 와놓고선, 중요한 걸 놓고 왔다고 가지러 간 사람이 누구야?"

아키코가 말했다.

"오늘은 안심해도 되는 날이니까 필요 없다고 말린 사람은 누군데?"

"몰라."

스기우라는 웃으면서 아키코의 가랑이 사이에 손을 집어넣었다. 땀은 이미 말랐다. 스기우라의 오른손이 아키코의 매끈한 허

---

57 부산과 일본의 시모노세키 사이를 운항하던 연락선

벽지를 어루만졌다. 구름이 나타난 모양이다. 별이 바래간다. 미군 비행기가 아오모리에서 되돌아갔다고 라디오가 소곤거렸다.
 "조금만 더 기다려."
 아키코가 말했다.
 "조금만 더 얘기하자. 너무 좋았을 땐, 시간이 한참 지나야 돼. 안 그러면 간지러워서 견딜 수가 없어."

 아지로에서 사흘을 머물고 도쿄로 돌아온 뒤 남은 열흘 정도의 휴가는 어린이용 무선잡지에 게재할 원고를 쓰거나 대청소를 하고 재수 학원의 모의고사 감독을 하거나 요코와 함께 중화요리를 먹으러 가곤 하는 사이에 지나갔다. 8월은 더웠고, 9월초는 더 덥게 느껴졌다. 그러다 갑작스레 가을이 찾아왔다. 10월은 비가 내리는 날이 많았다. 가랑비가 내리는 일요일, 동생이 결혼을 하겠다며 같은 출판사의 영업부에서 일하는 약혼녀를 데리고 놀러왔다. 회사 중역이 중매를 섰고 결혼식은 12월 초에 올릴 예정이라고 했다. 귀머거리의 부인이 될 젊은 아가씨는 검은 보청기 줄을 늘어뜨린 남자와 나란히 서서 그저 생글생글 웃기만 했다. 하마다는 신지에게 그때 고막 사건에 대해 물어보고 싶었지만, 약혼녀 앞에서는 거북할까 싶어서 참기로 했다. 남동생은 지난번에(작년? 아니면 재작년?) 만났을 때보다 신경질적인 느낌이 많이 사라지고 선량하고 평범한 표정으로 바뀌어 있었다.
 10월은 비가 내리는 날이 많았고, 11월은 화창한 날이 이어졌다. 그런 11월의 매우 화창한 어느 날 아침, 하마다는 이사실에 가 있는 서무과장으로부터 바쁘지 않으면 바로 와달라는 전화를 받았다.

뜻밖에도 이사실에는 과장밖에 없었는데, 불편한 듯 소파에 앉아서 사치스런 넓은 방을 힘겨워하고 있었다. 하마다는 권해주는 의자에 앉으며 과장의 그 태도가 우스워서 죽어도 이 사람은 이사가 될 수 없는 인물이라는 감상을 품었다. 한바탕 날씨 이야기를 하고 나서 과장이 말했다.

"하마다 씨, 의논할 게 있어서 말이야."

"예"라고 대답하면서 하마다는 뭔가 나쁜 뉴스임에 틀림없다고 예감했고, 그 예감은 적중했다.

"다카오카에 가지 않겠나?"

과장은 하마다의 얼굴을 보면서 말했다.

그러나 하마다는 그 말의 의미를 바로 파악하지 못했다. 아니, 그때 하마다의 직감은 의미를 정확하게 파악하고 있었지만 오해이기를 바라고 있었던 것이다. 다카오카에 있는 부속 고등학교로 이삼일 출장을 다녀오라는 말이라고, 하마다는 그렇게 생각하려고 노력하고 있었다.

"다카오카 고등학교에 서무주임으로 가줬으면 하는데 말이야."

과장은 자신 없는 말투로 설명했다.

"이사님 생각이십니까?"

"응, 뭐 그런 거지. 나는 말만 전할 뿐이야."

다카오카의 부속 고등학교는 십년 전 경영난에 빠져 있던 것을 고바야카와 이사가 경솔하게 떠맡은 학교다. 당연히 고바야카와 이사 계통의 사람이 중심을 차지했고, 기존 사람들과 타협하여 모든 것을 운영하고 있었다. 호리카와 이사의 입김이 닿고 있는 자는 아직 간 적이 없었다. 그리고 호리카와 이사는 야구가 조금 강하다(고 해도, 도야마현의 현 대회에서 준결승까지 간 것이 가장 좋은 성적이지만)는 것 말고는 아무짝에도 쓸모없는 불량 학교라며 늘 비웃었다. 하마다는 다카오카로 가는 것을 엄청난 좌천으로 의식했다. 사실 부속 고등학교 직원은 격도 낮고 월급도 적은데다가 도쿄로 돌아올 가망성이 없었다. 그 일은 전에 인사과장이었던 이토가 다카오카의 서무주임과 대학의 구매부 주임 중에 하나를 선택하라고 강요당했을 때 후자를 선택한 것으로도 알 수 있었다. 하마다는 녹색 의자 끝에 걸터앉아 망연해하고 있었다. 물론 좌천이라고 의식한 하마다의 정확한 판단은 반년 전에 마사코가 전해 준 낭보와 대비되어 한층 더 마음을 어둡게 만들었다. 하마다는 옆자리에 니시가 있는 서무과와 지금 살고 있는 아파트, 그 아파트 근처에 있는 라면집과 빠칭코밖에 없는 교외 전철 역 앞의 마을을 마치 정든 고향처럼 그리워하고 있었다.

"다카오카 쪽에서는 수학과 물리도 가르쳐 줬으면 하던데. 자네는 이과 출신이니까."

과장이 말했다.

"예."

"조건은 좋아. 그 수당도 넣으면 월급은 지금보다 좋아질 걸세. 이토는 딸린 식구도 많은 데다 세놓은 집도 있어서 도쿄를 떠날 수 없는 처지다 보니 저리 됐지만, 자네라면 그런 건 문제가 없지 않겠나."

하마다는 대꾸하지 않았다. 과장이 말했다.

"승진할 윗사람들이 줄줄이 대기하고 있으니 여기선 전망이 좋지 않아. 게다가 자넨 본교 출신도 아니라서 손해를 보는 거지. 잠시 다카오카에 가 있는 것도 좋지 않겠어?"

하마다가 물었다.

"「하늘천따지」와 관계가 있습니까?"

"글쎄, 그건 잘 모르겠네. 나는 몰라."

과장은 황급히 대답하고 낭패감을 숨기기 위한 듯 말을 이었다.

"지금 당장 답을 달라는 건 아닐세. 생각해 보라는 거지. 다만 이 이야기는 외부에 흘리지 않도록, 그 점만은 꼭 주의를 해주게."

"남들과 상의하지 말고 혼자서 결정하라는 말씀입니까?"

"아니, 상의하는 거야 좋지. 아주 좋다고 봐. 다만 외부에는" 하고 힘을 주며 "새지 않도록" 하고 말을 이었다.

하마다는 과장이 학생 신문을 말하는 거라고 생각했다. 과장은 일어섰고 하마다도 일어섰다.

"주택 문제 같은 구체적인 것은 차차 의논하기로 하지."

과장은 걸으면서 마치 하마다가 다카오카행을 받아들이기라도 한 듯한 말투로 얘기했다. 함께 돌아온 두 사람을 니시가 미심쩍은 눈빛으로 보고 있었다.

그날 하마다는 곧장 집으로 돌아가지 않았다. 신주쿠로 나와서 식사하고 영화를 봤다. 하지만 처음에 들어간 극장에서는 FBI에게 쫓기며 도망치는 남자를 다룬 영화가 상영되고 있어서 중간에 나와버렸다. 다시 들어간 극장은 전쟁 영화였다. 역시 이십 분도 앉아 있을 수가 없었다. 자신의 취미와 현대의 취미가 완전히 엇갈려 있는 것처럼 느껴졌다. 그리고 하마다는 삼백 엔을 걸고 빠칭코를 한 뒤 고작 담배 한 갑을 받아서 나왔다. 누군가를 따라서 간 적이 있는 바를 두 군데 더 돌며 물 탄 위스키를 더블로 열 잔 정도 마셨다. 두 번째로 들어간 술집에서는 있는 돈을 전부 털어서 계산을 했다. 누군가 안면 있는 사내가 히죽히죽 웃으면서(손님일까? 아니면 바텐더?) 천 엔짜리 지폐를 한 장 건네주며 꼭 택시를 타고 돌아가라고 했고, 거절하는 것을 억지로 주머니에 찔러 넣어주더니 길거리로 나와서 택시까지 잡아주었다. 다음날 숙취로 만신창이였지만 오기가 나서 출근한 하마다는 히죽히죽 웃기만 하던 사내가 누구였는지 아무래도 알 수가 없었다. 그다음 날 맑은 정신으로 생각해봐도 마찬가지였다. 역시 그 술집에 다시 가서 물어볼 수밖에 없는 걸까?

과장이 이야기를 꺼낸 날로부터 사흘 뒤 아침, 일을 시작하기 전에 모두가 차를 마시면서 잡담을 나누고 있을 때, 야구선수 중에서 감독이나 코치나 해설자가 될 수 있는 사람은 매우 적다는 이야기에서 전업 이야기로 빠지더니 어느 젊은 직원이 고향 이야기를 했다. 그 마을의 중심거리에 옛날에는 번창했던 양품점이 패전 후에 도산하여 식료품점으로 바뀌고 빠칭코, 치과, 레코드점, 커피숍, 정육점, 아무리 경영자가 바뀌어도 하나같이 실패했다는 이야기였다.

"그런 걸 흙집이라고 하나요? 제가 보기엔 하얀 벽의 고풍스러운 가게 분위기가 요즘 사람들의 취향에 맞지 않는 탓이 아닐까 싶은데요."

그 이야기를 듣더니 하마다는 다카오카 일이 머리에서 떨쳐지지 않아서인지 엉겁결에 별생각 없이 다카오카의 기후네마치 이야기를 꺼냈다. 흙집이라면 일본의 어딜 가도 있을 텐데. 센다이의 바쇼 사거리라도, 가고시마의 이즈로 거리라도 좋았을 텐데 말이다. 그때 니시는 호기심에 찬 표정으로 열심히 하마다의 얼굴을 쳐다보았다. 니시의 시선을 보고 하마다는 다카오카 이야기는 이미(아마 어젯밤) 이 자의 귀에 들어간 게 틀림없다고 생각했다. 이제 곧 온 대학에 퍼지겠지. 그리고 학생 신문은?

하지만 기후네마치에 있는 흙집의 흑갈색 도깨비기와나 벽돌 이야기는 중단되었다. 지친 얼굴로 들어온 과장에게 직원들이 인사를 하고 이내 각자의 자리로 돌아갔기 때문이다. 과장은 그 이후로 가능한 하마다와 시선을 마주치지 않으려 했고 용건도 두세 마디로 간단하게 끝냈다. 하마다는 그런 과장을 보면서 생각해 보았다.

'내가 만약 다카오카행을 거절한다면 그때는 대학 당국이 어떻

게 나올지 알 수 없다. 설마 자르지는 않겠지만. 이건 정말 희망적인 관측일지도 모른다.'

그리고 과장에게 말은 그렇게 했지만 의논할 상대가 도무지 떠오르지 않아서 당혹스러웠고 너무 난감했다. 여태까지는 무슨 일이 있으면 호리카와 이사한테 가서 의견을 들었다. 사실 과장에게 물었을 때도 무의식중에 의논 상대로 호리카와 이사를 떠올리고 있었던 것 같다. 그러나 하마다는 호리카와 이사와 의논을 하는 건 정말 멍청한 일이라고 반성했다. 이 인사이동은 호리카와 이사의 승인이 떨어진 일일 테니까. 혹은 이사 본인의 의견일지도 모르는 일이니까. 그리고 하마다의 마음을 한층 더 어둡게 물들인 것은 이사에게 배신당했다는 생각이 강하게 작용했기 때문이다. 하마다는 이날 오후에도 일손을 놓을 때마다, 아니 일을 하면서도 교원이든 직원이든 다 좋으니까 누군가 적당한 사람이 없을까 생각한 끝에 구매부의 이토 늙은이라면 뭐라고 할까, 아오치 마사코라면 뜻밖의 뉴스를 가르쳐 줄지도 모른다는 생각까지 해보았다.

오후 느지막이 하마다에게 전화가 걸려왔다. 하마다가 이 대학에 들어왔을 무렵에는 교무과에 있다가 지금은 도쿄에 있는 두 부속 고등학교 중 한 학교의 서무주임을 하고 있는 아카사카였다.

"어이, 요전 날엔 잘 들어갔어?"

아카사카는 안부를 묻듯이 말했다.

"요전 날?"

"역시 기억을 못 하는군. 하긴 그렇게 많이 취해 있었으니."

아카사카는 즐거운 듯 웃어대며 신주쿠의 술집 이름을 댔다.

천 엔짜리 지폐를 빌려준 사람이 아카사카였다는 것을 알고는 놀라서 사과하며 고맙다는 인사를 하고 나서 그날 밤 자신이 무슨 실수라도……, 이상한 말이라도 하지 않았냐고 물었다.

"아니 뭐 실수한 건 없는데. 멀쩡했다고는 할 수 없지만, 뭐 대체적으로 깔끔했어. 괜찮으니까 안심해. 글쎄, 이상한 말이라……. 노점상 이야기가 좀 장황했지. 상호와 장소의 관계가 어쩌고 하는 전문적인 이야기였어. 자네, 제법 묘한 잡학을 가지고 있더군."

상대는 이상하다는 듯 말했고 하마다는 침묵했다. 그것이 어느 마을의 이야기인지 하마다는 알고 있었기 때문이다. 다카오카의 요타카 축제, 그리고…… 잘 기억나지 않지만 아마 이와시 축제. 그 안내 책자는 우와지마에 두고 왔으니 이젠 확인할 수 없지만. 다카오카의 엔니치 관리인에게 상호가 없는 자는 곤란하다고 두 번이나 쌀쌀맞게 거절당하고 홋카이도로 가기 전에 이시카와현과 도야마현을 돌아다닐 무렵의 일. 엊그제 하마다는 억병으로 취해서 이십 년이나 옛날로 거슬러 올라가 그때는 그저 참을 수밖에 없었던 일을 남 앞에서 장황하게 늘어놓았던 것이다. 그렇다면 엊그제 술에 취해 늘어놓은 푸념은 언제쯤 다시 튀어나올까?

"여보세요, 여보세요" 하고 아카사카가 말했다.

"응, 응."

"끊어진 줄 알았네. 어때, 오늘 밤에 시간 있어? 천 엔도 돌려받을 겸, 할 얘기도 있고."

"좋지. 잠깐만 기다려주게."

하마다는 전화를 서류 위에 올려놓고 일전에 야간 근무를 교체해 준 적이 있는 직원 자리로 가서 오늘 밤 근무를 떠맡겼다.

이케부쿠로에 있는 닭집에서 만났을 때, 하마다는 우선 천 엔을 돌려준 뒤 바로 말을 꺼냈다.

"마침 잘됐네. 의논할 것도 있고 해서 말이야."

아카사카는 그것에는 대꾸하지 않고 술과 요리를 시키면서 한참 실없는 말을 늘어놓으며 시간을 죽이더니, 이윽고 나온 술을 하마다와 자신의 술잔에 따르면서 말했다.

"의논할 게 있다고 했잖아. 그거, 내가 들은 이야기 아닌가? 자네가 다카오카로……."

하마다는 끄덕였다.

아카사카는 다카오카로 가기를 권했다.

"대학에 처박혀 있는 것보다 고등학교에서 뻐기는 게 얼마나 마음이 편한지 몰라. 그리고 자랑할 만한 이야기는 아니지만, 이래저래 뒷구멍으로 들어오는 돈도 짭짤하지. 무엇보다 우리 같은 놈들은 그 썩어빠진 대학의 졸업생이 아니니까 죽어라 기다려도 과장은 될 수 없고, 자네처럼 될듯하면 아슬아슬하게 떨어뜨려 버리지. 사실 말이야, 나도 그랬어. 혹시나 했더니 역시나. 아니나 다를까 썩은 고등학교로 가라는 명이 떨어졌지. 딴 곳으로 가라니, 다시 불러들일 생각은 쥐똥만큼도 없는 주제에. 두고 봐, 자네도

딴 곳으로 가라는 발령이 떨어질 테니까."

아카사카는 술이 들어가자 혀가 꼬부라졌다. 그리고 침을 튀기며 거칠게 떠들면서도 신중하게 징병 기피 문제는 피해갔다.

아카사카의 배려가 오히려 하마다를 부담스럽게 했다. 하마다는 여종업원을 불러 물 탄 위스키를 시키고 용기 내어 말했다.

"「하늘천따지」일도 얽혀 있어."

아카사카는 잠시 입을 다물고 술을 마시며 닭꼬치를 씹고 있었지만, 이내 혼잣말을 하듯이 말했다.

"호리카와는 뭔가 약점을 잡힌 거야. 이누즈카 같은 깡패 놈들한테."

"……?"

"나도 잘은 모르지만 말이야. 신축 건물 리베이트인가? 그라운드인가? 저번에 토건업자하고 한잔했었는데 그 자식이 하는 말이, 학교처럼 짭짤한 게 없다면서 세금이 안 든다고 지껄였어. 술집 애들도 불러줘서 끌어안고 놀았다는데, 그 여자애가 냄새가 무지 고약했다는 둥……."

아카사카는 오츠카의 기생 이야기를 참으로 자세하게 늘어놓아 실컷 하마다를 웃기고 자신도 큰 소리로 웃었다. 그러다 마치 그 고약한 냄새를 다시 한번 맡아보기라도 하듯 오른손 집게손가락과 가운뎃손가락을 모아 휘두르다가 별안간 더할 나위 없이 쓸쓸한 목소리로 말했다.

"전쟁 같은 게 왜 있는 걸까? 아무리 생각해도 난 모르겠어."

하마다가 자신도 모르겠다고 말하면서 아카사카에게 술을 따랐다. 미국에서도 천대하는 것 같더군. 자네 같은 남자는, 하고 아카사카가 말했다. 지금까지 이십 년 동안 문제 되지 않았는데 왜 이제 와서 갑자기 질책을 받는 걸까, 라고 하마다가 중얼거리자 상대는 술을 마시며 분석하기 시작했다.

"온 나라가 사치스러워졌어. 그러니까 국민 생활이 풍요로워졌다는 거지. 서양과 대등하다는 생각이 든 거야. 아니, 대등은 무슨. 더 깔보게 돼서…… 다시 전쟁을 일으켜 국위 선양을 하자는 생각을 하기 시작한 거지. 올림픽 같은 기분에 빠져 있으니까 말이야. 도리가 없지. 원폭 올림픽. 버섯구름이 피어오르는 횃불을 손에 들고 사토 에사쿠 수상이 뛰고 또 뛰는 거 아니겠어? 그리고 길가의 시민들은 그 성화 릴레이에 넋을 빼고 있는 거지. 성화 릴레이 주자의 반대 이미지가 자네야. 그러니까…… 미움을 받는 거야. 불쾌하겠지만 별수 있어? 자네, 다카오카가 싫어? 도쿄 같은 데는 그리 좋은 동네가 아냐. 기생도 더럽고."

아카사카가 한숨 돌리고 나서 전혀 모순된 말을 했다.

"도쿄에 있는 부속 고등학교라면 좋을 텐데."

그러나 도쿄에 있는 부속 고등학교에는 빈자리가 없다는 것을 아카사카는 누구보다도 잘 알고 있을 것이다. 더구나 호리카와 이사는 도쿄 이외의 곳으로 쫓아내고 싶은 게 아닐까?

하마다는 남에게 털어놓기는 이번이 처음이라고 생각하면서 이력서에 징병 기피를 썼던 이야기를 했다. 아카사카는 "그렇다면 그 영감에게도 상당한 책임이 있는 거지. 기분상으로 말하자면 말이야. 언제 한번 차분하게 의논해보는 게 어떻겠어?"라고 마음에도 없는 말투로 권했다. 그러다가 분명 뭔가가 있는 것 같다고 거듭 말했다. 아카사카가 손뼉을 치며 여종업원을 부르더니 정종과 물 탄 위스키를 추가로 시켰다.

"이렇게도 생각할 수 있지."

아카사카가 말을 하다말고 망설이더니 입을 다물었다.

하마다는 신경 쓰지 말고 무슨 말이든 해달라고 재촉했다. 아카사카가 말을 이었다.

"그 영감은 나쁜 짓을 하나도 안 했다……. 했다고 쳐도 이누즈카 같은 놈한테 약점을 잡힐 사람이 아니지. 그런데 자네를 채용한 건, 그 당시야 전쟁이 끝난 직후니까 별 신경 안 썼겠지만 이렇게 시국이 바뀌고 보니 실수했다고 후회하기 시작한 거지. 영감은 그 잡지나 학생 신문이 야단법석을 떠니까…… 특히 신문 쪽이겠지, 반미성향이니까. 생각해보니 자네를 그냥 놔두면 점점 더 골치 아픈 문제가 생길 거라고 앞날을 예측한 거야. 그 영감, 자기는 선견지명이 있는 사람이라고 툭하면 잘난 처을 하니까 말이야."

하마다는 잠자코 담배를 피우고 있었고, 아카사카는 격려하듯이 말했다.

"뭐, 괜찮아. 세상은 그리 쉽게 변하지 않아."

그것은 하마다를 격려하는 것이 아니라 오히려 자기 자신에게 힘을 불어넣어 주려는 말인 것 같았다. 아카사카는 해군에 입대하여 늘씬하게 두들겨 맞은 사람이라서 육군은 야만적이지만 해군은 문화적이라는 세간의 평판은 어림 반 푼어치도 없는 소리라는 게 지론이었다.

"이누즈카라는 놈은 옛날부터 우익이었나?"

"잘은 모르지만, 그럴 테지. 하여간 그놈은 미친놈이야."

"호리카와 영감도 미친놈 취급했었어. 그리고 니시도."

"니시도?"

아카사카는 고개를 갸웃거리더니 "그놈, 이누즈카하고 친하지 않았나?" 하고 말했다.

아카사카는 자신 없는 화제에서 자신 있는(?) 화제로 돌려 말했다.

"재(再)군비찬성론을 주장하는 놈들은 곧잘 비유담을 늘어놓지만, 그건 아무래도 다 이상해. 얻어맞으면 이쪽에서도 때리는 게 당연하다느니, 집은 문단속을 잘해야 한다느니……. 길 가다가 건달이 시비를 걸면 얻어터지는 놈이 바보고, 얻어맞고 맞받아치는 놈은 더 바보지. 보통 분별이 있으면 으레 도망치는 게 당연하잖아. 문단속도 그래. 옛날에는 시골 가면 그딴 건 없었다잖아. 더군다나 권총으로 문단속을 한다는 게 말이나 되는 소리냐고. 열쇠나 자물쇠로는 사람을 죽일 순 없을 테니까."

아카사카는 취해서 기염을 올렸고, 닭집에서 술값을 치르더니 다른 데 가서 한잔 더 하자고 했다. 그 술집에서 만약 다카오카행을 거절하면 학교 측에선 어떻게 나올 것 같냐고 하마다가 묻자,

아카사카는 "대안을 내놓던지 아니면 자르겠지. 아마 대안을 제시할 거야. 한번 떠볼 텐가?"라며 농담처럼 말했다.

"아카사카, 자넨 순순히 받아들였던 거야?"

아카사카는 양손으로 머리를 누르며 "아니, 실컷 불평을 했지만 체념하게끔 어찌나 설득을 해대던지, 나중엔 귀찮아서 말이야. 이게 운명이려니 했지 뭐" 하고 말했다.

그 바의 술값도 아카사카가 냈다. 하마다는 아카사카와 헤어진 후 국철의 플랫폼에서 아카사카가 술을 사준 것은 자신과 마찬가지로 대학에서 쫓겨나는(게다가 도쿄 밖으로) 자가 생겼기 때문에 신이 나서 그런 거라는 생각을 했다. 하지만 곧바로 자신의 그런 생각을 부끄럽게 여기려고 애를 썼다.

요코는 이미 저녁을 먹은 뒤였다. 하마다는 오차즈케를 해달라고 하고 그것을 먹으면서 다카오카 이야기를 꺼내고 어떻게 생각하는지 물었다. 요코는 곁에서 껌을 씹으면서 대답했다.

"시키는 대로 할 수밖에 없잖아요."

"그럴지도 몰라. 하지만 그렇지 않을지도 모르지."

하마다는 대학의 인사 문제라는 게 어느 선까지 의논으로 견정되고 어느 선부터가 이사의 생각으로 결정되는지를 장황하게 설명하다가 자신도 헷갈리게 되었다. 결국 알게 된 것은 대학의 직원 인사는 원칙이 전혀 없는 엉터리라서 자신의 취직도 그 덕분에 가능했다는 것이었다. 하마다는 젓가락을 내려놓았다. 그때 요코가 말했다.

"회사나 은행이라면 전근 같은 건 아무것도 아니잖아요."

그리고 하마다는 도쿄의 대학에서 다카오카의 부속 고등학교로 가는 것은 도쿄 본점에서 오사카 지점으로 옮기는 것과는 전혀 다르다는 것을 설명하려 했지만, 설명이 잘되지 않았다. 이제 도쿄로는 절대로 돌아올 수 없는 거라고 겁을 주는 것이 하마다의 유일한 방법이었다. 요코는 그제야 당황하더니 친정 엄마한테 부탁해서 호리카와 교수님께 사정이라도 해보자고 했고 그것을 하마다가 반대하자, 그래도 설마 그런 매정한 짓을 할 리가 없다면서 일단 다카오카로 가서 거기서 계속 노력을 하면 이삼 년 안에 돌아올 수 있을 거라고 중얼거렸다. 그것은 어디까지나 회사원의 전출 같은 상황을 유추하여 생각한 것에 불과하다. 하마다는 설명하는 데 지쳤고, 차츰 요코의 껌 씹는 소리가 짜증스러워졌다. 남편이 식사를 하고 있을 때, 더군다나 전출 이야기를 하고 있을 때 그딴 걸 씹고 있는 것은 무례하고 경박하여 용서할 수가 없다. 그런 생각을 하면서 식탁 위에 놓여 있는 껌 종이를 쳐다보았는데, 요코가 그 시선을 오해했다. 요코는 껌 하나를 꺼내(그 사이에도 잿빛 덩어리가 붉은 입술과 하얀 이로 둘러싸인 어둠 속에서 한동안은 한쪽 끝에 있나 싶더니 갑자기 다른 한쪽 끝으로 옮겨진다) 하마다에게 내밀었다. 하마다는 종이와 은박지를 벗기고 하얀 껌을 입에 넣고 씹었다. 술과 오차즈케를 맛본 뒤의 혀에 그것은 터무니없이 달콤했고 기분 나빴으나, 그 달콤함은 천천히 옅어졌다. 하마다는 단맛이 사라진 부드러운 껌을 씹으면서 갑자기 아키코를 떠올렸다. 만약 아키코에게 의논했다면 뭐라고 말했을까? 요코가 아키코였다면, 만약 아키코와 결혼했다면. 우와지마의 전당포집 딸은 도쿄의 회사원 딸과 달리 힘 앞에서 굴복하고 사는 것이 당연하다고는 하지 않았을 것 같은 느낌이 들었다.

강이 바다로 흘러드는 부근에는 뭘 위한 것인지 커다란 테트라포드가 아무렇게나 내팽개쳐져 있었다. 눈이 녹아 흐르는 것이리라. 산인(山陰)지역의 4월 강물은 차가울 것 같다. 여관집 주인이 걸쳐 놓았다는 장어통발은 어디쯤 있을까? 물론 한두 개는 아닐 테지만. 건너편 기슭의 여린 풀밭을 하얀 개가 달리고 있었다. 이쪽 기슭에 있는 한 그루의 벚나무에는 꽃이 활짝 피었지만, 오늘 아침에 내린 비로 온통 시들한 빛으로 바래졌다. 제방을 거닐고 있던 스기우라 가이케라도 이 부근으로 오면 마음이 가라앉는다고 생각했다. 그리고 이 온천에 온 것은 역시 잘못이라며 마음속으로 쓴웃음을 지었다.

역시? 그래, 역시라는 말은 옳았다. 돗토리의 여관에서 한방을 쓴 굵고 진한 눈썹의 기억술 노점상이 "일 년 반 전에 대동아 전쟁이 시작되고 나서는 아무도 기억술 따위에 관심을 가져주지 않게 됐어. 그래도 난 영어만큼 심하게 타박을 받은 건 아니니까.[58] 이것

---

58 1943년경 영미와 전쟁 중이던 일본 정부는 영어를 적국어로 간주하고 영어 교육과 영어 사용을 삼가도록 했다.

도 성전완수[59]를 위한 거다 싶어 참을 수밖에 없지만 말이야" 하며 실컷 불평을 터트렸다. 그리곤 "요나고에 갈 거면 거기에 여관을 잡을 것 없어. 바로 옆 동네 가이케에 묵는 게 제일이야. 온천도 있고, 요나고보다 훨씬 싸지. 이 계절엔 바다참게는 못 먹겠지만" 하고 권해준 것이다. 말재주로 먹고사는 노점상이니만큼 이야기를 끌고 가는 재주가 보통이 아니었다. 하지만 전에 조선에 갈 때 노점상의 말을 곧이곧대로 믿고 고역을 치른 적도 있어서 어쩐지 신용할 수 없을 것 같았다. 그러나 마치 손님이 얼떨결에 기억술 팸플릿을 사고 마는 것처럼 지극히 자연스럽게 가르쳐준 대로 가이케의 변두리에 자리한 작은 여관에 묵고 말았다. 예감은 묘한 형태로 적중했다. 확실히 그 여관은 싸고 친절하여 지내긴 편했지만, 가이케는 부상병의 요양전문온천이 되어 있었다. 물론 근처 시골에 사는 노인들이(절반가량은 밥을 직접 해먹으면서) 고질병을 치료하러 와 있기도 했다. 그러나 그런 노인들을 상대하는 몇 군데를 빼면 거의 온 마을의 여관들이 국가에 징용된 형태로 환자복을 입은 남자들을 수용하고 있었다.

의수와 의족의 남자들. 마치 가면 같은 검은 안대. 한쪽 다리를 잃고 목발을 짚은 사람들. 그리고 어디가 아픈지 안색이 몹시 나쁜 중년과 젊은이. 일반적으로 부상병들은 혈색이 극단적으로 좋

---

[59] 聖戰完遂. 태평양 전쟁은 일본이 서구 열강의 지배로부터 동아시아를 해방시키는 성스러운 전쟁임을 내세워 이를 완수하자는 슬로건으로 사용된 말이다.

거나 극단적으로 나빠서 중간은 전혀 없었다. 처음 며칠 스기우라는 가이케에서 하루빨리 떠나야겠다고 생각했다. 말할 것도 없이 길거리나 바닷가를 산책하고 있는 하얀 환자복을 입은 사내들을 보는 것이 괴로웠기 때문이다. 비라도 내리는 날이면 얼굴을 나란히 창밖으로 내밀고 바라보는 그들의 모습이 징병 기피자의 신경을 아프게 건드렸다. 그런데 여관집 여종업원이 모래 그림 이야기를 어떤 군인에게 해버리는 바람에 비 내리는 어느 날 오후, 위문 공연으로 모래 그림을 선보이게 되었다. 스기우라는 내심 여종업원을 원망했지만 거절할 수가 없었다. 그리고 뜻밖에도 모래 그림 세트가 불티나게 팔렸다. 아이들에게 보내려는 것이 아니라 자기네들이 가지고 놀기 위해서. 군인들은 시간이 남아돌아서 주체하지 못하고 있었고, 릴리안 실로 부적 주머니를 만들거나 소지품 검열에서 빠진 가죽 군화를 빼돌려 담배 케이스를 만드는 것을 제일 좋아했다. 모래 화가는 대여섯 여관에 불려갔다.

모래 그림 인기가 시들해지자 스기우라에게 시계 수리나 분해 청소를 맡기는 일이 부상병들 사이에서 유행하기 시작했다. 이것도 여관집 주인의 시계를 고쳐준 것이 발단이었다. 스기우라는 이런 식으로 군인들과 접촉하는 일이 많아지자 신경이 피곤하여 견딜 수 없었고, 깊은 자책감에 빠지곤 했다. 그럴 때마다 스기우라는 솔밭을 가로질러 작은 강어귀에 갔다. 이 부근에서는 환자복을 입은 사내들이 좀처럼 눈에 띄지 않았기 때문이다.

어제와 그제는 요나고의 가쓰다 신사에서 엔니치가 있었다. 그제 밤의 전야제는 몰라도 맑게 갠 어제는 이나바의 안내 책자에 쓰여 있던 대로 사람들이 많이 몰려 제법 재미를 보았다. 오늘 아침엔 비가 조금 내리고 있었다. 바로 그칠 것 같았지만 그냥 쉬기로 하고, 양 눈에 안대를 한 군인의 손목시계를 고치고 깨진 유리를 새로 갈아 끼워서 가지고 갔다. 군인은 손목에 찬 시계를 귀에 대고 빠르게 움직이는 견고한 시계 소리를 듣더니 좋아했다. 스기우라는 지금까지는 누구에게든 수리비를 받았지만, 어제 벌이가 좋아서 통이 커진 탓인지 모래 그림이 본업이고 기계를 만지는 것은 취미 생활이니 돈은 필요 없다고 말했고(그 말투가 눈먼 군인을 화나게 했다) 표정의 중요한 부분이 가려져 있는 사내가 느닷없이 화를 내는 바람에 어찌하면 좋을지 몰랐다. 같은 방의 부상병들은 군대에 끌려가지 않은 남자가 아니꼬웠는지 누구 하나 말리려 들지 않고 그저 침묵만 지키고 있었다. 그 침묵에 상처받으면서 변명을 늘어놓다가, 안됐다 싶어서 그랬다는 부주의한 말을 하는 바람에 상대는 더더욱 흥분하여 스기우라에게 욕을 퍼부었고, 다른 부상병에게 들었는지 스기우라의 구레나룻을 욕하고 시계 수리 솜씨까지 욕했다. 스기우라는 허둥지둥(돈도 받지 않고) 도망쳤다. 하지만 여관으로 돌아갈 마음이 들지 않아서 왼편에 펼쳐진 비 그친 바다를 바라보며 듬성듬성한 솔밭을 빠져나와 강어귀로 온 것이다.

스기우라는 역시 노점상의 말을 곧이곧대로 믿은 게 잘못이라고 생각했다. 이나바 영감이 말한 대로다. 사도를 바라보고 있을 때(그 바닷가, 이름이 뭐였더라? 그래, 요리이가하마에서) 들려준 이야기. 이나바 영감이 모래 그림을 처음 시작했을 무렵, 그러니까 젊은 시절에 무척 허풍을 잘 떠는 작명가를 고베에서 만났는데, 울산 앞바다에 가토 키요마사[60]가 가라앉힌 금괴가 있다고, ……근데 울산 앞바다 해전은 러일 전쟁 때 얘기잖아……, 스기 씨.

그 때 테트라포드에 걸터앉아 있던 젊은 여자가 어깨너머로 돌아보며 스기우라를 빤히 쳐다보다가 당황스레 인사를 했다. 누굴까? 저 배꽃같이 희고 큰 얼굴은 기억에 없다. 커다란 자주색 깃이 달린 잿빛 원피스를 입고 있었다. 물론 여관집 종업원도 간호사도 아니었다. 스기우라는 다가가며 물었다.

"누구시더라?"

젊은 여자는 짧게 소리 지르더니 얼굴을 붉히며 해명했다.

"어제 요나고에서 봤거든요. 왠지 아는 사람 같은 느낌이 들어서."

스기우라는 웃었고 여자는 한결 수줍어했다. 그 수줍음과 웃음은 두 사람 사이에 있던 마음의 거리를 좁혀주었다. 게다가 젊은 모래 화가는 눈먼 군인과 충돌한 일로 묘하게 사람이 그리워져 있었다. 스기우라는 여자가 걸터앉은 콘크리트로 50센티미터쯤 다가갔다. 여자 곁에 서보니 발밑은 꽤나 경사졌고 강물은 의외의 각도로 흐르고 있었다.

---

60 加藤清正(1562~1611), 임진왜란 때 함경도로 진격했던 인물로 도요토미 히데요시의 부하였던 일본의 무장이다.

"앉아도 될까요?"

여자는 조금 옆으로 몸을 비켜주었고, 스기우라는 나란히 걸터앉았다. 스기우라는 가쓰다 신사의 축제에 대해 물어봤지만 여자는 요나고 사람이 아니었다. 그 노점상 생각을 하던 참이라 그랬는지 먼저 "고베?"라고 물으며 오사카, 도쿄 등 여러 도시의 이름을 대며 묻자 여자는 시코쿠의 우와지마라고 대답했다. 스기우라는 깜짝 놀랐다. 도쿄의 의사 아들은(조금 더 여유가 있었더라면) 햇수로 4년이나 시골만 돌아다니다 보니 도시 여자와 시골 여자도 구별하지 못하게 되었다고 한탄했을 것이다. 사실 끝에 자주색 굵은 선이 두 줄 있는 커다란 잿빛 나비 리본도, 연보랏빛 헤어밴드도 유심히 보니 결코 도회풍 취미가 아니었다. 그러나 스기우라는 젊고(비슷한 또래일까?) 아름다운(특히 큰 눈이 마음을 이끈다) 여자와 나누는 대화에 열중했다. 여자에게 동반자가 있는지 혼자인지 하는 의문도 떠오르지 않을 정도로.

"난 미야자키 출신인데……. 하지만 이렇게 떠돌아다니고 있으니 일본 어디도 내 땅이나 마찬가지죠. 대지주라고나 할까."

여자는 웃었다. 웃으면 눈가에 주름이 잡혀 애교스러워 보였다. 여자가 오키에 간 적이 있냐고 물었다. 없다고 대답하자 여자는 오키 신사의 밝음과 그 옆에 있는 행궁 옛터의 울창한 어둠이 매우 대조적이어서 좋다, 가을에 가봤지만 벚꽃이 필 무렵엔 그 밝음이 더욱 화려한 분위기를 자아내서 정말 아름답다고들 하던데 그 생각이 나서 보러 왔다고 했다. 하지만 요나노까지 왔더니 기차에 지친 데다 배는 모레까지 없다고 해서 온천에서 쉬기로 했다고 덧붙였다. 스기우라는 브르노 타우트[61]와 전쟁 탓으로 일본미의 유행에 물든 여자라고 생각하여 여기저기 신사에 대한 이야기를 했지만, 여자는 오키 신사에만 관심이 있는 듯했다.

"안 보이네요."

여자는 수평선 쪽을 바라보고 섬의 형상을 찾았다.

돛단배 한 척, 아니 이제 두 척이 아스라이 보일 뿐 파도가 거친 바다다. 스기우라는 더 화창한 날엔 오키가 보일지도 모른다는 애매한 말을 했고 여자는 고개를 끄덕였다. 여자는 시코쿠의 바다와 동해를 비교하며 여긴 요물이 살 것 같은 바다라고 중얼거렸다. 스기우라는 도쿄 만에 대한 이야기를 꺼냈다가 어린 시절은 도쿄에서 자랐다고 변명처럼 덧붙이자 모직 원피스 차림의 여자는 도쿄 이야기를(한 번 놀러갔을 때의 추억담) 열심히 늘어놓았다. 긴자와 아사쿠사, 나베야 요코쵸에서 길을 잃어 술집의 어린 중노미가 길을 찾아줬던 일, 낫토가 정말 맛있었다는 이야기. 낫토 이야기에 무심코 미소 짓다가 스기우라는 갑자기 함께 오키에 가는 것도 좋겠다는 생각이 들었다. 그 말을 꺼냈더니 우와지마 여자의 뽀얀 얼굴에는 설핏한 그림자가 드리워졌다. 스기우라는 난처해하는 혹은 망설이는 표정을 놓치지 않았고, 황급히 그 말을 취소

---

61 Bruno Taut(1881~1938), 독일의 건축가로 1933년 일본으로 건너가 일본의 건축과 미술에 깊은 관심을 가졌고 서구와는 이질적인 일본미의 재발견에 힘쓴 인물이다.

했다.

"아니, 농담이에요. 오키 신사의 벚꽃 얘기가 어찌나 아름다운지. 하지만 관광 유람이라니, 그럴 처지도 아니고. 장사가 우선이죠."

스기우라는 일어섰다. 여자의 얼굴에서 어두운 그림자가 사라졌다. 여자의 커다란 배꽃 같은 얼굴에 다시금 옅은 주홍빛이 감돌았다. 여자는 조금 더 여기에 있겠다고 했다.

스기우라는 여린 풀이 돋아난 제방을 걷고 모래톱을 걸었다. 그리고 부상병들 여럿이 산책을 하고 있는 해 질 녘의 솔밭을 거닐면서 조금 전에 엄청난 실수를 했다고 후회했다. 저 여자에게는 아마 함께 온 남자가 있을 것이다. 그것이 남편인지 애인인지 아니면 기둥서방인지 복잡한 내막은 알 수 없지만, 어쨌든 젊고 예쁜 여자가(설령 혼자 여행을 하고 있을지언정) 더러운 구레나룻을 이렇게 길게 기른 노점상과 함께 여행을 할 리 없지 않겠는가. 시간이 남아돌아 곤란할 때 누구의 시선도 받지 않는 곳에서 삼십 분이나 한 시간쯤 이야기를 나누고 이야기 상대가 되어준다. 그것이 최대한의 호의일 것이다.

'함께 여행을 하다니, 분수도 모르고 날뛰는 것도 정도가 있는 거야. 알겠어? 잊지 마. 난 스기우라 켄지야. 도쿄의 의사 아들이 아니야. 고등공업학교를 나와서 회사를 다니는 기술자가 아니야. 부모 형제도 없이 조모만 홀로 노베오카에서 기다리고 있는, 그저 가난한 모래 화가일 뿐이야.'

스기우라는 여관으로 돌아오면서 이 지역을 가능한 빨리 떠나기로 마음먹었다. 저녁 준비를 하는 부엌에서 생선 굽는 냄새가 여관 카운터로 흘러나왔다. 스기우라는 주인에게 떠나겠다는 말을 하고 전출 증명서와 당분간의 외식권을 내일 중으로 마련해달라고 했다. 주인은 그런 건 스스로 알아서 챙기라고 대꾸했다. 목욕하고 저녁을 먹고 나니 할 일이 없었다. 수리할 시계도 없고 모래 그림은 그려둔 것이 꽤 많았다. 모래 화가는 안내 책자의 '중부 및 시코쿠 편', '양력 4월' 부분에 '중순', '이와쿠니시 긴타이쿄의 벚꽃'이라고 쓰여 있는 것을 확인하고, 우선 이와쿠니로 가야겠다고 마음먹은 뒤 요나고의 헌책방에서 싸게 사온 천문학 책을 읽었다. 오늘 밤엔 방을 혼자 쓰기 때문에 누구의 눈치도 살필 필요 없이 이런 책을 읽을 수 있어서 좋았다. 남 앞에서는 신문만 읽었던 것이다. 모래 화가가 어려운 책을 읽으면 이상하게 볼 것이다. 게다가 쉬운 잡지는(아니, 어려운 잡지도) 전의를 불태우게 만들려는 문장뿐이어서 도저히 읽어나갈 수가 없었다.

하지만 읽다보니 천문학 책은 초보 입문서로 그다지 재미가 없었다. 스기우라는 한 시간 정도 참고 읽다가 이 책을 산 것을 후회했다. 그러다 오늘 그 눈먼 군인한테 수리비를 받지 않은 것이 별안간 너무 아까워졌다. 유리까지 갈아 주었으니까 70전은 족히 받아낼 수 있었을 텐데 아니, 그렇게 공을 들여 일했는데 1엔은 받아도 된다, 하는 생각을 하다 보니 하얀 옷에 검은 안대를 한 남자의 폭언들이 가슴속에 되살아나서 얻어먹는 욕지거리가 하나씩 떠오를 때마다 울화통이 터졌고 돈이 아까웠다. 심지어는 이런 상상도 했다. 어쩌면 그놈은 지금쯤 자신의 비뚤어진 근성을 후회하고 있지 않을까? 역시 그렇게 말한 이상, 돈은 내지 않으면 체면이 안 선다고 생각하고 있지 않을까? 충분히 그럴 수 있는 일일 것만 같았다. 그때 여종업원이 계단을 절반쯤 올라와서 소리를 지르며 스기우라를 불렀다.

"스기우라 씨, 손님이에요. 여자 손님."

여종업원은 웃어댔고 스기우라는 그 웃음에 대꾸했다. 스기우라는 읽다 만 책을 엎어놓고, 그 군인이 여관집 종업원에게 돈을 들려 보낸 것이 틀림없다고 판단했다. 어떤 표정으로 그 돈을 받으면 좋을지 생각하면서 천천히 계단을 내려갔다. 현관에는 잿빛 원피스 차림의 여자가 서 있었다.

"괜찮으시다면 오키에 절 데려가 주시지 않겠어요? 역시……."

우와지마의 여자가 말했다.

"예."

스기우라는 당황하며 대답하고 공손하게 인사를 했다.

숙취를 염려하여 술을 감질나게 마셨는지 그날 밤 하마다는 도무지 잠을 이룰 수 없어서 힘들었다. 내일은 지난번에 빚진 야간 근무를 해야 되는데 말이다. 다만 다카오카 건은 일단 넌지시 거절하고 대학 측이 어떻게 나올지를 보자고 결심한 것이 유일한 수확이었다. 요코의 말은 월급쟁이 입장에서 보면 확실히 옳은 소리이긴 하다고 마지못해 인정했다. 하지만 대학의 전례와 이번 사건의 자세한 내막을 다른 한편에 놓고 보면, 호리카와 이사가 바라는 대로 호락호락 넘어가면 전쟁 때 자신의 행동이 옳지 않았다고 인정하게 되는 것이라고 잠들지 못하는 의식으로 생각했다. 그런 생각을 하다 보니 분통이 터졌다. 서푼어치의 값어치도 없는 전쟁을 위해 군대에 끌려가서 자살하게 만든(그게 틀림없는) 친구가 번뜩 떠올랐다(그 녀석은 혈색도 좋고 성격도 좋고 머리도 좋았다). 여기서 기가 꺾이면 야나기 녀석한테 미안하다는 생각이 들었다. 하마다는 잠자리를 빠져나와 부엌으로 갔다. 귀찮아서 얼음은 넣지 않고 물을 탄 토리스 위스키를 방바닥에 엎드려 홀짝였다. 미지근한 데다가 희석을 잘못 시킨 탓에, 그리고 하마다의 몸과 마음의 상태 탓에 술맛은 그저 쓰기만 했다. 하마다는 마실 마음이 싹 사라져서 술을 컵의 절반 가까이 남겼다. 내일 아침 요코가 먼지가 뜬 갈색 물을 버릴 테고, 스테인리스 싱크대로 흘러내려 가겠지. 일본이 이렇게 작아졌어도 사치스런 생활은 가능하다. 그러니까 중일 전쟁 그리고 태평양 전쟁은 전혀 무의미한 전쟁이었다. 그런 무의미한 것의 망령 때문에 지금도 시달리고 있다는 생각과 지금 이렇게 사치를 부리고 있는 것이 야나기(그리고 이름도 모르는 많은 사람들, 이를테면 밤기차에서 만난 조선인 소년)에게 너무 미안하다는 심정이 서로 부딪혀 술 취한 남자를 다시금 격렬하게 괴롭혔다.

6

　과장에게 다카오카행을 거절하고 한 주가 지난 후, 호리카와 이사가 하마다를 불렀다. 이사실에는 호리카와 이사밖에 없었다. 이사는 역대 학장 겸 이사장들의 초상 아래에서 미소를 흘리며 의자를 권하고 부드러운 목소리로 말했다.
"지난번에 서무과장이 쓸데없는 소리를 한 모양이더군."
"예?"
"큰 실언을 했다던데."
"……."
　이사가 내내 미소를 짓는 것을 보고 있자니, 역시 다카오카로 가라는 것은 뭔가 착오였을 거라는 생각이 들기 시작했다. 누군가 (이를테면 니시)를 그 부속 고등학교로 보내 버리겠다는 말을 과장이 잘못 알아들은 것이다. 그렇다. 그게 이치에 맞다. 다카오카의 부속 고등학교는 고바야카와 이사의 계통이고, 하마다는 호리카와 이사의 계통이니까.

"사람이 워낙 변변치 못해서 말이야, 그 과장."

이사는 한탄했다.

"그런 작자를 써야 한다는 게 사학 이사의 골칫거리지. 외부에서는 사학이 나쁜 건 무조건 이사 탓이라고들 하는 모양이지만……."

하마다는 미소와 헛웃음의 중간쯤 되는 표정을 지으며 잠자코 있었다. 그때 이사는 여태까지와 조금도 다를 바 없는, 어딘가 조금 느슨하게 풀린 말투로 부드럽게 말했다.

"이누즈카 잡지 같은 건 관계없네. 그 따위「하늘천따지」같은 잡지에 어떤 글이 실렸다 해도 그것 때문에 직원 인사가 좌우되는 일은 없어. 적어도 내 대학에서는 말이야. 과장은 자네의 전출 문제가 이누즈카의 기사와 관련이 있는지 없는지는 모른다고 했다던데. 잘 듣게. 자네가 전쟁 때 어떤 행동을 했는지 난 아무것도 모르네. 자네는 팔로군의 포로였을지도 모르지. 진주만 공격 때 항공 모함 아카기의 증기 기관실에서 불 지피는 일을 했을지도 몰라. 폐병으로 쭉 자리보전하고 있었을지도 모르고, 징병 기피자였을지도 모르네. 하지만 그런 건 다 억측이야. 설령 자네가 자네 입으로 그렇다고 해도 허풍일지 몰라. 한낱 그런 소문을 단서로 인사 문제를 함부로 주무를 수는 없는 걸세."

호리카와 이사는 와이셔츠 주머니에서 담배를 꺼내 하마다에게 권하고 자신도 입에 물었다. 하마다가 성냥을 그었고, 이사는 맛있게 담배를 피웠다. 그러니까 이 말은 다카오카로 가라는 소리다. 이사는 대체 앞으로 무슨 말을 하려는 것일까? 고바야카와의 손아귀에서 부속 고등학교를 빼앗으려는 속셈일까? 그렇다고 저 시골구석으로 가라는 건 너무 심한 얘긴데…….

그때 이사가 온화한 표정으로 혹은 무표정하게 말했다.

"할 말은 이것뿐이네, 하마다."

하마다는 그저 망연할 따름이었다. 이제부터가 본론이라고 예상했기 때문이다. 하마다는 반사적으로 자리에서 일어섰다. 그러자 바로 그때, 마치 미리 입이라도 맞춰 둔 것처럼 노크하는 소리가 들렸다. 이사가 대꾸를 하지 않았는데도 문을 열고 하오리하카마[62] 차림의 노인이 들어왔다. 그 뒤를 따라서 손녀쯤으로 보이는 나들이옷 차림의 젊은 아가씨가 들어왔다.

"아니, 이게 누구신가."

이사는 일어서서 밝은 목소리로 맞이했다.

"선생님, 희수 잔치 때 뵙고 처음이군요."

노인은 얼굴을 일그러뜨리면서 몹시 반가워했고, 귀가 멀었는지 이사보다 열 배 정도는 큰 소리로 인사했다.

"호리카와 씨도 건강해 보이시니 참으로 다행입니다."

하마다가 누구에게랄 것 없이 인사를 하고 방을 나오려고 하자, 이사가 재빨리 얼굴을 돌려 하마다에게 말했다.

---

62 기모노 위에 입는 겉옷 상의와 주름 잡힌 하의로 격식을 갖춘 예복

"하마다, 언제든지 의논하러 오게나. 알겠는가?"

하마다는 고맙다는 인사를 하고 어슴푸레한 복도로 나왔다. 과연 인사말을 할 필요가 있었을까? 그 말은 오히려 의논하지 말고 결정하라는 뜻인 것 같기도 했다. 하마다는 마치 여자가 옷감을 고를 때처럼 말의 겉과 속을 이모저모로 꼼꼼히 뜯어보면서 서무과로 걸어갔다.

'할 말은 이것뿐이네'라는 말은 인사이동과 징병 기피 문제 이외에는 서무과장이 자신의 의향을 정확하게 전했다는 의미겠지. 즉 이사는 내가 다카오카로 가기를 바라고 있다는 뜻이야. 전쟁 때 내가 한 행동을 모른다는 것은, 모르고 나를 고용했다는 거지. 이건 오히려 고바야카와 이사를 비롯한 다른 사람들에게 하는 변명이 되겠군. 허풍을 운운한 것은 징병 기피를 사람들이 알게 된 건 내가 말했기 때문이지 이사가 흘린 것이 아니라고 나에게 하는 변명. 그러니까 이사는 변명의 필요성을 느끼고 있는 거야. 내가 이 학교에 들어왔을 때는 이미 그 사실이 다 알려져 있었어. 그 미망인 여학생조차도 알고 있었지. 그것은 분명 호리카와 이사가 말했기 때문이야. 아마 이사는 몰랐겠지. 아니, 그 누구도 알 리 없지. 1946년에는 하찮은 가십거리에 불과했던 일이 이십여 년의 세월이 흐른 뒤에 치명적인 스캔들로 변할 거라는 것을. 이것은 마치 빌딩 철근 공사를 하다가 도쿄 공습 때 떨어진 불발탄이 파헤쳐진 것과 마찬가지야.

하마다는 서무과로 들어가서 자기 자리로 향했다. 일을 시작하기 전에 잠시 창문 틈으로 보이는 좁은 하늘을 바라보았다. 그때 하마다는 자신이 아둔했음을 깨달았다. 불발탄이 제거되려는 것이다! 다카오카로 가든지 학교를 그만두든지 둘 중에 결국 후자를 택하게 하려는 것이 애초부터 호리카와 이사의 속셈이었던 것이다. 마치 트럼프의 도둑잡기 게임에서 조커와 보통 카드만 남았을 때 조커를 밑에 깔고 내놓는 것처럼 이사는 우선 다카오카의 서무주임이라는 말을 꺼낸 것이 아닐까?

하마다는 턱을 괴고 생각하기 시작했다. 오로지 한 생각만 줄곧 했다. 아닐까? 불발탄이 폐기처분되는 건 당연하지 않나? 만약 호리카와 이사와 입장을 바꿔 생각해보면 하마다는 간단하고도 안전한 이 해결책을 떠올리지 않을지 스스로에게 물었고, 그리할 게 틀림없다고 생각했다. 또한 단순히 생각만으로 그치는 것이 아니라(호리카와 이사에게 각별한 애착이 있다고 하더라도) 실행에 옮길 것 같았다. '하마다 녀석에게는 이십 년이나 은혜를 베풀었어. 불쌍한 건 사실이지만 내가 위험해지면……, 위험해질 징조가 보이면……, 버릴 수밖에 없지.'

직원들이(니시, 무라카미, 사무 보조) 쳐다보고 있는 것을 깨닫고 하마다는 턱을 괴던 손을 내리고 엷은 웃음을 거두었다. 하마다는 서류를 읽는 척하며 이사를 원망했다. 선배의 아들이자 자신의 중매로 결혼한 부하 직원을 길거리로 나앉게 하다니. 하지만 원망은 길게 이어지지 않았다. 그것을 배신이라 책망할 자격이 하마다에게 있는 걸까? 아까 하마다는 마음속으로 이사의 수단을 긍정하지 않았던가. 저 노인이 살기 위해서는 어쩔 수 없는 일이라고 하지 않았던가. 하지만 하마다가 살기 위해서는? 어떻게 하면 좋을지, 하마다는 알 수 없었다. 하마다는 생각을 멈추었다. 이런 곳에서 생각해봤자 아무런 소용이 없어. 좀 더 침착하게, 다른 곳에서, 근무가 끝난 후에 집으로 돌아가서 호리카와의 배신에 대한 대책을 강구하자. 그러나 그때 '배신'이라는 말이 하마다의 마음속에서 일렁이기 시작했다.

"아줌마, 사카이 있어요?"

스무 살의 하마다가 말했다.

"아니, 이게 누구야. 어쩜 이렇게 컸니? 정장도 참 잘 어울리네."

하숙집 아줌마가 질문에는 대꾸하지 않고 말했다.

하마다는 겸연쩍어하면서 툇마루가 보이는 좁고 지저분한 마당으로 들어섰다. 맥주병을 거꾸로 세워 박아 테두리를 만든 화단에는 꽃은 하나도 피어 있지 않았다. 아줌마는 양지바른 툇마루에서 방석을 깔고 앉아 신문을 읽고 있었다. 읽다 만 신문에는 '독일군, 덴마크·노르웨이 점령'이라는 커다란 표제이가 쓰여 있었다. 1940년 4월의 어느 일요일. 하마다는 지난 3월에 고등공업학교를 졸업했고, 졸업 시험을 마치고 바로 작은 무선통신 회사에 들어갔다. 그곳은 이류라기보다는 오히려 삼류 회사에 가까웠다. 그리고 동급생 중에 가장 친한 사카이는 어느 대기업에 들어갔다.

11시가 다 되었는데도 거실의 앉은뱅이책상에 2인분의 아침밥

(김, 계란, 된장국)이 놓여 있는 것을 보고 하마다가 말했다.

"아니 사카이 녀석, 아직도 자고 있나 봐요."

"아니야, 일어났어. 또 자는지는 몰라도. 8시쯤이었나, 일요일이라 늦잠 좀 자려 했는데 내려오더라고. 우유 한 병과 버터빵 한 조각에 사과라니. 몸에 안 좋아. 된장국을 먹어야지."

"저 녀석, 아침은 서양식으로 먹나요?"

"아침뿐이 아니야. 밤에는 더 심해. 우유 한 병밖에 안 마셔. 거기다 나는 상관없지만, 점심도 우유 한 병하고 과일밖에 안 먹는 것 같아."

물론 하마다는 속사정을 알고 있었다. 하지만 어떻게든 속여야 했다. 하마다는 가능한 밝고 신나는 목소리로 말했다.

"저 녀석, 회사 마작에서 져서 그럴 거예요. 학생 마작의 이름에 먹칠을 했다니까요."

그러나 아줌마는 그런 속임수에는 넘어가지 않았다. 게다가 사카이의 거짓말은 너무 서툴렀다.

"네가 좀 달래봐. 저러다 영양실조로 죽게 생겼어. 덩치도 저렇게 큰 사내가 어떻게 하루에 우유 세 병으로 살아. 외국쌀이 들어 있는 밥은 쳐다보기도 싫다니. 정 그렇다면 날달걀과 된장국, 김에다 빵을 많이 먹으면 될 텐데."

"……"

"저러는 건 말이야……" 아줌마는 목소리를 죽이더니 "징병 검사야, 분명" 하고 말했다.

"징병 검사요?"

하마다는 눈치를 보며 매우 난처한 듯 말했다.

"살 빼서 병종 판정을 받으려는 거야. 십 년이나 학생들하고 부대끼며 살다보면 금방 알 수 있어. 그래도 사카이는 어렵지 않을까? 체격이 워낙 좋잖아. 원래 마른 사람이면 음식만 조절해도 되겠지만, 사카이 신발 좀 봐봐. 꼭 항공 모함 두 척 같잖아."

하마다는 마음을 놓아도 괜찮다는 걸 알고 긴장을 조금 풀었다. 하숙집 아줌마는 계속 말을 이었다.

"아무리 전쟁이 났어도 열에 하나 꼴로는 안 죽겠지. 그래봤자 중국 놈 총알이잖아. 근데 저런 짓을 하다가는 열에 아홉은 죽는다고 봐. 나도 군대에 끌려가기 싫은 심정은 잘 알지. 죽은 영감도 군대 가기 싫다고 그 난리를 쳤지만 결국 끌려가서 만주사변 때 죽었으니까. 밥 좀 잘 챙겨 먹으라고 달래봐, 히죽히죽 웃지만 말고."

어떻게 대답하면 좋을지 몰라서 난처해진 얼굴이 히죽거리는 것처럼 보였나 보다. 하마다는 말했다.

"아무튼 사카이를 깨워볼게요."

그러나 깨울 필요는 없었다. 사카이는 스웨터를 입은 채로 이불에 엎드려 담배를 피우며 신문을 읽고 있었다. 몸이 긴 만큼 이불도 특별히 길었다. 고개를 비틀어 들어 올린 덩치 큰 남자의 얼굴에는 친구와 오랜만에 만난 기쁨이 넘쳐흘렀다. 사카이의 이목구비는 실제로는 동안이지만 덩치도 얼굴도 너무 커서 아무도 그렇게는 보지 않았다. 사카이는 말했다.

"야, 프랑스는 역시 끝장일까?"

"그렇지."

하마다는 대답하고 책상다리를 했다.

"잔 다르크는 정말 없는 거냐."

사카이가 중얼거리며 일어나서 이불을 개켰다. 전에 비해 조금도 마르지 않았다.

이불을 걷어내자 베개맡의 우유병과 방바닥에 널브러져 있는 바나나 껍질이 눈에 들어왔다.

"뭐야, 벌써 점심 먹은 거야?"

"응, 10시…… 9시쯤 먹었어."

하마다는 이런 이야기를 나누는 것이 괴로워서 방구석에 있는 책상 위의 접이식 바둑판을 턱으로 가리켰다.

"한 수 둘까?"

하마다가 한 수 아래인데도 오늘 사카이는 너무 칠칠치 못해 깨끗이 포기해 버렸다. 하얀 돌을 모으면서 사카이가 말했다.

"아무래도 몸에 힘이 안 들어가서 못쓰겠어."

"아줌마가 걱정하시더라. 저러다간 몸 망친다고."

"응, 그래도 버텨야지. 검사까지 두 달만 잘 참으면 되니까. 검사가 끝나면 경사스럽게 병종 판정을 받은 몸으로 뭘 먹을까 생각하니 정말 즐거워. '천황폐하만세'라는 심정이지."

그 이야기는 이쯤에서 그만두고 두 사람은 각자 회사에 대한 이야기에 열중하며 실컷 웃었다. 그런 뒤 시부야로 영화를 보러 가기로 했다. 새 감색 정장을 입은 두 청년은 '쌀을 소중히 하자', '집집마다 신(神)을 섬기자'라고 크게 적힌 입간판이 세워져 있는 언덕길을 걸으며 회사 이야기를 계속했다. 그러다가 하마다는 문득 친구가 곁에 없는 것을 느꼈다. 뒤돌아보니 덩치 큰 사카이는 오 미터쯤 뒤에 멈춰 서 있었다. 그 모습은 마치 유령처럼 둥둥 뜬 섬약한 느낌이었다. 사카이는 걸음을 멈추고 옆 가게를 보고 있었다. 무엇을 저렇게 열심히 쳐다보고 있는 걸까? 하마다는 말을 걸려다가 친구의 시선이 어디에 머물렀는지 알아차렸다. 사카이는 길가에서 김이 모락모락 피어나는 술빵에 넋을 빼고 있었다.

하마다의 시선을 느낀 사카이는 자못 멋쩍은 표정으로 웃더니 다시 걷기 시작했다. 두 사람은 독일 영화를 상영하는 극장으로 들어갔다. 남아프리카 전쟁을 다룬 그 영화는 독일인답게 끈질기고 악착같은 연출을 보였다. 하마다에게는 속이 메슥거릴 만큼 몹시 거북한 영화였다. 네덜란드인들이 영국군의 포로가 되어 굶주림에 허덕이며 말라비틀어지고 있을 때, 영국군 장교가 접시에 있는 큼직한 고깃덩어리를 집어 커다란 그레이트데인에게 던져준다. 그레이트데인은 눈 깜짝할 사이에 그것을 먹어치우고 맛있는 듯 입맛을 다신다. 저렇게 맛있게 먹을 수 있도록 며칠이나 굶겨두었을 것이다. 이틀일까? 사흘일까? 설마 일주일은 아니겠지, 하고 하마다가 생각하고 있을 때 사카이가 하마다의 팔꿈치를 세게 찔렀다.

"왜 그래?"

하마다는 물었다.

"나가자."

사카이가 말했다.

"왜? 어디 아파?"

"응, 어쨌든 나가자."

사카이가 속삭였다.

밝은 통로로 나오자 사카이는 얼굴에 홍조를 띠며 말했다.

"하마다, 나 먹을래. 더 이상은 도저히 못 참겠다."

"그럼 같이 가자."

두 사람은 극장 근처에 있는 레스토랑으로 갔다. 여기는 별로 맛이 없으니 다른 레스토랑으로 가자고 달랬지만, 사카이는 마치 놀림이라도 당한 듯 화를 내며 혼자서 성큼성큼 안으로 들어갔다. 도저히 막을 도리가 없었다. 하마다는 비프스테이크를, 사카이는 비프스테이크와 마카로니 그라탕, 안심 돈가스를 주문했다.

"밥으로 하시겠어요, 빵으로 하시겠어요?"

여종업원이 물었다.

"됐어요."

"난 둘 다."

사카이가 황급히 말했다.

하마다는 비프스테이크를 다 먹었지만, 사카이는 여태 비프스테이크를 절반밖에 먹지 못했다. 비프스테이크를 굽는 정도라든가, 이 고기는 아까 그레이트데인이 먹은 고기의 몇 분의 몇 크기라든가, 서양에서는 생선 가시가 목에 걸렸을 때 곁들인 감자를 삼킨다더라는 둥 이러쿵저러쿵 수다를 떨기에 바빴기 때문이다.

사카이는 하마다의 접시를 바라보고 말했다.

"그렇게 빨리 먹으면 안 돼. 좀 더 천천히, 천천히 음미하면서 먹어야지. 안 그럼 많이 못 먹잖아."

"괜찮아, 못 먹어도."

사카이는 자신의 마카로니 그라탕을 밀면서 말했다.

"더 먹어."

"아냐, 이제 배불러."

"거봐 벌써 그렇잖아."

하마다는 커피를 마시면서 사카이가 먹는 것을 구경했다. 그것은 구경이라는 말에 어울릴만한 장관이었다. 마카로니 그라탕에 빵, 돈가스에 밥. 물론 그 사이에도 참으로 기쁜 듯이 먹을거리 이야기를 했다. 그리고 물을 마시면서 종업원을 부르고 마치 명화를 바라보는 듯 메뉴를 읽고 다음 요리를 주문한다. 이윽고 콩소메, 광어 버터구이, 야채샐러드가 나오자 사카이는 착실한 속도로 그 세 접시를 "맛있어, 맛있어"를 연발하며 먹어 치우고시 길고 깊은 한숨을 쉬더니 이렇게 말했다.

"이제야 살 것 같다. 이제부터는 느긋한 마음으로 먹을 수 있겠어."

사카이는 포타주를 먹으면서 콩소메도 좋지만 포타주도 맛있다며 만족스럽게 중얼거렸다. 게 크로켓을 먹으며 통조림 게라서 아쉽긴 하지만 그래도 제법 맛있다고 칭찬하고 작게 트림을 했다. 다음은 영계로 만든 닭튀김. 사카이가 워낙 맛있게 먹는 바람에 하마다의 식욕도 자극되었다. 하지만 지금껏 그래왔듯이 여기서 또 먹으면 꼭 배탈이 나서 고생한다는 것을 하마다는 알고 있었다.

사카이의 얼굴이 취하기라도 한 듯이 붉은 빛을 띠기 시작했고, 울적한 표정으로 바뀌었다. 하지만 그 울적한 남자가 다시 손을 들어 종업원을 부르고 메뉴를 말했다.

"아가씨, 타르타르스테이크는 없어요?"

"네, 없습니다."

"그럼 어쩔 수 없지. 또 비프스테이크를 먹을까. 아까 건 잘 구워져 있었으니까, 이번엔 덜 익혀줘요."

웃음을 참으며 돌아서려는 종업원을 사카이가 불러세웠다.

"참, 아가씨. 밥도 줘요. 그리고…… 오는 길에 빵도 갖다 주고."

마침내 두 사람은 커피를 마시면서 이러쿵저러쿵 먹을거리 이야기를 했다. 사카이는 고향 야마가타현의 향토 요리를 열심히 설명했다. 도루묵 된장구이, 메밀요리, 낫토로 만든 떡. 그러다가 도쿄에서 비프스테이크가 맛있는 곳이 어딘가를 자못 음식에 정통한 듯한 말투로(이런 맛없는 레스토랑에서 이만큼이나 많이 먹었다는 것을 조금도 의식하지 않은 채) 엄밀하게 말했다. 이런 얘기라면 하마다도 한 수 거들 수 있으므로 대개는 사카이와(그리고 죽은 야나기와) 함께 간 적이 있는 양식집을 이러쿵저러쿵 평가했다. 커피와 물을 마시며 수다를 떨다가 한 시간쯤 지나자 사카이는 이 근처에서 초밥이라도 조금 더 먹자고 하더니 갑자기 허둥대기 시작했다. 돈이 부족한 것을 깨달은 것이다. 하마다도 마침 가지고 있는 돈이 조금밖에 없었다. 하마다는 종업원에게 얼마냐고 물었다. 두 사람의 지갑을 합치고 주머니를 전부 털어도 턱없이 모자랐다. 하마다는 집에 전화를 걸어 누나 미쓰에게 사정을 설명하며 신지한테 보내 달라고 부탁했다. 누나는 배꼽이 빠지게 웃더니 신지는 지금 없으니까 자기가 직접 가지고 오겠다고 했다.

"기다리는 동안에 또 먹으면 안 돼. 먹더라도 조금만 먹어."

"그런 의미에서라도 빨리 와줘."

하마다는 전화를 끊고 양손을 모아 빌고 있는 사카이 쪽으로 걸어갔다.

삼사십 분 후, 체크 정장을 입은 미쓰가 레스토랑에 들어와서 부족한 돈을 지불해 주었다. 그리고 세 사람은 초밥 집에 들어가 이번에는 아주 조금 주전거리는 정도로 끝냈다. 사카이는 아오야마에 있는 하마다 집까지 따라왔고 그날 밤은 거기서 저녁을 먹었다. 사카이는 혼담이 들어온 미쓰를 실컷 골렸고, 하마다의 어머니는 사카이의 색싯감은 키가 얼마나 커야 하는지를 논했고, 신지는 사카이의 먹성에 존경의 눈빛을 보냈다.

저녁 식사가 끝난 뒤 하마다와 사카이는 하마다의 방에 드러누워 레코드로 모차르트의 클라리넷 오중주곡을 들으며 이런저런 이야기를 나누었다. 사카이는 담배 연기로 도넛을 만들면서 말했다.

"너도 참 특이하다. 그런 후진 회사에 왜 들어갔어?"

"그래도 대기업이 아닌 만큼 일은 재밌어. 꽤나 자유롭거든. 아직은 잘 모르겠지만. 용의 꼬리가 되느니 뱀의 머리가 되라, 뭐 이런 말도 있잖아. 바로 그거야."

"그럴지도 모르지" 하고 사카이가 끄덕이더니 "우리 회사는 영 재미없어. 나도 한번 뱀 머리가 될 궁리나 해볼까. 근데 하마다, 아까 말하는 투로 봐서는 아무래도 뱀 꼬리 쪽인 것 같던데?"라며 말을 이었다.

두 사람은 웃었다. 하마다는 사카이가 자신의 말을 이해한 것 같아서 안심했다. 하지만 회사에서 하는 일은 이 친구가 하는 일처럼 조금도 재미가 없었다. 하마다는 이미 징병 기피를 결심하고 있었다. 올 6월에 검사가 있는데, 아마 갑종이나 제1을종 판정이 나올 것이다. 그리고 늦어도 12월에는 입대하게 될 것이다. 그렇다면 도망칠 수밖에 없다. 여태껏 자신이 생각해온 것, 느껴온 것에 대한 당연한 귀결로 몸을 숨기고 도주하여 자유로운 인간이 될 수밖에 없다. 그런 형태로 반항할 수밖에 없다. 하마다는 그렇게 결의를 다지고 있었다. 그리고 아직 이름은 정하지 않았지만 하마다 쇼키치가 아닌 다른 이름의 인간이 되어 라디오 수리를 하면서 전국을 돌아다닐 작정이다. 그렇게 살아가는 것이 자신의 앞날이라면(어떻게든 되겠지. 정 안 되면 그때는…… 죽으면 그만이다) 사회를 등지고 떠날 남자가 원하는 일만 골라서 한다는 것은 정말 무의미하지 않을까? 하마다는 그런 생각에 타인의 취직을 방해하지 않도록 일부러 삼류 회사를 선택했다. 그리고 기술자 부족에 시달리는 삼류 회사 쪽이 장래야 어찌 됐든 격이 높은 회사보다도 초봉이 아주 조금 높기도 했다. 하마다는 저축을 하고 싶었다. 그렇게 저축한 돈과 부모가 자기 이름으로 들어준 통장을 들고 나올 작정이다. 그 외에는 가능한 부모 돈에 손을 대고 싶지 않았다.

두 사람은 오늘 본 영화 이야기를 나누었다. 그레이트데인이 고기를 먹던 모습을 떠올리며 수다를 떨다 보니 개 이빨 이야기가 치과 이야기로 바뀌었다. 하마다는 작년 말부터 부지런히 치과를 들락거려서 충치가 하나도 없었다.

"그래? 나도 치과에 가야 되는데······."

사카이는 혼잣말처럼 중얼거리고 일어서더니 기둥에 기대어 여태까지와는 사뭇 다른 어조로 말했다.

"나, 각오했어. 너처럼 묵묵히 군대 갈 거야. 할 수 없으니까. 몸을 망치면 본전도 못 찾잖아. 어떻게든 되겠지 뭐. 처음부터 몸 사리고 덤비면 야나기처럼은 안 되겠지. 야나기 녀석, 불쌍하다."

"응, 불쌍해."

널브러진 채로 하마다가 대답했다.

사카이는 "그 녀석보다는 내가 훨씬 요령이 좋으니까······"라고 말한 뒤 큰 한숨을 쉬었다.

"뭐, 어떻게든 되겠지."

하마다가 말했다.

"한마디로 반전(反戰)이니 반군이니 해도 방법은 여러 가지가 있을 거야. 그렇게 극단적인 짓을 하지 않아도 말이야. 좀 더 유연하게."

"응, 그건…… 그래."

"난 좀 다른 방법으로 가볼 생각이야. 죽으면 아무 소용없으니까. 굶어죽는 건 장개석[63]의 총알에 맞아 죽는 거나 마찬가지……잖아."

"응." 하고 누워 있던 하마다가 건성으로 대답했다.

하마다는 징병 기피 계획을 사카이에게 털어놓고 싶어서 견딜 수가 없었다. 다른 사람에게는 몰라도 이토록 친한 친구이고, 전쟁과 병역 문제에 대해서(야나기가 입영하기 전에는 물론 야나기도 함께) 그토록 긴 시간을 열중하여 토론하며 거의 같은 결론에 이른 이 녀석에게는 역시 말하는 것이 옳지 않겠냐는 생각이 한 달 전쯤부터 마음속을 떠나지 않았다. 하지만 털어놓을 수가 없었다. 첫째, 말릴지도 모른다. 둘째, 상대의 마음에 부담을 남긴다. 셋째 (둘째와 관계가 있지만), 선동하게 된다. 넷째, 혹시 고자질이라도 하면……? 설마 헌병대에 밀고는 하지 않겠지. 그러나 마음의 부담을 견디다 못해 부모에게 슬며시 말해버릴 수 있다. 있을 수 있는 일이야. 절대로 그럴 리 없다는 보장은 없어. 사카이의 굴욕과 외로움을 달래기 위해 내게도 같은 굴욕과 외로움을 억지로 강요

63　장제스(1887-1975), 중화민국의 초대 총통

하고, 심지어 그것을 우정의 증표라고 오해할 가능성. 있을 수 있다. 하지만 만약 그렇다고 한다면 나는 이 친구를 믿지 못하는 걸까? 먼저 털어놓을 수가 없기 때문에, 털어놓지 못하는 이유를 이런 식으로 생각하기 때문에, 왠지 내가 사카이를 이중으로 배신하는 것처럼 느껴졌다.

"넌 교련 시간에 땡땡이 안 쳐서 좋겠다. 난 하사관으로 부적절하다는 판정이 날 것 같아."

사카이가 말했다.

하마다는 징병 기피를 계획하면서도 한편으로 착실하게 교련 수업을 받은 것이 이상해서 스스로도 놀랐다. 대체 어쩌려고 그랬을까? 만일의 경우를 대비해서? 어쩌면 마음이 바뀔 수도 있으니까. 분명 그런 마음도 있었을 것이다. 카무플라주? 그런 위장술도 생각했을 수 있다. 아니면 전쟁과 군대에 대한 혐오감을 키워 그것을 행동의 계기로 삼으려고 무의식중에 자신을 다독거린 걸까?

"할 수만 있다면 넘겨주고 싶다. 내 사관 자격."

하마다는 농담인 척하며 말했다.

사카이가 대답했다.

"그렇게 말하지 마. 소중하게 생각해라. 나라에서 하사해준 거니까."

3교시가 끝나고 쉬는 시간이 되어 복도가 소란스러워졌을 때, 하마다 자리로 구와노 조교수에게서 전화가 걸려왔다. 급히 할 말이 있으니 연구실로 와달라고 했다. 하마다는 누구에게랄 것 없이 외국어 연구실에 갔다 오겠다고 알렸다. 과장은 잠자코 끄덕였고 니시는 변함없이 시비조로 말했다.

"오늘은 아주 인기가 많으십니다."

연구실에는 젊은 외국어교수들이 많았다. 잡담을 나누는 무리에 끼지 않고 차를 마시고 있는 자, 담배를 피우고 있는 자, 차를 마시고 담배를 피우면서 수다를 떠는 자, 그리고 의자 등받이에 기대어 눈을 감고 있는 자는 아침부터 세 시간 연속으로 강의를 하고 지쳤나보다. 작은 사전을 오른손에 든 채 왼손의 교과서를 열심히 읽고 있는 자는 이번 시간에 가르칠 부분을 예습하고 있는 모양이다. 어떤 이가 펼쳐 든 두꺼운 양서를 들여다보며 네 사람이 무언가 토론을 하고 있었다. 하마다가 문 앞에 우두커니 서 있자 책을 둘러싸고 있던 사람들 중 한 사람이 고개를 들고 일어섰다. 구와노 조교수다.

"이런, 여기까지 오게 해서 미안하네. 옆에 있는 사전 방으로 갑시다. 여기선 좀 그러니까."

옆방은 도서실인데 과연 사전 방이라는 말마따나 책장을 메우고 있는 책의 절반 가까이는 사전과 백과사전류이다.

"정말 많군요."

하마다가 말했다.

"대개는 문부성의 보조금으로 사들인 거지. 대학은 돈을 안 내놓거든."

구와노는 책장 사이의 약간 넓은 공간에 놓여있는 책상으로 다가가서 학생으로 오해할 만큼 젊은 전임 강사에게 뭐라고 소곤거렸다. 전임 강사는 방을 나갔다. 이제 구와노와 하마다 두 사람만이 남았다.

구와노는 하마다에게 의자를 권하고 자신도 앉더니 한참을 말없이 가만히 있었다. 하마다는 물었다.

"무슨 일이십니까? 교수님."

구와노의 말은 의외였다.

"자네한테 사죄를 하고 싶어서."

"무슨 말씀이신지?"

하마다는 상대의 진지한 표정에 놀라면서 말했다.

"다카오카 전출 건 말이야. 도저히 내가 나설 수가 없네……. 심정은 굴뚝같지만."

"……."

"아까 점심시간에 영어과 사쿠라이 교수와 얘기를 좀 나누었는데, 사쿠라이 씨도 자네를 부속 고등학교로 보내는 건 아깝다고 하더라고. 그 늙은이도 자네가 마음에 들었던 모양이야. 칭찬이 대단하던걸. 그래서 사쿠라이 교수와 함께 오다 교수를……" 하며 외국어 전체주임인 영어과 노교수의 이름을 들먹이더니 "찾아갔어. 그 사람이라면 이끼가 낄 정도로 이 학교에 오래 있었으니 얼굴도 통하고 말발도 서니까. 사쿠라이 교수는 그럴 처지가 못 되고. 사쿠라이 교수보다 차라리 내가 아직은 먹힐 정도잖아. 십 수

년은 근무했으니까."

"아니, 벌써 그리 되셨습니까?"

하마다는 무난한 부분에서 끼어들었다.

그리고 구와노는 계속 말을 이었다.

"그런데 말이야, 오다 교수가 어찌나 화를 내던지. 아무래도 사쿠라이 교수를 나무랄 순 없으니까 대표로 나를 지독하게 혼내는 것 같았지만 말이야. 아무튼 사쿠라이 교수는 입 다물고 먼 산만 바라보고 있으니 내가 나설 수밖에 없었어. 그게 실수였는지는 몰라도 어찌나 타박을 주던지. 오다 교수가 '다카오카 같은 시골구석으로 하마다를 보내는 건 나도 안타깝다. 정말 안타까워'라고 하는 거야. 그 말을 들으니 자넨 아무래도 나이 든 남자들한테 인기가 있는 것 같아서 어찌나 기쁘던지. 그런데 그 다음이 문제야. 교원은 직원 인사에 관여하면 안 돼. 절대로 안 돼. 아무리 학교를 위한 일이라고 해도. 혹시라도 그랬다가는 나중에 교원 인사에 간섭할 거야. 이사가 그 일을 걸고넘어져서 교원 인사에 참견을 하면 어떡할 거냐고 하더라고. 아니, 교수회 얘기가 아니야. 교수회 논의에는 이사가 참견을 못하지. 다만 알다시피 신규 채용이나 승진 인사에는 급여 문제가 얽혀 있으니까 주임 교수는 교수회에 올리기 전에 전무이사의 승인을 먼저 받아야 하잖아. 그러니까…… 이런 식으로는 이사가 교원 인사에 참견을 할 수 있다는 거지."

하마다는 고개를 끄덕였다. 구와노가 말을 이었다.

"외국어과 인사 문제는 전부 오다 교수의 이사 조종술……이랄까, 어쩌면 조종되는 기술일지 모르지만, 아무튼 그 덕분이거든. 교육학 연구실 같은 곳의 업적이야 난 잘 모르겠지만, 들어온 지 오래되었는데도 여태 전임 강사를 면치 못한 사람들이 많아. 오 년이나 된 전임 강사가 둘이나 있다더라고. 외국어 분야에서는 삼 사 년 지나면 대개 조교수가 되거든. 주임 교수의 정치력 차이야. 그 정치력을 휘두르기 어려워진다는 게 본심이겠지만, 어쨌든 오다 교수가 하는 말은 사리에 맞고…… 사쿠라이 교수는 꿀 먹은 벙어리고. 나도 손을 뗄 수밖에 없었네."

"괜찮습니다, 교수님."

하마다가 자신보다 두 살인가 세 살, 혹은 훨씬 더 젊은 남자에게 말했다.

"정말 미안하네."

구와노가 계속 사과했다.

"오다 교수에게 지금 미운 털이 박히면 4월 인사 때 곤란해서 말이야. 전임 강사 세 명을 조교수로 만들어야 하거든. 세 명 중 한 사람은 흠 잡을 데 없이 우수하지만, 두 사람이 변변치 못해. 그래도 세 명은 동기라서 함께 올라가지 않으면 모양새가 나쁘거든. 그중 하나가 세브……, 옛날 시인이지. 모리스 세브를 전공했는데 프랑스 유학파지만 멍청하고, 또 하나는 콩스탕,《아돌프》라는 대연애 소설을 쓴 남자. 그게 전공인데 면밀하게 말해서 진부하기 짝이 없는 미완성 논문을……."

구와노는 두 사람 논문의 험담을 앞세워 '옛 시인'과 '대연애 소설을 쓴 남자'에 대한 자신의 의견을 빠르고 위세 좋게 떠들고, 문득 다시 생각난 듯 감상적인 목소리로 말했다.

"이해해주게."

"교수님, 당치도 않으십니다."

"나와 자네의 아미띠에…… 우정을 봐서라도 어떻게든 손을 써야겠지만, 내 입장에서는 도리가 없네. 마음이…… 괴로워. 그래서 자네한테 사과를 해야 할 것 같아서."

"마음 쓰지 마세요, 교수님. 저도 어찌할지 아직 결정하지 않았습니다만, 그래도 어떻게 되겠죠."

"그건 그렇지."

구와노는 갑자기 밝은 표정으로 말했다.

"나도 대학을 갓 졸업했을 때는 취직이 안 돼서 애 좀 먹었지만, 어쨌든 지금까지 이렇게 잘 살아온걸."

"예, 그럼요."

하마다가 대답했다.

구와노 조교수가 여태까지 한 말은 훌륭했다. 아니, 경멸할 데가 없었다. 하지만 구와노는 한동안 깊게 생각하더니 눈을 번뜩이며 큰 소리로 이렇게 말해 하마다를 어처구니없게 만들었다.

"어이, 학생 자치회와 학생 신문을 움직여보는 건 어때? 인민 전선……."

하마다는 일순간 멍하니 구와노의 얼굴을 쳐다본 뒤, 그들이

나서면 자신이 피해를 입게 되고 성공할 가망성도 없다고 설명했다. 구와노는 납득하고 깨끗이 포기하더니 다시금 정말 자네한테는 미안하게 됐다며 머리를 숙였다. 하마다는 조교수의 선량함과 단순함에 진저리를 치며 방을 나왔다.

연구실을 끼고 난 복도를 잠시 걷자, 소파가 두 개 놓여 있는 로비 같은 공간이 나왔다. 소파 끝에 앉아 있던 아오치 마사코가 하마다에게 손을 흔들었다. 오늘은 특이하게도 기모노가 아니라 겨자색 원피스 차림이었다. 그리 어울리지도 않고 차림새도 촌스러웠다. 곁에 앉은 하마다에게 마사코가 말했다.

"뒤를 따라왔는데, 말을 걸 기회가 없어서."

"몰랐어."

"여기서······" 마사코는 아무도 없고 누구도 지나치지 않는 로비를 훑어보고 "얘기 좀 해요. 뉴스가 있으니까"라고 말했다.

"내 얘기?"

"응. 학생 신문은 이제 더 이상 당신 문제를 건드리지 않을 거예요. 그런 편집 방침으로 바뀔······ 거예요."

"호리카와가 명령한 거야?"

"응, 하지만 신문부 부장한테 말한 게 아니라."

"그럼 누구한테?"

"OB한테."

마사코는 신문학회 OB인 일류 신문사 기자들에게 학생 신문의 편집 코치료 명목으로 매달 상당한 돈이 편집과에서 나가고 있다고 말했다.

"그러니까 호리카와 이사는 사전 검열을 하지 않는 대신, 멀리서 신문을…… 그거 있잖아. 뭐라 뭐라 하잖아……."

"리모트 컨트롤."

"그래, 그거."

어쩌면 그 신문 기사는 호리카와 이사가 뒤에서 조종하여 쓴 것일지도 모른다는 생각이 들었다. 그러다 곧바로 하마다는 설마 거기까지 세세하게 손을 댈 만큼 한가하지 않을 거라고 생각을 고쳐먹었다. 이사는 그 신문 기사, 특히 노모토 교수의 담화를 보고 변해가는 사회 정서를 통감하고 위험을 예감했을 것이다.

강의실로 가는 외국어 강사 대여섯 명이 로비를 지나갔다. 교과서와 분필 세 자루를 들고 가는 사람, 교과서만 들고 가는 사람, 아무것도 들지 않은 사람. 아무것도 들지 않은 독일어 조교수가 하마다와 마사코를 힐끔힐끔 보면서 말했다.

"외국어 선생은 십 년마다 엄청난 권태감에 휩싸이는 법이라더군. 오다 교수의 체험담이야. 나 같은 놈은 이 길로 뛰어들었을 때부터 여태껏 쭉……."

그들은 복도를 돌아서 계단을 내려갔다. 하마다가 말했다.

"알려줘서 고마워."

"잘 지내요."

마사코가 일어섰다.

하마다는 담배를 한 대 피우고 서무과로 돌아갔다.

"저 여자는 양장이 어울리지 않아. 이 정보는 마사코의(같이 살지는 않는 모양이지만) 사실상 남편인 국문학과 우노 교수한테서 들었겠지? 저 마지막 말은 이별의 말처럼 들리는군……."

이런 생각들을 하면서.

저녁에 집으로 돌아와 보니 신지에게서 속달이 와 있었다. 약혼자의 부모가 결혼식 전에 형님에게 인사를 드리고 싶다고 한다, 혼담이 틀어졌다는 말이 아니니 걱정할 필요는 없다. 갑작스럽게 부탁해서 정말 미안하지만 내일 밤에 형수님과 함께 와줄 수 있느냐, 시간과 장소를 알리고 만약 못 오실 형편이라면…… 내일 아침에 영업부의 약혼녀에게 전화해 달라는 내용이었다.

하마다는 기모노로 갈아입고 요코에게 편지 내용을 설명했다.

"난 괜찮아요. 당신은?"

"나도 괜찮아."

"근데 뭘 입고 가야 되나?"

"음식 값은 신지 혼자서 부담하려는 건가?"

욕실(머리를 감아서 기분이 좋다), 저녁 식사(통조림 아스파라거스가 맛있다), 텔레비전. 아내와 나란히 텔레비전을 보고 있는 사이에 내일까지 써야 할 두 편의 짧은 원고가 생각났다. 초보적인 질문에 대답하는 아동용 원고라 지금 여기서 써버려도 된다. 하마다는 TV 광고를 하고 있을 때 만년필과 원고지를 가져왔지만, 미적거리다가 그 프로그램이 끝날 때까지 텔레비전을 보고 말았다.

하마다는 신문의 방송 편성표를 들여다보는 요코에게 차를 끓여달라고 하고 텔레비전을 껐다. 하마다는 차를 마시면서 문득 집으로 돌아올 때 버스와 전철 안에서 생각했던 것을 말했다.

"요코, 당신은 가난하게 사는 건 싫겠지?"

"……?"

"도쿄와 다카오카 중 어디가 좋아?"

"도쿄가 좋긴 하지만……" 하고 중얼거리더니 갑자기 불안한 표정을 지으며 빠르게 물었다.

"학교 그만둘 생각은 아니죠?"

그 사나운 목소리는 하마다의 신경을 자극했다. 자세하게 사정을 설명할 여유가 사라진 하마다는 지독하게 무뚝뚝한 어조로 말하고 말았다.

"가능한 한 그만두지 않을 거야. 하지만 그만둬야 할지도 몰라. 물론 그때 일자리는 내가 찾을게. 한동안은 지금보다 수입이 줄어들겠지만……."

간단한 설명은 오히려 아내를 흥분시켰다. 요코는 하마다에게 말할 기회도 주지 않고 삼십 분 가까이를 퍼부어대며 실업자의 아내가 되는 것은 싫다고 했다. 요코는 일단 고분고분하게 다카오카에 간 후에 차분하게 복귀 운동을 해서 도쿄로 돌아오면 되지 않느냐, 도무지 당신이란 사람은 평소에는 점잖다가도 막상 무슨 일만 생기면 극단적으로 제멋대로 군다, 다카오카에 가기 싫다고 일을 그만두려는 것이며 군대 가기 싫다고 징병 기피를 한 것이며, 의사 아들이면서 의대에 안 간 것도 그렇다는 말을 했다.

하마다는 아내에게 욕을 하려고 했지만 적당한 욕지거리가 나오질 않았다. 입을 다문 하마다는 노려보았고, 요코도 입을 다문 채 욕실로 들어갔다. 욕실 문을 여닫는 소리, 욕조 뚜껑을 여는 소리, 세숫대야가 타일 위에 놓이는 소리는 특히 거칠었고, 그 짜증스러운 소리 하나하나가 요코의 흥분 정도를 말해주고 있었다. 왜 이렇게 발끈하는 걸까? 아마 지난주부터 불안이(하마다가 자세하게 설명하지 않은 탓도 있겠지만) 쌓이고 쌓여서 폭발한 것이다. 결국은 장모한테 배운 회사원 부인 의식이 몸에 배어서 그런 것이다. 어머니에게 군의관 부인의 체면치레가 배어 있던 것처럼. 그런 생각에 하마다는 아내가 실업을 두려워하는 것을 가능한 호의적으로 보려고 했다. 하마다는 만년필을 손에 들었다. 그러나 간단할 것이 아무래도 써지질 않았다. 단어가 아무것도 떠오르지 않았다. 떠오르는 것이라고는 '극단적으로 제멋대로 구는 사람'이라는 말의 한없는 되풀이였다.

요코가 욕실에서 나왔다. 이불을 까는 소리와 크림을 볼에 바르는 소리는 여느 때와 다름없었다. 목욕을 한 덕분에 겨우 흥분이 가라앉았겠지. 네글리제를 입은 요코가 들어왔다. 유혹할 생각인가 보다. 향수 냄새가 방 안 공기를 물들였다.

"여보, 안 잘 거예요?"

요코는 조금 거북한 듯 말했다.

"응, 원고를 써야 해서."

요코는 "그래요?" 하며 표정이 굳더니 "나, 내일 거기 안 갈까 봐요"라고 했다.

"왜?"

"입고 나갈 옷도 없고."

"그래? 그럼 그러든지."

아내는 침실로 갔다. 잠자리를 해주면 기분이 풀린다는 것을 알고 있었지만, 이런 상황에서 그러는 것은 너무 한심해서 오기를 부리고 있었다. 또 그 짓을 하고 있는 걸까? 오른손 손가락 두 개로 매만지거나 때리거나. 처음에는 천천히, 그러다가 갑자기 리듬을 타고. 하마다는 아내의 신음소리를 들으려고 귀를 쫑긋 세우고 (아직 시작하지 않았군. 적어도 아직은) 핑크 무늬가 있는 해파리 떼가 세토나이카이의 파도에 일렁이는 광경을 떠올렸다. 그것을 바라보던 날엔 무척 야윈 아키코가 곁에 있었다. 하마다가 해파리에 놀라거나 감탄하는 것을 보고 웃으면서. 그 여자와 함께 본 여러 바다. 세토나이카이의 푸른 빛, 또 다른 느낌을 자아내는 산인 바다의 푸른 빛, 그리고…… 그것 뿐. 또 하나, 도쿄 밤바다의 검은 빛. 내가 만약 아키코와 결혼했더라면.

오키 신사의 벚꽃은 아름다웠다. 널따랗고 개방적인 경내와 오키 양식으로 지었다는 단정하고 깔끔한 본당과 그 밖의 건물들, 그리고 동판 지붕의 본당이 짊어지고 있는 나지막한 뒷산의 푸름도 모두 이 하얀 벚꽃을 위해 존재하는 것처럼 느껴졌다.

"신사가 참 아름답군요. 떠돌이 장사꾼이라 여기저기 꽤나 많은 신사를 봤지만, 이곳이 가장 마음에 들어요. 뭐랄까……" 노점상다운 말을 찾으려 했지만 도무지 떠오르지 않아 할 수 없이 "화려하고 슬프고"라고 말했다.

"벚꽃의 느낌과 똑같은 신사."

"벚꽃도 예쁘네요. 말씀하신 대로군요."

"어머, 저도 처음이에요. 지난번에 왔을 때 여관에서 들었어요. 눈이 부리부리한 남자 있죠? 그 여관집에……."

"아아, 옆집 여관."

"거기에 묵지 않아서 좀 미안한걸요."

"그땐 깜깜해서 아무도 모를 거예요."

"옆집에는 숙박객이 아무도 없는 것 같던데."

"이쪽도 우리밖에 없잖아요. 오징어 철에만 북적거리지 않겠어요?"

노점상에게 어울리지 않는 말투를 수상히 여기는 모습이 보이지 않아서 스기우라는 안심했다. 두 사람은 벚나무 아래에 보자기를 하나 펼치고 등을 맞대고 앉아 주먹밥을 먹고 있었다. 경내에 마을 사람들 세 팀이 돗자리를 깔고 찬합을 펼쳐 놓고 술을 마시며 노래 부르는 것을 그들도 따라한 것이다. 물론 신사 경내가 매우 넓어서 술판을 벌인 마을 사람들의 모습은 조금도 풍광을 방해하지 않았다.

"우리도 술을 가져왔으면 좋았을걸."

아키코가 장난스럽게 말했다.

"전 술 못해요."

"스기우라 씨, 정말이에요?"

"예."

아키코는 모래 화가님이라고 부르던 호칭을 스기우라 씨로 바꾸었다. 그들은 어제 히시우라에 도착하여 항구의 여관에 묵었다. 스기우라는 방을 따로 잡아달라고 여주인에게 말했다. 여주인은 수상한 눈빛으로 두 사람을 보았고, 아키코는 아무 말도 하지 않았다. 젊은 모래 화가는 아침 일찍 사카이항을 출발하여 저녁 늦게 히시우라에 도착하는 배 안에서 젊고 예쁜(조금은 억척스럽고, 허무적이지만 그리 멍청하지 않은) 여자와 이야기를 나누는 즐거움을 맛보면 맛볼수록 방을 따로 쓰겠다고 여자가 먼저 말을 꺼내는 건 수치라고 생각했다. 주인이 저녁 식사에 술을 겸할 거냐고 물었을 때도 스기우라는 바로 거절했고, 아키코는 무슨 말을 꺼내려다가 그만두었다. 두 사람은 스기우라가 묵을 방의 고타쓰에서 식사를 하고 그 자리에서 12시가 지난 시간까지 이야기를 나누었다. 스기우라는 돌아다닌 여러 지역의 이야기를 하고 싶어 했고, 아키코는 도쿄의 이야기를 듣고 싶어 했다. 그리고 아키코는 도쿄의 이야기를 하고 싶어 했고, 스기우라는 우와지마의 이야기를 듣고 싶어 했다. 그렇게 아귀가 맞지 않는 대화를 나누면서도 두 사람은 꽤나 즐기고 있었다. 여자는 내키지 않는 혼담을 거절하기 위해서는 이럴 수밖에 없어서 전에 한 번 와본 적이 있는 산인으로 가출을 했다고 한다. 저녁 식사를 마치자마자 종업원이 고타쓰 옆에 참으로 거리낌 없이(라고 젊은이는 느꼈다) 이불을 깔아 주었는데도 두 사람 사이에는 아무 일도 일어나지 않았다.

오늘 아침 두 사람은 전날의 피로로 늦게 잠에서 깼다. 스기우라가 이렇게 늦잠을 잔 것은 학창 시절 이래 거의 삼 년 만의 일이었다. 사실 스기우라는 한동안 자신이 하마다 쇼치키라고 착각하고 있었다. 매우 화창한 아침, 아무런 인기척이 없는 고요한 여관은 그렇게 착각하도록 하마다를 허락하고 있었다.

하마다는 모차르트의 클라리넷 오중주곡을 휘파람으로 불며 세면대로 갔다. 군데군데 수은이 벗겨진 거울 속 자신의 얼굴에서 구레나룻을 발견하곤 화들짝 놀라 휘파람을 멈췄다. 하마다는 두려워하다가 여관이 여전히 고요한 것에 안심했다. 하마다는 스기우라 켄지로 돌아왔다. 이윽고 아키코가 일어나서 세수를 했다. 여관집 여주인이 오더니 야릇한 웃음을 흘렸다. 두 사람은 아침 식사를 마치자 여관에 짐을 맡기고 히시우라에서 이곳 아마로 2리 정도 걸었다. 오키 신사의 만발한 벚꽃은 설령 백리를 걷더라도 보러 올 가치가 있었다.

그들은 벚꽃을 실컷 즐긴 뒤, 일단 히시우라로 돌아와 우유를 두 병씩 마시고 사부로이와를 보러 갔다. 언덕길을 1리 정도 걸어야 했지만, 아침부터 줄곧 걸었는데도 두 사람은 아무렇지도 않았다.

"괜찮아? 피곤하지 않아?"

"괜찮아요. 그래도 오늘 밤엔 푹 잘 수 있겠네요."

아키코는 마치 어젯밤엔 잠을 이루지 못했다는 듯이 말했다.

자갈이 깔린 길은 도중에 없어졌다. 이제부터는 방목된 소 오륙십 마리가 풀을 뜯고 있거나 얼빠진 목소리로 울곤 하는 산속 오솔길을 올라가야 한다. 스기우라와 아키코는 얼굴을 마주보았다. 역시 썩 내키지 않았기 때문이다. 하지만 이곳만 오르면 바다와 암석이 펼쳐지는 지점에 닿을 수가 있기에 여기까지 와서 되돌아가기는 아쉬웠다.

"어쩔래요?"

스기우라는 오르고 싶은 마음을 노골적으로 얼굴에 드러내며 물었다.

"나, 무섭지 않아요."

살갗에 땀이 밴 아키코가 그렇게 대답했고, 스기우라는 기쁜 듯이 말했다.

"저 녀석들, 빨간 옷이 아니니까 흥분하지 않을 거예요."

검정, 검정과 흰색, 갈색의 소들은 확실히 얌전했다. 두 사람은 되도록 소 옆은 피하다시피 하며 걸었고, 소가 길을 가로막고 있을 때는 나지막한 풀밭이나 덤불 속으로 가거나 험한 비탈길로 멀리 돌아갔다.

사부로이와의 풍광은 별 볼일 없었지만, 여기까지 오면서 고생한 탓인지 전망이 좋은 평평한 곳에 앉아 우두커니 주변을 바라보며 가져온 여름귤을 먹는 것이 더할 나위 없이 즐겁게 느껴졌다. 두 사람은 한참을 편하게 쉬었다. 둘 다 말은 별로 하지 않은 채 바로 밑의 해안과 바다를 바라봤다. 누구도 바닷가로 내려가자는 말은 꺼내지 않았다. 아스라한 저 아래 바다는 무언가 시시한 수다를 떨고 있는 열두세 살의 소녀 같은 느낌이었다.

"이제 돌아갈까요?"

스기우라가 말했다.

"예, 그러죠."

두 사람은 일어서서 소들이 있는 쪽으로 내려갔다. 많은 소가 골짜기 아래로 느릿느릿 이동하고 있어서 아까보다 그 수가 훨씬 줄었다. 두 사람도 익숙해져서 이번엔 그리 조심하지는 않았지만 소 곁으로는 가까이 가지 않고 걸었다. 가다 보니 갈색 소 두 마리가 좁은 길을 막고 있어서 멀리 돌아가 급경사를 오르내린 뒤 길거리로 나오려고 했을 때, 여태껏 자고 있었는지 관목 뒤에서 검정과 하얀 얼룩이 있는 커다란 소가 느닷없이 튀어나왔다.

아키코가 긴 비명을 내지르고 양손으로 얼굴을 감싸면서 비틀거렸다. 그 비명 탓일지도 모른다. 점박이 소가 신음소리를 내더니 갑자기 민첩한 몸놀림으로 두 사람 쪽으로 돌진했다. 스기우라는 아키코를 떠밀다시피 관목 뒤로 쓰러뜨리고 자신도 관목에 숨으려고 했다.

그리고……라고 해야 할까, 그러나……라고 해야 할까, 무시무시하게 다리가 굵은 소는 그들 곁을 그냥 어기적어기적 스쳐 지나갔다.

숨을 죽이고 있던 스기우라가 소의 더러운 엉덩이를 지켜보고 난 후에 말했다.

"뭐야. 그냥 가버리네."

꼭 감고 있던 눈을 뜨고 아키코가 말했다.

"이제 됐어? 괜찮아? 정말?"

스기우라는 아키코 옆에 누워서 이제 걱정할 필요 없다고 장담했다. 아키코는 안심하더니 다시금 두려운 표정을 지으며 양손을 가슴에 대고 큰 소리로 말했다.

"무서웠어."

"쉿" 하고 제지하면서 스기우라는 오른손을 뻗어 아키코의 입술을 눌렀다.

아키코는 스기우라의 두 손가락 끝을 혀로 살짝 핥았다.

"간지럽지?"

아키코가 소곤거리고는 다시 핥았다.

"어떤 맛이야?"

"짜."

여자의 뽀얀 얼굴이 남자의 얼굴 곁에 있었다. 두 얼굴이 다가가서 두 입이 만나고 남자는 왼팔로 팔베개를 해주었다. 입술로만 긴 입맞춤을 하다가 여자의 혀가 수줍은 듯 머뭇거리며 들어왔다. 원피스 위에서 남자의 손이 젖가슴을 더듬었고 손끝은 몇 번이고 겨드랑이와 유두 사이를 헤맸다. 나비 리본이 남자의 손가락을 방해했다. 남자는 서툰 손놀림으로 옆구리에 있는 똑딱단추를 찾아냈다. 가벼운 금속음의 울림이 남자의 뇌를 하나씩 자극했다. 남자의 손이 부드러운 젖가슴과 딱딱해진 유두에 닿자 여자는 무언가 말이 아닌 말을 했다. 여자는 또다시 입술을 원했다. 다시금 남자의 손이 원피스와 속옷에 가려진 가슴에서 배로, 배에서 허벅지로 내려가다가 한순간 주저한 끝에 밝은 봄 햇살을 피해 잿빛 모직 원피스에 덮인 어둠 속으로 사라진다. 남자의 손가락이 따뜻하게 젖었다.

동정인 남자는 여자를 껴안았고, 여자는 거친 숨을 내쉬며 기다리고 있었다. 남자는 그곳을 찾았지만 찾을 수가 없었다. 남자는 의아해하며 당황하다가 다시 시도했지만 이번에도 잘 되지 않았다. 그러나 너무 부끄러워 그곳을 눈으로 보지 못했다. 그때 여자가 말했다.

"조금 더 위쪽이야."

동정인 남자는 처녀가 아닌 여자가 이끄는 대로 따랐고, 모든 것이 순조롭게 이루어졌다. 여자가 또다시 전보다 더 격렬하게 말이 아닌 말을 했다. 생각지도 않게 가까운 곳에서 유유히 소가 울었다. 한 마리, 그리고 또 한 마리가. 소들이 지켜주는 가운데 푸른 4월의 하늘 아래에서 남자는 수소가 되고 여자는 암소가 되었다.

끝나자마자 아키코는 스기우라의 가슴에 오랫동안 얼굴을 묻고 있다가 옆에 누웠다. 양손으로 얼굴을 가린 채 스기우라 쪽을 바라보며. 스기우라는 흥분의 여운과 부끄러움으로 붉어진 아키코의 얼굴과 뺨, 귀를 즐기고 있었다. 고요하다. 소들의 울음소리도 멀리서 희미하게 들릴 뿐, 모두 골짜기 아래로 가버렸을 것이다. 아키코는 양손을 조금씩 내리더니 교태가 흘러넘치는 큰 눈을 드러냈다. 눈가에 살짝 주름을 잡으며 스기우라에게 웃음을 흘렸다. 스기우라도 미소 지었다. 그때, 아키코는 참으로 뜻밖의 질문을 했다.

"있잖아, 가르쳐줘. 우익이야? 좌익이야?"

스기우라는 기가 막혔다.

"뭐? 내가?"

아키코는 끄덕이지도 않고 여전히 한쪽 눈으로만 스기우라의 표정을 지켜보고 있었다. 대체 무슨 생각을 한 걸까? 스기우라를 우익으로 보다니. 스기우라는 웃었다.

"무슨 말도 안 되는 소리야. 난 정치 같은 거하고 전혀 상관없는 그냥 모래 화가야"라고 말한 뒤 혼잣말처럼 "하긴 내가 생각해도 아까 오키 신사에서 참배할 때 손뼉을 너무 잘 치긴 했어" 하고 말했다.

아키코는 얼굴에서 양손을 떼고 여전히 누운 채로 스기우라를 조금 올려다보며 말했다.

"모르겠어. 좌익 같기도 하고."

1943년에 좌익이라는 것은 아무것도 하지 않고 그저 시대를 백안시하는 자, 혹은 지하로 숨어드는 자로 간주되었다. 스기우라는 그것을 탄착거리가 매우 가까운 위험 상황으로 받아들일 수도 있었을 테고, 터무니없는 오해로 우습게 여겨 아키코를 귀엽게 볼 수도 있었을 것이다. 스기우라의 경우는 후자였다.

아키코가 한 손을 얼굴에 얹었다.

"눈부셔?"

"아니, 당신 얼굴을 살펴보고 있어."

"우익인지 좌익인지 얼굴 보면 알 수 있어?"

"모르겠네."

아키코는 중얼거리더니 구레나룻을 매만지기 시작했다.

"모르는 게 당연하지. 그냥 모래 화가니까."

"언제부터 길렀어?"

"언제부터였더라, 삼 년인가 사 년. 가끔 자르기도 해. 수염이 있어야 아이들한테 인기가 있거든."

"나도 수염이 맘에 들어. 재밌잖아. 붓 같아. 봐봐. 이렇게 하면" 손끝으로 한쪽 뺨을 세게 눌러대며 "까끌까끌해서 기분이 좋아" 라고 아키코가 말했다.

"좀 이상한 거 아냐? 젊은 여자들은 대개 싫어하잖아?"

"변태인가?"

두 사람은 웃었다. 수염을 매만지거나 손가락에 말면서 아키코가 말했다.

"가위로 싹둑싹둑 잘라보고 싶어."

"안 돼. 장사 밑천인데."

"어떤 얼굴인지 보고 싶어."

"나도 잊어버렸어."

"그럴 거야. 수염이 없으면 의외로 나랑 비슷한 또래일 것 같은

데. 근데……."

아키코가 말을 하다가 그만두었다.

"근데, 뭐?"

스기우라는 같은 나이 운운에 덜컥한 가슴을 숨기며 재촉했다.

"진짜로 그냥 모래 화가야?"

"아직도 의심하는 거야?"

"짜증나? 근데 이상하잖아. 모래 화가가 베토벤 같은 걸 휘파람 불고."

모차르트라고 하지 않아서 스기우라는 아직 안심하고 있었다.

"휘파람? 언제?"

스기우라는 시치미를 뗐다.

"오늘 아침에. 나, 잠은 깼는데 이불 속에서 미적거리고 있었거든."

"베토벤? 어디서 주워들은 어렴풋한 멜로디겠지."

"맞아, 그럴 때가 있지."

스기우라는 안심했다. 하지만 아키코는 여전히 멈추려 하지 않았다.

"게다가 오키 신사를 보고 화려하고 슬프다니."

"……."

역시 그건 실수였다. 하지만 어떻게든 계속 능청을 떠는 수밖에 없었다. 그때 아키코는 묘한 말을 덧붙였다.

"꼭…… 우익 같아."

그 심미적인 우익 개념, 그리고 그런 부류의 우익에게 오키 신사에 모셔진 고토바인[64]이 어떤 의미를 가지는지는 고등공업학교를 졸업한 의사 아들로서는 전혀 까닭을 알 수 없는 일이었다. 그래서 스기우라는 시골 처녀의 무지로 여기고 비웃었다. 스기우라는 말 대신 웃음으로 대답했다. 그리고 아키코의 젖가슴을 더듬는 손가락으로 대답을 대신했다. 시골 처녀의 무지를 경멸하던 마음이 스기우라의 욕정을 되살린 것이다. 스기우라는 딱딱해졌다. 경쾌하게 울리는 단추 소리와 따뜻하게 젖은 손가락의 감촉이 스기우라를 더 흥분시켰고, 아키코는 이내 스기우라를 받아들였다.

끝이 난 후 두 사람이 나란히 누웠을 때, 아키코는 덮치듯이 스기우라에게 키스를 퍼부었고, 숨을 헐떡이며 말했다.

"난 당신이 좋아."

"나도 당신이 좋아."

"잠시 함께 여행해도 될까?"

"그래도 괜찮겠어?"

"돈은 많이……는 아니지만 내 몫은 가지고 있어."

스기우라가 망설인다고 생각했는지 아키코는 그런 말까지 했다.

"좋아."

이 여자와 함께 긴타이쿄[65]에 가면 즐거울 거야, 돈이야 어떻게든 되겠지, 라고 생각하면서……. 그런 뒤 아주 잠깐 잠들었던 것

---

64 後鳥羽院(1180~1239), 제82대 천황
65 錦帶橋, 야마구치현 이와쿠니시의 니시카와강에 있는 목조 아치형 다리로, 사계절 풍광이 아름다운 곳으로 유명하다.

같다.

정신을 차리고 보니 아키코도 잠들어 있었다. 스기우라의 시선이 잠을 깨운 듯 아키코가 이내 눈을 뜨더니 스기우라를 바라보며 웃었다. 두 사람은 돌아가기로 했다. 산을 내려와 아무도 지나가지 않는 자갈길을 걸어 내려가며 그들은 손을 잡았다. 스기우라는 클라리넷 오중주곡의 멜로디를 휘파람으로 불면서(레지널드 켈의 그 레코드는 어찌됐을까? 신지가 듣고 있을까?) 아키코의 얼굴을 보았다.

"그래, 그거야."

아키코가 말했다.

"어디서 들었는지 기억이 안 나."

스기우라가 안심하고 중얼거렸다.

아키코가 갑자기 멈춰 서서 스기우라를 올려다보았다.

"가르쳐 줘."

"뭘? 이 멜로디 말이야? 그러니까, 어디서 들었는지……."

"아니, 진짜 이름."

"진짜 이름이 스기우라 켄지라니깐."

스기우라는 대답했다. 그러나 대답이 한 박자 늦었다고 느꼈다.

"아닌 것 같아. 어쩐지 그런 생각이 들어"라고 하며 아키코는 걷기 시작했다.

"어째서? 이상하게 왜 그런 생각을 해? 이름 같은 건 하나로 충분하잖아."

"가르쳐줄까?"

아키코가 장난스럽게 웃으며 말했다.

"뭘?"

스기우라는 물었다. 혹시……, 혹시…… 진짜 이름은 하마다 쇼키치라고 말하는 건 아닐까 두려워하면서.

"본명이 따로 있을지도 모른다고 의심한 이유, 알고 싶어?"

"응, 말해봐. 재밌잖아. 어쨌든 내 이름은 배급 통장에도, 호적 초본에도 떡 하니 쓰여 있는 진짜 이름이니까. 거참…… 재밌네" 라고 허풍을 떨면서.

하지만 아키코는 배급 통장에도 호적 초본에도 아랑곳하지 않고(그것이 위협적으로 느껴졌다) 이렇게 말했다.

"아까 오키 신사에서 히시우라의 여관으로 돌아갔을 때 말이야, 내가 우유를 사러 갔잖아."

스기우라가 끄덕였다.

"우유 네 병을 사들고 돌아왔더니, 여관 앞에서 어슬렁거리고 있는 당신 뒷모습이 보이더라고. 그래서 내가 서너 번 불렀어. 큰 소리로 켄 짱, 하고. 근데 선혀 돌아보질 않는 거야. 이상하다 싶더라고. 그래서 이 사람은 지금까지 한 번도 켄 짱이라고 불린 적이 없는 게 아닐까……."

이야기 도중에 발뺌할 말은 준비되어 있었다.

"켄이라고만 불렀어. 우리 할머니는 언제나 켄! 켄! 켄! 이라고 불렀어. 왠지 꿩 같다."

아키코는 "도쿄에서도? 도쿄에선 대개 '짱'을 붙여서 부르지 않아? 어른은 뭐라 부르는지 몰라도 애들은" 하며 가락을 붙여 "켄짱, 노올자"라고 노래하는 것처럼 말하고는 "하면서 찾아오기도 하고"라고 말했다.

"그야 사람마다 다르지"라고 대답했을 때, 어린 시절의 추억이 갑자기 엄습해왔다.

그랬다. "쇼 짱, 노올자" 하고 노래하듯이 모두가 그 돌문 앞에서 소리쳤다. 그리고 절에 가서 매미와 잠자리를 잡곤 했다. 언제나 집에서 뒹굴거리던 아저씨의 직업은 뭐였을까. 공터에서 보면 그 집은 마침 외야석 위치에 있었다. 그 공터에서 야구를 하고 홈런이 나오면 시합은 중지되었다. 유리창이 깨져서 아저씨가 뛰어나오니까. 그 아저씨가 이사 간 것은 언제였던가? 하마다가 중학생이 되고 나서다. 중학교 1학년 때일지도 모른다. 아니면 죽었을지도 모른다. 중학생이 되자 더 이상 노올자, 라고 가락을 붙여서 부르지는 않게 되었지…….

"아무튼 아주 옛날 일이니까, 까맣게 잊어버렸어."

"까맣게 잊어 버렸다고? 그래도 사람마다 다르다는 건 잘도 기억하고 있네."

아키코는 교태스러운 표정으로 고개를 갸우뚱거렸다.

"트집이야, 그건" 스기우라는 천연스럽게 웃으며 "갑자기 생각나네, 어렸을 적 일들이. 그 시절이 그리워" 하고 말했다.

"하긴, 방금 나도 어렸을 적 생각이 나더라. 난 쭉 우와지마에 살아서 그 정도는 아니지만, 켄 짱처럼 어렸을 때 도쿄에서 살다가 지방으로 내려온 사람은……" 아키코는 거기서 말을 끊고 "근데 진짜야?"라고 물었다.

"진짜라니까. 뭣하러 그런 거짓말을 하겠어."

"쭉 도쿄에서 살았던 사람 같아."

"왜? 세련돼서?"

스기우라가 웃으면서 말했다.

"도쿄 사람이라기보다 인텔리 냄새가 나. 나랑 둘이서 얘기할 때 말이야. 다른 사람이랑 있을 땐 그렇지도 않지만."

"……."

"그리고 인텔리 같은 말을 할 때 뭐라고 해야 하나, 표현은 잘 못하겠지만"이라며 망설인 끝에 아키코가 "훨씬 자연스러운 느낌이랄까" 하고 말했다.

스기우라는 여기까지 잘도 관찰했구나, 하고 속으로 놀라면서 말했다.

"인텔리라고? 그건 과대평가야. 난 너한테…… 이런 것도 인텔리 말인가……, 네가 좋으니까 근사하게 보이고 싶어서."

그때 아키코가 느닷없이 침울한 표정으로 물었다.

"나 너무 지겨워? 싫어졌어?"

스기우라는 고개를 저었고, 아키코는 밝은 표정으로 돌아왔다.

"다행이다. 있잖아, 잠시라도 좋으니까 날 데려가 줘. 응?"

스기우라는 끄덕였고 아키코가 덧붙여 말했다.

"당신이 좋기도 하고, 그리고…… 이렇게 인연을 맺은 당신을 더 알고 싶어."

스기우라와 아키코는 계속 걸었다. 두 사람의 발걸음을 따라 자갈이 연약한 소리를 냈다. 아키코의 손은 여전히 스기우라의 손에 잡혀 촉촉이 땀이 배었다. 아니, 아키코의 손이 스기우라의 손을 놓지 않겠다는 듯 꼭 쥐고 있는 건지도 모른다. 이 손을 뿌리치고 도망친다면……, 의혹은 한층 더 짙어지리라. 거의 치명적일 만큼. 스기우라는 이렇게까지 깊이 의심받은 이상, 이 의심을 떨쳐내기 위해서는 아마 이 여자를 죽이든지 아니면…… 이 여자에게 모든 것을 털어놓을 수밖에 없을지도 모른다. 두 해결책 모두 너무 두려워서 몸서리가 났다.

이튿날 아침, 요코는 출근하는 하마다를 배웅하면서 오늘 밤 상견례에 나가겠다고 했다. 하마다는 그래 주면 전화를 안 해도 되니까 좋지, 라고 대답했다. 하마다는 전철과 버스 안에서 어젯밤 아내에게는 그런 식으로 말했지만, 도대체 무슨 직업으로 바꾸면 좋을지 우울한 기분으로 내내 생각하고 있었다. 호리카와 이사에게 부탁할까? 하지만 그 노인은 마음에도 없는 소개장 한 장 써주는 것이 고작일 테고, 이제 되도록 머리를 숙이고 싶지 않아. 매형에게 부탁할까? 하지만 매형도 만주에서 귀환하여 지금의 회사에 어렵게 들어가서 이제야 과장이 되었지만, 사내 탁구부 감독이나 하고 있고, 퇴근하면 집에서 열심히 장미나 키우고 있는 사람이라 회사에서 입김 같은 건 전혀 없겠지. 이 대학에 들어올 때 다리를 놓아준 아버지의 친구 신조는 이삼 년 전에 비행기 사고로 죽어버렸고. 사카이에게 부탁하는 것은…… 될 수 있으면 그러고 싶지는 않아. 나는 그 녀석을 배신했으니까. 사카이에게 털어놓지 않고 몰래 그 일을 단행했으니까. 물론 어쩔 수 없는 일이었지만. 군대에 끌려가서 고생한 사카이가 내 행동을 절대 인정할 수 없겠지. 머리로는 인정해도 마음으로는……. 게다가 십 년 전에 사카이가 먼저 권했지만(그때까지 사카이의 회사는 그리 격이 높지 않았다) 내가 거절했고. 왜 그랬지? 학교가 더 안정적이라고 생각했으니까. 사회에 봉사하고 싶은 마음도 있었던가? 친한 친구가 부사장이라서 싫었나? 이미 기술자로서는 한참 뒤떨어져서 쭉 현장에서 잔뼈가 굵은 사람들에게 상대가 안 될까봐 두려웠나? 맞아. 이게 가장 강력한 이유였을 거야. 그때의 체면도 있는데 이제 와서 어떻게 사카이에게 부탁을 하겠어. 도저히 내키지 않아. 뭔가 좋은 방법이 없을까? 하지만 결국 답은 얻지 못하고 깨달은 것은, 그저 이십여 년 동안 이런 사태가 일어날 것을 염려하지 않고 이런 성향의 대학에서 계속 근무해 온 자신의 아둔함이었다. 이렇게도 느긋한 성격이기에 그런 짓이 가능했던 건 아닐까. 그건 청춘 그 자체가 지니고 있는 무모함과 무분별의 결과가 아니라 그저 개성의 표현이었던 것은 아닐까, 하는 생각이 들었을 때 만원 버스가 학교 앞에 도착했다.

점심시간에는 책상에 매달려서 원고를 썼다. 어젯밤에는 결국

한 글자도 쓸 수 없었다. 지나치던 니시가 쳐다보고 이기죽거렸다.

"어이구, 이젠 문필업입니까?"

하마다는 불쾌하여 대꾸하지 않았다.

점심시간이 끝나고 얼마 후 무선잡지 편집부에서 전화가 걸려왔다. 속달로 보내겠다고 했더니 바로 찾으러 오겠다고 대답했지만, 서른쯤으로 보이는 편집장은 3시가 넘어서야 나타났다. 대학 앞의 커피숍으로 가서 잡담을 나누다가 아까 니시가 한 말이 떠올라서 농담처럼 말했다.

"자네 회사에 나를 써달라고 사장에게 말해주지 않겠나? 뼈 빠지게 일하겠네."

편집장은 그 말에는 대꾸하지 않고 자신이 회사에서 얼마나 심한 대우를 받고 있는지를 장황하게 늘어놓았다. 그 불평을 들으면서 하마다는 역시 사카이를 만나서 부탁하는 것이 최상의 길이라고 생각했다.

편집장과 헤어진 뒤, 하마다는 담배 가게의 공중전화로 사카이네 회사에 전화를 걸었다. 전화가 연결되자마자 교환수가 거침없는 어조로 회사 이름을 댔다.

하마다는 껌을 사러 온 아이들이 불러대도 가게 안에서 아무도 나오지 않는 것을 지켜보면서 '여보세요, 사카이 씨를 부탁합니다. 사카이 부사장······' 하고 말했다.

"11월 1일부로 사장님이 되셨습니다. 사장실로 연결해 드리겠습니다. 전화하신 분은?"

"하마다······. 하마다 쇼키치."

가게 안에서 나온 노인에게 아이들은 십 엔짜리 동전을 건넸다. 전화가 사장실로 연결되었지만, 사카이는 없었다. 하마다는 비서에게 친구라고 알리며 급히 만나고 싶다는 말을 전했다. 비서는 교환수보다도 더 매끈하고 재빠르게 내일 정오에 15분이 비어 있다고 대답했다. 하마다는 그 시각에 회사로 가겠다고 했다.

서무과로 돌아오자 과장이 하마다를 찾고 있었다. 오늘 아침에 하마다가 만든 서류에 미심쩍은 부분이 한 군데 있다고 했다. 하마다는 설명했다. 과장은 그 건을 이해하고 나서 무단으로 자리를 비우면 곤란하다고 작은 소리로 나무랐고, 하마다는 머리를 숙였다.

그날 저녁, 하마다는 약속 시간보다 훨씬 빨리 상견례 장소인 레스토랑에 도착했다. 먼저 와 있던 동생이 로비의 소파에서 혼자 기다리며 형의 발소리도 알아차리지 못하고 우두커니 앉아 있었다.

"어이."

하마다가 어깨에 손을 올리며 말했다.

신지는 얼굴을 들고 강아지처럼 사람을 따르는 표정으로 자기 옆에 앉으라고 눈짓을 했다. 하마다는 앞에 있는 작은 테이블을 덜거덕거리며 소파에 앉았다.

"약혼녀는 장모님을 모시러 갔어. 장인은 오늘 아침에 사장이 죽어서 못 온대."

신지가 큰 목소리로 설명했다.

"네 형수는 여기서 만나기로 했다."

하마다도 목소리를 높이고 말했다.

신지는 몸을 앞으로 내밀고 손사래를 치더니 보청기를 귀에 꽂았다. 한때는 일부러 풍기고 다니던 밴드맨 같은 분위기가 이젠 전혀 느껴지지 않는, 그저 선량하기만 한 얼굴에 하늘하늘한 검은 줄이 매달려 있다. 신지는 겉옷 안주머니에서 메모지와 연필을 꺼내 책상 위에 놓았다. 하마다는 그것에는 손을 대지 않고 방금 전의 말을 다시 되풀이했고, 신지는 고개를 끄덕였다.

그때 요코에게서 전화가 걸려왔다. 미용실에서 시간이 걸렸다며 지금 서둘러 가겠지만 조금 늦을 것 같다고 했다. 그 통화가 끝나기도 전에 카운터의 아가씨가 하마다 씨 전화입니다, 하고 큰 소리로 말했다. 대체 누굴까? 하마다는 서둘러 전화를 받았다. 신지의 약혼자가 원래는 신지에게 건 전화였다. 요코와 마찬가지로 지금 출발하는데 조금 늦을 거라는 내용이었다. 이렇게 형제는 무척 오랜만에 둘이서 꽤 긴 시간을 이야기하게 되었다. 하마다는 지금 이 기회를 놓치면 다시는 신지에게 그 일을 물을 수 없을 거라 생각했다. 하마다는 조금 큰 소리로 말했다.

"백화점에서 우연히 누나를 만났어."

동생은 끄덕였다.

"그러다가 네 얘기가 나와서 말이야. 신 짱, 나 때문에 얻어맞았다면서?"

신지는 얼굴을 찌푸리고 귀에 손을 지긋이 대다가 책상 위의 메모지를 가리켰다. 하마다는 연필을 잡았다.

나 때문에 네가 얻어맞았다는 애길 들었다. 미안하구나.

무슨 말인지 모르겠어.

나 때문에 배속 장교한테 맞아서 고막이 터졌다던데.

누가 그래?

누나가.

이상하네. 형 사건 때 누나는 만주에 가고 없었는데. 맞은 적은 있지만, 그건 형과 상관없어.

정말이니?

거짓말 할 리 없잖아.

그럼 어떻게 된 거지? 이상하다.

누나가 어디 다른 사람 얘길 뒤섞어서 한 거 아냐?

다른 사람?

우리가 전혀 모르는 사람 얘길 했겠지. 전혀 마음 쓸 필요 없어.

그게 사실이라면 누나가 정말 이상한 거 아니냐.

옛날엔 누나가 하는 말은 내용이 정확했는데. 그 정보국 총재, 결혼식 때 혼내 줘야겠군.

그만두자, 그만둬. 그 일은 이걸로 됐다. 이건 다른 얘긴데 나, 지금 다니는 회사 그만두고 싶다. 다니기 힘들어졌어. 어디 일자리 없을까?

그만두지 마. 가능하면 지금 다니는 곳에 있는 게 좋아. 내가 이런 말 하는 건 뭣하지만, 제멋대로 그러면 안 되잖아. 건방지게 말해서 미안해.

그 '제멋대로'라고 요약된 말은 하마다에게 사무쳤다. 조금 더 자세하게 사정을 설명하면 동생도 생각을 조금은 바꿔줄지도 모른다. 하지만 지금까지의 경위를 필담으로 설명하는 것은 생각만으로도 번거롭다. 그것은 요코에게 차근차근 이야기하는 것 이상으로 귀찮게 여겨졌다. 그러니까 동생은 요코와 같은 생각을 하고 있는 것이다. 어쩌면 징병 기피도 그냥 제멋대로 한 짓이라 여기고 있을지도 모른다. 하마다는 다른 화제로 돌려 일단 필담을 끝내려고 했다.

내일 사카이를 만나기로 했어. 그 녀석, 사장이 됐다더라.

안부 전해줘. 지금도 그렇게 잘 먹나?

  두 사람은 웃었다. 필담을 멈추고 여러 가지 옛날 추억담, 특히 사카이의 식욕에 대한 이야기를 나누었다. 두 사람 다 알고 있는 일이라서 의미가 잘 통했고, 통하지 않아도 지장이 없었다. 그 화제가 끝났을 무렵, 형제는 카운터의 아가씨들과 벨보이들이 보고 있는 텔레비전을 멀리서 바라보며 더 이상 말을 하지 않았다.

  신지의 장모가 될 사람은 마치 화젯거리가 그것밖에 없는 듯 남편이 못 오게 된 것을 자꾸만 사과했다. 상견례가 끝나갈 무렵, 신지가 밖으로 나가자 하마다가 뒤쫓아 나가 로비에서 필담으로 계산은 각자 부담하자고 했다. 다섯 명은 같은 국철을 타고 가서 다시 세 방향으로 흩어졌다.

  그날 밤 하마다는 요코를 안았다. 요코는 이날따라 더 흥분하여 스스로 나서서 다양한 행위를 했다. 하마다는 그런 아내를 보면서 외식이 여자를 흥분시키는 건지도 모른다고 생각했다. 끝나고 나서 요코는 이제 곧 생리가 시작될 때라 무척 걱정했다고 중얼거렸다. 요코는 다시 욕실로 들어갔고, 하마다는 담배를 피웠다. 몸을 씻는 소리와 입을 헹구는 소리가 알몸으로 엎드려 있는 하마다의 귀로 흘러 들어왔다. 하마다는 그 소리를 들으면서 동생과의 필담을 멍하니 떠올리고 다시 의심하기 시작했다. 신지가 거짓말을 한 게 아닐까? 아무리 그렇다고 누나가 그런 것을 착각하다니, 어째 이상한 느낌이 든다. 분명 누나는 그 무렵 만주에 있었다. 신지가 말을 했다면 귀국하고 나서일 것이다. 귀국한 뒤로 두 사람이 이야기를 나눌 기회는 몇 번이나 있었을 테고, 그때 내가 화제에 오르는 것은 지극히 자연스러운 일이다. 신지는 불평을 늘어놓았을 것이다. 그러다 바로 누나가 수다쟁이라는 것을 깨달았을 테고, 그 말이 내 귀에 들어갈 것을 대비하여 발뺌할 말을 준비하고……, 그것을 십 수 년이 흐른 뒤에 써먹게 된 건 아닐까. 게다가 필담이라는 형식이 그 녀석의 서툰 거짓말을 능숙하게 만들어 주었다. 서툰 거짓말이라고 해버리면 신지의 배려에 미안하지만. 결혼식 날에 이런 이야기는 할 수 없겠지만 나중에 누나에게 말하면 분명 신지가 거짓말을 한 거라고 대답하겠지. 그 녀석은 원래 그런 애야, 라고.

목욕 타월을 두른 요코가 미닫이문을 조금 열고 말했다.

"목욕 안 해요?"

"응, 해야지."

요코는 미닫이문을 닫았다.

그러니까 진실은 모른다. 신지가 진실을 말해주면 내 마음이 후련해질 텐데. 하지만 진실이라는 건? 히로코에게 물어보면 진상을 알 수 있을지도 몰라. 어찌 되었을까? 합의금으로 오다와라에 보잘것없는 작은 식당을 차렸다는 말은 들었다. 누구한테 들었지? 잊어버렸다. 하지만 과연 히로코가 진실을 말해줄까? 합의금

이 적다고 앙심을 품고 나를 괴롭히려는 마음에 배속 장교가 징병 기피자의 동생을 때려서 고막을 터트렸다는 거짓말을 할 수도 있다. 그리고 또…….

하마다는 욕실로 가서 샤워를 했다. 이를 닦으면서 내일 사카이를 만난다고 생각하니 사카이를 배신한 일이 또 씁쓸하게 떠올랐다. 사카이는 불쾌했겠지. 적어도 내 징병 기피를 알게 된 자리에선 불쾌했을 거야. 상처 입은 우정. 전쟁이 끝난 뒤에 두 번 만났지만, 그 얘긴 한 번도 꺼내지 않았다. 내일도 고작 15분 만나서 도저히 그런 이야기를 할 수 없을 것이다. 중요한 용건도 얼마만큼 요령 있게 말할 수 있을지 의심스러울 정도로 짧은 시간이다. 아니, 가만있자, 이렇게 생각해 볼 수는 없을까? 나는 사카이를 (침묵으로) 배신했을지 모른다. 하지만 사카이도(나를 아니, 좀 더 다른 무언가…… 굳이 말하자면 자기 자신을) 배신한 건 아닐까. 책망할 생각은 없지만, 하지만…….

야나카의 절 본당은 어슴푸레했고 장례식은 길었다. 주지스님의 목소리가 좋지 않아서 독경은 무척 알아듣기 어려웠다. 남의 눈을 꺼렸기 때문이리라. 집안 식구끼리만 모여 치르는 조촐한 장례식이었다. 야나기의 부모와 두 여동생 그리고 친척 몇 명에 하마다와 사카이. 사카이는 설 연휴에 고향으로 돌아갔다가 졸업 시험 준비를 위해 상경한 참이었다. 야나기의 동급생 중 친했던 사람은 모두 입대했고, 가장 마음이 맞았던 것은 오히려 동급생보다 한 학년 아래인 두 사람, 하마다와 사카이였다. 야나기네 동네는 인정이 넘치기로 유명한데도 동네 사람들이 조문을 오지 않은 것은 시국상 서로 그러는 게 좋겠다고 판단한 것일까. 혹시 헌병대에서 어떤 압력을 넣었을지도 모른다. 끝없이 이어지는 독경을 들으면서 학생복 차림의 하마다는 그렇게 생각하고 있었다. 야나기는 작년 12월 1일 소련군이 핀란드를 침략했을 무렵, 아자부의 3연대에 입대하여 올해 1940년 1월 7일 내무반 다락방에서 목을 매고 죽었다. 야나기의 아버지는 연대에서 전보('야나기 마사히코 사망' 급히 출두 바람)를 받고 기겁하여 달려가서 흰 천에 싸인 나무 상자를 건네받았다. 자살의 원인에 대해서는 누구도 말을 하지 않았지만, 일본군에서 자행되던 신병 괴롭힘과 구타로 살아갈 의지를 잃었기 때문이라는 것은 굳이 입 밖으로 꺼낼 필요도 없을 만큼 분명했다.

장례식이 끝나자마자 마치 기다렸다는 듯이 친척들이 돌아갔다. 하마다와 사카이도 돌아가려고 야나기의 부모에게 인사를 했다. 나막신집 주인은 역시나 다부져서 반듯하게 몸을 곧추세우고 있었지만 안주인은 울음을 터트리고 말았고, 두 학생은 어떻게 위로하면 좋을지 몰라 당황했다. 특히 시니컬하면서도 눈물이 많은 사카이는 자꾸 주먹으로 눈시울을 훔쳤다.

이제 곧 졸업하면 일 년도 채 지나기 전에 오늘의 고인처럼 입대해야 하는 두 학생은 추운 거리를 걸으며 우에노역까지 가서 지하철을 타고 아오야마에 있는 하마다의 집으로 왔다. 여태까지는 남이 엿들을까 봐 야나기의 두 여동생 중 누가 더 예쁘냐는 이야기와 졸업 시험이나 취직 이야기만 했다. 하지만 하마다의 방에 들어오면 더 이상 눈치 볼 필요가 없었다. 젊은 간호사 히로코가 고타쓰를 조립하는 것을 보면서 사카이는 자못 도호쿠 출신답게 도쿄의 고타쓰는 저런 식으로 하니까 추운 거라며 놀렸다. 히로코가 나가자마자 사카이가 진지한 표정으로 말했다.

"우리하고 안 어울렸으면 죽지 않았을지도 몰라, 야나기 씨."

두 사람은 한 학년 위인 야나기를 그때그때 기분에 따라 야나기 씨라고 부르기도 하고, 이름만 부르기도 했다. 세 사람은 그만큼 마음을 터놓고 지내는 사이였다.

"응, 나도 그런 생각이 들더라" 하마다는 고타쓰에 발을 조금 밀어 넣으며 "모범병이 되었을지도 몰라" 하고 말을 이었다.

"모범병은 좀 그렇지. 요령이 없으니까. 운동 신경도 둔하고."

사카이는 혼잣말처럼 중얼거리고 고타쓰에 덮여 있는 자줏빛 이불 속으로 손과 발을 집어넣었다.

이태 전 야나기는 그들과 어울리기 전까지만 해도 충군애국으로 똘똘 뭉쳐 있었다. 나막신집을 하는 보수적인 집안에서 자라기도 했고, 중학교 때 삼 년간 가르침을 받고 존경하던 도쿄대학 국사과를 나온 역사 교사의 영향도 있었던 모양이다. 같이 어울리기 시작했을 무렵, 하마다가 천황을 '천 짱'이라 부르는 바람에 야나기가 심하게 화를 낸 적이 있었다. 그때는 사카이가 잘 수습해 주어서 무사히 넘어갔다. 그럼에도 불구하고 세 사람의 친분은 점점 더 두터워졌다. 나막신집 아들은 부자 동네에 사는 의사 아들과 도호쿠 지방의 양조장집 서자의 자유로운 사고방식에 거부감이 있으면서도 동시에 굉장히 마음이 끌리기도 했다. 특히 야나기는 하마다의 집에 놀러 와서 레코드를 듣거나, 어쩌다 한 번씩 그다지 잘 친다고는 할 수 없는 미쓰의 피아노를 듣는 것을 좋아했다. 그러나 사카이의 말을 빌리자면, 음악 감상을 하기에는 동기가 너무 불순하다, 야나기는 누나를 좋아하니까 저런 피아노 소리를 듣고 있을 수 있는 거다, 정식으로 레슨을 받지 않았지만 신지의 피아노 연주가 그나마 참을 만한데 그건 아예 들으려고 하지 않는 것만 봐도 알 수 있다, 라고 했다.

두 사람이 야나기와 격렬하게 충돌한 것은 6월 말경의 토요일이었다. 이제 곧 여름 방학이 시작되면 떨어져 있어야 한다며 하마다와 사카이가 야나기의 집에 놀러 갔다. 한참을 실컷 눌러앉아 있다가 야나기 아버지의 반주를 거들며 연두부와 잉어회를 먹었고, 저녁밥으로 돈가스까지 얻어먹은 뒤에 옥상으로 올라가 바람을 쐬고 있을 때였다. 어쩌다 보니 이 년 전에 일어난 2·26 사건 이야기가 나왔는데, 야나기가 긍정적인 말투로 이야기를 했던 것이다. 처음에 하마다는 지난번 '천 짱'일도 있고 해서 나서기를 꺼리고 있었다. 하지만 이때는 사카이가 가만있지 않았다. 사카이는 되도록 목소리를 낮추려고 애를 쓰면서 2·26 사건을 저지른 청년 장교들을 비난했다. 그들은 어쩌다 생긴 무기를 한번 써보고 싶어 안달 난 얼간이들이다. 무협지에 나오는 칼잡이처럼 칼 솜씨 자랑하려고 지나가는 사람을 아무나 베고 다니는 놈들과 같다, 애국심 어쩌고 하는 것은 다 착각이고 실제로는 불량배일 뿐이다, 라고 사카이가 말했다.

야나기는 당연히 분개했고 반박했다. 야나기의 사고방식은 당시 대중들의 동정적인 의견(그 심정이야 잘 알지만 수단이 좋지 않았다는 입장)보다도 과격하여 거의 우익적 사고방식이라 해도 될 만했다. 부패한 일본의 정치를 바로 세워 천황중심체제로 돌아가기 위해서는 그런 방법을 인정해야 한다는 것이다. 그리고 사카이는 천황중심체제 따위는 오랜 옛날부터 지금까지 일본 역사에 한 번도 없었던 일이라고 목소리를 죽이며 노골적으로 비웃었다. 사카이의 삼촌은 한때 잘나가던 좌익이었는데, 지금은 작은 지방 신문사를 경영하고 있다. 자식이 없어서 사카이를 무척 예뻐해 주었는데, 그 때문에 사카이의 사고방식은 삼촌의 의견과 삼촌에게 빌린 책의 영향이 매우 컸다.

이야기가 거기까지 왔을 때, 하마다는 방으로 들어가자고 말했다. 그동안 하마다는 바깥에서 폭죽놀이를 하고 있는 아이들을 내려다보면서 두 사람의 대화를 잠자코 듣고 있었다. 아직 6월이라 이웃집 옥상에 저녁 바람을 쐬러 나온 사람은 보이지 않았지만, 중일 전쟁이 시작되고 일 년쯤 지난 시국에 도쿄의 번화가 옥상에서 이런 이야기를 계속 나누는 것은 위험했다. 아니, 일본 어디에서라도. 세 학생은 도코노마에 종이 상자가 가득 쌓여 있는 작은 방으로 자리를 옮겼다.

야나기는 좁은 계단을 삐걱거리며 아래로 내려가서 여동생들에게 뭐라고 말을 한 뒤 가게에서 쓰는 선풍기를 가져왔다. 창을 열어둔 방 한구석에서 검은 날개가 처음에는 천천히 움직이다가 이내 기세 좋게 회전했다. 사카이는 그래도 더운지 와이셔츠를 벗고 크레이프 속옷도 벗어버렸다. 하마다는 와이셔츠 차림으로 이따금씩 부채를 부치고 있었다. 야나기는 유카타를 입고 있었는데, 어디가 어떻다고는 꼬집어 말할 수 없지만 옷맵시가 났다.

야나기의 어머니가 딸기빙수 세 그릇을 쟁반에 가지고 왔다. 세 사람은 빨갛게 물든 달콤한 얼음 가루를 작은 스푼에 떠서 입에 넣었다. 웃통을 벗은 덩치 큰 사카이는 딸기빙수를 맛있게 먹고 나서 이번엔 아까보다 더 목소리를 낮추고 말했다.

"천황폐하가 일본을 다스린다는 것을 일본 인텔리는 아무도 믿지 않아. 국민의 자식들을 전쟁터로 내몰려고 그렇게 가르칠 뿐이야. 국가나 사회라는 것을 요즘 유행에 미쳐있는 여자애들(뭐, 그런 여자 같은 남자도 있지만)에게 설명하는 건 너무 힘드니까. 천황폐하라는 편리한 도구를 이용해서 사람들을 현혹시키는 거지. 사실 이런 어설픈 얘기는 머리가 좀 돌아가는 사람한테는 전혀 안 통하지만 말이야."

사카이의 의견과 말투는 야나기를 자극했다. 남자도 그런 여자애들과 다름없다는 말을 유머가 아니라 모욕으로 받아들인 것이다. 그건 당연하다. 전부터 나막신집 아들은 사카이와 하마다 집안의 인텔리 분위기에 일종의 계급적 콤플렉스를 품고 있었기 때문이다. 야나기는 흥분하여 그건 일본의 고마움을 조금도 모르는 놈들이 하는 소리라고 되받아쳤다. 하지만 곧바로 흥분을 가라앉히고 사카이의 생각은(난 잘 모르겠지만 말이야, 라고 중얼거리며) 천황기관설[66]을 말하는 거 아니냐며 하마다에게 어떻게 생각하느냐고 물었다. 하마다는 당황하여 한동안 잠자코 있었다. 하마다는 사카이의 의견에는 찬성이었다. 특히 천황신앙은 무지한 대중용 국가론이라고 진작부터 막연하게 느끼고 있던 것을 잘 대변해 주었다는 생각이 들었다. 그뿐만 아니라 야나기는 인간적으로 믿을 만하기 때문에 무슨 말을 해도 괜찮다고 속으로 안심하고 있었다. 하지만 남의 집에 와서 융숭한 대접을 받고도 이런 식으로 심하게 상대를 공격하거나 모멸적으로 말하는 사카이의 태도가 하마다에게는 무신경한 촌뜨기 기질로 느껴졌다. 하마다는 꽤 오래 전부터 야나기가 품고 있는 계급적 콤플렉스를 눈치채고 있었다. 그리고 사카이가 첩의 자식이라는 이유로 야나기와 동급이라 생각하여 야나기의 그런 심리에 매우 둔감해져 있는 것도 알고 있었다. 사카이는 하마다를 알게 된 지 얼마 되지 않았을 때, 마치 자기소개라도 하듯 어머니가 시골 기생이라고 말했다. 설령 그렇더라도 이렇게 빨리 털어놓을 걸 보면, 어쩌면 그만큼 사카이가 그 일을 의식하고 있다는 증거일지도 모른다는 생각이 들어 하마다

---

[66] 天皇機關說, 천황이 국가통치권의 주체임을 부정하며 통치권은 법인인 국가에 있고 천황은 그 최고 기관으로서 헌법에 의해 제한된 통치권을 행사할 뿐이라고 주장한 학설

는 경계하고 있었다.

그 때문에 하마다는 거짓말을 하지 않는 대신에 되도록 예의를 잃지 않은 말을 무의식적으로 고르게 되었다. 즉 하마다는 천황 문제는 피하고 오로지 2·26 사건의 잔혹함과 무모함만을 논했다.

"노인 한 명을 수십 명이 기습하여 기관총으로 다다다 쏴 죽이다니, 너무 무자비해. 쓰러졌는데도 계속 쏘아 댔다잖아. 천황 측근 간신들도 많을 테니까 황궁을 점령했다면 몰라도, 거긴 가지도 않은 걸 보면 결국 목적이 뭐였는지 모르겠어."

후자는 몰라도 전자는 하마다 집안에서 공인된 의견이었다. 아버지는 자유주의적이고 어머니는 상층부에 대한 반항을 히스테릭할 정도로 싫어했다. 그리고 야나기는 하마다의 의견을 긍정하며 사실 그 당시 왜 황궁을 습격하지 않았는지 까닭을 알 수 없다고 중얼거렸다. 그러자 사카이가 "그런 너의 사고방식은 나보다 더 천황기관설적이야"라고 말했다.

세 청년은 웃음을 터트렸고 마침내 분위기가 온화해졌다. 그들은 근처의 마작 하우스에 가서 마작을 했다. 여느 때처럼 하마다가 가장 약해서 여지없이 졌지만, 야나기는 패를 하나 쌓을 때마다 그런가, 그런가, 하고 중얼거렸다. 그리고 놀랍게도 여름 방학이 끝나고 9월에 다시 만났을 때, 야나기는 사카이와 하마다보다 더 반우익적·반군적으로 변해 있어서 두 사람을 난처하게 만들었다.

미쓰가 커피와 에클레어를 가져왔다.

"사카이, 커피 마시면 잠을 못 자는 체질이니?"

"아뇨, 시험공부에 딱 좋죠."

하마다와 사카이는 서로 징병 기피 방법을 이래저래 논했다. 소총 방아쇠를 당길 수 없게 오른손 집게손가락을 자르면 평생을 불편하게 살아야 하는데, 요즘은 군대도 그런 일에 이골이 나서 보병이 아닌 다른 병과로 보내는 모양이었다. 입영한 뒤 매일 밤 이불에 오줌을 지리는 것은 효과가 절대적이지만, 집에 돌아와서도 그 짓을 계속하지 않으면 헌병에게 의심받는다. 징병 검사 직전에 간장을 마셔서 열을 내는 고전적인 수법은 몸을 진짜로 망칠 위험이 크다(서양에서는 소스를 마실까?). 미치광이 흉내를 내는 것은 증상을 외우기 어려워서 만에 하나 정신과 전문의에게 진료라도 받게 되면 끝장이다. 두 사람은 한숨을 쉬었고, 그 한숨에 이끌린 듯 사카이가 말했다.

"결국 국가라는 게 있으니까 안 되는 거야."

비교적 가볍게 내뱉은 그 말에 하마다는 충격을 받았다. 하마다는 그때까지 일본이 저지른 전쟁과 지금의 일본 군대에 대해서는 몇 번이고 깊이 생각했기 때문에, 중일 전쟁은 명분 없는 전쟁이며 일본군은 부패한 두려운 집단이라고 확신하고 있었다. 그런 일본군 병사가 되지 않기 위해서는, 인간으로서의 자유를 얻기 위해서는 시민으로서의 자유를 버릴 수밖에 없다. 즉 징병 기피를 할 수밖에 없다는 생각까지는 해왔다. 하지만 희한하게도 일반적인 전쟁과 군대에 대해서는 한 번도 생각해 본 적이 없었던 것이다. 그때 하마다는 이런 생각을 해봤자 현실과 관계가 없다는 생각이 들었고, 상당히 중대한 문제이긴 하지만 일본군과 중일 전쟁만으로는 답이 나오지 않는다는 생각이 들었다. 그리고 실용성은 둘째 치고 일반적인 문제로도 상당히 흥미로운 이야기라는 생각도 들었다. 이런 생각들이 하마다를 혼란스럽게 만들었다. 방금 마신 진한 커피가 효과를 낸 건지 고타쓰의 따스함에도 불구하고 갑자기 머리가 선명해진 것 같았다.

"조금만 더 설명해줘. 왜 국가라는 게 안 된다는 거야?"

하마다가 말했다.

"응, 난 말이야, 국가라는 것의 목적은 전쟁밖에 없다고 생각해."

"그럴까? 스위스 같은 영세 중립국도 있고, 도쿠가와 시대[67]의 일본도 있고, 많잖아."

"하지만 그런 건 예외겠지. 아주 드문 예외. 그러니까 다들 특이해하는 거야. 국가라는 것은 원칙적으로 전쟁을, 진짜" 사카이는 그 부분에 힘을 주더니 "목적으로 삼고 있는 거야"라고 말했다.

"그밖에도 여러 가지 목적이 있는 거 아냐? 국민의 행복이라든가 문화의 발전이라든가."

"그러니까 그건 임시 목적이지. 겉으로 보이기 위한 목적이고 진짜 목적은……."

"그런 거야?"

---

67 도쿠가와 이에야스(德川家康)가 에도에 막부(幕府)를 세운 1603년부터 15대 쇼군(將軍) 요시노부(慶喜)가 천황에게 정권을 반환한 1867년까지 전란이 없는 태평시대를 열어 정치적 안정과 경제적 성장을 이룩한 일본의 마지막 봉건시대

하마다는 납득이 가지 않는 듯한 목소리로 말했다.

"스파르타는 전쟁 애호국이고, 아테네는 문화 애호국이라는 생각은 잘못된 거 아냐? 목적은 다 전쟁이었는데, 우연히 아테네에서는 어떤 계기로 뜻하지 않게 문화가 탄생한 거지. 문화 국가라는 거, 그딴 건 없는…… 것 같아. 있는 건 오로지 전쟁 국가뿐……."

"어두운 사고방식이군."

하마다가 놀리듯이 말했다.

"밝게 봐도 마찬가지야. 똑같은 현실인걸. 문화나 국가의 행복 같은 건, 국가라는 공장의 부산물이야. 난 아무래도 그런 생각이 들어."

"문화는 콜타르고 주산물인 가스는 전쟁이란 말이야?"

"응. 국가가스회사설" 하며 사카이가 웃었고 "그 증거로 국민의 행복 따위는 조금도 문제시하지 않는 나라는 지금껏 무진장 많았던 것 같은데, 전쟁을 하지 않는 나라는 하나도…… 특수한 경우를 제외하면…… 없었어"라고 말했다.

"국민에게 행복이란 뭐야?"

답답해진 하마다가 그렇게 놀리자, 사카이는 의외로 진지한 표정으로 대답했다.

"그게 어려운 거야. 전쟁을 해서 행복을 맛보는 놈들도 있는 모양이니까. 하지만 네가 아까 말한 행복이라는 건 그런 의미가 아니겠지?"

"그야 그렇지. 지금 한 말은 농담이야."

사카이는 굳은 표정을 거두었다.

"메이지유신 이후의 일본을 생각해봐. 전쟁만 했잖아. 꼭 전쟁이 목적인 것처럼 말이야. 아직 백년도 지나지 않았어."

사카이는 천천히 헤아리기 시작했다.

"청일 전쟁, 러일 전쟁, 세계 대전, 만주 사변……."

"특수한 예에 불과한 거 아냐? 우리가 근대 일본을 먼저 떠올리는 건 당연하지만."

"특수한 예라. 그럴지도 모르지. 하지만 말이야, 다른 나라도 모두 그런 거 아냐? 독일도 영국도……."

하마다는 잠자코 있었다. 그런 하마다의 마음속에서 소학교 운동회나 백화점 식당가를 장식하는 만국기의 빨강, 초록, 파랑, 노랑의 비속한 색채가 일렁거렸다. 그것은 박 터트리기를 하고 있는 아이들과 식당가에서 음식을 먹고 있는 중년 여자에게 세상에는 이다지도 많은 나라가 있고, 많은 나라와 전쟁하는 기쁨이 가까운 미래에 있다고 알리고 있는 것일까? 마치 잡지에 실려 있는 여배우들의 사진이 남자의 색정을 자극이라도 하듯이.

"근데, 만약 그렇다 해도 왜 국가의 목적이 전쟁일까?"

하마다는 말했다.

"왠지 좌익 같은 발언이지만."

사카이가 말했다.

"네가 좌익 같다는 건 이미 알고 있어."

"음" 사카이는 점잖게 끄덕이고 나서 "전쟁이 최대의 낭비니까.

자본가는 이윤을 내기 위해 낭비를 원하고, 그런 낭비는 크면 클수록 좋지. 국가라는 건 자본가의 것이니까" 하고 말했다.

"소비에트도?"

"……"

사카이는 입을 다물었고, 하마다가 말했다.

"아니 뭐, 놀리려고 그런 건 아닌데, 꼭 그 문제는 튀어나와. 핀란드 침입이 머릿속에 있으니까."

"하지만 그건……"

"사카이, 소비에트의 목적이 뭐라고 생각해? 다른 말로 하면, 소비에트는 국가일까?"

"국가이기도 하고, 국가가 아니기도 한 것 같아. 과도기적인 형태니까 아무래도 그렇지 않을까. 어쩐지 좀 괴롭다."

사카이가 말했다.

사카이는 겸연쩍은 듯 웃고 담배에 불을 붙였다.

"아, 잠깐 기다려. 재떨이 가져올게."

하마다는 방을 나왔다.

왕진에서 돌아온 아버지가 거실에서 누나와 히로코와 함께 이야기를 나누면서 반주를 들고 있는 모양이었다. 도쿄 극장에 간 어머니는 아직 돌아오지 않은 것 같았다. 응접실에서는 신지가 소파에 드러누워 이와나미 출판사의 문고를 읽고 있었다. 응접실에서 재떨이를 들고 나와 계단을 오르면서 하마다는 무언가 깨달은 느낌이 들었다. 그래, 이렇게 생각해보면 어떨까? 하마다는 계단을 올라와서 미닫이문을 열자마자 친구들에게 말을 걸었다.

"사카이. 이런 식으로는 말할 수 없을까?"

재가 떨어지지 않도록 손바닥으로 받치며 담배를 피우고 있던 사카이가 얼굴을 슬쩍 하마다 쪽으로 돌렸다.

"국가의 목적이 전쟁이라는 네 사고방식은 지나치게 무서워서 곤란해. 그래서 다르게 생각해보면……."

사카이는 고타쓰 위에 재떨이를 놓고 이야기를 계속했다.

"……많이 다른 건 아닐지도 모르지만, 국가라는 것은 목적이 없다고 보는 거야. 이것도 꽤 무섭긴 하지만."

"응, 무섭다. 내 학설보다 더 무서워."

"여기서 나 하마다의 이론은…… 어떤 식으로 이어졌더라? 응, 그렇지. 원래 목적이 없었기 때문에 유지해 나가는 것이 너무 어렵다. 내적인 긴장…… 당파 싸움이나 계급 싸움이 일어나기 쉽다. 그걸 해결하기 위해서는 외적인 긴장을 수단으로 쓸 수밖에 없다……."

"즉, 전쟁이 터졌다거나 터질 것 같으니까 거국일치내각을 만드는 것이 아니라, 거국일치내각을 만들기 위해서 전쟁을 일으킨다. 혹은 전쟁이 일어날 것 같은 기운을 만든다……."

사카이가 말했다.

"그렇게는 말할 수 없을까? 나도 자신은 없지만."

하마다가 물었다.

"그렇게 말할 수 있을 것 같은데. 적어도 그런 면은 있지. 이렇게 큰 문제를 논하고 있는 걸. 누가 자신 같은 게 있겠어."

사카이는 웃었다.

"하지만 이렇게 말하다 보니 결국 네 말대로 국가가 나쁘다는 말이 돼버렸네. 자본가 탓도 정치가 탓도 아니고, 괴물 같은 국가의 힘 때문에 우리는 군인이 되어……."

"적의 총알에 맞아 죽든지, 아니면 내무반에서 괴롭힘을 못 견디고 자살하든지……."

그때 하마다는 갑자기 사카이가 불쌍하다는 생각이 들었다. 자신은 징병 기피를 할 테니까 괜찮은데……. 마치 눈앞에 있는 이 남자가 내무반에서 자살하거나 중국 대륙에서 전사할 것이 으레 정해져 있는 것처럼. 하마다는 어떻게든 위로해 주어야 할 것 같아서 이렇게 말했다.

"그리 걱정할 건 없어. 미국과 전쟁을 하게 되면 몰라도."

"응. 미국하고 싸우면 정말 끝장이지. 국력이 전혀 다르니까."

사카이가 대답했다.

그리고 두 사람은 일본이 영미 연합국과 전쟁을 하면 무조건 진다는 것을 왜 일본인은 모르는 건지 자꾸 희한한 생각이 들었다.

"진공관 하나만 보더라도 저렇게 다른데 말이야. 석유도 일본에서는 한 방울도 안 나오는데. 설마 미국하고는 안 하겠지."

사카이가 말했다.

"아무리 그렇다고 해도, 설마. 나도 그렇게 생각해."

하마다가 말했다.

"아무튼 중일 전쟁만으로도 큰일이니까. 하지만…… 그러니까 미국이 그걸 노리고 있는 거지. 일본은 전쟁할 마음이 없어도 미국은 할지도 몰라. 미국은 국가니까. 국가라는 것에 목적이 있든 없든, 어쨌든 국가는 전쟁을 일으키는 거니까."

사카이의 말은 하마다를 두렵게 했다. 하마다는 두려워하면서 말했다.

"국가라는 건 킹콩 같은 괴물이고, 우리 국민은 엠파이어스테이트 빌딩 밑에 우글거리고 있는 뉴욕 시민 같아. 킹콩이 빌딩을 찢어서 던지면 어이없이 죽는 거지. 그러잖아도 간단하게 밟혀 죽을 거야."

"넋을 잃고 박수갈채를 보내고 킹콩 만세를 부르면서 말이야. 민중이라는 게 어찌 그렇게도 어리석은지 난 정말 모르겠어."

사카이가 무자비한 어조로 말했다.

"아니야. 흔히 말하는 민중의 어리석음과는 다른 거 아냐? 전쟁에 흥분해서 자기 자식이나 동생이 죽는다는데 깃발 행진을 하거나 제등 행렬을 하는 것은 뭔가 무척 그로테스크한……."

그때 사카이는 또다시 잔혹한 말을 했다.

"응. 야나기 부모님도 야나기가 자살이 아니라 전사했다면, 그걸로 꽤나 우쭐댔을지도 몰라."

하마다는 그 불쾌한 의견에는 상대하지 않고 말했다.

"민중의 어리석음 치고는 너무 심하고, 위정자의 교활함 치고는……, 이것도 너무 어리석고……."

"국가가 어리석은 거야. 그러니까 정도가 넘치는 거지."

두 사람은 입을 다물었다. 사카이는 재떨이를 방바닥에 내려놓고 드러누웠다. 응접실에서 피아노 소리가 들리기 시작했다. 잠자코 있는 하마다에게 사카이는 빙긋이 웃으며 말했다.

"미쓰 누나군."

얼굴은 웃고 있지만 실로 서글픈 목소리로 말을 이었다.

"야나기 녀석, 바보 같이. 군대에선 아무리 창피를 당해도 창피가 아닌데. 꾹 참고 버티고 있었으면 좋았을 텐데."

7

 오늘 사카이를 만난다는 것은 가능한 한 요코에게 말하고 싶지 않았다. 그러나 일단 학교에 출근한 뒤, 사카이네 회사와 학교를 왔다갔다 하는 것은 아무리 생각해도 귀찮다. 예전 같으면 귀찮아 하지 않았을 텐데, 다카오카로 가든 다른 일자리로 옮기든 이제 대학을 떠난다고 생각하니 근무 도중에 빠져나오는 것보다는 오후에 출근하는 게 차라리 나을 것 같았다. 하마다는 아침을 먹고 나서도 좀처럼 일어나려 하지 않고 신문을 읽고 있다가 아내에게 핀잔을 들었다.
 "괜찮아. 오후에 출근할 거야. 그 전에 잠깐 들를 곳도 있고. 어디보자, 11시쯤 나가면 되겠군."
 요코가 화가 났다는 것은 대꾸하지 않는 것으로 알 수 있었다. 하마다는 아내의 불편한 심기를 모른 척하며 차를 따라 마셨다.

요코도 자기 찻잔에 차를 따랐다. 하지만 차는 입에 대지 않고 물었다.

"왜 점심때 나가요?"

"볼일이 있으니까."

"볼일?"

"사카이를 만나기로 했거든. 사카이는······."

"알아요. 동기 중에서 가장 출세한 사람이죠?"

"응. 이번에 사장이 된 모양이야."

"취직 부탁하려고요?"

"그런 것도 있고."

여태껏 하마다에게 옆얼굴을 보이며 앉아 있던 요코가 의자 등받이에 등을 대고 똑바로 앉더니 묘하게 측은한 목소리로 말했다.

"여보, 생각을 바꿔요. 나, 당신이 실업자 되는 거 무서워."

"실업자라니, 그런 거 아니야."

"왜 다니던 직장을 그만둬야 하는 거예요?"

하마다는 설명했지만 요코는 들어주려 하지 않았다. 요코는 일단 다카오카의 부속 고등학교에 근무하면서 도쿄로 놀아올 수 있도록 운동을 하자고 다시 되풀이했다. 하마다는 그것이 얼마나 어려운 일인지를 이번에는 꽤나 정성껏 가르쳐 주었지만, 아무래도 이해해주질 않았다. 당신은 막상 무슨 일이 생기면 엉뚱한 짓을 하는 사람이라는 둥, 남편으로서의 책임을 잊지 말라는 둥, 마지막에는 어젯밤에 미리 말해줬으면 아침에 좀 더 늦잠을 잘 수 있었다면서 히스테릭한 목소리로 말했다.

"그럼 지금 나갈 테니까 잠이나 자. 역시 학교에 전화는 해야 할 것 같군······."

하마다는 그렇게 말을 내뱉고 옷을 챙겨 입고 집을 나왔다. 슈퍼마켓 옆의 담배 가게에서 학교에 전화를 걸고 역 근처 커피숍에 들어가 시간을 때웠다. 커피를 마시기 시작했을 때는 요코가 저렇게 예민한 건 생리 때문일 거라 생각했다. 그리고 네 종류의 신문을 훑어본 뒤에는 아침부터 남편이 집에서 빈둥거려 백수 생활을 연상시키는 것은 좋지 않다는 생각도 들었다.

사카이네 회사가 있는 빌딩 앞까지 왔을 때는 11시가 조금 지난 시간이었다. 하마다는 빌딩 지하 상점가를 거닐며 통유리 너머의 좁은 실내에서 과자를 만드는 것을 구경하기도 하고, 주간지를 서서 읽기도 하면서 시간을 때웠다. 사카이 회사의 안내 데스크에 가서 명함을 건넨 것은 12시 5분전이다. 하마다는 사장실로 안내되었다.

사장실은 대학 이사실의 세 배 정도 넓고 천장도 두 배 정도 높았다. 잿빛이 주조를 이루는 안정된 방이었지만, 융단 하나만 봐도 고급스럽다는 것을 금방 알 수 있었다. 돈을 처바른 방 한가운데에서 한 남자가 커다란 책상에 양 팔꿈치를 대고 얼굴을 묻은 채 자고 있었다. 머리카락은 마치 모래를 뒤집어 쓴 것처럼 새하앴다. 하마다가 다른 방으로 잘못 들어왔나 싶어 나가려고 했을 때, 잿빛 정장을 입은 여자가 갑자기 옆에서 나오더니 말했다.

"하마다 씨 되십니까?"

"예."

여자는 책상으로 다가가서 백발의 남자를 매정하고 거칠게 찌르면서 말했다.

"사장님, 하마다 씨가 오셨습니다."

선잠이 들어 있던 남자는 재빨리 얼굴을 들고 참으로 불쾌하고 피곤에 절은 모습으로 하마다 쪽을 보더니 갑자기 밝게 웃었다. 사카이였다.

"어이, 오랜만이야."

사카이는 밝게 말하고 의자를 가리켰다. 하지만 여전히 책상에서 움직이려 하지는 않았다.

"비서가 이런 시간에 약속을 잡아서 실례를 했군. 자네하고는 천천히 이야기를 나누고 싶었는데."

비서가 하마다에게 차를 가져왔다.

"정말 오랜만일세. 요전에 긴자에서……."

"근데, 용건이 뭔가?"

사카이가 말했다.

비서가 우유 두 병과 머그잔을 가져왔다. 쟁반은 사카이의 책상에 놓였고 하얀 액체가 머그잔에 따라졌다. 비서는 부옇게 반투명으로 변한 우유병을 들고 나갔다. 사카이는 '우유를 씹는' 듯이 천천히 마시기 시작한다. 하마다는 지금 다니는 일자리를 그만두고 싶다 아니, 그만둘 수밖에 없게 되었다는 이야기를 했다.

"우리 대학은 결코 우익적이지 않아. 이 점은 세간에서 오해를 하고 있는 모양이니 분명히 말해두겠네. 다만 보수적이면서도 우익적이지 않은 만큼, 우익에게 약점을 잡히지 않으려고 몸을 사리는 경향이 있어. 그런데 전쟁 때 내 행동이……" 하마다는 이때 처음으로 사카이 앞에서 징병 기피에 대한 이야기를 꺼냈다.

사카이는 잠자코 고개를 끄덕였다. 우유를 입에 그렇게 많이 물고 있으니 말은 못할 테고, 끄덕인 것처럼 보인 것도 사실은 '우유를 씹어서' 마신 탓일지도 모른다. 하마다는 이야기를 계속했다.

"전쟁 때 일이 요즘 시국 탓에 문제가 돼서 붙어 있기 힘들게 됐어. 게다가 아예 나가라는 식이라서."

하마다는 매우 자세하게 사정을 설명했다. 과장에 될 뻔했던 이야기도 했다.

"……그래서 가능하면 대학을 그만두고 싶지만, 무작정 때려치울 순 없어서 이렇게 자네한테 취직자리 좀 부탁하러 왔네. 의리를 저버린 내가 자네에게 이런 부탁하기가 이만저만 어려운 게 아니지만……."

사카이는 끝까지 잠자코 무표정하게 듣고 있었다. 다카오카의 부속 고등학교 이야기를 했을 때 딱 한 번 눈썹을 실룩거렸을 뿐이었다. 하마다는 황급히 부속 고등학교의 직원은 격이 낮고, 다카오카는 유배지나 매한가지이며 도쿄의 대학으로는 물론이고 도쿄의 부속 고등학교로도 돌아올 가망이 없다는 것을 덧붙였다.

사카이는 이번에는 분명히 끄덕였다. 이때는 이미 우유를 다 마시고 난 뒤였으니까.

"전기·무선통신 분야?"

사카이가 물었다.

"써주는 데가 있다면. 이젠 완전히 초보라서."

비서가 튀김국수를 사카이 자리로 가져왔다. 사카이가 새우를 꼬리 쪽부터 씹었다. 하마다는 그것을 보면서 그 시절을 그리운 듯 떠올렸다. 맞다, 튀김덮밥의 새우튀김을 꼬리부터 먹는 게 사카이의 버릇이었지……. 사카이는 국수를 한 입 먹고 나서 말했다.

"지금 우리 회사에서 필요한 것은 (1) 우수하고……."

사카이는 괄호, 1, 괄호 닫고, 우수하고, 라는 식으로 말했다.

"(2) 35세 이하의 기술자야. 자네는 (1)에는 충분히 해당되지. 그건 내가 보증할 수 있어. 우연히 초보 잡지를 읽었는데, 보통은 무심코 넘겨버리기 쉬운 부분을 잘 지적하고 있더라고. 대단하다 싶었는데 알고 보니 자네가 쓴 글이더군. 얼마나 기뻤는지 몰라. 하지만 (2)에는 부적격이야. 그래서 미안하지만 우리 회사로 불러들일 수는 없네. 그 점은 이해해주게."

사카이는 국수를 열 가락 정도 장국에 담그더니 가볍게 머리를 숙였다. 하마다도 지극히 자연스럽게 머리를 숙였다. 그때 사카이가 느닷없이(라고 하마다는 느꼈다) 말을 꺼냈다.

"부탁 받은 회사가 하나 있어. 그곳에 소개장을 써주겠네. 어이, 명함!"

방 한쪽에서 비서가 나와 사장에게 명함과 만년필과 도장을 건 넸다. 비서가 이 방에 있었나 하고 하마다가 놀라고 있는 사이에, 덩치 큰 남자는 명함에 세 줄 정도를 써넣고 도장을 찍었다. 그 명함을 왜소한 여비서가 하마다에게 건넸다. 사카이는 소개장에 적혀 있는 사람과 하마다가 가능한 빨리 만날 수 있도록 연락을 취하라고 비서에게 명령했다.

"오늘 밤에 내가 전화를 해두겠네. 여기 들어가서 지방으로 간다고 해도 상관없겠나?"

"그야 물론이지."

"하지만 분명 월급 이상으로 부려먹을 걸세."

하마다는 끄덕였다. 비서는 전화를 걸고 사장은 국수를 먹었다. 모레 10시, 사장실, 하고 비서가 전화기에 대고 반복했고 하마다는 그것을 수첩에 적었다. 그때 팥죽색 명주옷을 입은 마흔 가량의 여자가 사장실로 들어왔다.

"안녕하세요."

그 여자는 위엄을 무너뜨리지 않으며 빙그레 웃었다.

"어이쿠, 오랜만입니다."

사카이는 밝은 목소리로 맞이하더니 하마다 쪽을 보며 한쪽 손을 가볍게 들면서 "자, 그럼" 하고 말했다.

하마다는 명함을 손에 들고 사장실을 나왔다. 빌딩을 벗어나 11월의 거리를 걷기 시작했을 때 비로소 긴장을 풀고 후우, 하고 숨을 내뱉었다. 마치 이것으로 만사가 해결되기라도 한 것처럼.

하마다는 '튀김국수를 먹는 걸 보니 저 녀석은 여전히 촌놈이군' 하며 마음을 놓고 온화한 기분으로 사카이를 비웃기도 했다. 그러나 하마다는 지금 안심해봤자 아무 소용없다는 것을 바로 깨달았다. 사카이가 소개해 준 회사에서 채용해 준다는 보장은 전혀 없지 않는가. 오늘 밤에 사카이가 아무리 열심히 추천해 준다고 한들 그쪽도 사정이 있을 것이다. 또, 그 회사에서의 대우와 그 밖의 조건들은 어떠한지 전혀 모르지 않는가. 즐거운 듯 점심시간에 산책을 하고 있는 사람들 속에 섞여 걸으면서 방금 전에 마음을 놓았던 자신을 수치스러워했다. 어쩌면 그 안도감은 오랜만에, 게다가 멋진 사장실에서 사카이와 마주보고 이야기한다는 것에 긴장이 풀려서 찾아온 것은 아닐까?

하마다는 얼굴을 붉혔다. 그리고 그 수치심의 물결이 겨우 쓸려나갔을 때, 이런 생각이 들었다. 오늘 밤에 사카이가 전화를 건다는 것은……, 하마다가 있는 데서 전화를 걸지 않은 것은……, 채용하지 말라고 하기 위한 것은 아닐까? 의혹은 차츰 짙어지더니 급기야는 그게 틀림없다는 느낌이 들었다. 그러다 갑자기 설마 그런 짓을 할 리가 없다는 확신으로 바뀌었다. 어쨌든 마흔이 넘어서(옛날 같으면 인생의 오분의 사는 끝난 뒤다), 일자리를 바꾸는 것이니 이 정도 고생은 당연하다며 자신을 격려했다. 수직으로 쏟아져 내리는 11월의 햇살 속에서 하마다는 문득 중얼거렸다.

"잔구……."

그래, 잔구. 하마다는 이 말을 전에도 떠올린 적이 있었다. ……

아키코가 죽고 난 후. 그땐 어디서 본 단어인지 끝내 기억나지 않았다. 그리고 지금. 하지만…… 모르겠다. 기억력이 완전히 못쓰게 되고 말았다. 오분의 사. 아, 생각났다. 그 한시(漢詩)에 나오는 말. 어떻게 시작되는 한시였더라?

뒤뜰에서 장작을 패고 있는데 아키코가 와서 말을 걸었다.
"산책 안 할래?"
스기우라는 장작과 손도끼를 정리하고 아키코의 뒤를 따라 걸었다.
"할 이야기라도 있는 거야?"
"응."
"가게는 누가 봐?"
"엄마가 보고 있어. 이젠 괜찮을 거야."
아키코의 모친은 9월 중순부터 감기가 도져 폐렴이 되는 바람에 오랫동안 자리보전하고 있었다. 그러나 열흘쯤 전부터 자리를 털고 일어나서 그제와 어제는 목욕도 했다. 아직도 무척 핼쑥하긴 하지만 이제 가게를 보게 해도 괜찮을 것이다.
"나도 할 말이 있던 참이야."
스기우라가 말했다.
사실 요즘 그들은 이야기를 나눌 기회가 별로 없었다. 모친이 몸져눕자 아키코가 아랫방으로 이불을 가져가 모친 곁에서 잠을 잤기 때문이다. 아키코가 가끔 밤이 깊어지면 병든 모친의 숨소리를 살피고 슬며시 계단을 올라오는 일이 있었지만, 그때도 두 사람은 그다지 이야기는 나누지 않고 여러 가지 새로운 체위를 시도하는 일에 바빴다. 마치 그리하면 앞으로 어떻게 할 거냐는 중대한 화제를 피할 수 있다고 서로 공모라도 한 것처럼.

토담과 살창(황토 안료를 칠하거나 칠하지 않은 것)이 있는 집들을 지나치자 이번에는 최근에 유행하는 새 건축 양식으로 지은 집들이 나타났다. 조금 더 걸으니 폭격을 맞은 흔적과 급하게 날림으로 지은 싸구려 집들이 나타났다. 스기우라는 마쓰야마에서 들은 암시장의 쌀값 이야기를 했고, 아키코는 올해 귤 수확 이야기를 했다. 8월 15일 이래 물가는 가공할 만한 속도로 나날이 치솟았고, 유키 전당포는 경기가 좋았다. 시계도 변함없이 귀하게 여겨졌지만, 그보다도 라디오 청취가 성행하게 된 덕분에 스기우라는 여기저기서 라디오 수리를 부탁 받아 그저께도 마쓰야마로 부품을 사러 갔다 온 참이었다.

이야기가 끊겼을 때 아키코는 모퉁이를 돌았다. 스기우라는 시로야마산에 오르는 것이 아니라 덴샤엔(天赦園)에 가려는 거라고 생각했다. 각반을 두른 중학생 두 명이 다른 중학생 한 명을 리어카에 태우고 장난을 치며 밀고 있었다. 덴샤엔은 우와지마의 7대 영주인 다테 슌잔(伊達春山)이 여생을 보낸 별장 정원이다. 여태까지는 등꽃이 피는 봄이나 창포 꽃이 피는 초여름에만 며칠씩 공개했는데, 작년부터는 식량 증산을 위해 정원수와 연못 주변을 제외한 공간을 중학생들에게 경작시키고 있었다. 그들 속에 섞여 있으면 정원을 구경할 수 있었다.

두 사람은 밭을 가로질러 연못을 돌고 작은 숲속으로 들어갔다. 작은 새의 울음소리가 머리 위에서 고요하게, 그러나 날카롭게 부서져 내렸다. 빨강과 노랑으로 얼룩진 이파리가 달린 나뭇가지가 겹쳐져 듬성듬성 그늘을 만들고 있었다.

"난 이 정원이 정말 좋아. 여기 오면 기분이 좋아져."

스기우라가 말했다.

"켄 짱은 방방곡곡의 정원들을 많이 봤으니까 여긴 너무 작고 볼품없는 거 아냐? 오카야마에 있는 고라쿠엔(後樂園)이나, 가나자와에 있는……."

"아니, 그런 정원들하고는 다르게 아담해서 좋아. 마음이 편안해져. 십만 석의 다이묘[68]를 지낸 영감님답게 사치를 부리지 않고 분수에 맞게 만든 부분이 맘에 들어."

먼 밭에서 중학생들이 일을 하기보다는 놀고 있었다. 황폐한 정원이었다. 농사를 짓지 않는 곳을 봐도 정원수는 전혀 손질이 되지 않았고, 연못에는 종이와 지푸라기가 떠 있었다. 하지만 그런 황폐함이 또 다른 풍정을 자아내고 있는 듯했다.

"도쿄에서는 무척 기뻐했겠네?"

아키코가 말했다.

"응. 그보다 깜짝 놀란 모양이야."

---

68 大名. 에도 시대에 1만 석 이상의 영지를 소유한 막부 직속 무사

"포기하고 있었을까?"

"죽었다고 생각했을 거야. 오 년이나 됐는걸."

"어머니 일은 안됐네."

"공습으로 당하셨나? 왜 그렇게 되셨는지 알려주질 않으니 알 수가 있나. 아버지가 망령이 난 건 아닌지 아무래도 걱정이야."

도쿄에 있는 가족에게 편지를 보낸 것은 10월 10일이었다. 8월 15일 밤에 사다놓은 찻잔을 바라보면서 어떻게 될지 아직은 안심할 수 없으니 조금 더 상황을 지켜봐야겠다고 경계하여 설정한 기한이 그날이다. 징병 기피자는 마지막까지 신중했고 일본 사회를 끝까지 믿지 않았다. 하지만 그런 정황치고는 딱 두 달 후인 10월 15일이 아니라 그보다 닷새나 서두른 것을 보면 스기우라의 인내심에도 한계가 왔다는 것을 알 수 있었다. 전화로는 길어질 것 같아서 집에는 편지를 쓰기로 했다. 짧고 요령 있게 말할 자신도 없었고, 수화기를 든 어머니가 울음을 터트리는 것도 싫었고, 전화 요금이 아깝다는 생각도 작용했다. 스기우라는 10월 9일 밤, 저녁 식사를 마치고 한 시간쯤 들여 긴 편지를 쓴 뒤 아키코의 모친이 누워있는 방으로 갔다. 아키코는 뜨개질을 하면서 가게를 보고 있었다. 스기우라는 중인방에 걸려 있는 황실 사진 액자 아래에서 봉투 뒷면(유키 전당포 내 하마다 쇼키치)을 병든 아키코의 모친에게 보여주고 모든 것을 털어놓았다.

모친은 묵묵부답이었다. 스기우라는 그동안 고마웠다는 인사를 하며 어쩔 수 없었다고는 해도 여태껏 속여 온 것을 사과했다.

아키코의 모친은 여전히 입을 다문 채 천장을 쳐다보고 있었다. 혹시 잠이 들었나 의심이 들었을 때 모친은 화들짝 놀랄 만한 이야기를 했다. 아키코한테 들어서 다 알고 있으니 신경 쓰지 않아도 된다며 중얼거린 것이다. 모친이 그때 해준 말과 아키코가 나중에 얼굴을 붉히면서 설명한 것을 정리하면, 이야기는 대강 이러하다.

1943년 6월, 아투섬 옥쇄가 발표되고 얼마 후, 부부 모래 화가는 히로시마의 객줏집에서 앞으로의 일을 의논했다. 아키코는 입을 옷도 마땅치 않고 어머니도 걱정되니 일단 우와지마로 돌아갔다가 7월 말에 구라시키에서 다시 만나기로 결정했다. 집으로 돌아가면 이제 나올 수 없을 거라며 모래 화가 남편이 놀렸고, 연상의 아내는(이때는 이미 자신이 남편보다 나이가 많다는 것을 알고 있었다) 흥분하며 가출을 해서라도 꼭 구라시키에 갈 거라고 우겼다. 스기우라는 그 말을 믿었고, 두 사람은 어김없이 골풀 냄새가 지독한 마을에서 다시 만났지만, 집에 돌아온 아키코는 어머니의 추궁에 못 이겨 스기우라의 비밀을 털어놓고 말았다. 여태껏 천방지축인 외동딸 때문에 애를 먹은 어머니라도, 그런 외동딸한테 한없이 물러터진 어머니라도, 그럴수록 더더욱 아키코가 어디서 굴러먹던 개뼈다귀인지 근본도 모르는 떠돌이 모래 화가와 붙어먹었다는 이야기는 참을 수 없었다. 모친은 한때의 불장난으로 끝났다면 몰라도 설령 아무리 잘나고 착한 남자일지라도 그런 난전꾼

따위와 부부 행세를 하며 떠돌아다니는 건 미친 짓이라며 화를 냈다.

모녀의 말다툼은 날이면 날마다(칠석날 밤에 사발과 흰 대접의 물을 교대로 갈면서도) 계속되었다. 그러던 어느 날 밤, 끝내 아키코는 모친에게 자기 애인은 그냥 모래 화가가 아니라 관립고등공업학교를 졸업한 도쿄의 의사 아들이라고 말했다. 모친은 왜 그런 사람이 노점상을 하느냐며 난봉꾼의 사탕발림이 틀림없다고 되받아쳤다. 모녀의 말싸움은 또다시 매일 밤 계속되었고, 마침내 떠나야할 날이 내일로 닥쳐오자 아키코는 만약 허락해주지 않으면 집을 나가든지 그것도 안 되면 자살할 거라고 모친을 협박했다. 몇 날 며칠, 한 달 가까이를 남의 이목을 피해 작은 소리로 말싸움을 계속했고, 그러다 이따금 흥분을 참지 못해 새된 목소리로 악을 쓰던 모친은 지쳐 버렸는지 기운 빠진 모습으로 흐느껴 울면서 딸의 고집을 허락했다. 딸은 그 모습이 가엾기 그지없어 애인은 진짜로 고등공업학교 출신이고 진짜로 도쿄의 의사 아들이라는 것을 알려주고 싶어졌다. 아키코는 모친을 안심시키고 싶은 나머지, 달콤한 진실이라도 되는 듯 그만 발작적으로 엄청난 사실을 내뱉고 만 것이었다.

모친은 그렇다면 딸이 의외로 빨리 돌아올 거라고(왜냐하면 남자는 언젠가 붙잡힐 게 틀림없으니까) 생각했고 얼마간 안심했다. 묘하게도 혹은 당연하게도 남자를 밀고할 생각은 하지 못한 모양이다. 그리고 어쩌면 우와지마에 남자가 들락거리는 게 아니라서 체면이 상할 일도 없다는 위로도 했을지 모른다. 아키코의 모친은 미망인답게 자못 체면을 중시하고 있었다. 아키코가 스기우라와 함께 돌아왔을 때도 모녀가 2층에서 나눈 이야기도 주로 체면 문제였다고 한다. 그때도 딸은 자살하겠다며 또 모친을 협박했고, 급기야 모친은 딸을 지키기 위해서는 남자를 몰래 숨겨두어야만 했다. 즉 국가와 사회를 적으로 돌릴 수밖에 없다고 결심한 것이다.

하지만 이러한 경위는 대개 나중에 아키코한테 들어서 알게 된 일이다. 그때 아키코의 모친은 병든 탓인지 그리 소상하게 말해주려 하지 않았다. 모친은 오히려 앞으로 어쩔 거냐는 말만 몇 번이고 되풀이했다. 스기우라는 일단 도쿄로 돌아가서 부모를 안심시킨 다음 이것저것 의논할 생각이라고 말했지만, 병자는 마치 그것이 대답인 듯 앞으로 어쩔 거냐는 말만 되풀이했다. 그 다음날 아침, 하마다 쇼키치의 편지는 속달로 보내졌고 일주일쯤 지나 도쿄에서 답장이 왔다.

아키코가 달콤한 향이 나는 낙엽 위에 앉아 말했다.
"이상하게도 엄마가 너무 침착해. 내심 깜짝 놀랐을까? 난 엄청 놀랐는데. 응, 징병 기피 말이야. 처음엔 도저히 믿기지가 않았어."
"거짓말인 줄 알았어?"
스기우라는 비스듬히 위로 뻗어 있는 굵은 올리브 나무에 기대면서 물었다.
"응. 거짓말일지도 모른다고 생각했어. 네가 히죽히죽 웃으면서 말했으니까."

"그럴 리 없잖아."

그것은 가이케 여관의 현관 앞에서 했던 이야기('내가 데려가 달라고 부탁했더니 켄 짱이 꾸뻑 절을 했잖아. 정말 웃겼어')와 사부로이와에서 소를 만났을 때 이야기('나한테도 그렇게 보였는데 말이야. 당장이라도 달려들 것 같은 기세였어. 눈이 잘못된 건가?')처럼 두 사람이 몇 번이나 다시 끄집어낸 화제였다. 스기우라는 비가 내리던 긴타이쿄의 풍경을 떠올리며 또다시 생각했다. 그때 난 결코 웃지 않았다. 만약 그리 보였다면 극도로 긴장한 탓에 얼굴이 일그러졌기 때문이겠지…….

그들은 오키에서 우선 마쓰에로 갔다. 그곳에선 사흘 동안 줄곧 비만 내렸다. 첫날에 아키코가 오목을 두자고 졸래대어 상대해 주었으나 번번이 졌고, 비는 스이, 우산은 덴가이라고 하는 노점상의 은어를 배우면서 그럭저럭 심심함을 달래고 있었지만, 사흘째가 되자 지루해진 아키코는 '라프카디오 헌의 집'을 구경하러 가자는 말을 꺼냈고, 스기우라가 거절했더니 뾰루퉁해졌다. 하지만 아키코가 아무리 토라지고 화를 내도 스기우라는 가자고 하지 않았다. 모래 화가는 애인을 잃을 수도 있다고 각오했다. 그러나 설령 그리 될지언정 인텔리 냄새가 나는 곳에는 절대 가선 안 된다고 마음을 다잡고 있었던 것이다. 급기야 스기우라는 그렇게 가고 싶으면 짐 싸서 그 코쟁이 집 구경하고 그길로 시코쿠로 돌아가라고 큰소리로 야단을 쳤다.

아키코는 떠나지 않았고, 이튿날부터는 완전한 모래 화가의 아내가 되었다. 큰 밀짚모자를 쓰고 길거리에서 스기우라의 곁에 앉아 아이들을 쾌활하게 놀려주었다. 그뿐 아니라 아무리 둘만 있을 때라도 우익인지 좌익인지 진짜 이름이 무엇인지 따위의 질문을 다시는 하지 않게 되었다. 마쓰에에서 다이샤로 그리고 헌병과 특고가 두려워서 시모노세키로는 가지 않고 쓰와노, 야마구치, 우베로. 아키코 때문에 아이들이 잘 모였고, 식사 외에는 알뜰하면서도 아이들에게 모래 그림을 선심 쓰듯 퍼주기 좋아하는 스기우라의 버릇을 아키코가 잘 억눌러줬다. 당연히 장사는 잘됐고, 일은 편해졌다. 아키코가 옆에서 아이들과 떠드는 소리에 방해받지 않고 전처럼 조용히 모래 그림을 그리고 싶다는 생각이 이따금씩 들었지만. 스기우라는 어쩌다 얻은 애인이 더 이상 꼬치꼬치 캐묻지 않게 되어 오히려 두려웠다. 그만큼 아키코의 의혹은 깊어진 것이다. 이대로 가다가는 죄다 들통이 나고 말 것이다. 젊은 모래 화가는 이 여자와 헤어질 수밖에 없다고 결심했다. 하지만 그 말을 꺼내면 분명 또 꼬치꼬치 물을 것이 뻔하다. 진짜 이름은? 진짜 나이는? 진짜……? 하면서. 남이 엿들을지도 모르는 곳에서는 절대로 말할 수 없다. 도대체 어디서 헤어지자는 말을 꺼내는 게 좋을까? 스기우라는 이 사랑을 얻은 것이 후회스러웠다.

이와쿠니에는 비가 내렸다. 가랑비가 연이어 내린 이튿째 날 아침, 두 사람은 여관에서 우산을 빌려 쓰고 긴타이쿄를 보러 갔다. 니시키가와의 강물은 푸른빛을 띤 잿빛이었고 야리코카시 소나무[69]는 이제 멸종되려 하고 있었다. 삼백여 년이나 더 옛날에 만들어진 나무다리는 극단적인 인공성을 자아내며 자연과 조화를 이루려고 지금도 무던히 애를 쓰고 있었다. 뜻밖에도 다리를 지나는 사람은 아무도 없었다. 스기우라는 지금을 놓치면 이제 기회는 없을 거라고 생각했다. 두 사람은 중앙의 홍예다리에서 난간에 기댄 채 하류 쪽을 바라보았다. 남자는 느닷없이 헤어지자는 말을 꺼냈다. 여자는 내가 싫어진 거냐고 반문했고 남자는 그런 게 아니라고 대답했다. "그럼, 왜 그래?"라는 여자의 말에 남자는 여러 가지 이유를 늘어놓았지만 하나하나 젖혀졌다. 이를테면 모래 그림으로는 고작 한 사람 생활비밖에 벌 수 없고 미야자키에 있는 할머니에게 돈도 보내야 한다는 이유는 요즘 모래 그림이 잘 팔리고 있고 더군다나 내 몫은 내가 내고 있다는 식으로. 여자는 좀 더 함께 있고 싶다며 눈물을 비추었고, 지우산의 노란빛에 물든 서글픈 얼굴이 남자의 마음을 격렬하게 흔들었다. 그리고 남자는 갑자기 고백하고 있는 자신을 깨달았다. 이 일을 털어놓으면 여자는 무서워서 떠날 것이라는 타산이었을까, 고백하여(마치 배설처럼) 후련해지고 싶다는 충동이었을까, 아니면 연인을 속이는 것이 피롭다는…… 사랑이었을까. 남자는 무언가에 채근되어 모든 것

---

69 槍倒しの松. 긴타이쿄 다리 북단에 심어져 있는 가지가 옆으로 뻗는 키 작은 소나무. 옛날 다른 지역 무사들이 이와쿠니 성하를 지나갈 때 권력을 과시하기 위해 창을 높이 치켜들고 다니는 것을 못마땅하게 여긴 성주가 이 나무를 심어서 창을 내리지 않고는 지나갈 수 없도록 만들었다는 데서 유래한 이름이다.

을 고백하고 있었다. 하늘이 갑자기 밝아졌다. 그리고 빗발이 강해졌다. 여자는 노란빛 속에서 멍하니 서 있었다. 마치 남자를 보는 게 아니라 그 남자의 배후에 있는 또 다른 남자를 쳐다보려는 듯한 시선을 던지면서.

덴샤엔의 벌레 먹은 빨간 낙엽을 주워들고 아키코가 말했다.

"결국 여자로서는 눈치챌 수 없는 일이었어. 군대에 끌려가지 않으니까."

"게다가 너에게는 남자 형제도 없고."

"맞아. 이제 와서 돌이켜보니, 스스로도 이상하다 싶지만 전혀 생각지도 못했어."

스기우라도 아키코와 나란히 땅바닥에 앉아서 한참동안 연못의 희미한 물결을 바라봤다. 새의 노래 같은 지저귐에 이끌려 올려다보니 작은 새는 보이지 않았다. 잿빛 바탕에 커다란 흰 반점이 있는 올리브 나무줄기는 조금 비스듬히 기울어져 있었고, 그 굵은 줄기는 마치 여자의 허리 같았다.

"첫사랑이 우익이었던 거 아냐? 그러니까 좋아하는 남자는 다 우익으로 보이는……."

아키코의 손이 스기우라의 입을 막았다. 낙엽 냄새와 흙냄새, 그리고 여자 냄새가 코끝을 자극했다. 징병 기피자를 우익으로 오해하다니 이 무슨 얄궂은 일이냐고 이때도 또 생각했다. 방이 두 칸 밖에 없던 아와지시마의 여관, 여관이라기보다 우동집 2층에서 그 얘기를 듣고 나는 몇 번째 남자일까? 아니면…… 몇 십 번째? 아키코의 첫사랑은 도쿄에서 대학을 다니던 우와지마의 우익 학생이었다. 그들은 남자가 졸업하고 돌아왔을 때 도망치다시피 오키로 왔다. 결국 돈이 떨어져서 여자는 우와지마로 돌아갔고 남자는 도쿄로 갔다. 그러다 한참 후에 두 가지 풍문이 여자의 귀로 흘러 들어왔다. 도쿄에서 무슨 상해 사건을 일으켰다는 소문과 만주로 갔다는 소문. 이내 여자는 모친에게 선을 보라고 강요당했고 일단은 승낙했지만, 가출하여 오키로 오게 되었다.

아키코의 손은 아직도 스기우라의 입을 막고 있었다. 스기우라는 낙엽과 흙냄새보다 더 진해진 여자 냄새를 맡으면서 여기서 앞으로의 계획을 의논하려고 생각했다. 우와지마의 중심 거리에 라디오 가게를 내야겠다고 지난번부터 마음먹고 있었다. 스기우라는 아키코를 도쿄로 데려가 거기서 같이 사는 게 아니라, 이 시골마을에서 함께 살며 함께 늙어가는 것을 몽상하고 있었다. 물론 언제까지 스기우라 켄지로는 살 수 없을 것이다. 하지만 겉모습은 하마다 쇼키치로 돌아와도 마음속으로는……, 실제로는 스기우라 켄지로 사는 그런 삶을, 스기우라는 동경하고 있었다. 이제 곧 도쿄에 가는 것도 아버지를 안심시키려는 것은 둘째 목적이고, 첫째 목적은 라디오 가게를 내기 위한 자본을 받아내는 것이었다.

저 멀리 밭에는 이제 중학생들의 모습이 보이지 않았다. 아키코는 스기우라의 입에서 손을 내려놓았다. 스기우라가 말을 꺼내기도 전에 아키코가 먼저 말했다.

"시집 갈 생각이야."

"어이, 아키코……."

아키코는 스기우라에게 안기면서 설명했다. 근처 이와마쓰에 사는 부자한테서 후처로 들어오지 않겠냐는 혼담이 들어왔다는 것. 저쪽에서는 우리 관계를 다 알고 있고 깨끗하게 헤어진 뒤에 와달라는 것이 유일한 조건이라는 것. 어머니도 늙었으니 이제 이쯤에서 안심시켜 드려야 한다는 것.

"처음에 엄마가 말을 꺼냈을 땐 싫다고 했어. 그랬더니 거절하면 자살하겠다고 하더라. 그래서 이미 각오했어. 웃겨. 전엔 내가 자주 써먹던 말인데, 이젠 엄마가 그런 말을 하다니."

스기우라는 자신의 계획을 털어놓았지만 아키코는 개의치 않았다.

"넌 나한테 책임을 느끼고 있을 뿐이야. 생각 안 나? 8월 15일 밤에 넋을 빼고 찻잔만 만지작거리던 거. 그때 난 생각했어. 끝났다고. 그땐 전쟁이 끝났다고만 생각했는데, 그게 아니야. 우리 두 사람의 관계가 끝난 거였어."

스기우라는 부정했지만 아키코는 대꾸하지 않고 말을 이었다.

"12월 초에 이와마쓰로 갈 거야. 켄 짱, 어떻게 말하면 좋을까. 내 마음을 말로 표현하기가 어렵지만…… 정말 행복했어. 정말로."

전투모에 작업화를 신은 남자가 저편에서 천천히 걸어왔다. 가까이서 보니 상당히 나이든 사람이었다. 노인이 말했다.

"당신들은 다테 집안사람도 아니고, 근로 봉사하는 사람도 아니죠? 이러면 곤란합니다. 여긴 다테 집안 사유지예요. 여긴 공원이 아니니까 함부로……."

아키코가 일어서서 인사를 했고 스기우라도 따라 일어섰다. 노인은 금세 기분이 풀어져서 말했다.

"아니, 유키 전당포집 딸이었구나. 자네 아버진 참 아깝네 그려. 그렇게 젊은 나이에……."

아키코가 적당히 맞장구를 쳤고, 노인은 점점 더 기분이 좋아져서 회중시계를 꺼냈다.

"음, 아직 시간이 있구먼. 그럼 폐원까지 한 삼십 분 정도……."

아키코와 스기우라는 호의를 사양하고 노인과 함께 연못 주변을 걷기 시작했다. 두 사람은 정원을 칭찬했고 정원 관리인은 연혁을 설명했다.

"다테 슌잔 공, 이 분은 백세의 천수를 누린 분이시지. 어느 날 신하가 장수 비결을 물었더니 여색을 멀리하는 것이니라, 하고 말씀하셨네. 그럼 나리는 언제부터 멀리하셨습니까, 하고 되묻자 일흔 다섯부터 멀리했느니라, 라고 대답하셨다네……."

노인이 쓸쓸하게 웃으며 사라지고(예순쯤 됐을까? 언제부터 멀리했을까?) 두 사람은 가을날의 정원을 걸으며 천천히 정문 쪽으로 갔다. 문 근처에 느티나무인지 뭔지 모를 나무판에 묵서한 덴샤엔의 유래가 걸려 있었다. 다테 일가와 다테 슌잔에 대한 것. 하지만 장수 비결은 적혀 있지 않았다. 그리고 이 정원의 이름이 다테 마사무네의 오언절구에서 유래했다는 것.

馬上少年過 말 위에서 소년 시절을 보내고
世評白髮多 태평천하를 만드느라 백발만 무성하니
殘驅天所赦 남은 생은 하늘이 허락한 것
不樂是如何 어찌 즐기지 아니할 수 있으랴

스기우라 혹은 하마다는 입 속으로 중얼거리는 듯 읽었다.

"마상, 소년으로 보내다. 평온한 세상을 만드느라 백발이 많다. 잔구, 하늘이 허락하다. 즐기지 않으면 이를 어쩌나. 이렇게 읽으면 되나? 이상하군. 중학교 때도 한문이 약했어."

게다가 쇼(所)자 다음 글자에 송충이가 앉아서 읽을 수가 없었다. 덴샤엔(天赦園)이라고 하니까 '샤(赦)'자가 분명하다 싶지만. 스기우라는 가까이 다가가서 검정, 하양, 노랑 얼룩이 있는 통통한 송충이에 가려진 글자를 읽으려고 애를 썼다.

'하늘이 허락하다. 하늘이 허락한 것. 어떤 게 나을까, 내 한문 실력으로는 모르겠다. 근데 정말 '샤'자일까? 잔구는 정말 하늘이 허락한 것일까?'

그때 젊은이는 자신의 남은 생애, 여생을 헤아리며 앞으로 죽음까지의 길고 긴 시간을 상상하니 아득하기만 했다. 마치 굽이굽이 사막 저편에 있는 마을을 향해 방금 막 길을 떠난 나그네처럼.

"구레나룻을 기른 켄 짱 얼굴, 한 번 더 보고 싶었는데 이젠 그럴 수 없겠지."

아키코가 말했다.

스기우라는 걸으면서 대답했다.

"그러게 말이야. 일주일이나 이주일로는 무리겠지."

"콧수염보다 구레나룻이 더 잘 어울리는 것 같아."

"구레나룻이 그렇게 좋아?"

아키코가 작게 끄덕였다. 그때 스기우라는 불현듯 첫사랑이었던 우익 남자는 혹시 호걸인 척하며 구레나룻을 길렀던 건 아닐까, 하는 생각이 들어 불쾌해졌다. 스기우라는 그 불쾌함을 잊으려는 듯 일부러 밝은 어조로 말했다.

"예순이나 일흔이 되면 구레나룻을 길러볼까? 보러와. 새하얀 수염이겠지만. 하긴, 너도 그땐 호호 할머니가 되어 있겠구나."

환승역 플랫폼에 들어서면서 하마다는 뺨과 턱을 어루만졌다. 잔구. 아키코는 백골이 되어버렸다. 그리고 나는 잔구. 그때 누군가가 눈앞에서 웃어보였다. 하마다도 미소를 짓다가 영어과 사쿠라이 교수라는 것을 알아차리고 다시 인사를 했다.

"오늘은 오후에 수업이 없어서 전람회라도 보러 갈까 하고."

교수가 말했다.

"좋은 생각이십니다."

"저번에 구와노와 함께 오다를 찾아가서 자네 일을 말했다가 혼이 났네. 교원은 직원 인사에 껴들면 안 된다고 설교를 들었어."

하마다는 머리를 숙였다.

"역시 그…… 어디더라, 거기로 갈 생각인가?"

교수가 근심스럽게 물었다.

"아직 결정하지 않았습니다."

하마다가 대답했다.

"그런가? 나는 또……."

뒷말은 소음에 묻혀 들리지 않았다. 천천히 움직이는 잿빛 입술을 쳐다본 끝에 하마다는 그제야 무슨 말인지 알아들었다.

"그럼, 실례."

빛바랜 보자기를 든 사쿠라이 교수는 하마다에게 등을 보이며 계단을 올라갔다. 하마다가 탈 전철이 들어왔다.

역에서 대학으로 가는 버스 안에서 손잡이를 잡고 서 있는 하마다를 부르는 사람이 있었다. 경제학과 노모토 교수가 바로 앞좌석에 앉아 있었다. 노모토 교수는 큰 하드롱지 봉투를 무릎에 올려놓은 채 옆으로 몸을 비켜 한 명 더 앉을 수 있을 만큼의 공간을 만들더니, 감색 시트를 손가락으로 가리켰다. 하마다는 인사를 하고 앉았다.

노모토 교수는 귀에 입을 바짝 대며 "하마다 씨, 자네 일은 소문으로 들었는데, 난 반대야" 하고 말했다.

"……?"

"여기서 쉽사리 그만두면 패배야. 우리 대학의 반동적 성격과 투쟁해야 하네. 끝까지 싸워야지."

하마다는 말을 잘랐다.

"아닙니다, 선생님. 그만두게 될지도 모르겠지만, 아직 결정한 건 아닙니다."

"아, 그래?"

경제학 교수는 황급히 대답하고 갑자기 싱겁다는 표정을 지었다.

버스는 만원이 되었고, 정장과 스웨터와 학생복 차림의 사람들로 그들의 시야가 가려졌다. 버스는 출발했다. 대학 앞 정류소에 도착할 때까지, 그리고 그 이후에도 그들은 더 이상 말을 하지 않았다. 하마다가 정문으로 들어가 신사 앞에서 절을 하자, 신도(神道)의 제사 강습회가 있는지 하얀 옷차림의 두 아가씨가 웃으면서 신사 안으로 들어갔다. 하마다는 그 뒷모습을 지켜보면서 생각했다. 이제 이 신사에 절을 할 날도 얼마 남지 않았구나. 다카오카의 부속 고등학교에는 이런 건 없을 테니까. 다카오카에 가지 않으면 더더욱 그럴 테고.

하마다는 학교 건물 쪽으로 걷기 시작했다. 노모토 교수가 멈춰 서서 어떤 학생과 이야기를 나누고 있었다. 혁명, 저항, 평화, 아니면 세미나 수업의 친목회 상담. 벌써 하마다의 퇴직 소문이 퍼진 모양이다. 혹시 이 학생도 알고 있을지 모른다. 사표도 사령장도 없이 인사가 결정되어버린 일에 하마다는 '셜핏 놀라고 있었다. 여태껏 타인의 경우에는 조금도 놀라지 않았으면서 말이다.

현관 앞에서 소사 하세가와가 의자를 정리하고 있었다. 여기서 누군가가(아마 학장) 누군가와(아마 미국에서 온 학자) 기념 촬영이라도 한 것일까?

"수고가 많네."

하마다가 말을 걸었다.

하세가와는 아무 말도 않고 무뚝뚝하게 턱을 치켜들었다. 하마다는 이 남자가 소문을 들은 게 절대적으로 확실하다고 생각했다. 대학 전체가 자신을 몰아내려는 태세를 취했고, 상대의 견고한 진형이 조금씩 조금씩 조여 오는 것 같은 느낌이 들었다. 그 느낌은 서무과에 들어서자마자 과장이 손짓을 하며 하마다를 불러 작은 목소리로 이렇게 말했을 때 한결 강해졌다.

"다카오카 쪽에서 서두르고 있는데 말이야, 어쩔 건가?"

"사흘 정도 기다려 주시겠습니까? 글피에는 대답을 드릴 수 있을 것 같습니다."

과장이 시선을 피하며 "응, 글피라고? 알겠네"라고 말했다.

하마다는 자기 자리로 가서 니시에게 인사를 하고 일을 시작하려고 했지만, 사카이가 소개해 준 사장과 모레에 있을 대면이 어찌 될지 걱정되어서 한동안 도무지 일이 손에 잡히지 않았다. 물론 설령 잘 풀린다고 해도 모레 한 번 만나는 것으로 일이 성사되지 않을지도 모른다. 필시 그리는 되지 않을 것이다. 그럴 경우에 대학 측에는 다카오카에 가겠다고 해두고 그 사이에 일을 매듭지어야겠다고 생각했다. 그리고 막바지에 몰렸을 때는 일단 다카오카로 단신 부임하여 거기서 복귀 운동을 한다. 신지의 결혼식을 핑계 삼아 부임을 연기하는 수도 있고. 어쨌든 실제로는 이런 소개장('학창 시절 저의 가장 친한 친구인 하마다 쇼키치를 만나주시기 바랍니다')은 그저 형식일 뿐, 진짜로 중요한 것은 오늘 밤 사카이의 전화일 것이다. '그쪽으로 사람 하나 보냅니다만, 그자는 고용하지 않는 게 좋습니다. 나이도 나이고, 과거도 있는 남자라서요. 예예, 자세한 얘긴 다음에. 적당히 상대해 주십시오. 그걸로 충분합니다. 예예, 예예' 이런 식으로 그 녀석이 전화를 걸면 가망성이 전혀 없다. 하지만 그 반대일 수도 있다. 물론 그 경우도 기껏해야 첫발만 성공한 것일 테지만.

고고학 연구실 조교가 비품 건으로 문의 전화를 했다. 하마다는 그것에 대답했다. 직원 한 사람이 두꺼운 전표 다발을 가져와서 도장을 찍어달라고 했다. 하마다는 그것을 한 장 한 장 정성껏 살펴보고 도장을 찍었다. 과장이 국민건강보험 건을 니시에게 물었고, 니시가 대답을 잘못하고 있어서 하마다가 넌지시 주의를 주었다. 하마다는 서류를 세 부 만들어 과장에게 도장을 받았다. 하마다는 마치 이렇게 일을 하고 있으면 모레 아침까지의 불안한 시간을 어떻게든 때울 수 있기라도 한 듯 쌓여 있는 서류를 열심히 처리했다.

'그래, 이런 식으로 나는 한 발 한 발 걸어간다. 모레 아침까지의 방대한, 눈앞이 캄캄해질 정도로 긴 시간을 처리하기 위하여. 불과 사십 시간 정도를 이렇게까지 방대한 거리로 의식하는 건 웃기지만. 짧고 방대한 거리. 예전에도 이런 느낌을 받은 적이 있었는데, 그게 언제였을까? 언젠가 나는 이런 기분을 맛보았다. 맛볼 수밖에 없었다. 그래, 백오십 미터도 안 되는 그 콘크리트 복도에서의 기억. 1942년, 분명 4월의 일이었다.'

연락선이 밤 11시 반에 부산 부두를 출발하면 시모노세키에는 이튿날 아침 7시 15분에 도착한다고 했는데, 이날은 조금 지연되어 8시가 다 된 시각이었다. 스기우라는 마늘 냄새가 진동하는 탁한 공기의 삼등실에서 나가기만을 고대하며 짐을 짊어졌다. 신문지에 싸두었던 구두를 신고 조선인들과 함께 걸어 나가면서 드디어 일본 땅이구나, 하고 생각했다. 본토로 돌아왔다고는 생각하지 않았다. 조선 여행에는 이미 진저리가 나 있었다. 1941년 12월에서 1942년 1월까지는 이즈에 있다가 도카이도를 돌아다녔고, 2월 15일 싱가포르 함락 뉴스는 오카자키에서 들었다. 3월 초에는 나고야의 객줏집에서 한 방을 쓰게 된 난전꾼(주판 숙달법으로 먹고 사는 노점상)한테 조선 이야기를 듣고 가보고 싶어서 좀이 쑤셨다. 그 노점상은 지금 먹을거리가 풍족한 곳은 대만과 조선이라면서 자꾸 조선을 추켜올렸다. 초목이 싹을 틔우는 것은 4월 상순이지만 3월부터는 건기여서 앞으로 5월까지는 좋은 계절이라고 늘어놓았다. 물론 반년 전쯤에 이나바한테 들은 이야기도 있고 해서 모래 화가는 3월 중순에 일부러 시모노세키까지 가서 연락선을 탔다. 역시 부산부터 둘러보고 올라가는 일반적인 코스가 좋을 듯했고, 쓰루가에서 청진으로 곧장 가면 조선의 북쪽은 아직 추울 거라는 생각도 있었다.

하지만 올해 3월은 비 오는 날, 눈 오는 날이 많았고 4월이 되어서도 전혀 봄 같지 않아 장사도 시원치 않았다. 스기우라는 신물이 나서 원래는 5월 내내 있을 예정이었지만 경성에서 다시 남으로 내려왔고, 그 참에 일본으로 돌아오기로 했다. 먹을 것도 그다지 풍부하지 않았고 빈대와 이에 시달렸으며(이 배 안에서도 몇 마리, 혹은 몇 십 마리가 들러붙어 있을 게 틀림없다), 일본인이 조선인을 괴롭히는 광경을 보는 것도 피로웠다. 어쨌든 조선의 추억은 스기우라에게 유쾌하지 않았다. 그리고 그 우울은 지금도 계속되고 있다. 여하튼 부산에서 시모노세키행 표를 샀을 때 지갑에는 2엔밖에 남아있지 않았으니까.

하지만 그것은 어디까지나 스물두 살 된 남자의 우울이었다. 먼저 삼등실의 일본인 승객들이 출구로 서둘러 나가고 그 다음으로 삼등실의 조선인 승객들이 걸어 나갔다. 그 두 무리의 중간쯤을 걸으며 바다 냄새가 나는 차가운 공기로 폐를 씻어내면서 젊은 모래 화가는 생각하고 있었다.

'괜찮아. 어떻게든 될 거야. 앞으로 5, 6월엔 열심히 벌어서 7, 8월엔 큰맘 먹고 홋카이도에라도 가볼까.'

갈아타지 않고 오늘은 이대로 시모노세키에 여관을 잡아 이 지역에서 장사를 해야겠다고 생각하니 마음이 편해졌다. 스기우라는 조선인들보다도 차츰 뒤쳐져서 둥글고 굵은 기둥이 양옆으로 늘어서 있는 넓은 잿빛 통로를 걷고 있었다.

'여름철 홋카이도는 좋은 발상이야. 푸른 숲이 많아서 눈이 편해질 거야. 그래, 조선의 민둥산에 질려서 그럴지도 몰라. 홋카이도에 가서 값싼 우유를 실컷 마시고 감자를 먹어야지. 그게 조선의 객줏집 요리보다 훨씬 내 입에……'

기둥 뒤에서 갈색 스웨터에 갈색 정장을 입은 남자가 튀어나와 말을 걸었다.

"아니, 벌써 돌아오셨소?"

잿빛 사냥 모자를 쓴 사십대 남자의 날카로운 눈매를 보고 형사임을 눈치챘다. 스기우라는 그만 멈춰 서고 말았다.

"예."

스기우라는 대꾸했지만 그 이상은 말이 이어지지 않아 스스로도 답답했다.

"조선은 어땠소?"

사냥 모자의 남자가 물었다.

"영 짭짤치가 않아서 원."

스기우라는 대답하고 노점상의 은어를 쓴 것에 조금 만족했다.

"어찌나 비 내리고 눈이 날리는 날이 많은지. 나리, 우리 같은 장사꾼이 쓰는 은어는 물론 알고 계시겠죠?"

형사는 쓴웃음을 지었다. 코 옆에 있는 커다란 반점이 설핏 움직였다. 그제야 비로소 스기우라는 형사가 내뱉은 첫마디의 의미를 알아차렸다. '아니, 벌써 돌아오셨소?' 이 남자는 내가 조선에 갈 때도 이 기둥 뒤에서 나를 지켜보고 있었고, 여태껏 잊지 않았던 것이다. 당연하겠지. 이 구레나룻이 안표가 되고 특징이 되어서 기억에 남았을 것이다. 당연하겠지……, 하며 자신을 타일러 봐도 공포는 쌓일 뿐이었다. 스기우라는 무언가 말을 해야 한다며 초조해했다. 그때 형사가 말했다.

"역시 본토가 좋던가?"

"나리는, 조선에는?"

"이렇게 허구한 날 조선을 상대하는 걸로도 신물 나."

형사가 걷기 시작했고 스기우라도 따라서 걷기 시작했다. 짐을 쌓아올린 차 두 대가 그들을 앞질러 갔다. 큰 나무 상자 하나가 차에서 굴러 떨어졌고 양쪽 차의 역무원이 그것을 들어 올리려고 했다. 차 두 대가 형사와 모래 화가의 길을 막았다. 전방에는 둥글고 굵은 기둥이 늘어서 있는 잿빛의 넓은 복도가 백 미터쯤 혹은 그 이상으로 이어져 있었다. 아마 저기까지 함께 걸어가야 하겠지. 하지만 이 남자가 개찰구까지, 어쩌면 그 이상 더 따라올지도 모른다. '벌써 돌아오셨소?' 벌써……. 매일 여기서 잠복하며 스기우라를 기다리고 있었던 건 아닐까? 한 달 전 어느 날 밤 10시경, 여기서 스기우라를 눈여겨보았다가 경찰서로 돌아가 수배 사진 속에서 스기우라의 얼굴을 찾아냈고, '벌써'라는 것은 의외로 빨리 왔다는 의미일 것이다. '돌아왔냐'는 것은 잘도 내 손아귀에 걸려들어 주었다는 의미겠지. 설마, 형사가 스기우라의 수배 사진을 알아보다니. 그렇게 기가 막힌 우연이 있을 수 있을까? 하지만…… 이쯤에서 스기우라의 생각은 갑작스레 방향을 바꿨다. 하지만 징병 기피자가 붙잡히지 않는 것이 오히려 더 우연이 아닐까.

나무 상자는 도로 쌓이고 두 대의 차가 움직이기 시작했다. 스기우라는 걸으면서 말했다.

"본토에선 아이들이 쟌켄퐁, 아이코데쇼, 라고 하잖습니까, 나리. 근데 조선도 똑같더군요. 조선 애들은, 쨩껜뽀, 아야콧타시, 라고 합디다."

"음" 하고 형사는 대꾸할 뿐, 스기우라와 떨어지지 않도록 바짝 붙어서 나란히 걸었다.

"거참 재밌습디다"라고 스기우라가 중얼거리며 이 잿빛 복도가 끝나기까지 아직 칠십 미터는 남았다고 눈대중으로 재고 있었다.

"음"이라고 한 뒤 형사가 물었다.

"자네, 장사 품목이 뭐야?"

"모래 그림입니다."

이번에는 끄덕이기만 하고 바로 형사가 물었다.

"재료상은?"

"도쿄 신주쿠에 있는 스가와라 토메키치라는 사람입니다.'

"상호는?"

"없습니다."

"없어?"

형사의 목소리가 아주 조금 커졌다.

"예. 있어야 좋다고들 합니다만, 없는 게 편하니까요. 우리 같은 장사치들 사이에서는 네스라고 합니다. 나리야 물론 알고 계시겠지만."

이 네스라는 은어가 먹혔을지도 모르겠다. 형사가 크게 끄덕이고 나서 중얼거렸다.

"네스 모래 그림이라."

"예, 어디 구애받는 걸 싫어하는 성격이라서……."

스기우라는 엉겁결에 괜히 쓸데없는 말을 했다고 후회했다. 아주 조금이라도 징병 기피를 연상시킬 위험이 있는 말은 해서는 안 된다.

스기우라는 형사의 까무잡잡한 얼굴빛을 엿보았다. 그러나 형사는 변함없이 무표정이었다.

"모래 화가라면 애들에 대해서도 잘 알겠구만."

"예."

"말이 맞아."

형사가 말했다. 스기우라는 자신이 한 말 중에서 어딘가 말이 맞지 않는 데가 있었나 싶어 두려웠다.

이제 삼십 미터. 아니, 이십 미터쯤일지도 모른다.

그때 형사가 혼잣말처럼 말했다.

"처음부터 모래 화가였나?"

"아뇨. 전에는 시계 수리도 했고, 라디오도 조금."

"그래서 인텔리 냄새가 나는구만."

"나리, 인텔리라니요. 거 무슨."

"인텔리니까 상호도 받기 싫어하는 거지. 자유주의……."

"나리, 자유주의라뇨. 아이고, 남이 들으면……."

"말이 맞아."

말이 맞는다는 것은, 단지 지금 스기우라가 대답하고 있는 것들이 그 범위 내에서 앞뒤가 맞다, 모순이 없다는 의미일까? 아니면……. 이제 십 미터. 아니면 자유주의와 징병 기피가……. 이제 십 미터도 안 되는 이 길을 뛰어서 빠져나갈 수만 있다면.

"모래 화가 양반."

"예."

"헤어지기 전에 일단 물어보겠네."

"예."

형사는 멈춰 섰고 모래 화가도 멈춰 섰다. 반점이 있는 얼굴이 바짝 다가와서 미소를 지었다.

"이것도 내 직업이니까 말이야."

"예."

안심시켜 놓고 그 틈을 타려는 수법이겠지. 헤어지기 전에, 라는 말투도. 그리고 이 미소도.

"이름은?"

"스기우라 켄지. 지는 다음 차(次)자를 씁니다."

"다른 이름은?"

형사의 눈이 스기우라를 응시하고 있었다. 입고 있는 갈색 스웨터와 갈색 정장의 딱 중간쯤의 농도로 빛나는 갈색 눈동자. 빨간 실핏줄이 여러 줄 서 있는 흰자위.

"이름은 하나밖에 없습니다, 나리."

형사의 눈을 응시하면서, 계속 응시하라고 자신에게 명령하면서 스기우라는 대답했다.

"본적은?"

형사가 물었고, 스기우라는 가짜 본적을 술술 댔다.

"현주소도 같습니다. 일 년에 한 번밖에 못 가지만."

"생년월일은?"이라는 물음에 스기우라가 대답했다.

"그럼 띠는?"이라는 질문에도 바로 대답했다.

형사는 입을 다물었다. 갑자기 세상이 쥐 죽은 듯 고요해진 느낌이었다. 메가폰으로 환승을 지시하는 역무원의 목소리도 짐을 싣는 인부의 외침도 아득한 저편으로 멀어졌다. 스기우라는 자신의 호흡 소리를 들으면서 형사의 눈, 코, 코 옆의 반점, 그리고 부르튼 입술을 보고 있었다. 분명 이제 병역에 대해서 물을 것이다. 스기우라는 준비해 놓은 답을 말한다. 그러면 이 작자는…… 거짓말을 꿰뚫어볼까? 꿰뚫어보지 못할까? 둘 중에 하나. 잘 되든 못 되든 하늘에 맡기는 수밖에 없다. 자, 배짱을 부리고 거짓말을 하자.

그때 형사가 말했다.

"그럼 수고."

"예?"

스기우라가 의아해하는 모습은 눈치채지 못한 모양이다. 형사는 오른손 손가락으로 마치 그곳이 가렵기라도 한 듯 얼굴의 반점을 살짝 만지더니 모래 화가에게 커다란 등판을 보이며 사라졌다. 스기우라는 곧바로 걷지 못했다. 다시 되살아나는 소음의 세계 속에서 스기우라는 입을 뻥하게 벌리고 서너 번 크게 숨을 내쉰 뒤 갈색 정장의 남자를 지켜보고 있었다. 이렇게 얼빠진 표정으로 우두커니 서 있는 것을 만약 누군가에게 들키면 위험하다고는 생각하면서도.

동안이라 젊어 보이는 토끼집 주인이 접시와 대접을 찾으러 서무과로 들어왔다.
"그릇 찾으러 올 때는 거북이처럼 빠르구만, 토끼집 양반."
직원 무라카미가 놀려댔다.
"언제나 토끼죠. 그림책하고는 달리 실제로는 토끼가 훨씬 빠릅니다요."
동안의 사십대 남자는 마치 거북이집이라는 경쟁 상대라도 있는 듯한 말투로 응수했다.
누군가가 킥킥 웃었다. 서무과의 몇몇 얼굴이 히죽거렸다.
과장은 아마도 화장실에 가려는 듯 출입문 입구에서 식당 주인의 어깨를 치며 뭐라 놀려대더니 큰 소리로 웃으며 복도로 나갔고, 토끼집 주인도 돌아갔다.
인생도 저런 거겠지, 하며 하마다는 생각해 보았다. 평균 연령이 늘어났으니 예순이나 일흔까지는 계속 살아내야 한다. 여러 가지 일(퇴직, 마누라의 푸념, 마이신 귀머거리 같은 것)에 협박을 받으면서. 형사의 힐문에 위협을 느끼며 콘크리트 복도를 백오십 미터 걷는 것과 흡사하다. 또 다른 이름을 물었을 때는 정말 가슴이 얼어붙는 것 같았다. 이제 정말 끝장이다 싶어 마치 길고 긴 우물 속으로 떨어지는 것만 같았다. 그래도 어떻게든 모면했다. 인생 또한, 결국은 어떻게든 되는 것이 아니겠는가. 신지도 저렇게 결혼도 할 수 있게 됐고. 하마다는 동생 약혼자의 혈색 좋고 싱싱하고 오똥통한 얼굴을 떠올리며 제법 괜찮은 여자라고 몇 번이나 생각했다. 그리고 또 몇 번이고, 몇 십 번이고 하마다는 그 여자에게 감사해야 한다고 생각했다.

하마다는 갑작스런 피로를 느끼고 이내 배가 고프다는 것을 알았다. 하지만 아직 2시 반……, 2시 45분이다. 왜 이런 시간에 이렇게 배가 고픈 걸까? 하마다는 곧바로 오늘 점심을 걸렸다는 것을 깨닫고 마음속으로 웃으려고 했다. 하마다는 웃어보았다. 하지만 그 웃음에는 자신이 얼마나 취직 일로 고민하고 있었나 하는 반성이 마치 LP 레코드판에 붙은 먼지처럼 들러붙어서 하마다의 마음을 개운하게 해주지 않았다.

하마다는 사무 보조 아이에게 백 엔짜리 동전을 건네며 사적인 일을 시켜 미안하지만 학생 식당에 가서 우유 두 병만 사다 달라고 부탁했다. 사무 보조는 나갔다.

니시의 책상으로 전화가 걸려왔고, 전화를 받은 니시가 조금 실랑이를 벌였다. 그리곤 하마다를 쳐다보고 말했다.

"하마다 쇼키치 씨, 전화입니다."

니시가 검은 전화기를 하마다에게 내밀었고, 하마다는 검게 광택이 나는 그것을 받아 들었다. 하마다는 전화기에 매달린 검고 굵은 선이 니시 책상의 서류 위에 걸쳐 있는 것을 고쳐 놓으며 말했다.

"여보세요, 여보세요."

수화기 너머로 낯선 남자의 목소리가 들렸다.

"여보세요. 하마다 쇼키치 씨입니까?"

"예, 하마다입니다."

"하마다 쇼키치 씨 맞소?"

"예, 하마다입니다."

"틀림없소? 하마다 쇼키치 씨…… 서무과의 하마다 쇼키치 씨가 맞죠?"

추궁하는 그 말투가 너무 집요해서 하마다는 화가 났고, 이따금 거친 말투가 섞이는 것도 불쾌했다. 하지만 하마다는 화를 억누르고 대답했다.

"예, 틀림없습니다. 서무과의 하마다 쇼키치……. 틀림없습니다."

과장이 손수건으로 손을 닦으며 들어와서 자기 자리로 갔다.

"그렇습니까."

전화기 저편의 목소리가 조의문이라도 읽는 듯 침통한 어조로 말했다.

"지금부터 제가 드릴 말씀은, 깜짝 놀랄 일이라서."

상대는 말을 머뭇거렸다. 하마다는 짜증이 나서 말했다.

"대체 무슨 일입니까?"

"깜짝 놀랄 일이라서……. 놀라지 마시오. 주위 사람들이 들으면 곤란할 테니까."

하마다는 긴장하여 아까보다 훨씬 작은 소리로 말했다.

"여보세요……."

상대는 요쓰야 경찰서의 경위로 이름은 아무개고, 실은 지금(괜찮겠습니까, 이성을 잃지 마시오) 댁의 부인 요코 씨가 물건을 훔치다가 잡혔는데, 취조는 부하가 했지만, 자신이 책임자라는 것을 알렸다.

"여보세요!" 하고 소리친 것은 이번엔 경위 쪽이었다.

"……알겠소? 알아들었겠지. 도, 둑, 질."

"예, 예."

정말입니까? 거짓말 아니죠? 하고 되물을 수가 없었다. 상대의 말투에는 절대적 진실이라고 믿게 할 만큼의 안정된 힘이 있었다.

"그래서 말인데, 남편께서……."

"예, 예."

"이런 일은 남편이 와주는 게 가장 좋으니까. 바로 못 오시나? 이래저래 많이 바쁘겠지만, 빨리."

"예."

"여보세요!"

전화기 저편에서 소리를 지르는 목소리가 들렸다.

"예, 알겠습니다. 바로 가겠습니다."

대답한 하마다의 목소리는 묘하게 목이 말라 자신에게도 가느다란 비명처럼 들렸다.

전화가 끊어졌다. 하마다도 전화를 내려놓았다. 하마다의 눈 아래에서 검은 전화기가 창문으로 스며든 햇빛과 천장에서 내리쏟아지는 형광등 불빛을 받아 검정이 아닌 다양한 색으로 빛났다.

"무슨 일이야?"

니시가 물었다.

"으응."

"무슨 일 있어? 얼굴이 새파래……."

니시가 거듭 물었다.

하마다는 대꾸하지 않고 과장 자리로 걸어갔다. 어처구니없다는 몸짓이겠지. 니시가 양팔을 가볍게 들어 올려 검은 토시가 차단기처럼 움직였다. 하마다는 과장에게 급한 일이 생겼으니 오늘은 이만 퇴근하겠다고 했고, 과장은 기분 나쁜 표정으로 하마다를 올려다본 뒤 천천히 고개를 끄덕였다. 하마다는 뛰다시피 하며 출입문으로 갔다. 하마다의 가슴팍이 우유를 사온 사무 보조 아이의 어깨와 부딪쳤다. 아이는 소리를 질렀고, 우유 한 병이 바닥에 떨어져서 깨졌다. 하얀 액체는 낯선 대륙의 지도처럼 펼쳐졌고, 유리 파편이 그 대륙의 산맥처럼 젖어 있었다.

하마다는 사과를 하면서 서무과를 나왔다. 현관에서 정문으로 달려가려는데, 눈부신 햇살 속에서 부르는 소리가 들렸다.

"어이! 하마다 씨, 무슨 일이야?"

프랑스어과 구와노 조교수가 바지 주머니에 양손을 찔러 넣고 서 있었다.

"예, 아내가……."

하마다는 거기까지만 말하고 계속 걸으려 했다.

"당한 거야?"

조교수가 욕지거리라도 하듯 신음하고 한쪽 발로 땅을 찼다.

"……?"

하마다는 조교수의 말이 무슨 뜻인지 알지 못해 무심코 두세 걸음 다가갔고, 구와노도 하마다에게 다가왔다.

조교수는 "요즘은 운전을 험하게 하는 놈들이 너무 많아서 말이야"라고 한탄하며 "차로 가게, 빨리" 하며 주머니에서 열쇠를 꺼냈다.

조교수는 차 키를 하마다의 오른손에 쥐어주었다.

"하지만 선생님, 면허증이……."

"괜찮아. 면허증 소지 좀 안 했다고, 상관없어. 얼른 가게" 하며 조교수가 흥분하여 소리쳤고 "어이, 저기야"라며 정문 건너편 도로에 주차해 놓은 조청빛 작은 차를 손가락질했다.

하마다는 잠자코 머리를 숙인 뒤 달리기 시작했다. 신사에는 절을 하지 않고 정문으로, 조교수의 르노로 향했다. 하마다는 열쇠 구멍에 열쇠를 꽂았을 때, 면허증 없이 차를 끌고 경찰서로 가는 것이 마음에 걸려 한순간 주저했다. 하지만 바로 마음을 정했다. 그딴 것쯤이야 아무것도 아니었다. 하마다는 이십 년 전 이 나라 전체를 상대로 도망치던 징병 기피자가 아닌가. 엉청이 강도 살인범에게 형제와 같은 친근감을 느끼는 남자가 아닌가. 그리고 지금은 도둑질한 여자의 남편이 아닌가. 하마다는 차 키를 돌렸다. 작고 딱딱한 소리가 났다.

전화를 걸었을 때 미리 연락해 두었으리라. 스포츠 신문을 읽고 있던 안내 데스크의 순경은 하마다의 명함을 보자 고개를 끄덕이더니 안쪽의 3호실로 가라고 하면서 거무스름한 나무문을 가리켰다. 하마다는 문을 열고 어둡고 넓은 복도로 들어가 양쪽으로 늘어서 있는 작은 방들의 번호 중에 3을 찾았다. 노크를 하자 안에서 굵은 목소리가 대꾸했다. 하마다는 문을 열고 더러운 하늘색 방으로 들어갔다. 정면에는 큰 창문이 있어서 햇빛이 가득 들어왔다. 그 창문을 등지고 예상보다도 젊은, 하마다와 동년배이거나 아니면 조금 위 정도의 남자가 덩그렇게 놓인 가느다란 책상 끝에 앉아 있었다. 그리고 책상 양쪽에는 나무 의자가 하나씩 놓여 있었다. 경위는 일어서서 한 손을 움직이며 들어오라는 시늉을 했다. 경위 앞에는 서류가 놓여 있고 그 앞에는 낯익은 요코의 빨간 시장바구니가 놓여 있었다. 하마다는 나무 의자를 덜거덕거리며 벽과 나무 의자 사이의 좁은 공간을 걸어가다가 요코가 어디에 있는지 의심스러웠다. 둘러보니 한 여자가 문 바로 옆의 작은 의자에 앉아 있었다. 낯익은 옷을 입고 얼굴을 손수건으로 가린 채.

하마다는 명함을 꺼냈고 경위도 명함을 꺼냈다. 하마다는 나무 의자 끝에 앉았다. 의자는 불안정했고 이따금 삐걱거리는 소리를 냈다. 경위의 얼굴에는 군데군데 깎다 남은 수염이 남아 있었다. 경위는 하마다가 근무하고 있는 대학의 법학부 야간을 중퇴했다고 자기소개를 했다.

"전화로도 말했다시피 상황이 이러하니, 역시 남편이 오시는 게 좋겠다 싶어서 말이오. 경찰 손에 걸린 건 처음이기도 하고."

하마다가 인사말을 하려고 하자, 경위는 태연하게 말을 이었다.

"전부터 이런 버릇이 있었던 모양인데."

"전부터요?"

하마다가 되물었고, 경위가 설명했다.

오늘 요코는 신주쿠의 백화점에서 5, 6세용 아동복과 빨간 초가 딸린 촛대, 미제 쇠 수세미를 훔치다가 붙잡혔다. 직원이 사무실로 데려가서 아무리 추궁해도 돈만 내겠다고 버텼고, 사실 그 정도의 돈은 가지고 있었다. 그런데 점심을 먹고 돌아온 한 직원이 요코의 얼굴을 기억하고 있었다. 이주일 전에 이 백화점에서 지갑과 자수 슬리퍼, 접이 우산을 훔친 여자였던 것이다. 그때는 처음이라고 해서 호되게 야단만 치고 돌려보냈다. 백화점 측은 자기들을 우습게 봤다고 분개하여 상습범으로 경찰에 넘겼다. 요코는 경찰서에서도 무척 애를 먹였지만 결국 자백했다.

"여자들은, 그 뭐냐, 생리할 때 이런 짓을 하기도 하지만 이번엔 2주 간격이니 그것도 아닌 것 같소" 하고 경위가 말했고, 하마다가 끄덕이자 "이건 내 추측인데, 도벽은 옛날부터 있었던 것 같소. 어디까지나 추측이지만" 하며 말을 이었다.

하마다는 대꾸할 기력이 없었다. 그저 눈을 내리깔고 경위의 얼굴을 지켜보았다. 경위는 절대적으로 자신이 있다는 표정을 짓고 있었다. 그때 방 한쪽에서 피리를 부는 듯한 소리가 났다. 요코가 울음을 터트린 것이다. 그 울음소리는 경위의 말이 맞다는 대답으로 들렸다.

"어이, 요코."

하마다는 나무 의자에 앉은 채 몸을 비틀어 뒤에 있는 아내에게 물었다.

"올봄에 이웃집에 선물한 아기 옷과 양말, 그것도 훔친 거야?"

아내의 울음소리가 커졌다.

"울지 말고 대답해. 훔친 거냐니까?"

손수건으로 감싼 얼굴이 앞으로 푹 고꾸라졌다. 끄덕인 것이다.

"어디서 훔쳤어? 말해!" 하며 하마다가 호통을 쳤고, 조금 있다가 다시 "말해" 하고 말했다.

대답하는 요코의 목소리는 침실에서 도취되었을 때의 목소리와 매우 비슷…… 아니, 아주 약간 다르다. 요코는 오열과 비명의 중간쯤의 목소리로 말했다.

"아마…… 이케부쿠로."

"허구한 날 훔쳐댔으니 제대로 기억도 못하는 거 아냐. 아지로에서 그 칠석종이도 훔친 거지?"

요코는 또 한바탕 울고 나서 대답했다.

"예."

그때 경위가 하마다에게 말했다.

"나도 바쁜 몸이라 말이오. 뒷일은 돌아가서 소상하게 물어보는 게 어떻겠소? 모조리 자백을 받는 게 좋소. 그리고…… 훔친 물건은 돌려주러 다녀야지. 남편이 말이야. 가정부가 한 짓이라고 하든지. 정 어려우면 나한테 가져와도 좋고. 벽장하고 부엌 바닥에 있는 수납장. 이 두 군데를 잘 살펴보는 게 좋을 거야. 훔친 물건은 대개 그런 곳에 있으니까."

"여러 가지로 죄송합니다."

하마다는 머리를 숙였다.

"남편이 단속을 잘해야지. 그게 제일이야. 나쁜 버릇은 좀체 안 고쳐지는 법이지만. 뭐, 이번 일은 너그럽게 선처해 주겠소."

하마다는 또다시 머리를 숙였고, 경위는 요코의 시장바구니를 내밀며 돌아가라는 시늉을 했다. 하마다는 일어나서 나무 의자와 책상 사이로 걸어가 문 옆의 요코에게 다가갔다.

"요코, 일어서."

하마다가 명령했다.

요코는 여전히 손수건으로 얼굴을 감싼 채로 일어섰다.

"눈물 닦고 손수건 집어넣어."

하마다가 다시 명령했다.

얼룩진 얼굴이 나타났다. 푸석푸석 붓고 새파랗게 질리고 핼쑥한 얼굴. 검은 눈 화장이 흘러내려 양 눈은 세게 얻어맞은 것처럼 보였다. 립스틱이 코밑에 엷게 번져 있었다. 그 얼굴은 추했다. 마치 살아 있는 동안에 보인 죽음의 얼굴처럼.

늘어선 작은 방들 끝에 있는 검은 나무 출입문 근처에 세면대가 있었다. 하마다는 거기서 요코의 얼굴을 씻게 하고 자기 손수건을 건네주었다. 요코는 손수건으로 얼굴을 닦았다. 이윽고 부부는 경찰서를 나와 말없이 르노를 탔다. 하마다는 차에 대해 아무

말도 하지 않았다. 요코도 아무것도 묻지 않았다. 르노가 달리기 시작했다.

하마다는 늦가을의 거리를 천천히 운전하면서(노랗고 큰 마른 잎, 노란 개, 노란 모자의 아이들……) 대학에서 경찰서로 갈 때가 차라리 마음이 편했다고 생각했다. 아까는 오랜만에 하는 운전이라 열중해 있었고, 혹시(만에 하나라도 있을 수 없는 일이지만) 무슨 착각이 아닐까 하는 헛된 기대도 있었다. 그러나 지금은 그 옅은 바람도 사라졌고 운전도 훨씬 익숙해졌다. 당연히 괴로움을 듬뿍 맛볼 만큼의 여유가 있었다.

경찰은 전부터 도벽이 있다고 했고 요코는 그것을 인정했다. 칠석 종이도, 갓난아이 양말도. 하지만 5, 6세용 아동복은? 부부에겐 아이가 없고 이웃에도 그 또래 아이는 없는데. 아이가 없어서 외로웠던 것일까? 유산을 해서 그렇게 슬펐던 것일까? 요코가 매일 밤 그렇게 요구한 것도 그 때문일까? 빨간 초와 촛대도 쓸모가 없다. 미제 수세미는 필요할지 몰라도. 하지만 아무리 미제라도 천 엔이나 이천 엔까지 하지는 않는다. 지갑도 버젓이 가지고 있으면서 돈을 내고 사면 될 것을. 자수 슬리퍼는 꼭 필요한 것도 아니었고 우산은 언젠가 내가 사준 것이 있다. 하마다는 격렬하게 얼굴을 찌푸렸다. 저 황금색 줄이 쳐 있는 빨간 지갑, 저것도 훔친 물건일지 모른다. 아마도 분명 그럴 것이다. 벽장 속과 마룻바닥 밑에 얼마나 많은 물건이 숨겨져 있는 걸까? 아까 형사가 그 말을 꺼냈을 때 요코는 아무 말도 하지 않았다.

교차로에서 신호 대기로 멈췄을 때 소형 트럭 운전수가 하마다에게 뭐라고 소리쳤다. 하마다는 차창을 내렸다. 운전수는 라이트가 켜져 있다고 알려주었다. 하마다는 고맙다는 인사를 하고 헤드라이트를 껐다. 요코는 창문에 기대어 남편 쪽을 봤고, 하마다와 시선이 마주치면 얼른 눈을 돌렸다. 그러니까 그건 부정하지 않았던 것이다. 마룻바닥 밑에는 여러 물건이 있을 것이다. 우유 먹는 갈색 머리 인형이라든가 홍콩 슈즈라든가 아스파라거스 통조림이라든가. 하마다는 다시 격렬하게 얼굴을 찌푸렸다. 차들이 움직이기 시작했고, 신호가 녹색으로 바뀌었다. 아스파라거스 통조림, 하마다는 왜 그런 물건을 떠올린 걸까? 신지의 상견례 자리에서 아스파라거스를 먹어서? 아니다. 전날 밤, 저녁 반찬으로 아스파라거스를 내놓아서 꽤나 고가품이 밥상에 오르는구나 싶었으니까. 혹시 그것도 훔친 것……, 아마도, 분명. 하마다는 언젠가 요리에 버터를 쓰는 건 사치라며 마가린도 좋다고 말한 적이 있었다. 그때 요코가 뭐라고 했었지? '괜찮아요, 특가 세일할 때만 사오니까.'

다음 교차로에서는 우회전을 할 수 있나? 안 되면 그 다음 신호에서. 역시 안 된다. 옛날에는 전당포집 딸이 먹여 살려주었고, 지금은 도벽 있는 여자가 먹여 살려주는 남자. 여기서 우회전. 저 하얀 번호판을 따라가면 된다. 일방통행이 아닌 건 확실하다. 너무 바짝 붙지 않도록. 좁은 길에서 늙은이가 저런 식으로 걸어가면 곤란하다. 애들도. 전부터 도벽이 있었던 여자…… 언제부터? 처녀 시절부터? 만약 그렇다면 유산으로 인한 외로움 때문은 아니라는 말이 된다. 이번엔 길이 넓어서 마음이 놓인다. 이제 반쯤 왔나? 이럴 게 아니다. 이 길로 구 시내를 빠져나가면…….

그러나 구 시내를 빠져나오자 차가 교외로 나가기만을 기다리고 있었다는 듯 충격이 하마다의 가슴에 엄습해왔다. 요코의 도벽은 처녀 시절부터 있었던 것이다. 그래서 얼굴이 이렇게 반반한데도 도무지 혼담이 들어오지 않았거나, 늘 혼담이 깨져서 속을 태우던 부모가 호리카와 이사에게 부탁을 한 건 아닐까, 하는 의혹이 갑자기 솟구쳤기 때문이다. 하마다는 몇 번이고 그 생각을 부정하려 애를 쓰며 아니 뭐, 그렇게까지 의심할 건 없지 않느냐고 스스로에게 되물었다. 하지만 반론은 바로 튀어나왔다. 그토록 젊었는데, 그토록 예뻤는데. 그래서 나는 혹시 처녀가 아닐지도 모른다는 생각까지 했지만, 그래도 상관없지 싶었다. 하지만 처녀였다. 저쪽도 그리 대단한 재산은 없는 그저 평범한 회사원 집안이다. 그래도 어쨌든 일류(일류 밑인가?) 회사의 직원이니까……. 그런 집안에서 나 같은 놈에게 시집을 보낸다는 것은? 그렇다면 호리카와 이사는 감쪽같이 저쪽 부모에게 속은 걸까? 하마다는 장인 장모의 평범하고 성실한 풍채를 떠올리며 계속 의심했다. 마치 어깨의 무거운 짐을 내려놓은 듯이 기뻐한 것은 딸의 도벽으로 실컷 애를 먹어서일지도 모른다.

그 의혹 뒤에는 또 다른 의혹이 이어졌다. 혹시 호리카와 이사가 요코의 도벽을 알고 있었던 건 아닐까. 그래서 그 노인이 나를 만날 때마다 요코의 안부만을 그렇게 물었던 건 아닐까? 물론 이것만으로는 알 수 없다. 무척 친하게 지내고 있는 모양이니 충분히 알고 있었을 수 있다. 게다가 예쁜데 왜 여태껏 혼담이 들어오지 않았냐고 생각하는 것은 당연하니까. 그 노인은 모든 사정을 알고서 손버릇이 나쁜 딸과 징병 기피자를 부부로 만들려고……? 하마다는 그 억측을 부정하기 위해 맞선 자리나 피로연에서 호리카와 이사의 언동을 떠올려 보았다. 하지만 그 의혹은 이유를 붙일 만한 근거가 아무것도 없었다. 그런데도 의심은 전혀 떨쳐지지 않았다. 그리고 만약 호리카와 이사가 요코의 도벽을 알고 있다면 하마다의 징병 기피와 마찬가지로 누군가에게 흘렸을지도 모른다는 생각이 천천히 떠올랐다. 설마 그럴 리가. 게다가 그 의심에 이어(만약 그렇다면, 대학 안에서는 달리 누가 알고 있을까? 고바야카와 이사는? 서무과장은? 니시는? 아오치 마사코는? 외국어 주임 오다 교수는? 「하늘천따지」의 이누즈카는?) 여러 사람의 얼굴로 만들어진 벽이 우뚝 솟아올라 그 얼굴들이 입을 맞추어(니시의 특징 있는 웃음소리는 바로 분간할 수 있다) 하마다를 비웃었다. 뺨을 일그러뜨리고, 눈을 가늘게 뜨고, 눈을 내리깔고, 열심히 웃음을 억누르고 입술을 비틀면서. 하마다는 그 부드러운 벽에서 흘러나오는 모욕과 경멸과 연민을 견뎌내면서 운전을 계속했다. 이제 다 왔다. 벽이 사라졌다. 빌린 차는 계절감이 거의 없는 11월의 넓고 길게 쭉 뻗은 길을 달렸다. 하마다는 자신을 진단해봤다. 하마다가 이렇게 한없이 의심만 하는 건, 얼마 전부터 일어난 일로 내내 심사가 뒤틀려서 그런 것이다. 이건 역시 가벼운 신경 쇠약이다. 아니면 무거운? 옆 좌석을 보니 요코가 고개를 숙이고 가만히 앉아 있었다.

좌회전을 하고 아파트 단지로 가는 길. 길모퉁이에 이렇게 바짝 주차를 하다니 너무 한 거 아닌가. 이제 오 미터. 국숫집 배달원, 캐치볼을 하는 아이. 주차를 이따위로 해놓다니. 조금 더 붙여서 세워주면 좋을 텐데. 그래서 전봇대가 이렇게 긁혔군. 여기서 우회전. 그리고 차를 돌리고. 이 정도면 될까? 조금 더 앞으로, 조금 더 왼쪽으로. 옳지, 잘 세웠다. 옛날에 익힌 솜씨.

하마다는 핸들에서 손을 떼고, 땀이 밴 손을 바지 무릎에 닦은 뒤 좌석 등받이에 기댄 채 몸을 조금 젖혔다. 허리는 아프지 않았다. 하지만 내일이면 아플지도 모른다.

"자……."

말을 걸다 말고 옆을 보았을 때 하마다는 아연실색했다.

요코는 자고 있었다.

양손을 무릎에 가지런히 놓고 고개를 숙인 채 조용한 숨소리를 내면서.

잠든 얼굴은 이제 푸석푸석하고 추한 얼굴이 아니다. 그저 조금 지쳐 있을 뿐 천진한 얼굴이다.

하마다는 처녀 시절의 모습이 아직도 그대로 남아 있는 젊은 얼굴을, 약간 긴 목선을, 살짝 열린 입술을, 속눈썹을 따로 붙일 필요 없다고 언젠가 자랑하던 긴 속눈썹을 바라보고 있었다. 핸들에 한쪽 팔꿈치를 댄 채 몸을 틀고 어이없어 하면서.

놀라움은 옅어지고 부러움이 찾아왔다. 그리고 부러움은 한 방울 또 한 방울 하마다의 마음속에서 차츰차츰 수량을 늘려갔다. 하마다는 무엇을 부러워하고 있는 걸까? 하마다는 생각을 멈추고 기다리고 있었다. 잠든 여자의 얼굴을 지켜보면서 그저 기다리고 있었다.

  잘못 걸려온 전화처럼 갑자기 대답이 찾아왔다. 그리고 하마다는 잘못 걸려온 전화를 끊은 뒤처럼 마음속으로 가볍게 혀를 찼다. 이런 어처구니없는 일이 또 있을까. 이 여자의 자유를 동경하고 있다니. 속 편해서 좋겠다고 잠깐 생각했을 뿐인데. 그런데도 잠든 이 여자의 자유가 마음을 사로잡다니. 아니, 하마다는 그저 이 잠든 얼굴이 묘하게 아름답고 젊다고 생각했을 뿐인데.

  하지만 그 부정은 오히려 반대로 작용했다. 분주하게 부정된 그 자유라는 개념은 이미 하마다의 마음을 물들이기 시작했다. 지금까지 나는 무언가에 얽매여 있었던 건 아닐까. 그런 후회가 서서히 끓어올랐다. 나는 지금 드디어 내 마음의 문을 살포시 연 모양이다. 흠칫흠칫. 그러자 햇빛은 작은 어둠을 눈부시게 쓰러뜨리고, 그곳에 오랜 세월 몰래 비축되어 있던 자유라는 외로운 보물을 마침내 부상시킨 모양이다. 그렇지 않을까? 그런 거야. 이를테면…… 텔레비전 수리공이 되면 어떠랴. 그런 자유로운 생활. 지금껏 나는 왜 그런 삶을 생각하지 못했을까? 얼마 전까지 아이들의 들뜬 목소리에 휩싸여 구레나룻 속에 땀을 채우고 길거리에 주저앉아 있던 주제에. 바로 얼마 전. 이십 년, 이십 년 이상. 하마다는 아내의 조용한 숨소리에 리듬을 맞추어 몽상했다. 하얀 와이셔츠를 입고 넥타이를 매는 일은 고작 일 년에 서너 번밖에 없는 수리공 생활을. 차라리 그러면 되는 거다……, 여차하면. 그것만으로 너무 근사할 정도다. 원래부터 기계 만지기를 좋아했고, 게다가 하마다는 지금의 세상에서 가장 엄중한 규율…… 훔치지 말라는 규율과 죽이지 말라는 규율보다도 훨씬 무거운 규율을…… 어긴 남자니까. 어겨버린 남자니까. 국가와 사회와 체제에 한번 반항한 자는 마지막까지 그 반항을 이어갈 수밖에 없다. 되돌리는 것은 용납되지 않는다. 언제까지나 영원히 위험한 여행의 나그네일 수밖에 없다. 그래, 위험한 여행, 불안한 여행, 조릿대 베개. 요코가 립스틱이 지워진 입술을 다물고 인상을 찌푸리며 천천히 얼굴을 들고 천천히 잠에서 깨어났다. 그때 하마다는 이상하게도 슬픔이 가슴에서 끓어오르는 것을 느끼고 있었다.

'축 입영 하마다 쇼키치'라고 붓으로 쓴 일장기가 중인방에 압정으로 걸려 있었다. 서도에 빠져 있는 친척 노인이 어제 가져온 것이다. 그 바로 밑에 앉아 있는 어머니가 말했다.

"친구들도 불렀으면 좋았을 텐데. 그럴 필요 없다고 네가 하도 우기니까."

"우기다니, 말했잖아요. 야나기는 죽었고, 사카이는 군대 가서 야마가타에 있다고."

"사카이는 잘 지낸다니?"

"글쎄, 어떻게 지내는지. 그제 엽서는 왔지만…… 참, 읽어봤어요? 하긴 그거로는 알 수가 없지. 저는 연일 군무에 정진 어쩌고만 쓰여 있더라고요. 아마 그런 글밖에 못 쓸 거야."

"안됐구나. 너랑 사카이가 군대를 가다니. 둘 다 갑종 판정이 났으니 어쩔 수 없지만. 어렸을 때 난, 군대는 냄새나는 곳이라고만 생각했단다. 너희 할아버지가 언제나 입버릇처럼 그렇게 말씀하셨거든. 군대는 냄새가 지독하다고."

"엄마, 부엌에 가서 뭐 좀 집어먹어도 될까? 장만한 음식 중에서 조금만."

"별일이구나. 그런 말도 다 하고. 그러려무나. 이제 내일부터는 못 그럴 테니. 그래도 먼저 이발소부터 갔다 오는 게 좋지 않겠니?"

"먹고 나서 다녀올게요. 뭘 만들어 놨어요?"

하마다는 거실의 나무 화로 옆에서 일어섰다.

"글쎄다. 비프스테이크는 나중에 구울 거고, 튀김도 여섯시쯤 튀길 생각이고. 회도 여섯시에 가져오라고 해뒀고. 근데 이런 건……."

함께 일어서면서 어머니가 중얼거렸다.

하마다는 부엌으로 들어가서 "못 집어먹겠네. 아, 이게 좋겠다"라고 말했다.

웃으면서 보고 있는 어머니와 가정부 앞에서 하마다는 달짝지근하게 조린 닭고기와 감자를 집어먹었다. 이건 아마 오늘 밤 하마다의 장행회에 쓸 요리가 아니라 내일 아침 반찬이겠지, 라고 생각하면서. 내일 오전 10시, 하마다는 아카사카의 3연대에 입대하기로 되어 있었다. 그리고 오늘 밤엔 가족끼리 송별 파티를 한다. 하마다는 어머니가 친척이나 친구, 회사 사람들도 불러서 떠들썩하게 파티를 하자고 우기는 것을 말렸다. 중학교 친구들과는 이미 소원했고, 회사 동료와는 형식적인 친분에 불과했고, 친한 친구 두 명은 이제 이곳에 없었다.

하마다는 2층의 자기 방으로 가서 기모노를 벗은 뒤 스웨터와 바지로 갈아입고 손목시계를 찼다. 이것은 월쌈(Waltham) 회중시계를 고쳐 만든 하마다의 손목시계를 어차피 군대 가는데 아깝다며 어제 신지의 국산품과 교환한 것이다. 하마다는 가슴께를 눌러 와이셔츠 주머니에 지갑과 저금 통장, 인감이 들어있는 것을 확인하고 방 안을 둘러보았다. 잊은 물건은 없다. 책상 서랍 속도 깔끔하게 정리되어 있었다. 편지 대신 서랍을 정리해 놓았는데, 다들 그것까지 알아줄까? 하마다는 책상을 바라보고, 자신이 장만한 전기 축음기를 바라보고, 책장과 레코드 캐비닛을 바라보았다. 그리고 의자에 잠시 앉았다가 바로 일어섰다. 꾸물대서는 안 된다. 은행이 문을 닫으면 큰일이다.

하마다는 다시 부엌으로 갔다. 어머니와 간호사 히로코와 가정부가 흰 무명베를 구할 수가 없어서 큰일이라는 이야기를 나누고 있었다.

"이발소에 가는데 뭐 하러 옷을 갈아입니? 입어도 하필이면 어쩜 그렇게 제일 허름한 옷을 골라 입었는지."

어머니가 말했다.

"아버지는 왕진 가셨어?"

하마다가 물었다.

"예, 긴자에 가셨습니다."

히로코가 대답했다.

긴자의 어느 큰 장어 가게는 아버지의 중요한 환자 중 하나로, 특히 그 집 부인이 늘 호르몬제와 비타민제를 맞고 있었다.

"신지는?"

"학교 끝나면 친구 집에서 공부하고 온다더라. 이 시간이면 학교에 있지 않겠니. 6시까지는 꼭 들어오라고 말해뒀다."

"그럼, 다녀오겠습니다."

하마다가 말했다. 그만 엉겁결에 '그럼 안녕히'라고 덧붙였지만 아무도 그 말은 마음에 두지 않았다.

"조심히 다녀오너라."

어머니가 말했다.

"다녀오세요."

"다녀오세요, 쇼키치 도련님."

하마다는 대문 밖으로 나왔다. 문 옆의 키 작은 소나무는 여느 때처럼 송진을 번득이고 있었다. 안녕, 안녕. 근처에 단골 이발소가 있었지만 하마다는 그 앞을 그냥 지나쳤다. 하마다는 계속 걸어가다가 노면 전차를 타고 은행에 가서 통장에 1엔만 남기고 전부 인출했다. 전액을 다 뽑지 않은 것은, 그러다 만약 의심을 받아 집으로 전화를 걸기라도 하면 큰일이라고 염려했기 때문이다. 하지만 파마머리를 망으로 싼 여직원은 조금도 수상해하지 않는 눈치였다. 하마다는 은행을 나와 지하철을 타고 우에노로 가서 손님이 많은 이발소에 들어가 머리를 짧게 깎았다. 거울 속에 비친 짧은 머리의 남자는 무언가 맛없는 것을 먹은 듯한 표정을 짓고 있었다. 짧은 머리의 젊은이는 역에 있는 화물 보관소에 가서 지갑 속에 있던 교환권을 건넸다. 직원은 안에서 커다란 중고 트렁크를 꺼내왔다. 하마다는 일주일 전에 맡긴 그 트렁크를 받아들고 돈을 건넸다. 트렁크를 든 짧은 머리의 젊은이는 역전의 여관 중에서 저렴해 보이는 집을 골라 들어가 피곤해서 그러니 한 시간쯤 낮잠을 자게 해달라고 했다. 하마다가 안내를 받은 곳은 깨진 유리창이 반창고로 붙어 있는 네 평짜리 방이었다. 하마다는 이불을 깔아 준 여종업원에게 한 시간 후에 꼭 깨워달라고 부탁했다.

한 시간 후, 여종업원이 방문 밖에서 말을 걸며 미닫이문을 열었다. 그곳에는 스웨터가 아닌 점퍼와, 감색 바지가 아닌 갈색 코르덴바지로 갈아입은 젊은 남자가 있었다. 남자는 돈을 낸 뒤 싸구려 새 사냥 모자를 쓰고 트렁크를 두 개 들고 여관을 나왔다. 이번에는 역전의 민영 짐 보관소로 가서 그중 커다란 트렁크를 맡겼다. 더러운 점박이무늬 수건을 머리에 동여맨 주인이 위세 좋게 물었다.

"형씨, 오늘 중으로 찾으러 올 거요?"

"오늘은 어려워요."

"그럼 이 근처에 놔둬야겠군."

하마다는 주인에게 교환권을 받아서 바지 주머니에 넣고 허름한 작은 트렁크를 들고 걷기 시작했다. 하마다는 가게 안쪽 구석에 놓인 갈색 트렁크에 시선을 던졌다. 마치 그 안에 들어 있는, 하마다 쇼키치와 관계있는 모든 것에게 이별을 고하는 듯이. 그래, 하마다는 이제 하마다 쇼키치가 아니다. 헌옷 가게에서 산 바지와 점퍼에는 '스기'라는 글자가 빨간 무명실로 세탁소 마크 비슷하게 박혀 있었다. 와이셔츠는 자신이 지금껏 입던 것 중에서 가장 낡은 것을 두 장 골라 '하마'라는 글자를 뜯어내고 '스기'라고 새겨 넣었다. 사냥 모자 안에는 '스기우라 켄지'라고 쓴 하얀 천이 기워져 있었고, 중고 가게에서 산 이 초라한 트렁크의 명찰에도 그 이름을 쓴 종이가 들어 있었다. 그 종이는 두꺼운 흰 종이를 잘라서 만든 것이다. 아는 사람 누군가의 명함 뒷면이 아니다. 그래, 이제 스기우라 켄지다. 하마다 쇼키치와 관계있는 것은 모두, 저금 통장도 인감도 스웨터도 바지도 저 트렁크 속에 버려지고 말았다. 이 거무스름한 트렁크 안에 있는 라디오 수리 도구만은 지금껏 쓰던 것이지만 하마다라는 이름은 어디에도 쓰여 있지 않았다. 그래, 하마다는 이제 스기우라 켄지다.

스기우라는 택시를 잡아타고 도쿄역으로 가달라고 했다. 운전기사는 '기원은 2600년……' 하고 콧노래를 부르면서 차를 몰았고, 사냥 모자를 쓴 승객이 만세바시(萬世橋) 부근에서 자잘하게 찢은 종이를 창밖으로 버리는 것을 백미러로 보았다. 스기우라는 생각했다.

'저 국가에서 날아온 그 소집 영장도 이렇게 버렸으면 좋았을 것을. 하지만 나는 이제 그 사람이 아니다. 끌려가서 싸우고 그러다 죽는, 순종적이고 선량한 그들 중의 한 사람이 아니다. 그들에게는 그들의 공통된 운명이 있다. 그 공통성이 그들의 운명을 위로해 줄 것이다. 축복해 줄 것이다. 그리고 내게는 나만의…… 고독한 운명이 있다. 나는 그 운명을 살아갈 수밖에 없다. 나는 자유로운 반역자인 것이다.'

택시가 옅은 황혼이 내려앉은 도쿄역에 도착했다. 스기우라는 미야자키행 기차표를 지갑에서 꺼내 개찰구를 통과했다. 안녕, 안녕. 스기우라는 두 줄로 늘어선 긴 행렬의 끝자락에 서서 가난한 행색의 군중 속 한 사람이 되어 기다렸다. 안녕, 안녕. 줄이 움직이기 시작했고 역무원이 소리쳤다. 그리고 사람들은 달렸다. 스기우라도 트렁크를 들고 달렸다. 안녕. 하지만 그것이 무엇에 대한, 얼마나 결정적인 이별의 인사인지 스무 살의 젊은이는 아직 잘 몰랐다.

《조릿대 베개》 해설

가와모토 사부로(川本三郎)_평론가

이 소설은 현대문학 중에서도 지극히 특이하고 고독한 영광을 지닌 작품이다.

야마자키 마사카즈[1]는 이 소설을 '전후문학사에서 기념할 만한 사건'이라고 평했는데 현재에 이르러서도 이 평가는 살아있다.

아니, '전전(戰前)적인 것'이 부활되고 있는 지금, 이 작품의 중요성은 더욱 높아지고 있다.

이 소설이 이색적인 것은 무엇보다도 주인공이 제2차 세계 대전(당시는 대동아 전쟁이라 불림)의 징병 기피자로 설정된 것이다. 국가로부터의 도망자이다.

지금까지 징병 기피자를 그려낸 소설은 요시다 겐지로(吉田絃二

---

[1] 山崎正和(1934~2020) 극작가, 평론가. 깊은 학식과 넓은 시야로 문예비평, 문명비평, 예술론, 사론 등에 날카로운 식견을 가지고 있고, 그의 저서 《극적인 일본인劇的なる日本人》, 《불쾌한 시대不機嫌の時代》, 《유연한 개인주의의 탄생柔らかい個人主義の誕生》 등은 독자적인지위를 차지하고 있다.

郎)의《세이사쿠의 아내清作の妻》미즈카미 츠토무(水上勉)의《붉은 구름あかね雲》등이 있기는 하지만,《조릿대 베개》만큼 철저하게 도주생활을 그려낸 소설은 없다. 게다가 이 작품의 주인공은 그 시대에 거의 불가능하다고 여겨졌던 도주 행각을 기적적으로 성공시켰다. 이러한 대담한 발상과 구조로 전개되는 이야기는 유례가 없다.

주인공인 하마다 쇼키치는 도쿄 아오야마의 개인 병원집 아들이다. 구제 관립고등공업학교 무선공학과를 졸업하고 무선회사에 들어간다. 그리고 1940년 가을, 스무 살 때 강제 징병을 피하기 위해 가족과 친구를 비롯해 그 누구에게도 알리지 않고 집을 나와 도주 생활을 시작한다. 스기우라 켄지라는 이름으로 바꾸어 처음엔 라디오와 시계 수리공으로, 나중엔 '모래 화가'가 되어 일본 각지를 전전하다가, 헌병에게 붙잡히지도 않고 무사히 1945년 8월 15일 종전을 맞이한다.

스무 살부터 스물다섯 살까지 5년에 걸친 도망기, 오디세이다.

징병 제도가 폐지된 지 오래된 평화로운 현재에서는 상상도 할 수 없지만, 메이지 이후 일본은 징병 제도를 국가의 근간으로 삼아 왔다. 일본의 건장한 청년이라면 피할 수 없었다. 그 사실이 그들을 무겁게 짓눌렀다(현재도 이웃나라 한국이나 대만에는 징병제가 있고, 그것이 일본의 청춘과 그들의 청춘을 크게 구별 짓고 있다).

소설《조릿대 베개》에는 징병을 눈앞에 둔 전쟁 전의 청년들이 국가란 무엇인가를 논하는 구절이 있다. 한 사람이 "국가라는 것의 목적은 전쟁밖에 없다고 생각해"라고 말한다.

사실 근대 일본은 청일 전쟁, 러일 전쟁, 제1차 세계 대전, 만주사변 등 전쟁의 연속이었으므로 그렇게 생각하는 것은 무리가 아니다. 그리고 그들은 새롭게 시작된 중일 전쟁과 태평양 전쟁에까지 동원된 것이다.

국가 권력의 근간은 무엇인가. 이것은 민영화 문제를 놓고 생각해보면 분명해진다. 국가에는 절대로 민영화될 수 없는 부분이 있다. 경찰, 세무서, 그리고 군대. 군대는 이른바 궁극적인 국가권력이며 그것으로부터 벗어나는 것은 거의 불가능하다. 《조릿대 베게》의 주인공은 그것을 감행했다. 붙잡히면 틀림없이 엄벌에 처해질 것이다. 가족과 친척에게도 '비국민(非國民)[2]'이라는 오명이 씌워진다. 그것을 알면서도 하마다 쇼키치는 도주한다. 군대에 끌려가기 싫어서.

결코 영웅적인 반국가의식 때문에 아니다. 오히려 언제 붙잡힐지 모르는 불안과 공포 속에서 절망적인 도주를 한 것이다. 그 절망감이 이 작품이 주는 감동의 근저에 있다.

소설의 제목인 《조릿대 베게》란 가마쿠라(鎌倉)시대 가인(歌人)의 노래 「나그넷길에 그대와 맺은 인연/조릿대 베게 삼아 여읜 잠자듯/덧없는 하룻밤의 꿈이었으리」라는 노래에서 발췌되었다. 이

---

2 '국민의 자격이 없는 자'라는 뜻으로, 황국 신민으로서의 본분과 의무를 지키지 않는 사람을 이르던 말

노래를 알게 된 전쟁 후의 하마다 쇼키치는 "(조릿대가) 서걱거리는 소리가 불안한 느낌이겠지요. 참을 수 없는, 불안한 여행……"이라고 해석한다. 전시 중의 도주 생활을 떠올린 해석이다.

징병 기피자의 도주 생활, 그것은 영웅적일 리가 없다. 세상으로부터 몸을 숨기고 자아를 죽이고 숨을 죽이며 두려움 속에서 떠돌아다닌 여행이다. 국가에 홀로 반역한 자의 고독한 투쟁이다.

스키우라 켄지는 1914년생으로 설정되어 있는데, 작가 마루야 사이이치 자신은 1925년생이다. 1945년 3월, 19세에 소집 명령을 받고 야마가타의 연대에 입영했다. 조금만 더 전쟁이 길어졌다면 전쟁터로 끌려갔을지도 모른다.

마루야 사이이치는 어느 평론 속에서 소년기를 회상하며 자신은 어린 시절부터 '군인을 혐오했다'고 밝혔다. '내 소년기의 주제는 국가와 군대를 향한 거절, 허무한 거절이었던 것 같다'고 했다.

그토록 군대를 싫어하던 청년이 국가 권력 앞에서 속수무책으로 군대에 끌려간다. 그때의 절망감은 얼마나 깊었을까.

무라카미 하루키는《젊은 독자를 위한 단편소설 안내》에서 마루야 사이이치의《수영담樹影譚》을 평가하는 글에서《조릿대 베게》도 거론하며 마루야 사이이치에게는 '자신이 아닌 다른 누군가'로 변신하고 싶어 하는 '변신 염원'이 있다는 흥미로운 지적을 했다. 그것에 따르면《조릿대 베개》는 실제로는 군대에 갈 수 밖에 없었던 마루야 사이이치가 징병 기피자 하마다 쇼키치로 '변신'하여 써낸 '또 다른 자신'의 이야기로 볼 수 있다.

참고로 앞서 인용한 '군인 혐오'에 관한 글은, 나쓰메 소세키가 호적을 홋카이도로 옮긴 사실로 보아 어쩌면 징병을 피하기 위한 것이 아니었는지 추론해가는 대담한 평론 '징병 기피자로서의 나쓰메 소세키'《콜롬버스의 계란コロンブスの卵》에서도 찾아 볼 수 있다. 마루야 사이이치에게 있어 군대(전쟁)와 징병 기피는 변함없이 중요한 주제다.

무라카미 하루키뿐만 아니라, 이케자와 나쓰키(池澤夏樹)도 마루야 사이이치에 대하여 호평을 했다.《조릿대 베개》의 성공 원인 중의 하나는 도망자 스기우라 켄지가 도주를 하며 어떤 생활을 했는지, 무엇을 했는지가 상세하게 묘사되어 있는 점이라고 지적했다.

"마루야 사이이치는《조릿대 베개》의 스기우라 켄지에게 라디오 수리와 모래 그림이라는 구체적인 직업을 부여하여 그를 단순한 반전의 영웅에서 현실감 있는 젊은이로 바꾸었다."

실제로 스기우라 켄지가 난전꾼(길거리에서 아이들을 상대로 '모래 그림'을 파는 남자)이 되어 이행하는 모습이 구체적으로 그려짐으로써《조릿대 베개》는 위대한 여행기가 되었다. 그가 기적적으로 도주 생활에 성공한 것은 난전꾼이라는 원래 시민생활의 질서에 들어갈 수 없는 아웃사이더, 소외된 자를 직업으로 고른 것이 크게 작용했다고 하겠다. 군국주의로 인해 개인의 생활이 구속받는 사회에서 의외로 밑바닥에 있음으로써 권력의 관리체제에서 벗어난 '무연(無緣)의 사람들'이 있었던 것이다.

《조릿대 베개》의 재미는 여기에도 있다. 스기우라 켄지는 남들이 업신여기는 인간이기에 반대로 권력이 닿지 않는 '틈바구니'를 살아갈 수 있었다. '국민'의 자유가 없던 시대에 '비국민'은 간신히 자유를 지켜낼 수 있었다. 방랑화가 야마시타 키요시(山下淸)가 전쟁 때 징병을 피하기 위해 세상을 버리고 방랑 생활을 이어간 것도 떠오른다.

스기우라 켄지는 일본 전역을 여행한다. 홋카이도, 도호쿠, 호쿠리쿠, 산요, 시코쿠, 규슈, 그리고 조선. 다만 가능한 한 헌병이 있을 만한 큰 도시는 피한다. 당연히 지방 소도시가 많다. 요코테, 구라시키, 가이케, 그리고 마지막 여행지가 되는 우와지마. 마치 바쇼의 「오쿠노 호소미치奧の細道」[3]를 떠올리게 하는 여행이다. 불필요한 여행이 금지되어 있던 그 시대에 이토록 이동이 가능했던 것은 그가 난전꾼이라는 아웃사이더였기 때문일 것이다. '모래 화가'라는 절묘한 설정이 그것을 가능하게 한 것이다.

도주 생활만을 그려 왔지만《조릿대 베개》는 사실 하마다 쇼키치의 전후 생활이 절반을 차지하고 있다. 전쟁이 끝나고 도주에 성공한 주인공은 스기우라 켄지라는 '세상의 이목을 피해 사는 가짜의 모습'에서 하마다 쇼키치 본인으로 돌아온다. 사립대학의 직원이 되어 젊은 아내를 얻고 평온한 소시민의 생활을 시작한다.

---

[3] 에도시대 전기의 하이쿠(俳句,일본의 정형시) 시인 마쓰오 바쇼(松尾芭蕉)가 1689년에 150일간 도호쿠와 호쿠리쿠 지방을 여행하며 기록한 기행문으로 일본 고전 기행문의 대표작이다.

말하자면 사회에 복귀한 것이다. 그러나 본명으로 돌아온 하마다 쇼키치는 거기서 행복해질 수 있었을까.

우습게도 그는 전후 사회 속에서도 있을 곳이 없다. 일껏 징병 기피에 성공하여 평화로운 시대로 돌아왔는데도 그의 마음은 들뜨지 않는다. 가정생활은 행복해 보이지 않고 대학에서도 숨이 막힌다. 타인의 생활을 엿보는 인간만이 모여있는 직장은 마치 '또 다른 군대'처럼 여겨진다. 그리고 그는 전쟁이 끝난 지 20년이 지났는데도 과거의 징병 기피가 문제가 되어 직장에서 쫓겨날 위기에 처한다. 평화로워야 할 전후 사회도 결국은 전쟁 전과 다를 게 없다는 마루야 사이이치의 괴로운 인식에 숙연해진다.

이 소설은 전후의 하마다 쇼키치가 살아가는 대학 직원으로서의 일상생활과 전시 중 징병 기피자로 살아가는 스기우라 켄지 비일상적인 생활이 교차하는 형태로 묘사되어 있는데, 흥미롭게도 두 개의 대조적인 생활이 명확하게 나뉘어져 있지 않다. 전후의 하마다 쇼키치의 생활이 한 줄 여백을 두지도 않고 어느새 전시 중의 스기우라 켄지의 도주 생활로 바뀐다. 제임즈 조이스의 영향을 강하게 받은 이 작가가 '의식의 흐름' 기법을 교묘하게 사용하고 있기 때문이기도 하며, 일본 사회는 1945년 8월 15일을 계기로 또 다른 새로운 사회로 다시 태어난 것이라는 생각도 강하게 작용했을 것이다.

전전과 전후는 어딘가에서 이어져 있다. 연속되고 있다. 전전적인 것이 전후의 일상에 보일락 말락 하고 있다. 전후의 세상이 안

정될수록 전전적인 것의 힘이 커져간다. 전쟁 직후에는 문제가 되지 않았던 징병 기피가 차츰 크게 입에 오르게 되고 급기야는 치명적인 스캔들이 된다. 전쟁 전, 군국주의사회로부터 도망친 주인공은 전쟁 후 또다시 사회로부터 도망치지 않을 수 없다.

전전과 전후가 겹쳐진다. 과거와 현재가 복잡하게 뒤얽혀간다. 이 '의식의 흐름'기법은, 독자를 미로와 같은 세계로 이끌어간다. 독자는 두 주인공을 동시에 바라보며 각각의 내면의 고통을 만나볼 수 있게 된다. 전후의 생활이 숨 막히는 것일수록, 희한하게도 전시 중의 불안과 공포에 찬 도주생활이 그리워진다. 이것이 《조릿대 베개》의 역설적인 재미이다.

특히 스기우라 켄지가 돗토리현의 가이케 온천에서, 우와지마에서 가출한 전당포집 딸 아키코를 만나 사랑을 나누는 모습에는 '난전꾼의 시정(詩情)'이 넘쳐흐른다. 두 사람이 배를 타고 오키시마로 건너가 벚꽃을 바라보는 장면은 가부키의 운문처럼 아름답다. 하마다 쇼키치는 이 때 모차르트를 사랑하는 인텔리 청년의 진짜 얼굴을 버리고 난전꾼 스기우라 켄지로 다시 태어나 마음씨 고운 아키코와 함께 일반 서민으로 살고 싶다고 간절하게 생각한 것은 아닐까. 왜 그것이 그에게는 불가능했을까. 전쟁이 끝난 후 왜 아키코와 함께 살 수 없었던 것일까.

물론 아키코와는 스기우라 켄지라는 가짜 인물과의 관계였고, 전쟁이 끝나 하마다 쇼키치라는 인물로 돌아간 이상, 아키코와의 관계는 청산되어야 했을 것이다. 인텔리와 서민, 애초부터 사는 세계가 다르다는 출신의 문제도 있었을 것이다. 하지만 그것뿐이었을까. 여기서부터는 추론이다. 하마다 쇼키치에게는 징병 기피자로서의 무거운 짐이 있었다. 그것이 아키코와의 새로운 생활에 장애가 된다.

징병 기피자란 국가 권력에 대항하는 반항자이다. 아무런 양심의 가책을 느낄 필요가 없다. 하지만 그는 징병되어 끌려간 자들 앞에서 당당하게 "난 징병 기피자다"라고 말할 수는 없다. 그들은 전쟁터로 끌려가서 싸우다 죽어갔고, 자신은 살아남았다. 이 차이는 너무 크고 깊다. 그렇기 때문에 그는(하마다 쇼키치=스기우라 켄지) 징집되어 끌려가는 사람이나 부상병을 만나면 괴로워진다. 징용된 조선인 소년의 눈물이 잊히지 않는다. 군대에서 괴롭힘을 참지 못하여 목을 매고 자살한 친구 야나기에게 죄책감을 느낀다. 자살한 어머니와 귀머거리가 된 동생에게 부담을 느낀다. '살인을 하고 싶지 않아 벌인 행위가 다른 살인을 초래했다'는 모순은 징병 기피자의 딜레마이다. 그 때문에 전쟁 시절을 떠올리게 하는 아키코와 헤어지지 않을 수 없었던 것은 아닐까.

하지만 그 괴로운 도망의 나날 속에 만난 아키코, 그녀와 함께 한 삶은 행복, 그것만은 분명 진짜가 아니었을까. 다시 한번 그때로 돌아갈 수만 있다면 돌아가고 싶을 것이다.

《조릿대 베개》는 보통 소설과 달리 마지막 부분에 시작이 온다. 마지막 부분에 도망친 날이 그려진다. 왜 마루야 사이이치는 이렇게 마무리를 했을까. 단순히 소설의 기법 문제는 아닐 것이다. 마루야 사이이치는 하마다 쇼키치에게 여행을 떠나게 하여 또다시 저 매력적인 아키코를 만나게 하고 싶었던 것은 아닐까. 그리 생각했을 때 《조릿대 베개》는 미완성으로 끝난 슬픈 연애 소설로도 훌륭하게 그려놓은 것이라 할 수 있겠다.

조릿대 베개

펴낸날 초판 1쇄 2024년 1월 31일

지은이 마루야 사이이치
옮긴이 김명순
펴낸이 홍성욱
펴낸곳 톰캣
출판등록 2023년 2월 21일(제 2023-000043호)

주소 경기도 고양시 고봉로 20-32
전화 031-811-4774
팩스 0504-372-4774
이메일 tomcat-book@naver.com

ISBN 979-11-985754-0-1 03830

※ 값은 뒤표지에 있습니다.
※ 잘못 만들어진 책은 구입하신 서점에서 바꾸어 드립니다.

책임편집교정교열 김이지

톰캣은 열정적인 작가분들의 투고를 기다립니다.
이메일로 작품과 간단한 소개 보내주세요.